DANGEREUX MIRAGES

SOHEIR KHASHOGGI

DANGEREUX MIRAGES

*Traduit de l'américain
par Catherine Moran*

FRANCE LOISIRS
123, boulevard de Grenelle, Paris

Titre original :
MIRAGE
publié par Tom Doherty Associates, Inc.,
New York - A Forge Book.

Une édition du Club France Loisirs, Paris,
réalisée avec l'autorisation des Éditions Belfond

© Soheir Khashoggi 1996. Tous droits réservés.
© Belfond 1996 pour la traduction française.
ISBN : 2-7442-0939-8

Je vous dédie, mes filles chéries : Samiha, Naela, Farida et Hana, ce livre que je n'aurais pu écrire sans vous. Vous êtes formidables, affectueuses, et vous avez fait preuve d'une grande patience. Je vous en remercie.

J'aimerais également dédier ce livre à la mémoire de ma mère et de ma sœur, Samira, qui m'ont donné envie de parler de ces liens particuliers qui existent — ou ont existé — entre femmes, en d'autres pays ou en d'autres temps, et de l'amour qui sait durer toute une vie et au-delà.

REMERCIEMENTS

Je tiens à exprimer ma plus profonde reconnaissance à Lillian Africano qui s'est acharnée à faire naître ce livre. Sa motivation, son intérêt et, en particulier, sa connaissance du monde arabe ont amplement favorisé son élaboration. Merci, Lillian. Ce fut un réel plaisir de travailler avec vous.

Je voudrais remercier également ma merveilleuse famille : Adnan, parce qu'il est un grand frère magnifique, un ami et un protecteur ; mon frère Adil, qui m'a apporté son soutien affectueux ; mon frère Essam, pour ses encouragements et son enthousiasme ; mon frère Amr, pour ses recherches et son formidable sens de l'humour ; ma sœur, Assia, qui m'a prodigué une constante attention. J'ai de la chance de vous avoir tous.

Merci à tous mes amis.

Ma reconnaissance à Bob Shaheen pour son aide et le temps qu'il m'a consacré, et à Barry, pour ses encouragements et son amitié.

A mon agent, Sterling Lord, qui m'a aidée à réaliser un rêve, j'exprime ma gratitude. Je remercie aussi ma directrice littéraire, Natalia Aponte, qui a su me soutenir et me guider.

Et, pour finir, à ma chère belle-sœur, Layla Khashoggi, qui a composé pour ce livre une très jolie épigraphe, j'adresse ma gratitude, et ma profonde amitié.

Rendez-moi mes enthousiasmes d'antan,
Donnez-moi les désirs ardents qui me manquent,
Les rêves magnifiques qui trompèrent ma jeunesse,
Le doux mirage qui me leurra,
Et emportez au loin la vérité, nue et amère.

Girolamo, detto Il Fiorentino,
William Wetmore Story

Sur l'horizon de la vie, il y a un scintillement qui nous attire. En lui se trouvent la promesse de l'amour, la joie de l'accomplissement et la tranquillité de la paix. Approche-toi de lui avec mille précautions, car il est aussi évanescent qu'un mirage.

L. K.

PROLOGUE

Boston. De nos jours.

Le studio où Barry Manning enregistrait l'émission radiophonique à laquelle Jenna Sorrel avait finalement décidé de participer était aménagé dans un ancien entrepôt de Commercial Street donnant sur le port de Boston. Jenna, qui n'était pas venue dans le quartier depuis des années, trouva sa rénovation saisissante. Fascinée, elle ne fit qu'entrevoir la voiture bleue — et son chauffeur roux, qui lui lança un regard rapide et froid d'homme d'affaires pressé.

Pourtant, elle ne fit pas trois pas sans se dire qu'elle avait déjà vu cet homme — dans la matinée, près de sa librairie favorite sur Newbury Street — et qu'il l'avait déjà regardée de cette manière.

Instinctivement, elle eut envie de se sauver. Retournant vers son taxi, elle ouvrit la portière puis s'immobilisa.

Le chauffeur leva les yeux du calepin où il notait ses courses.

— Vous avez oublié quelque chose, madame ?

— C'est ce qui me semblait, mais je me suis trompée.

Elle se trouva stupide. La voiture bleue avait poursuivi sa route.

Il y avait eu une époque où la peur d'être suivie faisait partie de son quotidien. Mais les années avaient passé sans que rien n'arrivât. Jusqu'à aujourd'hui...

Elle en était pratiquement certaine : cet homme était bien celui qu'elle avait remarqué près de la librairie. Certes, Boston n'était pas une immense métropole. On pouvait très bien rencontrer la même personne sur Newbury Street le matin, et sur Commercial Street l'après-midi. Néanmoins...

Au loin, la voiture bleue tourna à droite et disparut. Jenna resta

15

encore quelques instants sur le qui-vive, puis reprit sa respiration. Elle s'était trompée. Ce n'était rien. Elle avait vécu quinze ans sans incident, et ça pouvait très bien continuer ainsi.

Elle entra dans l'immeuble, inscrivit son nom sur le registre que lui présenta l'agent de sécurité, et demanda si M. Pierce était déjà arrivé.

L'agent regarda sur le registre.

— Pierce ? Non. Je ne vois pas ce nom. Il participe aussi à l'émission ?

— Non. C'est simplement... un ami. S'il vient, voulez-vous lui indiquer où je me trouve ? C'est à quel étage ?

— Au troisième. Par ici.

Le gardien la conduisit à l'ascenseur qu'il appela pour elle.

L'agitation régnait dans l'espace restreint qu'occupaient Barry Manning et son équipe, à tel point que la présence de Jenna passa un moment inaperçue. Finalement, une femme avec des écouteurs pendant à son cou comme un stéthoscope se présenta à Jenna :

— Courteney Cornmeyer. Je suis la productrice de l'émission. Nous sommes heureux que vous ayez accepté de venir. L'autre nuit, j'ai lu votre dernier livre. Je l'ai beaucoup apprécié. Venez. Je vous conduis au maquillage. Voulez-vous que j'appelle Angela ? C'est une excellente maquilleuse.

— Non, non, je vous remercie !

— Bien. Je vous laisse faire. Je viendrai vous chercher avec Barry dans quelques minutes.

Jenna ferma la porte de la cabine, s'installa devant le miroir et sortit de son sac sa trousse de maquillage. Jamais elle n'aurait laissé quelqu'un observer son visage de près et découvrir qu'elle se teignait les cheveux, portait des lentilles vertes sur ses pupilles marron et s'appliquait à dissimuler les infimes traces d'une opération esthétique, souvenir indélébile d'un homme qui avait failli détruire sa beauté et sa vie.

Mais elle avait survécu, et aujourd'hui elle pouvait se féliciter d'être encore très belle. Elle allait avoir quarante ans mais en paraissait trente, et il suffisait d'un fond de teint et de quelques touches de couleurs chaudes pour lui donner l'apparence d'une éclatante jeunesse.

Elle croisa les mains, les décroisa, pianota sur ses genoux, la gorge sèche et l'estomac serré. Était-ce le trac, la dispute avec

Brad ou la sensation d'avoir été suivie qui la mettait dans cet état ?

Jenna se leva, effaça les plis de son tailleur en cachemire crème et, ressortant de la cabine, faillit se heurter à Courteney Cornmeyer qui accompagnait un homme de courte taille, au visage rond et au teint orangé, peut-être dû à un excès de carottes ou à une lampe solaire défectueuse.

— Jenna Sorrel, je suppose ? Barry Manning.

Il lui tendit la main tout en l'inspectant rapidement de la tête aux pieds, mais avec le coup d'œil du professionnel et non celui d'un homme qui s'intéresse à une femme.

— Qu'en dites-vous, Courteney ? demanda-t-il. Ne trouvez-vous pas que notre célèbre psychologue, spécialiste de la violence conjugale, toujours prête à traquer le démon qui sommeille en l'homme, s'est maquillée comme une hétaïre ?

La voix profonde, autoritaire de Manning le sauvait du ridicule en faisant oublier qu'il avait vraiment l'air d'une citrouille convertie en visage humain un soir d'Halloween. En même temps, elle suggérait une sorte de parodie de lui-même, en reflétant une autorité si absurde qu'on ne pouvait s'en offenser.

— Les hommes ne se maquillent-ils pas pour affronter le public, monsieur Manning ? demanda Jenna en esquissant un sourire malicieux.

— Si, bien sûr, et moi le premier. Même le président des Hell's Angels ne s'y est pas opposé.

— Je parierais que vous ne lui avez pas dit qu'il ressemblait à une hétaïre.

Manning eut un rire quelque peu théâtral.

— Vous marquez un point ! Ça promet, Courteney !

— Vous serez à l'antenne dans cinq minutes, Barry.

Jenna regarda Manning avec un trac grandissant.

— Que dois-je faire maintenant ? Je n'ai jamais participé à une émission de radio.

— De télévision, peut-être ?

— Non.

— Ah, je vois, vous êtes vierge ! Pardon. C'est une façon de parler. Plus sérieusement, je ne peux que vous dire ceci : Courteney va nous indiquer le compte à rebours, une lumière rouge s'allumera, je vous présenterai, vous demanderai de parler de votre livre, on prendra quelques questions, vous répondrez, je ferai des commentaires, et tout sera terminé avant que vous ayez eu le temps de paniquer. Il n'y a que quarante personnes dans le public. Vous avez dû assister à des cocktails plus peuplés. En fait, c'est ça : vous devez vous dire que vous êtes à un cocktail où vous rencontrez des gens qui vous demandent ce que vous faites. Ça n'a rien d'une conférence.

Jenna prit une profonde inspiration.

— Très bien. Allons-y.

— Oh, doucement ! Il nous reste quatre minutes ! Laissez-moi plutôt vous poser une question : Qu'est-ce qu'une femme comme vous vient faire dans mon émission ?

Elle sentit qu'il ne jouait plus un rôle et qu'il attendait une réponse sincère.

— Vous savez ce que veut dire « prêcher des convertis » ? Ce matin, à Harvard, je me suis adressée à un public de spécialistes — psychiatres et psychologues en tout genre — qui connaissaient mon travail et étaient convaincus d'avance. Ce n'est certainement pas le cas de tous vos auditeurs. Vous touchez un vaste public. C'est la raison pour laquelle j'ai accepté de venir — après plusieurs jours de tergiversations, je dois l'admettre.

Manning eut un air conquis, mais se contenta d'observer :

— J'aime votre voix. Vous auriez pu faire de la radio. D'où tenez-vous ce petit accent ?

— Je suis née en Égypte, mais j'ai été élevée en France. Je m'y suis mariée. Malheureusement, j'ai perdu mon mari très tôt.

A force d'être répétés, tous ces mensonges avaient acquis une sorte de véracité. En revanche, ce qu'elle ajouta appartenait à la réalité :

— Je suis arrivée ici il y a quinze ans.

La voix de Courteney résonna dans un haut-parleur :

— On démarre dans une minute.

Aussitôt Barry Manning s'anima comme un boxeur réveillé par le gong. Tout souriant, il prit Jenna par la main.

— Bien. Allons refaire le monde.

L'installation la désorienta. Elle s'était attendue à autre chose — une sorte d'estrade, peut-être. Au lieu de quoi, elle se retrouva dans une cabine vitrée où ils s'assirent devant trois ordinateurs. En face d'eux, dans une cabine similaire, séparée par un simple mur vitré, l'ingénieur du son, assisté de Courteney, travaillait sur une console digne d'une navette spatiale.

Barry Manning avait vu juste : la séance commença avant que Jenna ait eu le temps d'y penser. Cela lui rappela ses examens de lycée : des questions inattendues, pas assez de temps pour dire ce qu'elle avait à dire, ni pour analyser les points plus complexes.

Le public avait pris place sur des rangées de chaises métalliques dans un coin du studio d'enregistrement. Jenna chercha vainement Brad pendant qu'on fixait un micro au revers de sa veste. A l'air de blues qui servait d'indicatif à l'émission se mêlèrent les applaudissements enthousiastes du public au moment où Manning entra dans le studio. Après quelques mots d'introduction, Manning présenta son invitée : « Jenna Sorrel, célèbre psychologue et auteur de best-sellers », puis envoya la publicité.

Profitant de cette pause, il fit remarquer à Jenna que s'inscrivaient sur les terminaux le nom, la ville et la question de chaque auditeur sélectionné.

— J'ai une équipe parfaite, dit-il fièrement. Ils savent mieux que quiconque séparer le bon grain de l'ivraie. On retient en général l'ivraie.

Surprise par cette pointe de cynisme, Jenna le regarda, mais ses yeux pâles ne reflétaient qu'une expression d'extrême concentration.

— Bon, vous êtes prête ?

— Oui.

Courteney donna le feu vert à Manning qui, brandissant le dernier livre de Jenna, *Le Reniement de soi chez la femme*, recommença à la présenter comme un auteur de best-sellers.

Jenna protesta, expliquant que ses ouvrages intéressaient surtout les milieux spécialisés, mais Manning enchaîna :

— Alors, quel est le sujet du livre, Jenna Sorrel ? La domination des femmes par les hommes ? Les femmes maltraitées ?

— En quelque sorte. J'ai rédigé pas mal d'articles à ce sujet, c'est sûr. Mais mon livre s'intéresse avant tout à des questions entendues souvent, et qui semblent accuser les victimes — du genre : « Pourquoi ces femmes battues ne quittent-elles pas leurs bourreaux ? Pourquoi ne vont-elles pas se mettre à l'abri chez des amis ou dans un quelconque refuge ? » Ce sont des questions déterminantes, mais les réponses ne sont pas évidentes, et c'est

19

ce que j'ai voulu montrer dans mon livre. Ces femmes battues refusent souvent d'avouer leurs problèmes. Par honte, ou par peur, ou pour ces deux raisons à la fois. Je précise que ce sentiment de peur est très compréhensible quand on sait ce que subissent généralement celles qui ont le courage de quitter leurs bourreaux.

— Hum... J'aimerais que vous m'expliquiez quelque chose, Jenna Sorrel. Tout le monde peut constater que vous êtes une femme séduisante — si vous me permettez cette remarque... Et pourtant, on ne voit pas votre photo sur la couverture. J'ai même observé qu'on ne la trouve nulle part dans le livre. N'est-ce pas inhabituel pour un auteur connu ?

— Si, en effet.

Jenna évitait toujours d'être photographiée ou filmée. Mais il était impossible que Barry Manning connût la raison d'une telle réticence. Du moins, elle préférait le croire.

— Seriez-vous féministe au point de prétendre que votre apparence est sans importance ?

A l'évidence, il tâtonnait dans le noir.

— En fait, dit-elle, je compte parmi ces gens qui détestent être photographiés. C'est une sorte de petite phobie, si vous voulez. Le plus souvent, un psy n'avoue pas ce genre de choses.

Manning éclata de rire.

— Il essaie de se soigner tout seul ?

— Il essaie.

Quand ils passèrent aux questions des auditeurs et du public, Jenna savait déjà à quoi s'attendre. Elle s'y était préparée en écoutant Manning pendant une semaine. Le rythme de l'émission obligeait à se cantonner dans le superficiel. Manning voulait du mordant, et rien de plus.

Bien évidemment, personne ne l'interrogea sur le contenu même du livre. Chacun avait son sujet de préoccupation : l'avortement, l'homosexualité, Madonna, les commentaires bibliques qui permettraient peut-être de s'y retrouver dans ce monde chaotique... Il y eut même une question angoissée concernant une éventuelle présence féminine dans une équipe de football du New Jersey.

Dans le public, un homme aux cheveux gris et au teint rougeaud, dont la tenue donnait l'impression qu'il venait tout droit d'un terrain de golf, observa :

— On peut constater en ce moment que le prétendu harcèlement sexuel dans l'armée recommence à faire du bruit, et en même temps certaines femmes revendiquent le droit de participer aux conflits armés. Mais si elles combattent et se font prendre par l'ennemi, je peux vous garantir qu'elles subiront des violences sexuelles. Alors, qu'est-ce que ça veut dire ? Qu'elles cherchent à s'exposer à ce qu'elles dénoncent dans leur vie quotidienne ?

— Ce qui concerne l'armée ne m'est pas familier, répondit Jenna. Je n'entamerai pas une discussion sur ce sujet. Mais j'observerai cependant que le risque d'être tué que prend tout combattant n'implique pas qu'il accepte d'être assassiné quand il rentre chez lui.

Barry Manning intervint :

— Vous devez tout de même admettre un certain manque de logique de la part de ces femmes.

— Non. Pas du tout.

Au téléphone, un auditeur à l'accent du Sud prit la parole :

— Mon oncle avait une petite amie, ils vivaient ensemble, et elle avait contracté une assurance vie à son avantage. Une nuit, elle l'a poignardé pendant son sommeil. Quand on l'a arrêtée, elle a affirmé qu'il la battait. Elle a pu montrer quelques bleus et elle s'en est tirée sans condamnation. Ça vous paraît juste ?

— N'ayant pas étudié cette affaire, je peux difficilement émettre une opinion sur le jugement d'un tribunal. Je dirai simplement qu'après avoir longtemps ignoré le problème des femmes battues on risque de vouloir se rattraper en commettant quelques excès de zèle.

L'émission touchant à sa fin, Jenna eut la sensation de sortir d'un combat. Tout n'avait été que bruit et fureur dans ces échanges verbaux menés à une allure effrénée. Mais elle éprouvait aussi le sentiment d'avoir rallié le public — du moins les personnes présentes dans le studio — à la cause qu'elle soutenait.

Quand un dernier auditeur lui demanda si elle était américaine, elle sentit le public se raidir.

— Je ne suis pas née aux États-Unis, mais j'ai la nationalité américaine depuis quelques années déjà — au prix d'un certain nombre de mensonges, pensa-t-elle en son for intérieur.

— Et vous croyez que ça vous donne le droit de nous dicter nos pensées et notre comportement ?

21

Le public s'agita, comme pour exprimer son désaccord.

— Je ne crois pas avoir jamais dit ça.

— A mon avis, vous feriez mieux de retourner en Russie et...

Manning intervint en coupant la liaison.

— On reprend l'auditeur précédent, dit-il à l'ingénieur du son.

Le public acclama cette intervention.

Jenna avait travaillé dur, mais elle voyait son travail justifié par l'approbation de ces gens : ils n'allaient pas comparer les mérites de son intervention à ceux d'une étude datant des années soixante, après l'avoir poliment félicitée. Et c'était bien pour eux qu'elle se battait, non pour ces doctes universitaires.

Il y eut de profonds silences lorsque Jenna revint sur le sujet qui lui tenait vraiment à cœur :

— Les petites Africaines sont encore mutilées, au nom de la pureté sexuelle... Des millions de femmes subissent des astreintes d'un autre âge dans les sociétés fondamentalistes. Et ici, ici même, aux États-Unis, le nombre de femmes battues augmente de façon constante et dramatique.

Elle aurait aimé entraîner ses auditeurs dans une discussion approfondie et dépasser l'impression frustrante d'être séparée d'eux par une rivière, pleine de remous mais néanmoins franchissable, de gesticuler et de crier vainement pour leur faire comprendre qu'ils pouvaient la traverser à leur tour s'ils le voulaient.

Ce fut une jeune femme — Jenna pensa qu'elle devait être étudiante — qui posa la dernière question avec une gravité particulière :

— Madame Sorrel, avez-vous personnellement été victime de cette violence que vous évoquez ?

Jenna s'était attendue à cette question et avait même préparé une réponse. Mais posée ainsi à la fin de l'émission, alors qu'elle éprouvait un mélange de fatigue, d'enthousiasme et de frustration, la question la désarçonna. L'espace d'un instant, la tentation de mettre enfin un terme à des années de dissimulation faillit l'emporter. Quel soulagement ce serait de dire la vérité devant tous ces témoins, de révéler sa véritable identité et d'expliquer ce qui l'avait amenée ici, à des milliers de kilomètres de chez elle !

Mais la tentation disparut aussi vite qu'elle était venue. Jenna sembla simplement sortir d'un moment de réflexion lorsqu'elle aborda la réponse prévue.

— Je préférerais ne pas me référer à mon histoire personnelle. Je pratique le métier de psychologue, et j'ai beaucoup de patients. Ma ligne de conduite en matière de relation patient-thérapeute, est plutôt traditionaliste. Il serait regrettable que mes patients perdent du temps et de l'énergie à s'identifier à moi, ou au contraire à vouloir se démarquer.

Elle regarda la jeune femme qui avait posé la question puis toute l'assistance, et comprit qu'ils restaient sur leur faim.

D'une voix calme et lente, elle ajouta :

— Je peux vous dire ceci : dans quelques-uns des pays les plus riches du monde, j'ai vu des choses, j'ai pu constater de mes propres yeux des...

Elle s'interrompit. Pourrait-elle leur expliquer ? Ce que l'on ressent lorsqu'on porte un voile noir, que l'on se voit priver de son identité ? Ce que signifie perdre une mère qui refuse d'être supplantée par une autre femme dans son propre foyer ? La douleur éprouvée quand on voit une amie, une jeune femme perdre la vie sous des jets de pierre simplement parce qu'elle a aimé hors des lois imposées par les hommes ? Non, elle ne pouvait rien leur dire de tout cela.

Se surprenant à pleurer, Jenna s'empressa de conclure :

— Il me semble que nous avons tous vu des choses terribles, ne serait-ce qu'aux actualités. Mais c'est avec le cœur que l'on comprend vraiment les choses et que l'on peut trouver de véritables solutions aux problèmes dont nous venons de parler. Il vous paraît peut-être étrange qu'une psychologue ait recours à cette notion si peu scientifique du cœur, mais je vous assure qu'elle est beaucoup plus efficace que de partir en guerre contre les pensées, les croyances et les mots différents des nôtres.

Il y eut un profond silence. Puis les applaudissements crépitèrent, à l'instant même où Barry Manning lançait dans le micro :

— Bravo, Jenna !

Exténuée, Jenna savoura cette conclusion chaleureuse tandis que Manning remerciait le public et les auditeurs, et annonçait la suite du programme. L'indicatif de l'émission précéda de quelques secondes l'extinction du signal rouge qui indiquait la fin de la transmission.

Jenna se tourna vers Manning et constata qu'il la regardait avec insistance.

— Vous avez menti, dit-il.

Puis il eut un sourire aussi large que son visage.

— Du calme, madame Sorrel ! Ne prenez pas cet air offusqué ! Je voulais dire que vous m'avez menti en prétendant que vous ne connaissiez rien à la radio. Si c'était le cas, moi je serais Meryl Streep.

— Il me semble que j'ai un peu flanché à la fin.

— Vous plaisantez ? Vous les avez fait pleurer avec vous. Quel talent !

A l'extérieur de la cabine, le public se bousculait pour être sûr de pouvoir les approcher. Plusieurs personnes venaient d'acheter le livre de Jenna dont l'éditeur n'avait pas manqué d'envoyer une douzaine d'exemplaires à la station.

Entre deux signatures, Jenna chercha Brad du regard. Toujours personne. Mais dans un coin de la salle, près de la porte, elle remarqua un homme brun appuyé nonchalamment contre le mur, un homme auquel elle trouva quelque chose d'étrangement familier et qui, en dépit de son attitude décontractée, déclencha en elle un signal d'alarme.

De son côté, l'homme se redressa, épousseta sa manche et sortit. Se faisait-elle des idées en se disant qu'il n'était venu là que pour l'observer ?

Elle s'accusa vite de perdre la tête. Sa querelle avec Brad devait la perturber, et si elle ne se ressaisissait pas elle aurait à son tour bien besoin d'une thérapie.

Quand la foule se dispersa, Barry s'approcha d'elle.

— Pourrais-je vous inviter à dîner ? Je connais un endroit sensationnel, pas très loin d'ici. Ce serait...

N'ayant aucune envie de s'exposer aux questions de Manning, Jenna l'interrompit aussitôt :

— Je regrette. C'eût été avec plaisir. Mais je me sens fatiguée et je commence à travailler très tôt demain.

— Alors, une autre fois.

Ils échangèrent encore quelques mots, en se promettant de garder le contact, puis Jenna retrouva sa liberté. Restait à savoir ce qu'elle allait en faire.

Un an plus tôt, elle n'aurait eu qu'un désir : se replonger dans son travail, soit chez elle, soit à son bureau. Mais, avec Brad, sa vie avait changé. Elle avait pu partager ses triomphes et ses défaites, elle avait eu quelqu'un à serrer dans ses bras, à attendre le soir, à désirer.

« Arrête, se dit-elle. Tu penses à lui comme s'il était parti. Mais ce n'est pas vrai. Ce n'est pas possible. Se retrouver seule maintenant, après avoir goûté à ces moments de chaleur et d'intimité... Ce serait intolérable. »

Dehors, elle scruta la rue dans toute sa longueur mais ne vit rien d'alarmant. Des piétons circulaient tranquillement sous le ciel ensoleillé. Un taxi s'arrêta à sa hauteur et elle ouvrit la portière avec un soupir heureux.

Les rares personnes qu'elle avait admises dans son appartement considéraient qu'elle vivait dans le luxe. Le spacieux duplex, situé dans une résidence centenaire aux murs de granit, possédait deux cheminées, une verrière, une terrasse-jardin. A l'ameublement, contemporain et sobre, se mêlaient avec bonheur quelques antiquités orientales. Mais pour une femme qui avait vécu dans d'authentiques palais, ce logement n'était qu'un petit pied-à-terre, tout au plus douillet et pittoresque.

Pourtant, ce soir, il ne paraissait pas si douillet. Sur la laque du bar chinois, il y avait encore la bouteille de beaujolais à moitié pleine que Brad avait achetée la veille. Le vin avait eu la douceur du miel tant que Brad l'avait tenue dans ses bras. Puis il avait renouvelé sa demande en mariage et elle son inévitable refus. Elle n'avait pas le choix, et ils s'étaient séparés comme deux étrangers.

Elle se versa un peu de beaujolais mais le trouva amer et reposa son verre. Le calme de l'appartement lui paraissait oppressant.

Son fils, Karim, passait ses vacances dans les îles grecques avec des camarades d'université. Elle regretta son absence en dépit des heurts que suscitaient ses revendications d'indépendance. A dix-huit ans, il commençait à s'éloigner d'elle, à devenir un homme. Elle se dit que le jour où il partirait faire sa vie elle serait vraiment très seule. Mais la psychologue se moqua vite de cette façon de s'apitoyer sur elle-même. Rien n'était plus ridicule !

Pourquoi est-il si impatient ? se dit-elle repensant à Brad. Ne pourrait-il pas tout simplement avoir confiance en moi, croire à mon amour ? Elle se mit brusquement à rire. Ce fut un son âpre, et triste. Quel droit avait-elle de réclamer la confiance de Brad quand elle lui cachait tant de choses ?

Soudain, on frappa à la porte. Transportée de joie, elle courut ouvrir.

— Oh, mon chéri, je...

Elle ne reconnut pas immédiatement l'homme qu'elle découvrit sur son palier en dépit de ses cheveux roux. Il ne lui avait pas paru si grand et si imposant quand, à deux reprises, elle l'avait vu dans la journée. Derrière lui se tenait un homme plus petit, aux cheveux bruns et au teint mat.

Des yeux d'un bleu délavé la virent se figer.

— Amira Badir ?

Elle se sentit glacée jusqu'à l'âme et dut s'agripper à la table qui se trouvait à portée de sa main pour ne pas s'effondrer.

— Il... il doit y avoir une erreur.

— Je ne crois pas.

L'homme lui montra une carte d'identification du service d'immigration.

— Nous avons quelques questions à vous poser, madame Badir. Veuillez prendre votre sac et votre manteau et nous suivre.

La bouche sèche, Jenna obtempéra comme une automate et, avec l'impression de jouer un rôle dans un film de série B, elle suivit les deux hommes jusqu'à la voiture bleue qu'elle reconnut sans hésitation.

L'homme grand et roux lui ouvrit la portière, non par courtoisie mais parce qu'il fallait qu'elle montât à l'arrière sans discuter. Puis il alla s'installer à côté de son collègue qui avait pris le volant.

Tandis qu'elle voyait s'éloigner les rues qui lui étaient familières, Jenna se demanda ce qui l'attendait. Son passeport et son acte de naturalisation portaient le nom de Jenna Sorrel. Un faux nom qui impliquait de faux papiers. Qu'est-ce qui l'attendait ? La prison ? L'expulsion vers al-Remal ? Non, pas ça ! Surtout pas ça ! Ce serait la condamner à mort. Et Karim ? Que deviendrait Karim ?

Il lui fallait absolument appeler Brad ou un avocat. Il y avait sûrement quelque chose à faire. Au moins les convaincre de ne rien divulguer à la presse. Car, même à al-Remal, les gens lisaient le *New York Times*. Et parmi eux, son mari...

Étrangers à son désarroi, les deux hommes bavardaient tranquillement. Mais que signifiait ce macaron d'une agence de location de voitures sur le pare-brise ? Un service gouvernemental avait-il l'habitude de louer des voitures ? Sans doute, se dit Jenna qui n'avait jamais eu l'occasion de se poser cette question. Mais sa perplexité resurgit lorsqu'elle constata qu'ils se dirigeaient vers l'aéroport.

— Qu'allons-nous faire à l'aéroport ? demanda-t-elle.

L'homme roux se retourna, une lueur amusée dans ses yeux d'un bleu froid.

— On fait partie du service d'immigration, ma p'tite dame. On travaille à l'aéroport.

Sans doute. Mais pourquoi bifurquaient-ils maintenant vers les pistes au lieu d'aller au terminal ? Le conducteur échangea quelques mots avec un agent de sécurité puis pénétra sur le tarmac pour se diriger vers un jet privé qui avait mis ses réacteurs en marche.

— Tout le monde descend, cria l'homme roux. Le bel oiseau n'attend plus que nous.

Il aida Jenna à sortir de la voiture bleue mais ne lâcha pas son coude quand elle fut dehors. Encadrée par les deux hommes, elle fut entraînée vers le Gulfstream.

— Mais enfin où allons-nous ? Qu'est-ce que c'est que cet avion ?

— On va à New York. Rencontrer le grand patron. Vous êtes une personne importante, madame Badir !

Jenna ne comprenait pas. Elle eut l'impression de tout ignorer de la loi américaine. Pourtant elle vivait dans ce pays depuis quinze ans et elle avait dû intervenir dans une multitude de cas où des gens avaient porté plainte, où il y avait eu des arrestations. Elle se reprocha son manque d'information.

Il lui fallait absolument contacter Brad. Peut-être la laisserait-on téléphoner dans l'avion ? Mais dès qu'elle fut dans le jet, elle réalisa qu'elle ne pourrait appeler personne. L'atmosphère était étrange. Le pilote et le copilote, qu'elle pouvait voir par la porte ouverte du cockpit, ne semblaient pas être américains. Elle pensa à des Français. Mais non, non, c'était impossible...

Un troisième homme, plus âgé qu'eux, en uniforme de steward, apparut soudain à côté d'elle.

— Voulez-vous du café, madame ? Ou un rafraîchissement ?

C'était surréaliste. Un vrai cauchemar.

— Non. Ce que je veux c'est une explication.

— Je comprends. Vous en aurez certainement une bientôt. Mais moi je ne suis que le steward. Laissez-moi vous apporter quelque chose.

— Bien. D'accord. Un Perrier.

— Tout de suite, madame.

Il lui apporta une bouteille que l'anxiété lui fit boire avec avidité. Le bruit des réacteurs changea et l'avion commença à rouler sur la piste. La tête et les paupières lourdes, elle se dit qu'elle devait boucler sa ceinture de sécurité. Le steward, debout à côté d'elle, l'observait avec un air préoccupé.

Et brusquement tout devint clair, si clair qu'elle dut réprimer un éclat de rire. Comment avait-elle pu croire qu'elle avait en fuyant gagné le droit d'être libre, d'aimer, de vivre ? Comme dans un rêve, elle vit Ali, son mari, tendre le bras pour la rattraper à travers leurs années de séparation. Et il avait le bras long, Ali. Un bras d'un milliard de dollars. Maintenant, c'était fait. On l'avait retrouvée et on la conduisait vers la mort.

En s'endormant, elle vit deux visages flotter dans l'obscurité. Le visage de Karim. Et celui de Brad.

PREMIÈRE PARTIE

PREMIÈRE PARTIE

AMIRA BADIR

Al-Remal (« Le Sable »), fin des années soixante.

En dépit de l'éclatante lumière du soleil de midi, la prison d'al-Masagin, avec ses lourdes grilles de fer se dressant vers le ciel, gardait son aspect de sinistre forteresse.

En l'observant attentivement, on voyait des barreaux tordus dans la grille de droite. Les gens disaient les avoir toujours vus ainsi, et ces barreaux avaient une histoire qu'Amira connaissait. Folle de chagrin, une jeune femme dont le mari était emprisonné à vie avait pris la voiture de son époux — un acte interdit par la loi — et était venue se jeter contre la grille. En ouvrant le feu, les gardiens avaient exaucé son vœu : être expédiée au paradis où elle rêvait d'attendre son mari.

A treize ans, la petite Amira Badir croyait à chaque mot de cette histoire romantique qui témoignait de la puissance de l'amour. L'amour ne conduisait-il pas à commettre des actes étranges et interdits ?

Devant les sombres grilles, Amira attendait au côté d'Oum Salih, la sage-femme du village. Oum Salih venait de tirer une lourde cloche de cuivre dont le son parut étrangement mélodieux dans cet endroit lugubre.

Quelques instants plus tard, un gardien en uniforme kaki apparut et vint ouvrir une grille. La monstrueuse bâtisse était prête à engloutir les visiteuses. Le gardien fit signe à Oum Salih d'entrer. Amira lui emboîta le pas. Sa robe de rayonne fleurie qui dépassait de son *abeyya*[1] noire lui irritait la peau. Elle n'avait pas l'habitude des tissus bon marché, ni des sandales de cuir grossier

---

1. Voile qui enveloppe la femme de la tête aux pieds, par-dessus les autres vêtements.

comme celles qu'elle avait mises ce jour-là et qui lui blessaient les pieds.

Amira était accoutumée aux étoffes les plus fines, aux chaussures confectionnées par les meilleurs bottiers italiens. Mais, en l'occurrence, elle n'était pas censée être la fille d'Omar Badir, l'un des hommes les plus riches d'al-Remal. Ce jour-là, elle se faisait passer pour la nièce de la sage-femme du village.

Amira aimait se déguiser. Habillée en garçon et portant des lunettes noires, elle s'était promenée dans les souks et avait même conduit la voiture de son père, avec la complicité de son frère, Malik. Malik l'avait aidée pour le simple plaisir de contrevenir aux usages. Elle, elle avait voulu goûter à cette liberté dont les hommes, y compris les plus pauvres du royaume, jouissaient sans se poser de questions.

Mais, cette fois, ce n'était pas un jeu. Elle risquait sa vie et, plus grave encore, mettait l'honneur de sa famille en danger. Si elle était démasquée, la fortune de son père ne suffirait pas à la soustraire aux conséquences de son acte.

Des conséquences qu'elle ne pouvait imaginer qu'en frémissant.

— Cesse donc de traîner les pieds, paresseuse, lui ordonna Oum Salih. Y a rien à craindre, ici...

Amira faillit lui faire remarquer son impertinence. Puis elle se rappela qu'elle jouait le rôle d'une pauvre gamine venue pour lui servir d'assistante. Baissant les yeux, elle marmonna une excuse.

Le gardien, un gros type à la respiration sifflante, eut un rire désagréable qui ressemblait à une toux.

— Y a rien à craindre, ici, mère ? Tu n'as pas peur de mentir et de te faire fouetter ?

— Si on devait fouetter tous les menteurs, répliqua Oum Salih, y aurait-il encore quelqu'un pour manier le fouet ?

Le gardien rit de nouveau. Amira se demandait comment l'on pouvait plaisanter et rire dans un lieu pareil. Enfant, elle avait essayé de s'imaginer à quoi ressemblait une prison. Mais même le pire des cauchemars ne l'aurait pas préparée à cette humidité, à ce froid, à cette odeur, plus terrible que tout, qui venait de la sueur, du sang, du vomi, de l'urine et de la merde. L'odeur du plus profond des désespoirs. L'odeur de la mort imminente.

Depuis l'arrestation de sa meilleure amie, Laila — la fille du confident de son père —, Amira s'était régulièrement rendue à la prison, déguisée en serviteur, pour lui apporter de la nourriture et servir de messager entre elle et Malik. Mais ce qu'elle était venue faire ce jour-là était sans commune mesure avec ses actes précédents. La vie de l'enfant de Malik et peut-être la vie de Malik lui-même dépendaient de la réussite de l'entreprise.

Laila était à demi assise sur un lit de paille, vêtue de sa tunique tachée de sang et déjà imprégnée par les eaux. Amira eut du mal à la reconnaître. Elle avait à peine dix-neuf ans et en paraissait le double. Sa respiration saccadée et son regard flou trahissaient la douleur.

Oum Salih posa son panier par terre, remonta ses manches et appela le gardien pour lui demander de l'eau bouillie.

— Pas seulement chaude, tu m'entends ? Bouillie. Et dépêche-toi. L'enfant ne peut plus attendre.

Dès qu'on cessa d'entendre les pas du gardien, Amira enleva son voile puis, un doigt sur les lèvres, murmura :

— Ne prononce pas mon nom, Laila. Je suis supposée être la nièce d'Oum Salih.

— C'est vraiment toi ? demanda Laila d'une voix rauque.

Une lueur d'espoir trembla dans ses yeux.

— Sauve mon bébé. Ne l'abandonne pas. Assure-toi qu'il vivra bien. Il le faut.

Amira caressa le front de son amie.

— Je te le promets. Je te le promets. Malik a tout arrangé. Mais surtout ne dis pas son nom, Laila. Fais attention.

De son panier, la sage-femme sortit un carré de tissu fraîchement lavé sur lequel elle plaça un tube de crème antibiotique, un lubrifiant, des herbes médicinales, une aiguille et du fil chirurgicaux et une paire de ciseaux en acier inoxydable. Puis, dans un petit verre, elle mélangea des herbes à de l'eau potable dont elle avait apporté une pleine bouteille.

Elle tendit le verre à Amira.

— Tiens. Tu ne lui en donnes qu'un peu à la fois. Sinon elle la vomira.

En dépit de cette recommandation, Laila avala le contenu du verre d'un trait tant elle espérait être soulagée de ses douleurs.

Quelques instants plus tard, elle se cambra en laissant échapper un long gémissement, un cri de douleur aigu, de soulagement et de chagrin indicible.

Impressionnée, Amira prit la main de son amie.

— Serre ma main très fort. Laisse-moi partager ta souffrance.

De sa main libre, elle passa un linge humide sur le visage et les lèvres desséchées de Laila.

Elle avait déjà vu naître un enfant quand Bahia, la servante soudanaise, avait mis son fils au monde. Mais de cet événement elle gardait un souvenir heureux alors qu'ici elle ne voyait qu'une souffrance âpre, dans un univers dont il ne fallait pas attendre le plus petit signe de réjouissance.

— Ne pourrais-tu pas lui donner quelque chose, Oum Salih ?

La sage-femme jeta un regard circonspect vers la porte. Le gardien qui avait apporté l'eau bouillie s'était éloigné. Un homme considérait toujours ces affaires de femmes — accouchement, menstrues — comme parfaitement impures.

— Oui, je pourrais lui donner quelque chose. Mais les drogues font parler les femmes. Elles se mettent à crier des noms. Il arrive qu'elles appellent leur mari ou d'autres personnes à l'aide. La plupart du temps, elles le maudissent à cause de la douleur. Et quand elles crient, ça s'entend !

Laila recommença à se cambrer. Ses ongles s'enfoncèrent dans la main d'Amira tandis qu'elle hurlait :

— Pitié, mon dieu, pitié !

Amira imita la voix apaisante que sa mère prenait lorsqu'elle ou son frère était malade.

— Chut. Chut... Ça va aller, dit-elle.

Mais son regard implorait Oum Salih d'intervenir.

— Les herbes vont la soulager un peu. Mais elle ne peut pas échapper au sort que Dieu réserve aux femmes.

Les contractions s'accentuaient, et Laila sembla s'affaiblir. Son visage devint blafard.

— Est-elle en danger, Oum Salih ?

— Pas aujourd'hui, mon enfant. Pas aujourd'hui.

Pas aujourd'hui, mais demain, songea Amira. Demain, Laila mourrait, lapidée dans l'affreuse petite cour, devant la prison. Si elle n'avait pas encore été tuée c'était grâce à l'enfant qu'elle portait. La vie de ce petit être l'avait protégée jusqu'à présent. Mais demain, vidée de cette vie, elle perdrait aussi la sienne. Et pour quelle raison ? Parce qu'elle avait aimé Malik et non le vieil homme impotent et cruel qu'elle avait dû épouser contre son gré ? Mais pourquoi, mon Dieu, pourquoi ?

— Ne pleure pas, mon enfant. Pas maintenant. Nous avons du travail.

Les douleurs de Laila s'amplifièrent. Jamais Amira n'aurait imaginé tant de souffrances et, dans cette cellule sordide éclairée d'une simple ampoule, au gré des défaillances ou des sursauts d'un générateur poussif, elle se demanda plus d'une fois s'il ne s'agissait pas d'un vulgaire cauchemar, et si un jour elle finirait par se réveiller.

Laila avait toujours été pour Amira plus qu'une amie : c'était sa grande sœur adorée, son héroïne.

En dépit de leur différence d'âge, Amira était aussi la compagne préférée de Laila. Elles passaient plus de temps ensemble qu'avec n'importe qui d'autre. Malik venait souvent les rejoindre. Souvent, oui. Laila et lui avaient-ils toujours été amoureux l'un de l'autre ? Partageaient-ils depuis leur première rencontre non pas un amour ordinaire mais celui que chantent les poètes, qui est écrit sur les âmes et dans les étoiles ?

Quand Laila eut quinze ans, son père décida qu'elle épouserait l'un de ses associés. L'homme avait cinquante-deux ans, de l'argent, le goût de la chasse et un grand respect du Coran. Peu de temps après son mariage, Laila commença à rejoindre Amira en secret. Elle expliqua que son mari préférait la croire chez sa mère plutôt que chez une amie et qu'il fallait toujours mentir à son mari, si un mensonge pouvait le satisfaire.

Deux ans plus tard, l'époux de Laila fit une chute de cheval, au cours d'une partie de chasse, qui le laissa paralysé de la taille aux orteils. Laila pleura en public, mais, dans les jardins de l'amitié qu'elle partageait avec Amira, elle ne cacha pas son soulagement. Son vieux mari devrait désormais renoncer à certaines exigences, et elle s'en réjouissait.

Au printemps suivant, quand Malik revint du pensionnat britannique qu'il fréquentait au Caire, Laila se servit d'Amira pour communiquer avec Malik et le rencontrer en secret.

Il y eut ainsi plusieurs rendez-vous clandestins. Puis, un jour, alors qu'elle allait rendre visite à son amie, Amira s'entendit répondre par la servante qu'il ne fallait même plus prononcer le nom de Laila dans la maison de son mari. Stupéfaite, Amira dut néanmoins attendre l'heure du dîner pour qu'une explication lui fût accordée.

— Est-elle morte ? demanda-t-elle timidement à son père.

Le teint coloré d'Omar Badir vira à l'écarlate.

— Pas encore. Mais elle aura bientôt la mort qu'elle mérite ! Cette femme (il se refusa à prononcer le nom de Laila) porte un enfant qui n'est pas de son mari ! Elle s'est couverte de honte et a déshonoré sa famille.

D'une main gantée, la sage-femme alla à la rencontre de l'enfant.

— Je sens la tête. Pousse. Allez, pousse ! C'est bientôt fini.

— Mon Dieu, j'espère que c'est un garçon, avoua Laila d'une voix haletante. Je prie pour que cet enfant ne connaisse pas les tourments d'une femme.

Amira cherchait des mots de réconfort, des mots qui pourraient provisoirement écarter le spectre de la mort.

— Courage, Laila. Courage, mon amie.

— Pousse encore une fois, ordonna Oum Salih en appuyant sur le ventre de Laila.

Quelques secondes plus tard, la tête de l'enfant apparut, puis ses épaules, que la sage-femme guida avec habileté. C'était une fille, une toute petite fille, chaude et gluante, avec une touffe de cheveux noirs et des yeux en amande, comme ceux de sa mère.

Émerveillée, Amira en oublia les circonstances dans lesquelles cette enfant venait au monde. Elle rêva qu'elle la montrait à sa mère. Mais non, non, c'était impossible. Hors de cette prison, seul Malik pourrait partager le secret d'Oum Salih et d'Amira.

Oum Salih s'empressa de mettre sa main sur la bouche du bébé pour étouffer ses cris, en attendant qu'Amira glissât une petite boule de coton entre ses lèvres.

Dès que la petite fille fut enveloppée dans une couverture, Laila la prit dans ses bras, la serra contre elle, du bout du doigt, elle redessina son visage comme pour emmener avec elle, au-delà de la mort, l'image d'une enfant qu'elle n'aurait pas eu le droit de connaître.

Puis Oum Salih fit signe à Amira de reprendre le bébé. Enlevant un petit paquet du panier de la sage-femme, Amira le remplaça par le nouveau-né.

— Sauve-la, Amira, implora Laila d'une voix à peine audible. Sauve-la à tout prix...

— Je te le promets.

Amira prit son amie dans ses bras en sachant qu'elles ne se reverraient jamais.

— Au revoir, Laila. Que Dieu soit avec toi.

— Au revoir, Amira. N'oublie pas...

— Je penserai toujours à toi.

Laila ferma les yeux et se laissa retomber sur la paille, exténuée. Elle pouvait dormir maintenant. Oum Salih l'avait délivrée du placenta et lavée de son mieux.

Mais la sage-femme n'était pas venue seulement pour pratiquer un accouchement. Il fallait maintenant opérer la substitution qui permettrait de ressortir avec la petite fille.

Oum Salih défit le paquet qu'Amira avait retiré de son panier. Il contenait un nouveau-né, mort le matin même, peu de temps après sa naissance. C'était un garçon qu'Oum Salih avait acheté à sa nièce grâce à quelques pièces et un peu de persuasion.

La vieille femme mouilla le corps avec de l'eau puis le barbouilla de sang, qu'elle prit dans la poche placentaire, avant de le recouvrir d'un petit linge blanc et de le poser à côté de Laila.

— Gardien ! cria-t-elle. J'ai fini mon travail.

Des pas résonnèrent dans le couloir.

— L'enfant est mort, annonça Oum Salih. Allah l'a déjà rappelé à lui.

Elle souleva le linge. Le gardien ne jeta au corps qu'un regard rapide.

— C'est pas plus mal comme ça, dit-il d'un ton fataliste.

Oum Salih brusqua Amira :

— Dépêche-toi ! Apporte mes affaires, bonne à rien !

— Oui, ma tante.

Elles sortirent de la cellule en emportant l'enfant bâillonnée. Amira aurait volontiers pris les jambes à son cou. Mais Oum Salih savait qu'il fallait éviter toute précipitation. Elle donna l'image d'une vieille femme qui venait d'accomplir une tâche laborieuse et ne ressentait nul besoin de s'agiter. Si rien n'attirait son attention, le gardien n'aurait aucune envie d'inspecter le panier qu'il imaginait simplement rempli de ces choses de femmes qu'aucun homme ne voulait voir.

Amira adopta la même allure que la sage-femme, et les grilles de la prison se refermèrent derrière elles.

CHAGRIN

Dès qu'on lui retira le coton de la bouche, l'enfant de Laila se rattrapa. Amira voulut s'arrêter pour la bercer, mais Oum Salih refusa.

— Elle a besoin d'une tétée. Quelqu'un l'attend pour lui donner son lait.

— On ne peut pas la laisser crier comme ça. Trouve quelque chose pour la calmer.

Comme si elle se souvenait soudain qu'Amira était la fille d'Omar Badir, Oum Salih céda. Elle humecta un linge d'eau sucrée et le fit sucer à l'enfant. Quelques minutes plus tard, apaisée, la petite s'endormit.

La nuit était tombée mais la lune faisait briller la Porsche argentée qui attendait aux abords du village d'Oum Salih. Les deux femmes approchèrent, et Malik s'avança vers elles. Il n'était pas rasé, et sa *galabaya*[1], en fin coton égyptien, était aussi froissée que s'il avait dormi dedans. Il serra sa sœur dans ses bras.

— Si tu savais ce que j'ai eu peur ! Je craignais tellement que vous soyez arrêtées... Comment va Laila ? Et le bébé ? Pour l'amour du Ciel, vite, dites-moi !

Préférant ne pas parler de Laila, Oum Salih lui montra le bébé.

— C'est une fille. Pleine de santé et qui promet d'être d'une grande beauté.

Malik toucha le visage de l'enfant, en redessina les traits avec les mêmes gestes que Laila.

Il donna l'impression de se parler à lui-même quand il déclara :

— Je veux qu'elle s'appelle Laila. Pour elle, je ferai tout. Je

---

1. Blouse longue et ample, avec capuche.

réaliserai l'impossible s'il le faut. Ce que j'aurais tant voulu faire pour sa mère...

— Ne dis pas ça, mon frère. Personne ne pouvait sauver Laila.

Quand le crime de Laila avait été découvert, Malik avait voulu endosser sa part de responsabilité.

— Le péché est partagé. Il est aussi le mien. Pourquoi ne mourrais-je pas avec elle ?

Mais, par l'intermédiaire d'Amira, Laila lui avait interdit de se démasquer.

— Tu ne me sauveras pas la vie en perdant la tienne. Ce serait un sacrifice bien inutile et qui ferait de notre enfant un orphelin. Je ne peux pas te permettre de faire ça.

S'il renonça au suicide ce fut pour passer son temps à écha-fauder des plans aussi audacieux qu'impossibles à réaliser. Avant le jugement, il songea à soudoyer les juges, ce que lui déconseilla vivement son cousin Farid en lui faisant observer que la justice ne s'achetait qu'avec des sommes princières — dont il ne dis-posait pas —, sinon l'insulte était impardonnable.

Quand le verdict fut prononcé, Malik ne fit plus qu'un seul projet : prendre la prison d'assaut, filer avec Laila vers l'aéroport et l'emmener loin du pays dans un jet privé. Mais Farid lui rap-pela que s'il pouvait compter sur quelques amis suffisamment fidèles — ou fous — pour participer à l'entreprise, aucun d'eux n'était pilote. Certes, il existait des pilotes mercenaires, mais lequel voudrait prendre le risque de se faire descendre par l'avia-tion royale à cause d'une femme adultère ?

C'était ainsi que Malik s'était retrouvé dans ce coin de désert, en train de glisser quelques pièces d'or dans la main d'Oum Salih.

— Merci. Que Dieu te bénisse.

La vieille femme toucha son front en un geste de respect.

— La nourrice que tu as choisie, es-tu certaine qu'elle soit saine ? lui demanda Malik.

— Oh oui ! C'est ma nièce, Salima. Elle a mis au monde ce matin l'enfant que nous avons laissé à la prison. Il n'a vécu que quelques heures. Mais la santé de ma nièce n'est pas menacée. Ta fille aura du bon lait et sera bien soignée.

— Je viendrai la chercher dès que je le pourrai. Peut-être dans quelques mois. Peut-être dans un an. Mais ne t'inquiète pas. Tu ne manqueras de rien. Et il en sera ainsi aussi longtemps que je vivrai.

— Tes désirs seront des ordres. Tu n'auras rien à craindre de ta pauvre servante.

Il était temps de partir, mais Malik regardait sa fille avec tant d'amour que la sage-femme prit le bébé et le lui mit dans les bras. Ce furent les premiers instants de communion entre le père et la fille, protégés par la nuit étoilée du désert.

Un peu plus tard, quand ils prirent le chemin de la maison paternelle, Malik dit à sa sœur :

— Cette enfant sera mon soleil, ma lune et mes étoiles. Mais, pour cela, il faut que je m'exile.

Il se tourna vers Amira.

— Peut-être qu'un jour tu devras prendre une décision semblable.

Quand ils approchèrent de la maison, il coupa le moteur.

— Passe par-derrière. La porte est ouverte. Bahia t'attend.

— Tu ne viens pas ?

— Pas tout de suite. Je vais attendre une heure ou deux. Je pourrai toujours expliquer que j'étais avec des amis. (Il esquissa un sourire.) Tu sais bien que pour moi c'est différent.

Malik était censé profiter de ses vacances d'été, et il pouvait passer la nuit dehors s'il le voulait, ce qui était strictement interdit à sa sœur.

Il lui prit la main alors qu'elle s'apprêtait à sortir de la voiture.

— J'ai fait une promesse, petite sœur. A Allah et à moi-même. Et je te la fais à toi maintenant. Jamais, tu m'entends, jamais plus je ne serai impuissant à sauver quelqu'un que j'aime. Souviens-toi bien de ça.

Amira put gagner sa chambre sans encombre. Elle tomba dans un sommeil profond et ne rouvrit les yeux que lorsque Bahia vint la secouer pour la réveiller.

Avec un sourire de conspiratrice, émaillé d'or, la servante posa un plateau près du lit.

— Je vous ai apporté votre petit déjeuner.

— Merci, Bahia. Et merci pour...

— Chut, mon enfant ! Moins j'en saurai et moins j'aurai de choses à cacher.

— Malik dort-il encore ?

— Oh non ! Il était déjà dans la cuisine quand je me suis levée. Maintenant, il est avec votre père dans le grand bureau. Avec la porte fermée.

Aussitôt Amira se leva. Il devait se passer quelque chose d'important, sans doute en relation avec le bébé. Mais qu'est-ce que Malik pouvait raconter à leur père. Délaissant son petit déjeuner, elle se lava, s'habilla, se coiffa en toute hâte, et descendit en courant au rez-de-chaussée.

Elle colla son oreille contre la porte du bureau effectivement fermée, mais ne perçut qu'un bruit de voix masculines. Oserait-elle entrouvrir le battant ?

Elle osa, en retenant son souffle. Il y eut un léger craquement qui lui glaça le sang, mais n'interrompit pas la conversation.

— Je ne suis plus un simple adolescent, disait Malik. Je suis un homme et je sais ce que je veux faire de ma vie. Les études ne m'intéressent pas. Pourquoi faudrait-il que je perde mon temps et ton argent à la Sorbonne ?

— Et que compte faire de sa vie l'homme que j'ai devant moi ?

— Je veux devenir armateur. Oh, je sais, père, que je n'y parviendrai pas sans ton aide ! Aussi, je sollicite une faveur dont je saurai me souvenir éternellement. Pourrais-tu parler de moi à ton ami Onassis ? Lui demander s'il aurait un poste à me confier. N'importe lequel. Je ne demande qu'à apprendre, comme tu as su le faire toi-même.

Amira imagina le sourire de son père qui évoquait volontiers ses débuts dans le commerce de la soie, à dix-sept ans, sans la moindre formation. De sa réussite tout le royaume avait entendu parler.

— Mais c'était à une autre époque, mon fils, remarqua Omar, d'un ton non pas réprobateur mais nostalgique. De nos jours, un diplôme peut être utile, voire nécessaire.

— Je suis bon élève, père. Tu l'as remarqué toi-même plus d'une fois. Ce que je devrai apprendre, je l'apprendrai. Je m'y engage.

Il y eut un silence, puis Amira entendit son père composer un numéro de téléphone et entreprendre une conversation en anglais.

Quand il reposa l'appareil, il annonça à son fils :

— Onassis aurait quelque chose à te proposer. Mais ce serait à Marseille.

— Qu'importe ! Je suis d'accord. Merci, père.

— Il ne faudra pas oublier qu'il se contente de te donner ta chance. Tu devras faire tes preuves.

— Je les ferai.

— Bien.

Amira se sauva dès qu'elle les entendit se lever. Mais, lorsque son père sortit pour se rendre à ses bureaux, elle alla trouver Malik.

— Je t'ai entendu parler avec père. Pourquoi lui as-tu dit que tu ne voulais pas aller à la Sorbonne ? C'est faux.

— Non, plus maintenant, petite sœur, dit-il en ébouriffant tendrement les cheveux d'Amira. Souviens-toi que j'ai désormais des responsabilités. Mais ce n'est qu'un petit sacrifice...

Il laissa sa phrase en suspens tandis qu'il pensait à ce qui allait bientôt se passer. A treize heures, après la prière de la mi-journée, Laila devait mourir.

Toute la matinée, il resta enfermé dans sa chambre. Puis, juste avant onze heures, il fit irruption dans la chambre de sa sœur.

— Il faut que j'aille là-bas. J'ai besoin d'être près d'elle.

— Non, Malik. Non. Tu risques d'éveiller les soupçons.

La voix de Malik se chargea d'amertume.

— Rassure-toi, on ne soupçonnera rien. On ne verra en moi qu'un gosse de riche qui a envie de se procurer des sensations fortes.

— Dans ce cas, je t'accompagne.

— Non. Ce n'est pas un spectacle pour une enfant.

— Et l'intérieur d'al-Masagin, c'était un spectacle recommandé ? Si tu ne m'emmènes pas avec toi, je me débrouillerai pour y aller seule.

Elle était persuadée qu'il avait besoin d'elle. Dans l'état de tension où elle le voyait, elle redoutait une imprudence de sa part.

Comme il se taisait, elle prit son silence pour un consentement et alla préparer son déguisement de garçon.

Sous le soleil brûlant, un poteau se dressait au milieu de la cour. On voyait aussi un tas de gros galets, ramassés au fond de la rivière. Mais, à l'exception de deux policiers, la cour était vide de monde.

Amira s'interrogeait quand elle découvrit son erreur. A l'ombre des murs et des porches, ils étaient des dizaines, des centaines à attendre. Elle reconnut quelques amis de son père ou de Malik, mais la plupart étaient des pauvres, dont une majorité de femmes.

Les yeux bandés, Laila fut conduite au centre de la cour écrasée de soleil et attachée au poteau. A quelques mètres d'elle, les membres de sa famille étaient figés dans une raideur de statue. La loi exigeait leur présence afin que les hommes partagent la honte et le déshonneur de la coupable tandis que les femmes se verraient rappeler ce qu'elles risqueraient si elles s'écartaient du droit chemin.

Sur le point de s'évanouir, Amira regarda Malik et rassembla son courage. Elle était venue pour le soutenir, pas pour défaillir. Il avait l'air si désespéré qu'elle lui prit la main et la serra dans la sienne tandis qu'il murmurait quelque chose. Tendant l'oreille, elle s'aperçut que Malik récitait une prière. Mais déjà un officiel lisait la déclaration de culpabilité de Laila, suivie de sa condamnation. Puis le frère aîné de la prisonnière — répondant à un signal qui avait échappé à Amira — s'avança, une pierre à la main. A quelques pas de sa sœur, il lança de toutes ses forces le gros galet en visant Laila en plein front.

La scène fut terrifiante. Où ce frère avait-il puisé sa violence ? Dans la haine ou dans l'amour ? Avait-il voulu laver l'honneur de sa famille ou éviter à sa sœur de souffrir plus longtemps, de subir ce qui devait suivre ?

Quel que fût son but, il le rata. A la dernièrre seconde Laila avait tourné la tête vers Malik — Amira aurait pu le jurer — comme si elle avait senti sa présence.

Le sang gicla, Laila s'affaissa mais se redressa. Alors s'éleva dans la cour sordide une sorte de grognement de chien enragé que l'on libère de sa chaîne.

La foule se précipita en se bousculant vers le tas de pierres. Les projectiles se mirent à voler telle une nuée d'oiseaux blancs que l'on eût soudain effrayés. Avec horreur, Amira constata que les femmes manifestaient un zèle qui leur faisait crier des injures et courir pour reprendre des pierres.

Laila se tordit d'un côté puis de l'autre comme pour tenter

d'échapper aux projectiles avant de s'effondrer. Mais les galets continuèrent à pleuvoir. On s'acharna sur un corps inerte. Puis la furie cessa brusquement, à la manière d'une tempête de sable, tandis qu'une dernière pierre roulait sur la terre brûlée.

Un homme sortit de la prison avec un stéthoscope, vérifia que le cœur de Laila ne battait plus et, d'un hochement de tête, donna l'ordre aux gardiens d'enlever le corps. Ils le firent disparaître sans même l'envelopper dans un linceul. Le cœur déchiré, Amira se demanda s'ils allaient encore réserver à son amie le plus indigne des enterrements.

La foule se dispersa. Ses grondements de colère se turent. Tenant toujours Malik par la main — selon une habitude fréquente chez les jeunes Arabes —, elle l'entraîna vers la voiture. Le regard aveugle, il marchait comme un automate. Soudain, elle lâcha sa main et, courbée en deux, se mit à vomir dans la poussière.

Malik sembla ne rien remarquer. Il mit le contact, d'un geste machinal, puis démarra en trombe. Le visage pétrifié par une fureur froide, il ne rompit le silence qu'une seule fois pour dire :

— Plus jamais. Je le jure.

MALIK

1970.

L'avion vira sur l'aile entre le ciel bleu et un désert ocre à l'approche d'al-Remal.

Depuis la mort de Laila, Malik avait constamment gardé à l'esprit la promesse faite à Dieu et à lui-même. Il venait chercher sa fille et il n'entendait pas échouer dans son entreprise. Plus jamais il ne se sentirait impuissant quand le sort de ceux qu'il aimait était en jeu.

Farid l'attendait à l'aéroport.

— Que la paix de Dieu soit avec toi, mon cousin.

— Avec toi également, cousin. Ton père va bien ?

— Oui, par la grâce de Dieu. Et ton père aussi.

Les civilités d'usage étant satisfaites, Farid examina la tenue de Malik comme un rouleau de tissu dans un souk.

— Je vois que tu es devenu un infidèle, cousin. Ou, pour le moins, un diplomate.

Malik s'amusa à faire un geste d'incompréhension.

— Ton complet ! fit Farid. C'est bien comme ça qu'on appelle cet étonnant accoutrement, non ?

Malik s'était contenté d'associer une *ghutra*[1] à sa tenue d'homme d'affaires. Accompagner un vêtement européen d'une coiffure orientale était devenu une mode chez les diplomates arabes en poste en Occident.

— Cet accoutrement m'a coûté un mois de salaire, cousin.

Malik, qui avait quelque peu exagéré le prix de son achat, vit Farid palper son complet en grimaçant.

---

1. Foulard carré plié en diagonale pour former un triangle.

— Les chrétiens t'ont volé, cousin.

Mais Malik savait que les moqueries de Farid trahissaient sa convoitise.

Farid fit signe à un porteur palestinien de prendre les bagages de son cousin. L'animation de l'aéroport surprit Malik. Ici et là, des militaires portant des armes automatiques et la *ghutra* blanc et vert — les couleurs de l'Islam — observaient les mouvements de la foule. C'était la première fois que Malik remarquait leur présence. Jusqu'ici, ils avaient fait partie du décor.

Les deux cousins montèrent dans la voiture de Farid qui sortit de la zone de l'aéroport en obligeant un camion à faire une embardée pour le laisser passer.

La conversation roula un moment sur la France : son climat, sa cuisine, ses femmes. Puis Malik changea de sujet sans pour autant aborder celui qui les préoccupait tous deux. Il fallait encore attendre un peu. On n'était pas en Europe et il eût été extrêmement mal venu de manifester sa précipitation.

— Pourquoi y a-t-il tant de circulation ? On se croirait sur les Champs-Élysées.

— Le pétrole, cousin ! Ça devient une affaire énorme, comme tu dois le savoir. L'argent coule comme l'eau dans les fontaines du palais royal. Nous allons tous être riches, si Dieu le veut.

— Si Dieu le veut. Et espérons que, même en France, je pourrai bénéficier de cette richesse.

— Comment vont les affaires ? Ça rapporte, de travailler avec le vieux pirate grec ?

Malik rit. Ce n'était pas la première fois qu'on désignait Onassis de cette manière devant lui.

— Ça va. Mais ça pourrait s'améliorer encore. Avec l'aide de Dieu mais peut-être pas avec Onassis... Il me faudrait un pavillon de complaisance, disons panaméen...

— Alors, tu quitterais Onassis ?

— Non. J'en ai discuté avec lui. Il me laisserait faire à trois conditions : je travaille pendant mes heures libres, je ne mentionne jamais son nom et je n'accepte aucune cargaison que ma conscience puisse désapprouver.

Farid se pencha un instant en avant comme pour tenter de discerner à travers le pare-brise l'imminence d'un de ces brusques changements de temps dont le désert avait le secret.

47

— Donc, tu t'en sors bien, dit-il.

— Plutôt bien, oui, comme je viens de te l'expliquer.

Ce n'était pas le temps qui changeait mais la tournure de leur conversation.

— As-tu eu suffisamment de temps pour penser à l'enfant ?

Malik se dit qu'il y avait tout simplement pensé à longueur de journée. C'était l'unique raison de sa présence au pays.

— Tu n'as pas reçu ma lettre ?

— Si. Je l'ai détruite comme tu me l'avais demandé et prétendu que je l'avais égarée.

Malik se détendit.

— Bien. Qu'en as-tu pensé ? Mon plan devrait marcher, non ?

Farid se gara sur le bas-côté de la route et se tourna vers son cousin qui comprenait la raison de son comportement. A Al-Remal, personne ne discutait de sujets sérieux sans regarder son interlocuteur en face.

— Je crains que tu n'aies laissé parler ton cœur en oubliant un peu nos coutumes. Tu as élaboré deux plans. Le premier consiste à enlever l'enfant à Mahir Najjar en prétendant qu'elle a été vendue à un couple français. Aurais-tu oublié que Mahir Najjar n'appartient pas à la catégorie de ceux qui acceptent facilement ce genre de transaction, surtout avec des infidèles ? Maintenant, si on lui disait la vérité, il faudrait encore qu'il s'accommode de l'opinion des gens, ce dont je doute. La honte lui donnerait envie de se venger et, quelle que soit la somme que tu lui proposerais, il se retournerait tôt ou tard contre toi.

Malik soupira.

— Tu as raison. J'avais déjà pensé à tout ça. Reste mon second plan. Il me semble meilleur.

— Il l'est. Mais si tu prétends emmener l'enfant parce qu'elle a une maladie rare qui ne peut être traitée qu'à l'étranger, il faudra bien un jour ou l'autre arriver à une conclusion. Ou le traitement a réussi, ou il a échoué et elle est morte.

— Oui. Je pensais que l'on pourrait annoncer sa mort au bout d'un certain temps. Les parents pleureront puis ils oublieront leur chagrin et tout sera fini.

Farid grimaça.

— Il n'est jamais bon de mentir à ce point. Par ailleurs, as-tu réellement envie de placer la vie de ta fille sous le signe de la mort pour la seconde fois ?

Farid s'empressa d'ouvrir sa portière et de cracher par terre afin de conjurer le mauvais sort.

Presque malgré lui, Malik l'imita.

— Non, dit-il ensuite d'une voix émue. Mais il faut absolument faire quelque chose. Ma fille a déjà plus d'un an. Elle va devenir l'enfant des Najjar si je la laisse plus longtemps avec eux.

— C'est évident. Et je crois qu'il existe une solution.

— Pardonne mon impatience, cousin. Mais je n'ai que deux jours à passer ici. A quoi as-tu pensé ?

— Eh bien, je crois qu'il serait plus simple d'emmener aussi les Najjar. Un homme comme toi ne va pas vivre sans domestiques, et qui pourrait mieux te servir qu'un couple de bons musulmans venu de ton propre pays ?

Malik se dit qu'il aurait pu penser à cela lui-même s'il avait su garder la tête froide.

— Mahir Najjar sait conduire, poursuivit Farid. Un homme d'affaires à l'avenir prometteur a sûrement besoin d'un chauffeur. Quant à Salima, on la dit bonne cuisinière. Je sais que les Français n'en finissent pas de vanter les qualités de leur cuisine, mais depuis combien de temps n'as-tu pas savouré une bonne kabsa[1] ?

Malik l'arrêta d'un geste de la main.

— Ça suffit, cousin. Tu m'as convaincu et débarrassé du fardeau de l'incertitude.

Mais, au grand étonnement de Malik, son cousin ne partagea pas son soulagement.

— Autant te prévenir tout de suite. L'idée est peut-être bonne, mais elle n'est pas parfaite. Je ne suis pas certain que Najjar accepte.

— Pourquoi ? Tu lui as parlé ?

— J'ai préparé le terrain.

— Et alors ? Il doit savoir que je le traiterai correctement, et même mieux que ça. Que veut-il donc ?

---

1. Soupe.

49

— Il veut d'abord que ce soit toi qui lui parles. C'est un homme orgueilleux. Mais le vrai problème, c'est sa femme.

Farid regarda sa montre puis le soleil afin de vérifier l'exactitude de la mécanique.

— Nous ferions mieux de repartir, sinon on devra s'arrêter en route pour la prière.

Malik comprit et apprécia le besoin qu'éprouvait son cousin de se freiner au moment de parler de l'épouse d'un homme. L'une des choses qui le frappaient le plus en France c'était la façon dont les hommes parlaient de leur femme, sans retenue, sans pudeur. A al-Remal, on ne mentionnait jamais son épouse dans une conversation ordinaire et l'on évitait même de parler de la femme d'un absent.

— Il arrive qu'un homme soit l'esclave de sa femme. Je ne dis pas ça pour Mahir, expliqua Farid, mais il est vrai qu'il tient particulièrement compte de l'avis de son épouse. Il n'a pas divorcé, alors qu'ils sont sans enfant, et il ne t'a jamais demandé de l'argent pour prendre une deuxième femme...

Malik s'impatienta.

— Je vois mal comment leurs rapports les empêcheraient de venir en France.

— J'ai cru comprendre que Salima ne voulait pas quitter sa famille. Toutefois, il me semble qu'il y aurait un moyen de les convaincre tous les deux.

— Lequel ?

— Parler à Mahir de la possibilité d'avoir un enfant. Et plutôt un fils, bien entendu.

Malik eut un geste d'impuissance.

— Malheureusement, cousin, dans ce domaine je ne peux pas faire grand-chose.

— Ce n'est pas certain. Il y a en France des spécialistes de ce genre de problème.

— C'est exact. Mais je ne peux rien leur promettre.

— Donne-leur au moins de l'espoir.

Sur leur gauche, la ville sortit du désert. Pendant quelques instants, Malik la reconnut à peine. Des immeubles de béton longeaient l'autoroute, tel un troupeau d'éléphants. A l'arrière-plan, on pouvait cependant apercevoir le vieux quartier et les moucharabiehs de son architecture traditionnelle derrière lesquels les

femmes contemplaient le spectacle de la rue sans être vues.
« Même les maisons sont voilées », pensa Malik.

Farid sembla faire écho à cette remarque lorsqu'il observa :

— Il va falloir avant tout que tu bouscules les mentalités... Tu
n'as pas oublié qu'ici règne la volonté de Dieu. Ce qui est écrit
est écrit : *Mektoub*...

Bien qu'elle fût immense, la maison de son enfance parut à
Malik plus petite que dans son souvenir. Même son père lui sembla un peu moins grand et d'une carrure légèrement plus étroite.
Mais le vieil homme faisait toujours penser à un faucon et, quand
le rituel des salutations fut achevé, l'œil du faucon se posa sur
le complet de Malik.

— Malik me disait justement, mon oncle, qu'il est l'homme
le plus élégant de Marseille, expliqua Farid avec malice.

Pour une raison que personne ne saisissait, Farid était le neveu
favori. Là où Malik n'osait poser le pied, Farid pouvait se permettre de danser.

— Sommes-nous à Marseille ?

Omar souriait, mais son sourire avait quelque chose d'incisif.

Malik s'empressa de répondre :

— Voudrais-tu m'excuser, père ? Je me suis endormi dans
l'avion. (Il avait somnolé.) Je n'ai pas eu le temps de me changer.
Je vais le faire immédiatement.

Omar se radoucit.

— Non. Reste comme ça pour le moment. Tu te changeras
pour la prière. Il y a un homme que j'aimerais te présenter.

Il appela Bahia. La servante apparut, un enfant aux grands yeux
noirs dans les bras. Sur ses langes étaient épinglées des amulettes
portant des inscriptions coraniques, destinées à éloigner les esprits
maléfiques.

— Ton frère, Yousef, annonça Omar avec fierté.

La naissance de son demi-frère, Malik l'avait apprise en France
sans éprouver plus d'émotion qu'en lisant un article intéressant
dans un journal. Un frère lui avait manqué lorsqu'il était enfant,
mais ce petit être venait trop tard. Il aurait pu être son fils. Devant
son babillage et ses sourires, il éprouva avant tout l'envie
d'apprendre à Omar qu'il n'était pas seulement père pour la troi-

51

sième fois, mais également grand-père. Refrénant un élan presque physique, il fut soulagé lorsque le vieil homme signifia à la servante qu'elle pouvait se retirer. L'heure de la prière approchait.

Après quelques propos échangés au sujet d'Onassis — et qui permirent à Malik de constater que son père connaissait bien l'homme mais n'était pas exempt d'une vague jalousie —, Omar reporta au dîner la suite de la conversation.

— Mets-toi à ton aise, lui dit-il. (Ce qui signifiait : Habille-toi correctement.) Quand tu auras salué ta mère, tu salueras également Oum Yousef. Et n'oublie pas ta sœur. Elle n'a pas cessé de te guetter dès que le vent soufflait du côté du pays des femmes (ce qui signifiait le quartier des femmes) en croyant que c'était toi qui arrivais.

Malik se réjouissait de revoir sa mère et sa sœur. En revanche, il n'alla saluer la seconde épouse de son père qu'avec réticence. Elle n'avait que quelques mois de plus que lui et ne lui manifestait jamais beaucoup de sympathie. Mais, comblée par la naissance d'un fils qui lui valait le droit d'être appelée « Oum » ou « mère », elle se montra parfaitement cordiale.

« Un fils, songea Malik, avec amertume, c'est l'assurance d'une sécurité nouvelle. Mais elle ne peut jouir de cette sécurité qu'au détriment de ma mère. »

— Oh, mais je pense qu'il te tarde de retrouver Amira, dit-elle soudain. Elle doit être dans sa chambre. Tu connais le chemin ? Oh, mais bien sûr ! Que je suis stupide !

Malik monta quatre à quatre l'escalier qui menait à la chambre de sa sœur, frappa à la porte — à la manière occidentale —, mais faillit ne pas reconnaître la femme qui lui répondit. Le garçon manqué était devenu une beauté, aussi surprenante qu'une fleur du désert épanouie par la pluie.

— Petite sœur ?

— Évidemment, grand idiot de frère !

Elle se jeta dans ses bras en l'assaillant de questions. Réussissant à l'interrompre, il lui demanda :

— Farid t'a-t-il parlé ? Au sujet de Laila ?

— Oui. Retrouve-moi dans le jardin après le dîner.

— Très bien. Oh, j'ai vu notre petit frère...

— Il est adorable. Mais tu as remarqué les amulettes ?

— Oui.

Il n'y avait que les gens du peuple pour prendre au sérieux l'efficacité des talismans. S'en moquer, c'était pour le frère et la sœur une façon de manifester une complicité délectable face à la seconde épouse.

— Tu vois ce que je dois supporter, observa Amira. Enfin, elle est plus agréable maintenant... Bon. On se revoit plus tard.

Malik se précipita dans sa chambre pour passer une tenue traditionnelle. Déjà, la radio diffusait l'appel du muezzin :

> *Dieu est plus grand.*
> *J'atteste qu'il n'y a pas d'autre dieu que Dieu.*
> *J'atteste que Mohammed est le prophète de Dieu.*
> *Venez à la prière. Venez trouver le Salut.*
> *Il vaut mieux prier que dormir.*
> *Il n'y a pas d'autre dieu que Dieu.*

A la nuit tombante, Malik se promena dans le jardin parmi les bougainvillées et les lauriers-roses au parfum suave. Il sourit en entendant le bruit cristallin de la petite fontaine dont chaque goutte d'eau rappelait la fortune de son père, et il se souvint de l'histoire célèbre selon laquelle le roi d'al-Remal avait prié pour que les Américains et les Anglais qui venaient entreprendre des forages fissent jaillir de l'eau plutôt que du pétrole...

C'était l'heure crépusculaire, l'heure magnifique où la chaleur qu'avait apportée le soleil commençait à remonter vers le ciel en faisant rutiler les étoiles sur la voûte bleu nuit. Aucune des merveilles de la France ne pouvait se comparer à ces étoiles du désert telles qu'elles scintillaient au-dessus d'al-Remal.

— Mon frère ?

— Évidemment, petite idiote de sœur !

En riant, Amira s'avança vers Malik pour lui prendre la main.

— Tu m'as manqué.

— Toi aussi.

— Je doute que tu aies le temps de languir loin de qui que ce soit. Tu dois avoir des journées très occupées. Sans parler de tes nuits.

— Tu as raison en ce qui concerne mes journées. En revanche, mes nuits sont plutôt solitaires.

— Pardonne-moi, mon frère. Je parle sans réfléchir. Ou bien je suis un peu jalouse.

— Jalouse ?

— Envieuse.

Amira regarda le ciel, le visage masqué par la nuit.

— Parfois je me dis que je donnerais n'importe quoi pour être à ta place.

— Tu aimerais travailler comme une esclave pour Onassis ?

— Si ça me permettait d'être en France, de faire ce que je veux...

— Et que voudrais-tu faire ?

— Je ne sais pas exactement. Sans doute aller dans un lycée. Étudier.

Elle reformulait un vœu qui avait toujours été le sien. Mais la jeune femme qu'elle était devenue donnait plus de poids, plus de sérieux à cet aveu. Il le rendait aussi plus déconcertant. Malik pensa que, décidément, sa sœur sortait de l'ordinaire. Il se souvenait qu'elle avait su lui insuffler du courage devant la prison, au moment de la mort tragique de Laila.

— Il m'est arrivé de te dire que tu serais peut-être un jour obligée de quitter al-Remal. Tu t'en souviens ?

Elle eut un geste d'impatience.

— Un rêve...

La lune, frôlant sa plénitude, apparut au-dessus de l'enceinte du jardin et projeta sur le sol l'ombre des palmiers.

— J'étudie avec ma gouvernante. Elle me donne des cours maintenant et fait venir des livres de Londres. J'en paie la moitié, parfois plus. Et Farid vient nous aider pour les mathématiques.

— Qu'en pense père ?

— Tu le connais. C'est un dinosaure, mais il est quand même capable de surprendre de temps à autre, surtout s'il voit un avantage dans l'adoption d'un point de vue éclairé. J'ai réussi à le convaincre que les temps changent et que j'aurai plus de valeur aux yeux d'un homme si j'acquiers un peu d'éducation.

Il fallut à Malik un certain temps pour réaliser le sens exact de ces paroles.

— Ne me dis pas qu'il veut déjà te marier...

— Mais si !

— Il t'en a parlé ?

— Non. Mais il y pense.

— Et il a quelqu'un en vue ?

— Pour le moment, il me semble hésiter entre plusieurs candidats. De temps à autre il tâte le terrain en disant du bien de l'un, en critiquant un autre, et en observant ma réaction. Mais il n'engage pas la conversation sur le sujet.

La vitesse avec laquelle le temps filait laissait Malik incrédule. Hier encore, Amira était la petite sœur impertinente, capable de s'immiscer dans une partie de football entre cousins, juste là, à deux pas de l'endroit où ils se tenaient.

Essayant de se souvenir de ce que devait être son rôle dans ce genre de situation, il remarqua :

— Tu as le temps de te marier, il me semble. Tu es encore si jeune.

Mais il parlait déjà comme un étranger. Ici, à al-Remal, son père pouvait parfaitement marier sa sœur sans plus attendre.

— Je n'ai pas envie de me marier, tu sais. Mais je dois obéir. Je n'ai pas envie de quitter cette maison, mais je devrai m'y résoudre. J'aimerais aller étudier en Europe, mais c'est impossible.

Il la devinait aussi rebelle que le jour où elle s'était déguisée en garçon pour conduire une voiture. Mais la rebelle avait les larmes aux yeux, des larmes que la lune argentée faisait briller sur ses joues.

— Je n'épouserai pas un homme sans qu'il me plaise. Je ne ferai pas comme maman. Je ne ferai pas comme Laila. Non, jamais !

Il oublia le coup au cœur qu'elle venait de lui porter en évoquant Laila et s'empressa de la réconforter.

— Bien sûr que non, petite sœur. Attends-toi au meilleur et non au pire et, le moment venu, tu t'apercevras que le destin t'a réservé un homme merveilleux.

Loin de croire à ce qu'il disait, Malik se sentait ridicule. Mais quel autre moyen avait-il d'apaiser sa sœur ?

Il y eut un silence. Puis, comme s'ils n'avaient cessé d'évoquer le bon vieux temps, Amira demanda :

— T'ai-je dit que j'ai plusieurs fois eu l'occasion de revoir Oum Salih récemment ? Elle est venue pour l'accouchement. C'est moi qui l'ai recommandée. Et maintenant Oum Yousef l'adore. Elle l'a inscrite sur la liste de ses protégées.

Soulagé par ce changement de sujet, Malik observa d'un ton léger :

— En d'autres termes, Oum Salih reçoit de l'argent de père et de moi en même temps. Cette vieille femme va réussir à posséder tout al-Remal avant de disparaître.

— C'est possible. Je n'en connais pas deux comme elle. Une vraie force de la nature.

Devant le sourire de sa sœur, Malik s'étonna une nouvelle fois de ce qu'il ne comprendrait sans doute jamais : les fluctuations de l'humeur féminine...

— Écoute, poursuivit Amira. Je crois que le plan de Farid est bon. Tu vas le suivre ?

— Je dois parler à Mahir Najjar. Mais Farid craint qu'il ne refuse.

— Ce n'est pas l'avis d'Oum Salih. Elle dit que lui et sa femme souhaitent par-dessus tout avoir des enfants. Et, d'après elle, c'est possible. « La cruche est fêlée mais pas brisée », assure-t-elle. Ce n'est que de l'intuition de sa part. Mais, généralement, pour ce genre de choses, elle ne se trompe pas.

— Je te répète que je vais parler à Mahir. S'il accepte, il me faudra simplement quelques jours pour obtenir les papiers nécessaires. Nous employons des centaines d'immigrés, et Onassis sait s'assurer la collaboration des bureaucrates.

— Ainsi, la petite Laila va grandir en France, *inshallah*.

— *Inshallah*.

— Il y a une question que j'ai très envie de te poser. Vas-tu l'élever dans la foi, mon frère ?

Malik s'était souvent interrogé à ce sujet mais en laissant la réponse en suspens.

— Si tout va bien, c'est essentiellement Salima Najjar qui s'occupera d'elle au début, et elle respectera les traditions. Mais par la suite... Je ne sais pas encore ce qui se passera. Je crois toujours en Dieu, sinon comment expliquerait-on tout ceci. (Il désigna le ciel étoilé d'un geste ample.) Et je crois encore que Mahomet est son prophète. Mais je ne peux pas reconnaître la volonté de Dieu dans certaines choses que l'on fait en son nom.

— Je pense comme toi.

Bien que le jardin fût désert, ils avaient baissé la voix pour prononcer les paroles interdites.

— Bien entendu, reprit Malik, il viendra un jour où elle devra porter le voile. Je l'y obligerai s'il le faut et je lui interdirai d'ouvrir un livre et...

— Tu n'es pas sérieux !

— Non. Je voulais voir ta tête.

— Idiot !

L'air songeur, Malik ajouta :

— Ce que crois réellement, c'est qu'à ton âge elle aura tout d'une petite Française.

— J'aime cette idée. Mais je me demande ce que père en pensera.

Amira se rapprocha de Malik et le serra contre elle.

— Tu m'as beaucoup manqué, mon frère.

— Toi aussi, tu m'as manqué.

Ils poursuivirent leur conversation bien après la tombée de la nuit. Rien ne les assurait de pouvoir s'isoler ainsi une autre fois.

Par l'intermédiaire de Farid, Malik s'arrangea avec Mahir Najjar pour le rencontrer, non chez Mahir qui invoqua la présence de parents dans sa maison, mais en terrain neutre, là où personne ne chercherait à surprendre leur conversation. Ils choisirent un café des quartiers de la ville où ils ne risquaient de rencontrer ni parents ni amis. Malik précisa qu'il tenait à voir sa fille, même s'ils ne parvenaient pas à un accord.

Il alla à leur rendez-vous de bonne heure, juste après le crépuscule et, en attendant Mahir, il but du café et du thé fort sucré pendant qu'un vieil homme contait l'une des aventures d'Antar, le héros bien connu de tout le Moyen-Orient.

Fils d'un scheik du désert et d'une esclave africaine, Antar gagna sa liberté grâce à ses actes de bravoure. Impitoyable avec ses ennemis, il fut le défenseur de tous ceux qui, à la merci des puissants, subissaient leur injustice. Dans l'épisode que l'homme racontait ce soir-là, le danger menaçait Antar parce qu'il s'était épris de la fille d'un prince.

Malik connaissait l'histoire, mais il put apprécier le talent du conteur tout en savourant le plaisir d'être perdu dans la foule de ce café populaire : un homme, parmi ses compatriotes, assis là, tout simplement, comme s'il s'agissait d'une habitude.

Mahir arriva au moment où le conteur racontait la mort tragique de la jeune fille. Appuyé contre un mur, il attendit la fin de l'histoire et la dispersion de la foule pour aller s'attabler avec Malik dans un coin de la salle.

Petit, le teint fortement basané, Mahir Najjar avait quelques années de plus que Malik, des yeux perpétuellement tristes et un tic nerveux qui, de temps à autre, lui faisait bouger la moustache et le nez, lui donnant ainsi l'air d'un lapin mélancolique.

Mais, ayant appris à ne pas s'arrêter aux apparences, Malik avait plus confiance en cet homme qu'en n'importe qui d'autre, à l'exception peut-être de Farid.

Il opta pour une approche directe.

— Un homme dans ma position a besoin d'un chauffeur, et j'ai tout de suite pensé à ton honorable personne.

Sans mentionner Salima, il ajouta qu'il aurait également besoin de quelqu'un pour faire la cuisine et s'occuper de l'enfant, ce qui, au passage, signifiait clairement que de toute façon il repartirait avec Laila. Prêt à se montrer généreux, il le prouva en avançant un chiffre.

La tristesse s'accentua dans le regard de Mahir et son tic réapparut.

— Je connais ta générosité. Mais je travaille déjà pour les Américains. Je transporte de l'eau dans un camion-citerne et c'est un excellent travail.

— Je te félicite. Je vois que tu sais très bien te débrouiller, et je n'ignore pas qu'avec les Américains certains trouvent l'occasion de se faire beaucoup d'argent. Mais ça ne résout pas mon problème. J'ai toujours besoin d'un chauffeur et d'une cuisinière.

Malik avança un autre chiffre. Mahir le remercia mais observa que la France était un pays lointain et qu'il avait des responsabilités familiales.

Faisant une nouvelle proposition, Malik précisa :

— Je ne te demande pas de t'installer définitivement en France.

Le regard plus attristé que jamais, Mahir soupira.

— Si seulement j'étais plus jeune. Si je n'avais pas ma famille...

La voix de Malik laissa percer une pointe d'exaspération.

— Certes, il y a ce qui est écrit *mektoub* et ce qui ne l'est pas...

Mahir reconnut que rien n'était plus vrai, et, pendant quelques instants, Malik redouta de se trouver dans une impasse. Cependant, Mahir ne chercha pas à rompre la conversation.

Après le silence qui s'était imposé, il reprit, en des termes d'une grande déférence :

— Dis-moi, Malik, fils d'Omar, reviendras-tu bientôt pour prendre femme ?

Malik sourit intérieurement. Farid avait bien préparé le terrain.

— Je ne pense pas. J'ai encore le temps. Pourquoi se presser ?

— C'est sage. Très sage. Il m'arrive de regretter de n'avoir pas suffisamment attendu. Mais ne vaut-il pas mieux fonder une famille quand on est encore jeune ?

— Sans doute. Mais ne me reste-t-il pas du temps devant moi ?

— Bien sûr, bien sûr. Beaucoup de temps.

Le tic et la tristesse de Mahir s'estompèrent tandis qu'il pensait : On a tous deux pratiquement le même âge.

— Il est possible, reprit Malik, que je sois déjà influencé par le mode de vie des Français.

Il expliqua à Mahir qu'en France hommes et femmes se mariaient tard. Les femmes restaient volontiers célibataires jusqu'à vingt-cinq ans, sinon trente ans.

— Ne me regarde pas comme ça, Mahir. C'est la vérité.

— Mais qui peut vouloir épouser une femme de cet âge ? Il faut qu'elle soit très riche ou que l'homme soit un vieillard.

— Je dois avouer, non sans honte, que les Françaises savent beaucoup mieux s'entretenir que nos femmes. De plus, même à trente ans, elles peuvent avoir autant d'enfants qu'elles le désirent.

Cette fois-ci, les yeux de Mahir brillèrent et son tic disparut complètement.

— Comment est-ce possible ?

Malik haussa les épaules.

— Oh, ce n'est qu'une question de science médicale ! Malheureusement, ici, nous n'en bénéficions pas encore.

Ménageant ses effets, Malik marqua une pause avant de préciser :

— Même des femmes d'un âge très avancé ont pu enfanter ces dernières années. De vrais miracles ! Dieu a voulu que les médecins se penchent sur le cas d'un de mes amis. Sa semence était faible, mais ils ont réussi à lui donner de la vigueur. Aujourd'hui, il a un fils.

Malik sourit en évoquant l'heureuse conclusion de cette histoire authentique dont le récit souffrait simplement d'une explication scientifique extrêmement évasive...

— Est-ce bien vrai, Malik ibn Omar ? Est-ce bien vrai, tout cela ?

— Je t'ai rapporté ce qui est arrivé.

L'espace d'un instant, Mahir aurait pu passer pour le petit frère d'Antar tant il eut l'air fier et conquérant. Puis l'élan le quitta. Ses épaules s'affaissèrent.

— Il faut qu'ils soient tous millionnaires en France pour consulter ces médecins.

C'était le moment que Malik avait attendu. Tout en faisant un signe au serveur pour qu'il rapportât du café, il répondit avec assurance :

— Pas du tout. En France, c'est généralement le patron qui paie les frais médicaux de ses employés.

Il se dit que ce n'était pas tout à fait faux à partir du moment où il se proposait d'incarner cette vérité.

Mahir ne tarda pas à déclarer que ni sa famille ni un camion-citerne ne l'empêcheraient de réaliser son vieux rêve de découvrir le monde et, à son tour, il avança un chiffre.

Quand le plaisir de marchander fut satisfait, Mahir invita Malik à aller chez lui.

— Tu pourras voir la petite et goûter à la cuisine qui t'attend.

— C'est très aimable à toi, mais je ne voudrais pas importuner ta famille.

— Tu es mon employeur. Si tu me fais l'honneur de venir chez moi, ils n'ont rien à redire.

En fait, dans la petite maison, sans fraîcheur mais d'une propreté impeccable, la famille invoquée était absente à l'exception de Salima. Répondant à l'appel de son mari, elle apparut avec un regard interrogateur qui trouva aussitôt une réponse sur le visage de Mahir.

Mais Malik ne vit que l'enfant que Salima tenait dans ses bras. Par la suite, il jura qu'il avait lu, à cet instant-là, une reconnaissance sans borne dans les yeux de l'enfant.

DEUXIÈME PARTIE

L'ENFANCE

1961.

Son coup de pied dans un ballon de football, Amira s'en souvenait aussi clairement que Malik. Elle avait à l'époque cinq ou six ans. Le ballon s'était échappé du jeu bruyant des garçons pour venir rouler silencieusement vers elle. Il lui sembla aussi gros qu'une planète mais la tentation de taper dedans n'en fut pas moins irrésistible.

Le premier essai échoua. Elle se prit le pied dans sa robe qui lui arrivait aux chevilles. Les garçons la sifflèrent. Mais, comme elle portait un pantalon sous sa robe, elle n'hésita pas à dégager ses jambes. Le ballon vola dans l'air comme un objet dans un rêve et alla retomber sur l'eau de la fontaine. Les orteils douloureux, elle entendit s'élever les cris d'une réprobation générale. Même Malik lui en voulait. Ce fut sa tante Najla qui la prit par la manche et la ramena vers le groupe des femmes et des jeunes enfants. Pas un instant elle n'avait songé à se sauver.

Plus tard, en exil, quand une nostalgie douce amère s'emparera d'elle, Amira laissera défiler ses souvenirs d'enfance dans sa mémoire comme d'autres feuillettent un album de photos. Les jours de pluie ou de neige sur Boston, elle reverra la maison de son père et son jardin baigné de soleil.

Fermé sur deux côtés par de hauts murs et sur les deux autres par les ailes de la maison, le jardin n'avait cependant rien de l'endroit secret et sombre que l'on imagine facilement en pensant à un jardin oriental. C'était le terrain de jeux des enfants, un lieu ouvert, ensoleillé, empli de verdure et de fleurs entretenues avec un soin jaloux. Plus précieuse que le pétrole, l'eau n'était jamais rationnée pour les lauriers-roses, les jacarandas, le jasmin... Ce jardin devint l'image même du bonheur. Naturellement elle l'associait à la maison, une villa de style méditerranéen, d'un seul étage, plus longue que haute, avec des fenêtres aux arcs surbaissés et des volets qui la protégeaient de la chaleur de midi.

Aux heures les plus chaudes, tout le monde s'abritait sous les arcades qui couraient le long du rez-de-chaussée. Dans ce lieu intermédiaire, entre intérieur et extérieur, les femmes accomplissaient de menues tâches ménagères, discutaient entre elles, chantaient parfois. Mais ni leurs conversations ni leurs chants ne devaient s'infiltrer dans le quartier des hommes quand ils étaient présents. C'eût été le signe d'un comportement éhonté.

Quant aux enfants, ils se devaient d'écouter respectueusement les adultes et, en leur présence, ne prendre la parole que si on les y incitait. Sur ce point, les garçons bénéficiaient d'une certaine latitude par rapport aux filles, mais sans avoir le droit de se montrer bruyants ou indisciplinés.

La chaleur qui imprégnait les ombres, le parfum des épices sur le ragoût de mouton qui mijotait dans la cuisine, la douceur des voix et le rire des femmes : Amira se souvenait de tout avec acuité. Elle se revoyait, sagement assise, pendant que les adultes discutaient, sans jamais éprouver l'impression d'être condamnée à l'ennui, ce qui eût été le sentiment de n'importe quel enfant américain ou européen. Il en allait ainsi des choses de la vie. Mais il fallait aussi reconnaître que les conversations pouvaient être fascinantes. La mère d'Amira, ses tantes, leurs amies, toutes parlaient de leurs préoccupations profondes, et la présence des enfants n'impliquait ni censure ni modération. N'étaient-ils pas destinés à rencontrer les mêmes préoccupations quelques années plus tard ?

Un jour, il fut question d'un mariage où l'on n'avait pas pu observer la moindre goutte de sang sur les draps, selon sa tante Najla qui tenait cette histoire de la bouche d'une de ses amies.

— Comme si le mari n'avait pas pénétré une vierge, ajouta Najla à l'intention des plus jeunes.

Des hochements de tête soulignèrent la gravité d'une situation qu'aucune femme soucieuse de sa réputation n'aurait voulu connaître.

— Le mari a dû divorcer immédiatement et la renvoyer dans sa famille, non ? demanda Fatima, une cousine d'Amira.

Halla, une voisine, s'inquiéta :

— Est-ce que ses frères l'ont tuée ?

— Non, répondit Najla. Personne ne l'a tuée et son mari n'a pas divorcé. Alors, évidemment, on s'est posé des questions. Ce n'était même pas une question d'argent. Le marié en avait suffisamment.

Najla évoquait le fait que l'époux d'une femme impure ne pouvait récupérer que la moitié de la somme payée au père de la mariée.

Les femmes hochèrent de nouveau la tête, mais ce fut cette fois-ci pour signifier qu'elles comprenaient.

— Je vois, fit l'une d'elles.

— Oui, dit Najla. C'était lui et non elle qui était en cause. Son membre n'a pas fonctionné. Ou bien pour une raison quelconque il n'a pas accompli son devoir conjugal.

Voilà qui changeait tout ! Dans ce cas, selon la loi islamique, le divorce pouvait être demandé par la femme. Toutefois, ce droit était rarement exercé. En premier lieu, parce qu'une femme divorcée ne se remariait pas facilement.

— Mais qu'est-ce qui n'allait pas chez lui ? demanda Fatima.

Les autres soupirèrent en cœur face à tant de naïveté. Certes, les hommes résistaient d'ordinaire plutôt mal à l'attrait des femmes, et ainsi s'expliquaient les visages voilés, les cheveux et même les bras cachés. Mais il y avait des exceptions.

— Tu n'as donc jamais entendu dire que certains hommes ne font rien avec les femmes ? demanda Halla. Il y en a par exemple qui préfèrent les garçons ou même les hommes.

D'un ton autoritaire, Najla remarqua :

— Je ne crois vraiment pas que c'était le cas. Il ne faut pas oublier qu'une maladie ou un accident peut handicaper un homme normal...

Halla l'interrompit.

— Eh bien, mon mari, lui, même avec une jambe cassée, il a gardé l'ardeur d'un bouc !

Mais Najla poursuivait :

— Il y a aussi d'autres raisons que seul Dieu connaît... On prétend que trop d'excitation peut provoquer le même effet. Mais, grâce à Dieu, la plupart du temps, ces incapacités ne sont que temporaires.

Plus tard, considérant le passé, franchissant par la pensée un abîme de solitude, Amira put mesurer à l'aune de cette solitude toute la chaleur de ces moments où elle se sentait appartenir à une famille, à un cercle d'amies, à un quartier : celui des femmes. Si elle avait écouté cette conversation avec beaucoup d'attention, ce n'était pas par curiosité pour les choses sexuelles. On en parlait là-bas si naturellement que ces propos n'avaient rien eu d'extraordinaire. Non, seul comptait ce sentiment d'appartenance et d'acceptation dont elle gardait la nostalgie.

Le premier nuage que connut sa jeune existence vint de cet autre monde qu'abritait la même maison, ce monde entièrement différent qu'elle entrevoyait rarement et dont le fonctionnement lui paraissait plus mystérieux que les impénétrables voies de Dieu. Ainsi, le nuage vint de l'univers des hommes lorsque Malik, qui sortait du bureau de leur père, fit irruption dans la cuisine en annonçant :

— Petite sœur ! Je vais en Égypte ! Au Caire !

— Maman t'accompagne ?

Ce fut tout ce qu'elle trouva à dire. A six ans, elle savait seulement que Le Caire était la ville où sa mère avait passé son enfance.

— Mais non, idiote ! Je vais au collège Victoria.

— Où ?

Malik étala quelques brochures sur la table.

— Ici. Regarde.

Amira vit de grands bâtiments, des pelouses vertes et des garçons portant ces curieuses vestes et ces cravates qu'elle avait découvertes quand son père recevait les étrangers des puits de pétrole.

— Qui sont tous ces garçons ?

— Des étudiants. Ils sont dans cette école pour apprendre un tas de choses. Regarde le drapeau. C'est une école britannique.

— Et eux ? Ils sont aussi britanniques ?

— Non. Arabes comme moi. Mais égyptiens. Il y a aussi quelques Iraniens. C'est une école britannique en Égypte.

Un instant, Amira resta songeuse.

— Quand j'aurai ton âge, je pourrai y aller ?

— Ne sois pas bête.

— Pourquoi dis-tu ça ? Pourquoi je n'irais pas ?

— Parce que tu es une fille, voyons !

On ne voyait effectivement aucune fille sur les photos. Mais, en dépit de cette évidence, elle affirma :

— Quand j'aurai huit ans, j'irai. Je veux y aller.

Malik lui ébouriffa les cheveux.

— C'est impossible, petite sœur.

— Non, j'irai !

Leur mère, Jihan, entra au même moment dans la cuisine.

— Que se passe-t-il ?

— Maman, Malik prétend que je ne peux pas aller à Victoria. Demande-lui de ne pas dire ça.

— N'es-tu pas heureuse que ton frère puisse fréquenter une si bonne école ?

— Si. Mais est-ce que je ne pourrai pas faire comme lui quand je serai plus grande ?

— Nous verrons ça, petite princesse. Il est encore beaucoup trop tôt pour en parler. D'ici là, Dieu décidera.

Amira savait qu'un « nous verrons ça » pouvait garantir un espoir ou signifier un refus catégorique. Ce jour-là, elle comprit que sa mère s'était empressée de refermer la porte qu'elle avait voulu entrouvrir, mais elle préféra s'entêter et croire qu'un jour elle suivrait les traces de son frère. Quand, du Caire, il écrivit à sa famille, elle supplia sa mère de lui lire et de lui relire ses lettres, avide qu'elle était de s'imprégner de chaque information.

Malik ne manquait pas de souligner que plusieurs hommes célèbres sortaient du collège Victoria et même un roi : Hussein de Jordanie. Les professeurs, disait-il, étaient tous habillés comme ceux d'Oxford et de Cambridge — Amira comprenait surtout qu'ils portaient des *thobes*[1] noires qui devaient leur donner l'apparence de Bédouins — et qu'ils suivaient des cours difficiles. Dans une lettre, il laissa deviner un certain découragement. Les cours d'histoire, par exemple, entraient dans le détail des lignées monarchiques et des conflits européens, ce qui trouvait peu d'écho chez un jeune Remali.

L'apprentissage des langues étrangères s'avérait encore plus

---

1. Longues tuniques à manches droites.

ardu. Quand Malik revint pour le ramadan, il montra à sa sœur des cahiers couverts de cette étrange écriture occidentale, totalement privée de la fluidité de l'arabe. Mais quand il déchiffra pour elle un poème anglais, elle lui demanda de lui désigner chaque mot au fil de sa lecture.

Bien qu'il y eût entre eux une différence d'âge de deux ans propice à toutes les chicanes, Amira et Malik entretenaient une complicité qui n'était pas toujours au goût des adultes. Une tante regrettait qu'ils ne fussent que deux, dont une fille, ce qui donnait une bien piètre famille.

Avec son vernis d'éducation et de cosmopolitisme, Malik devenait désormais un héros pour sa sœur. Elle comptait les semaines en attendant qu'il revînt pour quelques jours ou, mieux, pour les longues vacances d'été, quand les professeurs britanniques fuyaient la chaleur estivale du Caire, et ne le revoyait jamais sans le harceler aussitôt de questions sur le collège et ses études.

Ce fut au cours de ces premières vacances d'été qu'un incident terrifia Amira tout en exaltant l'admiration qu'elle portait à son frère.

Un calme inhabituel régnait dans le jardin cet après-midi-là. Les femmes et la plupart des enfants faisaient la sieste, tandis que Malik, qui recevait le prince Ali de la maison royale des al-Rashad, jouait aux échecs avec son visiteur. Juchée sur un banc de marbre, Amira suivait leur jeu. Les filles ne jouaient pas aux échecs, mais Amira en avait appris les règles essentielles en observant son frère.

Malik avança son cavalier tout en mettant en garde le prince d'un ton amical.

— Surveille ta reine.

Amira secoua imperceptiblement la tête. Mais elle pouvait se rendre compte que le danger n'était pas là.

— Ne t'occupe pas de ma reine, rétorqua le prince.

Mais déjà il avait compris l'erreur de la déplacer et à peine l'eut-il reposée que Malik avança sa reine et prit le pion qui protégeait encore le roi noir.

— Échec et mat ! annonça-t-il en souriant

Furieux, le prince s'écria :

— C'était une ruse minable !

Puis, de son bras, il balaya l'échiquier. Les pièces volèrent. L'une d'elles heurta Amira à l'œil.

— Tu m'as fait mal !

Elle se mit à pleurer.

Croyant justifier son emportement si peu princier, Ali marmonna :

— Tu es une salope...

La réaction de Malik fut si prompte qu'Amira vit le prince rouler par terre avant d'avoir réalisé que son frère l'avait frappé. Terrifiée, elle cessa de pleurer et retint son souffle. Malik avait-il oublié que porter la main sur un homme représentait une terrible insulte ? Que frapper un membre d'une famille royale était un acte inconcevable ? Y avait-il des témoins ? Elle aperçut Bahia. Mais Bahia, le nez en l'air, scrutait le faîte d'un palmier dattier.

Le prince se releva en chancelant.

— Tu me paieras ça !

Amira lut la peur sur le visage de son frère, mais n'entendit que du mépris dans sa voix.

— Oh, vraiment ? Et à qui vas-tu te plaindre ? A ton père ? A tes frères ? Leur répéteras-tu ce que tu as dis à ma sœur ?

Le prince fusilla Malik du regard puis s'éclipsa sans commentaire.

Ce soir-là, Amira et Malik commentèrent l'incident à voix basse mais vibrante. Amira s'attendait à voir les gardes royaux venir arrêter celui qui avait commis un acte impensable. Malik s'efforçait de se rassurer lui-même en affirmant qu'il ne se passerait rien de tel. Ali n'était-il pas un lâche avant d'être un prince ? Un rien fanfaron, Malik ajouta :

— Ce qu'il faut savoir, petite sœur, c'est que les règles doivent parfois être brisées. A cette condition près : choisir le bon moment.

Jamais Amira n'avait entendu une telle déclaration. Mais, dans la bouche de Malik, elle surprenait sans choquer. Le jeune érudit cosmopolite se doubla à partir de ce moment-là d'un scheik du désert, un peu bandit mais plein de panache.

— Maman, est-ce que j'irai à Victoria cet automne ?

La fin de ce deuxième été semblait à la fois imminente et

encore lointaine. Amira approchait maintenant de ses huit ans et, si elle devait aller à Victoria, il fallait qu'une décision fût prise.

Jihan soupira, et la tristesse de sa voix ne permit aucun doute.

— Non, ma beauté. Tu n'y vas pas.

— Mais je veux y aller.

— Je le sais. Mais je t'ai déjà dit — et tout le monde te dira la même chose — que les filles ne vont pas dans ce genre d'école.

— Pourquoi ? J'ai déjà appris beaucoup de choses avec Malik. Il m'a donné ses anciens livres. Je peux suivre la classe presque aussi bien qu'il l'a suivie la première année.

Jihan regarda sa fille avec émerveillement.

— Vraiment, ma chérie ? Je suis fière de toi. Tu es une enfant très intelligente. Mais... ne pense plus au collège Victoria. Ce n'est pas pour toi.

— Je veux y aller ! Je veux y aller !

Amira ne fut jamais aussi proche d'une colère débridée que ce matin-là. Elle s'emporta suffisamment pour qu'Omar fît irruption dans le quartier des femmes.

— Que signifie ce vacarme ? On vous entend dans toute la maison ! Vous ne respectez plus rien !

— Excuse-moi, mon mari. C'est ma faute.

— Qu'est-ce qui perturbe cette enfant ?

— Oh, rien de plus qu'un rêve de petite fille irréalisable...

Jihan évoqua si brièvement le désir d'Amira qu'elle le réduisit à un simple caprice.

Omar se radoucit.

— Écoute, petite princesse, je ne pense pas que tu aies envie d'aller dans une ville aussi laide et sale que Le Caire en abandonnant ici tes cousines et tes amies. Tu t'amuses bien avec elles. Et c'est bientôt ton anniversaire. On va faire une grande, grande fête.

— Mais Malik aime bien Le Caire, père, et je serai avec lui.

Omar fronça les sourcils en constatant qu'Amira osait frôler l'insolence.

— Écoute-moi bien, ma fille. Ton frère va devenir un homme et a besoin de s'instruire pour accomplir un travail d'homme. Toi, tu as simplement besoin de te préparer à être une bonne épouse, modeste et obéissante. Que ce soit bien compris une fois pour toutes.

Il pivota sur lui-même et s'éloigna. Ce soir-là, Amira pleura dans les bras de sa mère jusqu'à ce que le sommeil l'emportât.

Un ou deux jours plus tard, elle surprit une conversation entre ses parents.

— Comme toujours, je m'incline devant la sagesse de ton jugement, disait Jihan.

Elle employait ce mélange de flatterie, de cajolerie et d'insistance auxquelle elle recourait quand elle voulait faire fléchir son mari.

— Mais, tout en reconnaissant que Bahia est une excellente servante, je te ferai remarquer qu'elle ne peut être qu'une servante. Or, un homme comme toi souhaite évidemment que ses enfants — la fille comme le garçon — soient préparés à un avenir digne de la position de leur père. Les temps changent, et tu le sais. Les filles doivent maintenant recevoir une certaine éducation. Toi-même tu m'as dis que le gouvernement prévoit pour elles d'ouvrir une école dans les deux années qui viennent. Je suis sûre que si tu n'étais pas submergé de travail, tu aurais déjà pensé à chercher une gouvernante. Ne m'en veux pas si je te suggère de le faire sans plus tarder.

Quelques instants plus tard, Amira entendit son père admettre :

— Toutes ces dernières années, Dieu a voulu que je fasse de bonnes affaires en m'adaptant à notre époque, ce qui n'a pas toujours été fait de mon plein gré. Je n'apprécie pas vraiment ta suggestion, mais je lui reconnais un certain fondement. Quelque chose sera fait.

Ce fut ainsi que Miss Vanderbeek entra dans la vie d'Amira.

MISS VANDERBEEK

— Comment la trouves-tu, ta gouvernante ?

La question revenait pour la centième fois depuis que la blonde Karin Vanderbeek travaillait pour la famille Badir. Ordinairement, Amira se conformait à la tradition qui recommandait d'endormir la jalousie des esprits malins en disant du mal des personnes que l'on aimait bien. Mais, influencée par le climat d'amitié et de confiance que lui inspirait Laila, sa compagne préférée, elle fit une exception.

— Oh, je pense qu'elle est très bien !

— Dis-m'en un peu plus. Tu la trouves jolie ?

Miss Vanderbeek avait une peau laiteuse et des yeux d'un bleu céleste qui enchantaient Amira.

— Je ne sais pas, dit-elle cependant. Elle, elle ne se trouve pas jolie. C'est vrai qu'elle est très maigre.

Selon les critères remalis, Karin Vanderbeek avait l'air d'un chat écorché.

— Les Européens apprécient les maigres, observa Laila. Ils les trouvent excitantes. Tu crois que Miss Vanderbeek est excitante ?

— Laila !

Depuis toujours Amira entendait parler de sexualité. Mais elle n'en trouva pas moins choquante la question de Laila. Une femme excitante était une femme impudique et ce ne pouvait être le cas de sa gouvernante !

— Ne t'énerve pas, petit moineau. Je plaisantais. Je sais qu'elle a connu des moments tragiques dans sa vie.

C'était exact et, en silence, les deux amies se laissèrent bercer un long moment par la romantique tristesse des amours de Karin Vanderbeek.

— J'avais juste vingt-deux ans quand je suis arrivée ici, avait expliqué Miss Vanderbeek à Amira. Je venais travailler comme secrétaire et traductrice dans une entreprise hollandaise qui se chargeait de transformer l'eau de mer en eau douce.

Amira connaissait déjà l'histoire de sa gouvernante mais elle ne se lassait jamais de la réentendre.

— Et tu es tombée amoureuse d'un pilote saoudien ?

— Oui. Il possédait son propre avion et transportait des passagers entre les villes de l'intérieur et celles de la côte. Nous nous sommes rencontrés au cours de l'un de ces vols. Loufti ne ressemblait pas aux autres hommes. Il n'a pas cherché à profiter de moi parce que j'étais une Occidentale.

Amira hocha la tête avec conviction. Elle savait que sa gouvernante n'aurait pas franchi le seuil de la maison d'Omar Badir sans une réputation irréprochable.

— Tout de suite, il a voulu rencontrer mes parents. Mais je n'ai plus de famille. Alors il a rendu visite à la personne dont je dépendais dans mon travail : mon chef de service, M. Haas.

Amira sourit. Elle aimait particulièrement entendre ce qui allait suivre et qui témoignait à ses yeux d'une persévérance tout à fait digne d'un amour authentique.

— M. Haas était un ingénieur doté d'un esprit très scientifique et d'une nature peu sentimentale. Il lui a fallu beaucoup de temps pour comprendre ce qu'attendait « ce charmant garçon » qui avait pris l'habitude de venir le voir chaque semaine, qui lui apportait de petits cadeaux et le distrayait en parlant de choses et d'autres et, au passage, mentionnait mon nom. Bien sûr, Loufti attendait une réaction qui lui aurait permis de parler de mariage. Mais il ne se passait rien. Puis, à la sixième visite, M. Haas a soudain parlé de mon intention de me convertir à l'islam. Ça n'avait rien à voir avec Loufti. Je voulais simplement adopter la religion du pays où, orpheline, je me sentais chez moi. Mais Loufti a cru à un signe du Ciel : la volonté de Dieu se confondait avec son plus cher désir... Il a posé ses petits cadeaux sur le bureau de M. Haas, a filé à l'aéroport, sauté dans son avion et s'est rapproché du Ciel pour mieux le remercier. M. Haas, quant à lui, a fini par comprendre la raison des visites de Loufti et s'est déclaré prêt à favoriser autant qu'il le pouvait notre mariage.

Miss Vanderbeek fit une pause. Les épaules basses, les paupières baissées, elle donnait l'image d'une tristesse accablante. Amira la comprenait et d'ailleurs n'aimait pas la fin de cette histoire qui se terminait comme jamais les histoires ne devraient s'achever.

— Mais sa famille ne voulait pas de moi. Convertie ou non à l'islam, je resterais toute ma vie une étrangère. Une femme sans le moindre parent pour garantir mon honneur. Une femme travaillant avec des hommes. Ils lui ont dit qu'ils ne pouvaient l'empêcher de m'épouser, mais qu'une fois marié il ne serait plus admis dans la maison de son père. Pour eux, il serait mort. Loufti, le pauvre, ne savait que faire. Il disait qu'il ne pouvait ni vivre sans moi ni couper les ponts avec sa famile.

— Alors, tu lui as demandé d'être patient. Tu lui as dit que tu l'attendrais jusqu'à ce que sa famille change d'avis. Et toute ta vie s'il le fallait.

La voix de Miss Vanderbeek ne fut plus qu'un murmure.

— Oui. Mais nous avions en fait peu de temps devant nous. Deux ans plus tard, l'avion de Loufti s'est abîmé en mer, près de Jeddah. Il ne transportait pas de passagers. Le corps de Loufti n'a jamais été retrouvé.

Amira prit la main de sa gouvernante.

— Mais tu es restée ici. Même après le départ des Hollandais... Tu es ici pour toujours et nous allons être tous très heureux jusqu'à la fin de nos vies.

Miss Vanderbeek ne répondit pas. Elle se contenta de caresser les cheveux d'Amira et de sourire avec tristesse, comme à son habitude.

— C'est justement à cause de tout ça que je me demande comment elle est, expliqua Laila.

— C'est sûr qu'elle n'est pas comme les autres gouvernantes.

La plupart des gouvernantes n'étaient en fait que des servantes illettrées venant du Yémen, d'Éthiopie, du Soudan. Des esclaves, jusqu'à ce que l'esclavage eût été — du moins en principe — aboli par le roi un an plus tôt.

— Parfois, je comprends mal pourquoi elle ne va pas enseigner

74

dans une université. Tu sais que je lis l'anglais presque aussi bien que Malik ?

— Vraiment ?

— Oui. Mais c'est un secret. Je ne voudrais pas que père le sache. Et puis elle m'apprend aussi l'arithmétique.

— Tu veux dire : les additions, comme deux et deux font quatre ?

— Oh, nous en sommes plus loin ! En ce moment, j'apprends les fractions

— Ah ? Et pour faire quoi ?

— Miss Vanderbeek dit que ça pourrait me servir un jour. Selon elle, les écoles que le gouvernement ouvre aux filles ne représentent qu'un début. Tout ce qu'on y enseigne pour l'instant c'est le Coran, mais, dit-elle, un jour les filles recevront le même enseignement que les garçons.

— Amira ! Ce sont paroles contraires au Coran !

— Miss Vanderbeek n'est pas de cet avis. Elle affirme que rien dans le Coran ne s'oppose à l'éducation des filles. C'est comme pour le voile. Des femmes riches ont un jour décidé de le porter par coquetterie. Maintenant tout le monde le porte. Mais ce n'est pas une loi coranique.

— Miss Vanderbeek t'a dit tout ça ?

— Oui. Mais, je t'en prie, ne le répète pas. Je sais que ça peut paraître terrible, mais ça ne l'est pas.

— Ne t'inquiète pas. Je ne trahirai pas vos secrets.

Laila eut un petit air pincé puis ajouta :

— Il n'y a pas que ta gouvernante qui sache des choses. As-tu entendu parler de la fille qui s'est noyée dans le puits du village ?

— Bien sûr ! Tout le monde en parle depuis deux jours.

— Mais sais-tu que ce n'était ni un accident ni un suicide ?

— Je ne comprends pas.

— Quelqu'un l'avait vue aller chez un homme. Ses frères l'ont appris et l'ont jetée dans le puits. Tout le village a entendu ses cris.

— Laila ! Comment sais-tu ça ?

— Je t'ai dit que Miss Vanderbeek n'était pas la seule à savoir des choses. Tu veux que je continue, petit moineau ?

Amira s'installa plus confortablement pour l'écouter. Ce qu'elle

apprenait avec sa gouvernante était amusant mais souvent difficile. Avec une amie comme Laila, elle pouvait parler des choses
de la vie. Bientôt, elle lui avouerait qu'elle souhaitait la voir
épouser Malik pour qu'elles puissent toujours vivre ensemble.

AMITIÉ

Ce que souhaitait Amira pouvait se réaliser facilement. Par bien des côtés, Laila Sibai représentait la femme idéale pour Malik. Son père, Abdullah, était un ami d'enfance d'Omar et son associé. Un mariage permettrait aux deux familles d'unir leurs fortunes.

Certes, Laila et Malik n'étaient pas cousins, mais à al-Remal la coutume favorisant l'union entre cousins n'avait pas l'importance qu'elle prenait dans d'autres pays arabes. Et puis Laila passait tant de temps chez les Badir et connaissait si bien toute la famille qu'elle pouvait être considérée comme une cousine. Sa mère, Rajiyah, et Jihan Badir se fréquentaient assidûment.

Amira n'oubliait pas non plus quelque chose qui lui paraissait important bien que superflu dans la tradition des arrangements matrimoniaux. Malik et Laila s'appréciaient. Combien de fois Rajiyah avait fait remarquer à sa fille qu'elle jouait et parlait beaucoup trop avec un garçon qui n'était pas *mahram*, c'est-à-dire un garçon que des liens de parenté trop proches auraient permis de considérer comme un mari possible.

Même pubère et voilée, Laila continua à rencontrer souvent Malik. Amira les surprit un jour dans un coin isolé du jardin de son père alors qu'ils riaient ensemble. Devant l'air d'Amira, Laila avait demandé en souriant :

— Qu'y a-t-il, petit moineau ? Faudrait-il que ton frère et moi l'on devienne des étrangers parce que je suis enveloppée dans mes voiles ?

C'était bien une remarque digne de Laila qui semblait partager les idées de Malik sur les règles, les lois et la nécessité qui s'impose parfois d'y contrevenir, à condition de choisir le bon moment... Mais Amira n'aurait jamais exprimé une désapprobation qu'elle n'était d'ailleurs pas certaine d'éprouver. Elle idolâtrait Laila autant que son frère — même si elle soupçonnait son amie de s'intéresser surtout à Malik.

Elle rêvait résolument de perfection en pensant à une union entre Malik et Laila. Mais elle n'ignorait pas que Laila était déjà en âge de se marier alors que Malik, qui n'avait pourtant qu'un an de plus, faisait encore figure d'écolier immature. Abdullah Sibai n'attendrait certainement pas quelques années de plus pour marier sa fille.

— Écoute ! Ce sont eux qui chantent !

Un été avait passé, un autre s'annonçait. Complices, Laila et Amira s'étaient aventurées jusqu'à la bibliothèque d'Abdullah Sibai, parti en Inde acheter de la soie. Aucun autre homme ne se trouvant dans les parages, la mère de Laila avait relâché sa surveillance et les deux amies en avaient profité pour venir écouter la radio d'Abdullah. En tout point identique à celle que possédait le père d'Amira — les deux hommes s'étaient mutuellement offert ces appareils puissants et coûteux —, elle permettait de suivre les développements financiers de tout le Moyen-Orient.

Mais Laila et Amira faisaient de son pouvoir un usage quelque peu différent. Elles adoraient capter la musique en provenance de lieux aussi lointains qu'Istanbul ou Le Caire. Les grandes chanteuses égyptiennes, dont l'incomparable Oum Kalsoum, les ravissaient. Parfois, elles parvenaient à capter une station cairote qui diffusait de la musique occidentale. Ce fut ainsi qu'elles découvrirent le groupe dont Malik, avec tout le snobisme d'un élève appartenant à un collège britannique, leur avait signalé le succès en Europe. Selon lui, ces Beatles déchaînaient les foules.

— Monte le son, supplia Amira.

— Non. Maman risque d'entendre. Viens, dansons.

Amira ignorait par quel miracle Laila avait appris à danser à la mode occidentale. Tout comme la musique, la façon de danser des Occidentaux ne ressemblait aucunement à ce qu'Amira avait pu entendre et voir. Cela n'avait vraiment rien de commun avec la « danse du ventre », comme disait — non les Arabes — mais Miss Vanderbeek. On pouvait s'agiter, se déchaîner, se sentir libre. C'était fou mais très drôle.

Le morceau s'acheva par des notes retentissantes frappées sur un instrument qu'Amira ne connaissait pas. L'instant d'après, la station devint inaudible.

— Ce n'est pas plus mal, observa Laila. On prend trop de risques. Allons dans ma chambre.

Tout échauffées par la danse, elles se laissèrent tomber sur le lit.

— Eh bien, j'espère que tu t'es bien amusée, petit moineau, parce que j'ai le regret de t'annoncer que nous n'aurons plus tellement l'occasion d'écouter la radio ensemble.

— Pourquoi ?

— Je crois que mon père m'a choisi un mari. Il fera sans doute connaître sa décision quand il sera revenu de voyage. Que Dieu soit avec lui !

Amira feignit l'enthousiasme.

— Laila ! C'est une merveilleuse nouvelle ! Félicitations. Qui est-ce ?

— Je l'ignore. Que Dieu fasse qu'il ne soit ni vieux ni laid.

— Oh, mais c'est sensationnel !

— J'avoue que je suis tout excitée. C'est une nouvelle vie qui va commencer. Je serai une vraie femme et je me dévouerai à mon mari.

Marquant un silence, elle changea de ton pour dire :

— J'aimerais... Oh, et puis ça n'a pas d'importance...

Cette pointe de nostalgie se dissipa aussitôt.

— Sais-tu que j'ai conduit une voiture ?

— Quand ? Comment ?

C'était un acte parfaitement illégal pour une femme.

— Avec Malik, l'été dernier. Je me suis déguisée en garçon en prenant dans la chambre de mon frère des vêtements que j'ai mis sous mon *abeyya*, le temps d'aller jusqu'à la voiture. On est sortis de la ville, on s'est dirigés vers le nouvel aéroport en construction, et là Malik m'a appris à conduire. Quelle aventure !

— Mais c'est fou de faire une chose pareille ! Qu'est-ce qui t'a pris ?

— Tu as raison. C'était très risqué. Mais inoubliable !

Laila caressa les cheveux de son amie.

— Tu devrais essayer, petit moineau. Parles-en à ton frère. Rien que le fait de te déguiser en garçon, ça t'amusera.

— Oh, je ne pourrais jamais oser une chose pareille ! Jamais.

Laila sourit et serra Amira contre elle.

— Pourquoi ? Moi, je crois que tu devrais le faire. Parce qu'un jour tu te retrouveras mariée, sans même savoir comment, et ce jour-là il sera trop tard.

Malik revint cette année-là plus tôt que d'habitude. Les hostilités entre Israël et la Syrie laissaient penser qu'Israël ne tarderait pas à s'attaquer à l'Égypte ou bien que l'Égypte essaierait de prendre Israël de court. A la mi-mai, le Président Nasser mobilisa ses troupes. Malik sauta dans l'un des derniers avions autorisés à décoller du Caire. Mais il n'avait pas défait ses bagages que la guerre des Six Jours était déjà terminée.

Ce fut une époque difficile pour tout le monde. La défaite du pays que les nations arabes considéraient comme leur leader provoqua l'abattement général. Même l'humeur de Malik s'assombrit. Il se montra irritable, ce qui lui ressemblait peu. Amira incrimina l'ambiance générale en même temps que l'âge de son frère, un âge où les garçons se renfrognaient facilement. Puis il lui vint à l'idée que le prochain mariage de Laila n'était peut-être pas tout à fait étranger au comportement de Malik.

Alors que la famille achevait de dîner en buvant un café, Omar Badir annonça :

— Mon ami, Abdullah Sibai, a pris une sage décision en ce qui concerne sa fille. Le général Mahmoud Sadek est un homme de grande piété ainsi qu'un exceptionnel cavalier et un chasseur hors pair.

Jihan observa aimablement :

— Il a aussi belle allure. Et l'on m'a dit que le roi le considérait comme un grand ami.

Mais elle ajouta :

— Toutefois, je me demande s'il n'est pas un peu trop âgé pour Laila. C'est une jeune fille très vive alors que lui a la cinquantaine.

« Un vieil homme », se dit Amira. Son amie allait épouser un vieil homme ! Que devait-elle ressentir ?

Quand Amira interrogea Laila, elle découvrit chez elle un enthousiasme absolu.

— Il est aussi riche que généreux ! Si tu voyais les cadeaux qu'il me fait envoyer de Beyrouth, de New York, de Londres ! Chaque jour, j'ai quelque chose de nouveau.

— C'est merveilleux, Laila, mais...

— Et il a eu une vie tellement tragique ! Ses deux premières femmes sont mortes en couches. Tu te rends compte ? Ma mère me dit que si je lui donne un fils — ou même une fille —, il m'adorera jusqu'à sa mort. N'est-ce pas romantique ?

Amira hocha la tête bien qu'elle doutât encore du romantisme de cette union.

— J'ai reçu une lettre de Malik, aujourd'hui. Il sera à la maison jeudi et restera une semaine. Viendras-tu le voir ?

Il y eut un long silence. Puis Laila expliqua d'une voix où perçait une certaine tristesse :

— Je ne crois pas. Il me semble que ça ne serait pas bien, maintenant que je suis fiancée à Mahmoud.

— Oh...

— Ne t'inquiète pas, petit moineau. Il y a tant de choses dont on puisse se réjouir ! Demain, je vais commencer à me choisir une garde-robe. Mahmoud a fait envoyer des croquis de Paris. Et puis, on doit aller à Istanbul, pour au moins quatre semaines. N'est-ce pas fabuleux ? Et ensuite, je vais redécorer sa maison. Il me donne carte blanche. Je peux dépenser ce que je veux. Je vais avoir tellement de choses à faire que je ne sais pas comment je vais y arriver...

Pendant que Laila vivait dans l'effervescence, Malik broyait du noir. Il vint assister un matin au cours que Miss Vanderbeek donnait à sa sœur, nota les progrès d'Amira en français et en anglais, complimenta l'élève et le professeur, mais ne tarda pas à s'excuser et se retira. Intriguée, Amira s'excusa à son tour et alla le rejoindre dans le jardin où, mélancolique, il s'amusait à lancer des graviers dans la fontaine.

Amira rassembla son courage.

— Qu'as-tu, mon frère ? Est-ce à cause de Laila que tu as l'air si triste ?

— Laila ? Quelle idée ! C'est la vie, petite sœur, et je n'ai aucune prise sur elle. Une guerre s'est déclarée et s'est achevée en un clin d'œil. Je passe la plus grande partie de l'année dans un monde que je ne soupçonnais pas puis je me replonge dans notre vieil univers. Et c'est sans fin, rien ne change, ou en tout cas rien ne s'améliore.

— Nous sommes entre les mains de Dieu, mon frère.

Consciente de l'inefficacité de ses propos, Amira ne fut pas surprise d'entendre Malik grommeler.

— Voudrais-tu m'apprendre à conduire, mon frère ?

Il la foudroya du regard. Puis se reprit et sourit.

— Elle t'a tout raconté, n'est-ce pas ? Les femmes sont incapables de garder un secret. Mais, pourquoi pas ? Est-ce que tu peux attendre jusqu'à cet après-midi ?

— Oh, ce n'est pas urgent ! Si Dieu le veut, je...

— Non, petite sœur. Celle qui hésite est perdue. C'est maintenant ou jamais.

Ce fut ainsi qu'Amira se retrouva au volant d'une Mercedes, au-delà du nouvel aéroport, sur une voie cahotante qui ressemblait moins à une route qu'à une piste dans le désert. Elle portait une vieille *thobe* de Malik et, sur sa tête, une *ghutra* qu'il n'avait pas mise depuis des années.

On pouvait conduire sans permis à al-Remal : les voitures étaient rares et considérées comme des chevaux. A partir du moment où il avait la permission d'un adulte, n'importe quel garçon pouvait prendre le volant, même si sa tête le dépassait à peine.

Il fallut un certain temps pour qu'Amira apprît à passer les vitesses et à démarrer en douceur. Mais dès qu'elle y parvint, elle s'émerveilla de voir le paysage défiler sous ses yeux. Il lui sembla que la voiture roulait plus vite que lorsque Malik la conduisait. Au bout d'un moment, elle repoussa la main qu'il avait laissée sur le volant. Il contrariait une conduite qui ne demandait que de la fluidité dans les mouvements des bras et la pression du pied sur l'accélérateur.

Elle apprit à freiner, à allumer les phares et les clignotants, à faire fonctionner les essuie-glaces. Comment les ingénieurs allemands avaient-ils pu mettre au point ces techniques aussi surprenantes que la pluie sur le désert ? Saisie par un sentiment de puissance magique, elle décrivit toute une série de cercles et de huit.

— Calme-toi, petite sœur. On va tomber en panne d'essence !

Elle immobilisa la voiture presque sans heurt.

— Je ne pourrais pas garder le volant pour retourner en ville ?

— Non. L'expérience s'arrête là.

Malik coupa le contact, descendit et vint prendre sa place.

— Ça t'a plu ?

— C'était formidable ! Merci, mon frère. On pourra recommencer ?

— Peut-être.

Malik démarra.

— Remets tes vêtements de fille, conseilla-t-il à sa sœur. On va longer l'aéroport.

Amira se pencha pour prendre sa robe dissimulée sous le siège.

— Non, attends ! Je vois une Jeep de l'armée derrière nous.

Il jeta un coup d'œil anxieux dans le rétroviseur.

— Ah, zut ! J'ai l'impression qu'il faut qu'on s'arrête. Bon, ne t'inquiète pas. Souviens-toi seulement que tu es un garçon et ne parle que si l'on t'interroge.

Il se gara sur le bas-côté de la route. La Jeep passa devant la Mercedes et s'arrêta dans un nuage de poussière. Un homme, petit et sec, portant un revolver à la hanche, et un autre, plus solidement charpenté, une arme automatique en bandoulière, s'approchèrent de la voiture. Dans la chaleur du désert, Amira eut l'impression de geler.

L'homme au revolver regarda attentivement à travers le pare-brise et sourit.

— C'est toi, Malik, fils d'Omar. Je croyais avoir attrapé un espion israélien. Que la paix de Dieu soit avec toi.

— Que la paix et la compassion de Dieu soient avec toi, Salim, fils d'Hamid. J'allais t'apppeler « lieutenant » mais je vois que tu es devenu capitaine.

— Les avantages de la guerre, jeune homme ! Même si on n'a pas eu le temps de se battre. Mais, grâce à Dieu, l'aéroport qui est sous ma surveillance nous appartient encore.

Malgré son ton amical, l'homme gardait un regard scrutateur qu'Amira sentit soudain peser sur elle.

— Qui est-ce ?

83

— Le fils d'un ami. Dans un moment de faiblesse, j'ai accepté de lui apprendre à conduire.

Sous le regard insistant de l'officier, Amira baissa instinctivement les yeux et détourna la tête. « C'est sûr qu'il va m'arrêter », pensa-t-elle.

— Modeste, observa le capitaine. Modeste comme une fille. C'est une bonne chose quand on est si laid.

Le rouge aux joues, Amira se demanda comment cet étranger osait la dévisager puis l'insulter. Mais elle comprit qu'elle se trompait. Il avait substitué une insulte à un compliment afin de ne pas lui porter malchance.

— Je suis content de te rencontrer, Salim. Nous nous reverrons peut-être bientôt. Si tu n'as pas envie de nous interroger, il me semble que je ferais mieux de rejoindre ma famille pour la prière. Avec l'aide de Dieu.

Le capitaine répondit en riant :

— Même si j'en avais envie, Malik, fils d'Omar, toi et ton jeune ami pourriez être d'un avis différent. Allez en paix, Comment se porte ton père ?

— Grâce à Dieu, il est bien vivant. Et toujours aussi hargneux. Et le tien ?

— Toujours présent, grâce à Dieu.

— Que la paix de Dieu soit avec toi.

— Et également avec toi.

Quelques mètres plus loin, Malik poussa un grand soupir.

— Tu peux te changer maintenant, petite sœur. Tu t'es très bien comportée. Avais-tu peur ?

— Un peu. Il m'a tellement regardée !

— Ah, ça oui ! s'exclama Malik en riant. Salim ibn Hamid est plutôt quelqu'un de bien, je crois, même s'il est un peu obtus. Mais l'on dit qu'il apprécie les garçons. Les jeunes garçons imberbes, de préférence.

— Oh, mon Dieu !

— Oui, j'ai l'impression que tu as fait une conquête, petite sœur. J'entends déjà le poète chanter « Les amours défendues de Salim et d'Amira ». Et j'imagine bien les Égyptiens en faire un film.

— Malik !

— Ah, petite sœur, je te remercie d'avoir voulu cette escapade.

Elle m'a donné l'occasion de me souvenir que la grandeur de Dieu n'exclut pas l'humour. Les Arabes ont déclaré la guerre à leurs cousins israéliens. Laila doit épouser un homme qui pourrait être son père. Et ce soir, Salim ibn Hamid va hurler à la lune en rêvant de ma sœur qu'il prend pour un garçon.

Bientôt Amira partagea le rire de Malik qui semblait ne jamais devoir s'arrêter. Le soulagement, la joie, leur jeunesse, un goût de liberté défendue : tout invitait à la légèreté. Et leurs rires mêlés ne cessèrent de fuser jusqu'à la maison de leur père.

RÊVE NOIR

Sous un ciel sans nuages, au milieu du désert inondé de soleil, Jihan se tenait debout, dans un trou, avec du sable jusqu'à la taille. Quand elle tentait d'en sortir, le sable se dérobait sous ses pieds. Plus elle se débattait et plus le trou se creusait. Elle cria pour qu'on vînt à son secours. Tandis que le sable commençait à l'étouffer, des silhouettes se dessinèrent sur le coin de ciel bleu qui ne cessait de se rétrécir au-dessus de sa tête. Malik se pencha vers elle, l'encouragea d'un sourire puis s'éloigna. Les yeux noyés de larmes, Amira s'agenouilla au bord du trou puis se volatilisa comme un mirage. Les parents de Jihan la regardèrent en secouant tristement la tête et repartirent. Le sable sifflait, et le trou sembla envahi par une fumée noire, suffocante. Sur une dernière parcelle de lumière, Jihan aperçut une petite forme humaine sans visage qui criait son nom.

Couverte de sueur, frissonnante, le cœur battant à se rompre, Jihan se réveilla en sursaut.

A l'instar de la plupart des femmes remalis, elle était très attentive à ses rêves et elle savait exactement quand elle avait fait celui-là pour la première fois. Il était consigné dans un petit carnet secret où elle l'avait appelé : Le rêve noir. Elle n'avait eu besoin ni de le faire interpréter ni d'y réfléchir longtemps pour comprendre qu'il lui parlait de sa mort.

A trois reprises, espacées d'une quinzaine de jours, elle nota la manifestation du rêve noir. Puis le rêve devint presque aussi présent que sa famille et ses amies, et Jihan sut avec une certitude terrifiante qu'il ne la quitterait plus jamais.

Elle feuilleta le carnet pour vérifier la date du premier songe noir. C'était bien ça : il avait commencé à la troubler trois jours exactement après qu'elle eut inscrit : « Omar m'annonce qu'il prend une autre épouse. »

LA FIN DE L'ENFANCE

Malik était déjà reparti au Caire lorsque Laila se maria au début de l'automne. Jamais Amira n'avait vu ni imaginé un mariage aussi élégant. Ruisselante de soie et d'or, Laila avait la beauté de ces vierges qui accueillent les croyants au paradis.

Son mari surprit Amira. Il n'avait rien du vieil homme auquel elle s'était attendue. Mahmoud Sadek possédait bien la séduction qu'on lui prêtait, et beaucoup de prestance. A côté de lui, même Omar Badir et Abdullah Sibai faisaient figure de frères cadets. Mais, le mariage terminé, Laila disparut. Le couple s'en alla passer sa lune de miel à Istanbul. Pendant quelques jours, Amira vécut dans le souvenir magique de la fête. Puis ce fut l'abattement, la grisaille, la solitude.

Elle essaya de passer plus de temps auprès de sa mère, mais Jihan semblait perdue dans son monde intérieur. La gouvernante, en vacances, séjournait dans le Midi de la France. Et, pour couronner le tout, Amira sentait son corps se transformer. Elle n'avait pas encore saigné, mais il se passait en elle des choses qui la tourmentaient.

Elle éprouva un réel soulagement lorsque les lettres de Laila commencèrent à arriver. Chaque jour, elle en reçut une nouvelle, mais toutes lui décrivaient le luxe de l'hôtel, la beauté du Bosphore et les trésors du musée du Topkapi.

« Tu devrais voir les bijoux, Amira, les fabuleux diamants, rubis et saphirs que les sultans offraient à leurs femmes. Il fallait qu'ils les aiment énormément pour leur offrir de tels cadeaux. Tu me manques beaucoup, et je regrette que tu ne puisses découvrir avec moi toutes ces merveilles. Mais je ne pouvais pas t'emmener. Mahmoud n'aurait pas été d'accord. Enfin, bientôt je vais rentrer et te revoir, toi qui es pour toujours mon amie. »

Lisant et relisant ces lignes, Amira se jura de ne jamais décevoir l'amitié de Laila.

Trois semaines après le mariage, elle reçut quelques mots écrits dans l'exubérance : « Secret d'État ! Prends soin de cacher ça ! Ne sont-ils pas mignons ? » L'avertissement de Laila accompagnait une carte postale des Beatles. Vaguement déçue, Amira trouva qu'ils ressemblaient aux étrangers des puits de pétrole avec, en plus, de drôles de perruques. Mais, en hommage aux souvenirs partagés, elle glissa la photo entre les pages d'un des cahiers que Malik avait laissés à sa sœur. Chaque soir, Amira la regardait en rêvant d'Istanbul, du Caire, de Londres, et de tous ces endroits qu'elle ne verrait peut-être jamais.

Un matin, à l'heure où Omar était appelé en ville par ses affaires, la solitude et les troubles de son corps lui firent commettre un acte insensé. Elle se faufila dans le bureau de son père, mit la radio et chercha la station cairote. Finalement elle parvint à la capter alors qu'elle diffusait un air de rock and roll. Ce n'était pas les Beatles mais une musique semblable, et, relevant sa jupe, elle se mit à danser. Le regard fixé sur le mouvement de ses longues jambes, elle tenta de retrouver la lumineuse sensation de liberté qu'elle avait éprouvée en dansant avec Laila sur cette musique occidentale. Sensation lointaine qu'elle avait craint de perdre à jamais.

Ce fut en vain. La musique était différente, Laila absente et la magie n'opérait pas. Elle se dit qu'elle ferait beaucoup mieux d'aller se pencher sur les devoirs que sa gouvernante lui avait préparés, ou de se distraire en essayant des produits de maquillage. Mais elle dansait encore, bien que machinalement et sans plus d'espoir, quand elle entendit tonner la voix de son père.

— Que fais-tu ? Mon Dieu, quel spectacle ! Es-tu vraiment ma fille ?

Fou de rage, Omar se précipita sur elle, l'attrapa par les cheveux et la traîna hors de son bureau.

Les femmes eurent le souffle coupé quand il fit irruption dans leur quartier.

— Où est ma femme ? Où est-elle ?

Jihan apparut tandis que se répandaient dans la pièce des bruits de fuite précipitée.

— Que se passe-t-il, mon mari ?

89

— Je te l'avais dit ! Je t'avais prévenue ! Il est temps et plus que temps ! Ce doit être fait maintenant !

Jihan secoua la tête.

— Mais, mon mari, elle n'a pas encore l'âge. Ce n'est qu'une enfant.

— Une enfant que je viens de voir se comporter comme une putain cairote, dans mon bureau, en écoutant ma radio ! Elle marche encore. Va et tu entendras toi-même cette musique d'infidèles.

— Je te crois, Omar. Inflige-lui la punition que tu juges nécessaire. Mais c'est qu'elle n'a pas encore commencé...

— Tais-toi !

Omar repéra Bahia, figée dans un coin de la pièce.

— Toi ! Tu sais ce qu'il faut faire. Occupe-toi d'elle.

Une terreur sans nom s'était emparée d'Amira. Elle avait doublement péché : en dansant et, plus gravement, en provoquant la colère d'un parent. La *ghabad*. Son âme même était en danger. Elle pleura désespérément pendant que Jihan tentait encore d'apitoyer un mari qui se murait dans un silence de pierre.

Quand Bahia réapparut avec une *abeyya*, Omar sortit de son mutisme pour expliquer :

— Cela n'est pas ta punition. J'en déciderai plus tard. Ce sont les ordres de Dieu. Respecte-les.

Il pivota sur lui-même et sortit.

Amira fut conduite dans la chambre de Jihan. En larmes, elle se dit qu'elle avait totalement gâché ce qui aurait dû être vécu avec bonheur et fierté. Elle devenait une femme dans la tristesse et la peur.

Elle voulut se défendre mais ne sut que murmurer :

— C'est trop tôt...

Cette fois-ci, ce fut Jihan qui se montra implacable.

— Non. Ça ne peut plus attendre. Oserais-tu contredire ton père ?

Le long vêtement noir glissa sur son corps, couvrit son visage, ternit les couleurs de la pièce, les couleurs de son enfance, dissimula les traits d'une jeune fille que l'on pouvait avoir plaisir à regarder, mais, grâce à Dieu, il cachait ses larmes.

TROISIÈME PARTIE

JIHAN

— Maman, tu ne veux pas nous rejoindre ? Tante Najla est en grande forme aujourd'hui. Maman ?

— Je préfère rester à l'intérieur, mon enfant. Je me sens fatiguée.

— Oh, viens boire du thé ! Il fait très beau aujourd'hui.

Jihan se laissa finalement convaincre d'aller s'asseoir à l'ombre des arcades. Mais l'expression et le regard des autres femmes, qui sortirent d'un brusque silence pour manifester une sollicitude excessive, révélèrent qu'elles voyaient sur elle l'empreinte du rêve noir.

Elle ne tenait plus son carnet à jour. Le rêve était devenu si fréquent qu'elle redoutait le sommeil. Presque chaque nuit il revenait et, pis encore, la hantait pendant la journée. Elle avait l'impression que son univers familier — la maison, le jardin, les visages connus — n'était plus qu'un voile arachnéen, châtoyant, et susceptible de se déchirer d'un moment à l'autre pour laisser apparaître la fosse creusée dans le sable, la fosse qui l'attendait comme un chacal noir à l'affût.

Elle savait que quelque chose clochait en elle, dans sa façon d'agir. C'était mal. C'était pécher. La première et la seconde épouse ne s'entendaient pas toujours parfaitement — ce qui était assez rare en fait —, mais les deux femmes étaient censées préserver le bonheur de l'époux en évitant les conflits. Jihan avait manqué à ce devoir. Elle se refusait même depuis des mois à Omar. A l'évidence, elle commettait un péché dont elle aurait à rendre compte un jour.

Mais n'y avait-il pas des raisons à ce malaise ?

« Tu seras toujours la seule, l'unique étoile de mon ciel. » Elle avait inscrit ces paroles dans un carnet d'une autre époque, au lendemain de sa nuit de noces. Elle avait quatorze ans, Omar dix-huit ans de plus qu'elle. En ce temps-là, il lui parlait comme un poète, et cela avait duré pendant des mois et même des années au cours desquelles avait régné entre eux une entende profonde. Non, Omar ne lui disait pas des paroles en l'air. Ils vivaient une union heureuse. Peut-être était-ce en souvenir de cette époque qu'il s'abstenait de divorcer en dépit de tout.

« La seule, l'unique. » Elle secoua la tête et entendit résonner un petit rire amer dans son esprit. Mais devant le regard que les femmes posèrent aussitôt sur elle, elle comprit que son rire lui avait échappé.

Oum Yousef eut l'élégance d'intervenir pour dissiper son embarras.

— Tu as la gorge sèche, Oum Malik. Laisse-moi t'apporter du thé, dit-elle.

Elle se comportait comme une seconde épouse se devait de le faire, mais Jihan ne vit dans son empressement qu'une mascarade. Elle savait trop bien que cette ravissante jeune femme avait usurpé sa place. Depuis la naissance de Yousef, Omar ne cessait de centrer son attention sur la mère et l'enfant. Qu'étaient devenus le respect, la vénération dus à la première femme, mère du premier enfant mâle ?

Cependant, Jihan se répétait qu'elle avait elle-même provoqué cette situation intolérable.

« Est-ce ma faute ? » se demanda Amira en voyant sa mère hocher la tête comme si elle menait un monologue intérieur. « Est-ce parce qu'un soir je me suis mal comportée que mes parents sont devenus des étrangers ? Que ma mère a si brusquement changé ? »

Elle la reconnaissait à peine avec son regard éteint, ses lèvres pincées, son corps avachi, sa façon de rester assise, sans bouger pendant des heures dans une pièce obscure. Où était passée la femme au sourire charmeur qui aimait rire, plaisanter, prodiguer compliments et baisers, et ne pouvait tenir en place plus de cinq minutes ? Il semblait loin le temps où la belle Égyptienne, venue de la capitale sophistiquée du monde arabe, bousculait à plaisir le conservatisme des femmes d'el-Remal. « Le cinéma ? Oui, je sais qu'ici c'est interdit, mais au Caire on y va chaque semaine. Les femmes aussi, bien sûr. Connaissez-vous l'histoire de Scarlett O'Hara, amoureuse d'un scheik très riche puis d'un séduisant contrebandier ? Non, vraiment, vous n'avez jamais entendu parler d'elle ? Eh bien, je vais vous raconter... »

Cette même femme se tenait maintenant dans un coin, le dos voûté sur sa chaise, comme une vieille tante dérangée que l'on craint d'entendre d'un moment à l'autre ressasser dans la douleur sa nostalgie du règne précédent.

— Le roi était très beau et très élégant, n'est-ce pas, maman ?

— Pardon ? Le roi ? Farouk, tu veux dire ?

— Oui. Farouk.

En plein midi, il régnait dans la chambre de Jihan, aux volets fermés, une lumière crépusculaire. Allongée sur son lit, une compresse froide sur le front, elle soupira. Le club hippique. Un jour de printemps. Le roi qui passe avec sa suite la regarde, salue son père...

— Quand il était jeune, il n'y avait pas d'homme plus séduisant que lui. Mais aujourd'hui les gens ne se souviennent que de l'être grotesque qu'il est devenu.

— Lorsqu'il lui a parlé de toi, ton père lui a répondu que tu étais déjà fiancée, n'est-ce pas ?

Amira savait combien sa mère aimait ce souvenir.

Mais, ce jour-là, Jihan se contenta d'un petit signe de tête. Après tout, qui connaissait la vérité ? Son père avait peut-être inventé cette histoire pour lui faire plaisir.

— Si tu avais épousé le roi, tu penses à ce que tu serais devenue ?

Amira s'efforçait d'entretenir la conversation, de briser la carapace dans laquelle sa mère s'enfermait et qui risquait de l'étouffer.

Jihan eut un faible sourire.

— Seul Dieu connaît la réponse. Mais si c'était arrivé, où seriez-vous, ton frère et toi ? Laisse-moi me reposer un peu, mon cœur. Je suis fatiguée.

Soudain, sans raison, elle pensa au Montaza, le palais royal d'Alexandrie, et à son bassin aux nénuphars. On racontait que

95

Farouk aimait regarder nager parmi les fleurs de très jeunes femmes entièrement nues qu'il faisait chaque fois venir par dizaine.

Puis Jihan s'endormit et aussitôt le désert écrasé de soleil remplaça le bassin aux nénuphars...

« Je n'oublie pas que tu as des responsabilités là-bas et qu'il te sera peut-être difficile de t'absenter, même pendant quelques jours, mais je t'en prie, mon frère, essaie de venir le plus vite possible. » Amira signa la lettre et la remit à Bahia pour qu'elle pût la poster. Elle espérait avoir su exprimer l'urgence de la situation sans paraître divaguer. La personnalité de sa mère semblait se désagréger peu à peu. Elle avait commencé depuis quelques jours à perdre la tête comme une vieille femme sur son lit de mort. La veille, le regard dans le vague, elle s'était écriée :

— Malik ! où étais-tu passé ? Qu'as-tu fait pour te salir de cette façon ?

— Malik n'est pas ici, mère. Tu sais bien qu'il est en France.

— Oh, oui, bien sûr ! J'ai eu une vision. Mais je l'ai vu comme lorsqu'il se tenait devant moi. Aussi clairement.

Amira avait dissimulé sa frayeur mais espérait que Malik pourrait aider leur mère que rien ni personne autour d'elle ne parvenait à distraire de ses tourments.

Mais d'où venaient-ils ? Quand avaient-ils commencé ? Amira pensait à cette nuit où elle avait provoqué la honte de ses parents. Était-elle coupable, responsable de cette situation terrifiante ?

Ce qu'elle se reprochait maintenant s'était passé deux ans plus tôt, quelques mois avant l'exécution de Laila. Dans sa chambre, Amira veillait en lisant un livre d'histoire que lui avait envoyé Malik. Elle s'efforçait de finir un chapitre quand des bruits sourds lui parvinrent de la chambre de sa mère. Elle reconnut la voix grave de son père qui semblait discuter fermement, mais ne put distinguer ses paroles. Puis elle entendit la voix de sa mère : une voix suppliante qu'elle ne lui connaissait pas.

— Omar, s'il te plaît, tu sais ce que je ressens. Laisse-moi tranquille.

Sans savoir pourquoi, mais consciente de commettre une erreur, Amira sortit de son lit et alla jusqu'à la chambre de sa mère. Par la porte entrouverte, elle entendit Omar qui, partagé entre l'étonnement et la colère, remarquait :

— C'est un péché et tu le sais. Tu vis sous mon toit. Tu acceptes ma protection. Tu es ma femme et tu dois te comporter comme telle.

— Non ! Je t'en prie !

Comme si elle observait quelqu'un d'autre à distance, Amira se vit pousser la porte.

Omar était penché sur sa femme, recroquevillée sur le lit. Devant cette scène insolite, Amira comprit immédiatement qu'elle n'aurait jamais dû entrer dans cette chambre.

Jihan la vit la première, puis Omar se retourna. Sur leurs visages elle lut un même sentiment d'horreur et de culpabilité qui se transforma chez son père en fureur.

— Que fais-tu ici ?

Elle aurait voulu disparaître sous terre ou se volatiliser dans les airs. Mais le regard de son père lui intimait de répondre.

— Pourquoi ne la laisses-tu pas tranquille ?

Terrifiée, ce fut tout ce qu'elle trouva à dire. Pendant quelques instants, elle crut qu'Omar, le bras levé, allait la frapper. Mais il lui désigna la porte et, la voix tremblante de rage, lui ordonna de sortir.

— Retourne dans ta chambre ! Et ne recommence jamais ça !

Elle disparut en courant comme un animal piégé que l'on vient de libérer. Du fond de son lit, elle entendit bientôt le pas lourd d'Omar dans le corridor.

Pendant plusieurs jours, elle ne vit pas son père, et osa à peine regarder sa mère. Toutefois, Jihan fit comme si rien n'était arrivé ou comme si elle avait d'autres préoccupations. Amira s'en réjouit à la manière de tous les enfants dont les parents sont trop accaparés par le monde des adultes pour trouver le temps de sanctionner leurs erreurs.

Puis, un matin, elle fut réveillée par une autre sorte de bruit en provenance de la chambre de sa mère. Un râle à peine humain, qui lui glaça le sang, la fit se précipiter dans le couloir. Mais, se souvenant de ce qui était arrivé quelques jours plus tôt, elle se figea. Au même moment, surgissant de nulle part, Bahia la bouscula et entra dans la chambre. Debout près du lit, Jihan regar-

97

dait d'un air hébété le bas de sa chemise de nuit et les draps imbibés de sang.

— Allah ! Qu'est-ce qu'elle a ? On l'a incisée ?

— Non, petite demoiselle. Non, ça n'est pas ça du tout. Va demander à quelqu'un d'aller chercher la sage-femme.

Bahia soutenait Jihan et la réconfortait comme une enfant. Amira n'avait jamais vu tant de désespoir sur le visage de sa mère.

— Mais qu'est-ce qui s'est passé ?

— Elle a fait une fausse couche. Le fœtus devait avoir quelque chose d'anormal. Dieu l'a voulu ainsi.

Le fait d'être enceinte avait représenté pour Jihan un miracle et un fol espoir. La conception avait dû survenir lors de leurs derniers rapports. Omar ne venait plus souvent rejoindre sa femme dans sa chambre et, quand il venait, leur intimité manquait d'ardeur. Omar restait un amant efficace et généreux mais Jihan ne s'enflammait pas. Son plaisir ne tenait qu'au savoir-faire de son mari.

La soir de la conception, il avait eu une attitude particulière. Au lieu de se préparer à satisfaire son désir, il caressa la main de Jihan tendrement.

— Parlons un peu ensemble, beauté. Ces derniers temps, nous n'avons pas eu beaucoup l'occasion d'être seuls tous les deux.

Intriguée par ces paroles inhabituelles, Jihan demanda :

— Quelque chose ne va pas, Omar ?

— Pas du tout. Non. Simplement, j'ai pensé et me suis souvenu...

— De quoi, Omar ?

Il eut ce petit sourire timide qu'elle ne lui avait pas vu depuis des années et qui lui donna un air presque adolescent en dépit de sa barbe grisonnante.

— Je me suis souvenu du temps où ta voix était pour moi comme le ruissellement de l'eau aux oreilles d'un homme assoiffé. Et je me suis dit qu'elle me faisait encore le même effet.

Toujours intriguée, mais rougissante de plaisir, Jihan remarqua en riant :

— Vraiment, je ne sais que répondre ! Voilà que tu as trouvé le moyen de rendre une femme muette. Ce qui peut faire de toi un héros dans ce pays !

Omar partagea le rire de sa femme. Puis il y eut un silence embarrassé que Jihan finit par rompre en parlant de tout autre chose.

— T'ai-je dit que j'ai reçu une lettre de Malik, hier ?

— Oui.

— Il pense beaucoup à toi et me demande de te transmettre son plus profond respect.

— Tu me l'as dit, oui. Et aussi qu'il va bien, n'est-ce pas ?

— Grâce à Dieu, oui. Il affirme également qu'il fait des progrès au collège.

— Ah ? Voilà qui est intéressant parce que de mon côté j'ai reçu aujourd'hui une lettre du proviseur. Il paraît que Malik a organisé une soirée dans son dortoir.

— Est-ce contraire au règlement ?

— Apparemment. Seuls Dieu et les Anglais savent pourquoi.

Jihan s'étonna qu'Omar prît le parti de son fils. Habituellement ses écarts étaient mal tolérés.

— Il a également manqué des cours, poursuivit Omar. Mais ça, je le savais déjà. Devine ce qu'il faisait au lieu d'aller au collège ? Il me cherchait de nouveaux clients ! Il m'en a déjà trouvé deux. Et qui sont intéressants. Il n'est encore qu'un gamin mais il sait se débrouiller. Je lui ai, bien entendu, donné une commission, comme je l'aurais fait pour quelqu'un d'autre. L'argent de la soirée devait venir de là. Il faudra tout de même que je le rappelle à l'ordre la prochaine fois qu'il viendra. Dieu bénit la générosité, mais il ne faut pas la confondre avec le gaspillage.

Jihan ne put retenir un sourire devant la façon dont son mari tentait de dissimuler sa fierté sous un ton sentencieux.

— Il est le fils de son père, dit-elle.

— Mais... je ne suis pas venu pour parler de mes affaires. De plus c'était ta voix et non la mienne que je voulais entendre.

Il était décidément de très bonne humeur. Jihan attendit d'être certaine qu'il eût fini de parler pour remarquer :

— Nous pouvons remercier Dieu d'avoir eu tant de chance avec nos enfants.

— Hum... Amira... Il est vrai qu'elle grandit vite. Nous devrons bientôt lui trouver quelqu'un.

— Sais-tu qu'elle parle français comme une petite Parisienne ?

Jihan voulait éviter de s'étendre sur un sujet qu'elle préférait remettre à plus tard.

— L'étrangère lui apprend à parler français ? s'étonna Omar.

— Oui. C'est un bon professeur, il me semble. Et elle est très pieuse. Que Dieu en soit remercié.

Mais Omar se rembrunissait.

— Le français...

Puis il balaya sa perplexité d'un geste de la main.

— Soit ! Qui sait, elle peut épouser un diplomate. Et il est certain que les temps changent.

— Je connaissais un peu le français autrefois.

— Oh, je sais ! Mais je ne suis pas fâché que tu l'aies oublié, ton français. Tu en étais trop fière.

Omar retrouva son sourire timide.

— Écoute, ma beauté, je sais que nous n'avons rien de particulier à célébrer, mais je me suis rendu compte que je dis trop rarement ce que tu représentes pour moi depuis que tu es ma femme et la mère de mes enfants. Peut-être que ceci compensera la pauvreté de mes paroles.

Il lui présenta un écrin de cuir, bordé d'un filet doré.

— C'est pour moi ? Mais, mon mari, je n'ai rien fait pour mériter un cadeau.

— Ouvre.

Elle eut le souffle coupé en découvrant le collier d'or, d'émeraudes et de diamants. Même pour Omar, c'était une folie.

— Oh, Omar ! C'est trop !

— Non, au contraire, ce n'est pas assez. Je t'aime, Jihan. Tu seras toujours ma femme.

— Mais... merci. (Elle l'embrassa.) Puis-je le mettre ?

— Bien sûr. Je sais comment sont les femmes. Essaie-le avec toutes les robes que tu veux. Amuse-toi. Mais après, viens me rejoindre en ne portant que lui.

Cette nuit-là, Omar retrouva ses ardeurs de jeune marié et honora trois fois son épouse. Certaines s'en seraient glorifiées le lendemain, mais Jihan savait être à la fois exubérante et pudique sur ce sujet. Il faut dire que le collier parlait de lui-même.

Trois semaines plus tard, son mari lui annonça qu'il avait décidé de prendre une seconde femme : la fille d'un de ses cousins.

Jihan se dit qu'elle aurait dû s'y attendre, trouver suspects le sourire timide, les mots tendres, le cadeau ridicule. Après toute une journée de pleurs et de haine, elle apostropha Omar dans le couloir, hurla, réclama le divorce, lui lança le collier au visage. Plus d'un homme aurait appelé un témoin et divorcé sur-le-champ, mais Omar se contenta de répondre avec dignité :

— Je t'ai dit que tu serais toujours ma femme.

Puis il s'éloigna.

A cet instant, Jihan comprit enfin toute l'ambiguïté de sa promesse. Elle serait toujours sa femme, mais pas la seule. En hurlant, elle courut se réfugier dans sa chambre.

Bahia ramassa le collier tout en prenant soin d'expliquer aux autres femmes :

— Quand elle se sera calmée, je le remettrai dans son écrin. Dieu voudra qu'un jour elle recommence à le porter avec fierté.

Elle déposa le bijou dans sa boîte le jour où sa maîtresse lui apprit qu'elle était enceinte.

Jihan s'accrocha à l'espoir de voir Omar abandonner l'idée de prendre une autre épouse si elle lui donnait un autre enfant qui pourrait très bien être un fils. Elle se persuada qu'il avait simplement voulu une femme pour agrandir sa famille.

Elle n'avait pas eu d'enfant depuis treize ans et ne trouvait d'explication que dans la volonté de Dieu. Le miracle qui survenait après cette longue période stérile lui permit tous les espoirs, mais ne l'incita pas au pardon. Omar l'avait trahie, et le soir où leur fille les avait surpris, elle était en train de le repousser. Elle lui aurait cependant annoncé l'heureuse nouvelle si elle en avait eu le temps.

Puis, il y eut ce matin, à la fin du troisième mois, où le lit fut inondé de sang. La sage-femme ne put que constater l'évidence : elle avait fait une fausse couche. Le sang continuant de couler, on appela un médecin. Il y en avait seulement cinq dans le royaume, dont trois attachés à la famille royale. Ce fut l'un d'eux, un Turc chauve et petit, qui se présenta. Comme toutes les femmes d'al-Remal qui subissaient un examen médical, elle dut porter un voile tandis que le praticien explorait sa nudité.

Quand il eut fini, il remarqua :

— Je pense, madame, que votre dernier accouchement avait dû être laborieux.

— Oui. On m'a dit que j'aurais pu mourir.

— Je ne suis pas étonné. J'ai observé des cicatrices, des adhérences. Aviez-vous mal ?

— Un peu.

— Ce qui me surprend, c'est que vous ayez pu être enceinte de nouveau. Je regrette de devoir vous dire, madame, que vous n'aurez plus d'enfant. Je vous recommanderais même, pour votre santé, de consulter un spécialiste, en Europe. Un chirurgien. Je vais en parler à votre mari en lui donnant le nom de deux ou trois personnes en qui il peut avoir une totale confiance.

— Je vous remercie. Mais je doute qu'on en arrive là.

Le ton du médecin révéla une pointe de colère.

— Vous avez probablement raison. A al-Remal, on est persuadé que la volonté de Dieu s'exprime en toute chose, et cela est vrai. Mais qui nous dit que les bienfaits de la médecine moderne n'expriment pas eux aussi la volonté divine ?

— Je l'ignore, docteur. Je ne suis qu'une femme.

Ce fut à partir de ce moment-là que le rêve s'imposa, se répéta de plus en plus souvent, et finit par devenir un tourment continuel, comme la présence de la nouvelle épouse.

Puis il y eut le cauchemar — et celui-là n'avait rien d'un rêve — de Laila Sibai, une jeune fille que Jihan considérait presque comme sa propre fille. Jihan n'osa pas émettre la moindre protestation, non seulement parce que, en tant que femme, elle se devait d'admettre sans commentaire le châtiment de Laila, mais aussi parce que son intuition maternelle lui disait que Malik était impliqué dans cette affaire. Elle remercia Dieu quand il partit en Europe, bien qu'elle le perdît. Ce n'était plus le garçon qui partait à l'école, mais l'homme qui faisait ses premiers pas dans le monde. Bientôt, elle perdrait aussi Amira parce qu'un mari l'emmènerait chez lui, tel un chameau acheté au marché.

Omar épousa la fille de son cousin qui ne tarda pas à être enceinte et à devenir Oum Yousef.

Le Coran stipule qu'un homme ne peut avoir plusieurs épouses que s'il est prêt à les traiter avec équité. Omar manifesta ce désir. Mais Jihan le rejeta. Puisqu'elle n'était plus la seule, elle ne serait rien.

A al-Remal, la dépression n'était pas reconnue comme une maladie qu'il fallait traiter et guérir. Il n'existait ni psychiatre ni psychologue dans le pays. Quand la détresse devint intolérable, Jihan essaya des traitements traditionnels dont le hachisch. Bien que illégale, cette drogue, parfois utilisée à des fins médicinales, s'obtenait facilement. Jihan avait vu des femmes s'en servir comme produit anesthésiant ou relaxant au moment de l'accouchement. Mais le hachisch ne lui fut d'aucun secours. Il lui suffit de se regarder dans le miroir de sa coiffeuse pour que s'évaporât la langueur diffuse qu'il instillait en elle. Elle se trouva pleine de rides, vieille et horrible et, sortant précipitamment de sa chambre, se heurta à Oum Yousef qui lui parut plus juvénile et plus belle qu'un ange. Jamais plus elle ne toucha au hachisch.

Finalement, ce fut sur l'insistance de Najla, d'Amira et même d'Oum Yousef qu'elle fit revenir le médecin qui l'avait examinée lors de sa fausse couche. Il jugea inutile qu'elle se déshabillât cette fois-ci. Ce dont elle avait besoin, c'était uniquement d'un médicament qui l'aidât à dormir. Lui remettant un grand flacon de pilules, il lui prescrivit d'en prendre une avant de se coucher, éventuellement une autre à midi, mais jamais plus de deux en vingt-quatre heures.

Jihan utilisa les pilules trois soirs de suite et dormit d'un sommeil si lourd qu'elle se réveilla chaque fois avec l'impression d'être anéantie. La raison de cette sensation lui parut claire : bien qu'elle n'en gardât aucun souvenir, elle était sûre que le rêve, toujours le même, l'avait hantée toute la nuit, comme s'il avait profité de la lourdeur de son sommeil, de son incapacité à s'éveiller malgré le tourment qu'il lui infligeait. Au bout de ces trois nuits mortelles, elle décida de mettre les pilules dans une armoire. A partir de ce moment-là, son état ne cessa de se dégrader un peu plus. Rien sur terre ne pouvait l'aider.

— Tu m'as appelée, maman ?
Bien qu'elle vît sa mère décliner depuis des mois, Amira ne pouvait s'habituer à son teint maladif, à son visage sans fard, à

sa coiffure négligée, à l'odeur des vêtements qu'elle oubliait de changer.

— Si je t'ai appelée ? Oui, sans doute. Assieds-toi, mon enfant.

Amira obéit. Pendant un long moment Jihan se tut, le regard dans le vide. Puis, brusquement, elle déclara :

— Se battre contre un homme n'apporte que du chagrin et de la souffrance. Obéis à ton mari. Plie-toi à sa volonté. Si tu n'oublies jamais ça, tu seras beaucoup plus heureuse que je ne l'ai été.

— Oui, mère. Bien sûr.

Il y eut encore un long silence que Jihan finit par rompre.

— Les temps changent, comme le dit Omar. Le monde change. Les gens disent qu'ils aimeraient revenir en arrière. Moi, j'aimerais faire un bond en avant. J'aimerais avoir ton âge. J'aimerais... oh, et puis ça n'a pas d'importance.

« Elle divague », se dit Amira. Et ça allait de mal en pis, sans que personne ne sût comment l'aider. Bahia prétendait que sa maîtresse était la proie des esprits maléfiques et, de temps à autre, Amira en arrivait à prêter un certain crédit aux superstitions séculaires qu'évoquait Bahia.

Partageant l'inquiétude de la maisonnée, Miss Vanderbeek réagit à sa manière. Elle ignora les génies malfaisants pour parler de ces médecins qui, en Europe, traitaient les affections de l'esprit, comme celle qui rongeait Jihan. Il fallait absolument, disait-elle, faire venir l'un de ces spécialistes, sans regarder à la dépense. Entre la psychologie telle qu'elle l'évoquait et les superstitions de Bahia, Amira trouvait peu de différence : on ne quittait pas le domaine du fantastique. Mais tenter quelque chose valait mieux que baisser les bras, et Amira osa — fait sans précédent — présenter une suggestion à son père.

Quand elle lui eut exposé les arguments de sa gouvernante, Omar tiqua — une réaction peut-être due en premier lieu à l'audace de sa fille — et grommela :

— J'ai déjà entendu parler de ce genre de choses.

Mais, s'il parut se fermer, en quelques secondes il changea d'attitude.

Les épaules affaissées, il avoua :

— Je ne sais plus que penser. Je me suis torturé l'esprit, j'ai envisagé mille choses, mais qui ne valaient rien. Il n'y aurait peut-être aucun mal à essayer ce dont tu viens de me parler. Je vais me renseigner.

Remarquant que Jihan parvenait difficilement à démêler ses cheveux, Amira proposa :

— Laisse-moi te brosser les cheveux, mère.

— Comment ? Oui, ce serait gentil. Merci, Najla. Je veux dire : Amira.

Quand elle eut défait les nœuds de soie noire, Amira tressa avec soin la chevelure de sa mère.

— Voilà ! C'est beaucoup mieux. Tu veux te regarder dans le miroir ?

— Non. Je te fais confiance. Vois. (Jihan ouvrit sa main.) Mon père l'avait donnée à ma mère. Je me demande pourquoi je ne te l'ai jamais montrée.

— Mère, elle est magnifique !

Jihan tenait au creux de sa paume une bague, un saphir bleu nuit serti dans de l'or.

— On dirait le ciel à minuit, n'est-ce pas, petite princesse ? C'est sombre et profond. Et tu vois, là, il y a une étoile. Tu la vois ?

— Oui. C'est superbe.

— Elle est pour toi. De toute façon, elle devait te revenir.

— De quoi parles-tu, mère ? Elle t'appartient. Tu la gardes. Elle est encore à toi pour bien des années...

— Non. J'avance l'horloge du temps. C'est pour toi.

Amira protestait encore lorsqu'elle finit par accepter le bijou, mais aussitôt elle s'en félicita en voyant Jihan, saisie d'une sorte d'allégresse, aller prendre un bain, changer de vêtements et lui permettre de la maquiller.

— Rends-moi ma beauté, dit Jihan avec un petit rire.

— Tu n'as jamais cessé d'être belle, mère.

Ce soir-là, alors que le sommeil se faisait attendre, Amira se prit à espérer que sa mère sorte enfin de cette mauvaise passe. Elle regretta néanmoins l'absence de Malik. Avait-il reçu sa lettre ? Elle l'imagina tourmenté, insomniaque, faisant en pleine nuit les cent pas dans un appartement, à des milliers de kilomètres.

Avait-elle été trop alarmiste ? Elle se proposa de lui écrire de nouveau le lendemain.

Elle s'était endormie depuis longtemps lorsqu'elle s'éveilla brusquement et découvrit sa mère, debout, près du lit.

— Mère ? Ça ne va pas ?

— Si, ma chérie. Je suis allée remplir ma carafe d'eau — sans déranger Bahia pour si peu — et j'en ai profité pour venir te souhaiter une bonne nuit. Mais tu dormais.

— Je dormais ? Oui. Il est tard, n'est-ce pas ?

— Est-ce qu'il est tard ? Sans doute. Bonne nuit, petite princesse.

— Veux-tu que l'on parle ?

— Non. Non, ma chérie. Bonne nuit.

— Bonne nuit, mère.

Elle se réveilla une seconde fois avant le jour. Pendant quelques instants, elle pensa, en voyant une silhouette près de son lit, que sa mère était revenue. Mais elle entendit la voix de sa tante Najla et non celle de sa mère.

— Es-tu réveillée, mon enfant ? Oh, une chose terrible est arrivée, Amira ! Ta mère est morte.

Quand l'aube se leva, la maison était déjà remplie de femmes : des tantes, des cousines, des parentes par alliance, toutes en noir. Amira cherchait à comprendre ce qui s'était passé, mais personne ne voulait le lui expliquer clairement. Seule une voix qui tonnait dans le quartier des hommes, en maudissant le médecin et ses pilules, répondit à sa perplexité. L'instant suivant elle entra dans la cuisine et entendit Najla dire :

— Elle a eu tort d'abandonner sa fille.

— Non ! s'écria-t-elle. Elle n'a jamais eu aucun tort ! Qu'est-ce qu'elle a fait de mal ? Dis-moi !

Les femmes en noir secouèrent la tête et marmonnèrent.

— C'est une terrible chose pour l'enfant, assura l'une d'elles.

Amira comprit qu'elles réagissaient au manque de respect qu'elle venait de manifester à l'égard de sa tante.

— Pardonnez-moi, dit-elle.

Aussitôt des mains bienveillantes cherchèrent à la réconforter.

Les femmes préparèrent Jihan pour son enterrement qui, selon la coutume, aurait lieu le jour même. Elles lavèrent le corps et l'enveloppèrent dans un linceul blanc. Amira regarda une dernière fois le visage de sa mère. La mort en avait effacé le tourment et la tristesse. Jihan semblait même rajeunie et peut-être plus belle encore que le jour où, au club hippique du Caire, un roi l'avait désirée.

Brusquement, Amira laissa couler ses larmes.

— Réveille-toi, maman ! Tu ne peux pas me laisser seule. S'il te plaît, ne m'abandonne pas.

Najla la prit par l'épaule pour l'entraîner hors de la pièce.

— Arrête ! Tu devrais avoir honte ! Ne sais-tu donc pas que ta mère est au paradis ? Voudrais-tu que tes larmes la tourmentent encore là-bas ?

Amira n'avait pas oublié qu'on ne doit pas pleurer les morts, mais le chagrin l'avait submergée.

Dans le vestibule, où régnait une agitation soudaine, elle vit Bahia se précipiter vers elle.

— Petite demoiselle, ton frère...

Malik apparut, le visage bouleversé.

— J'ai reçu ta lettre. J'ai pris le premier avion. Je...

Il s'interrompit. L'un et l'autre savaient qu'il n'y avait rien à dire.

LES ADIEUX

La voix enrouée par le chagrin, retenant difficilement ses larmes, Malik céda à un sentiment de culpabilité :

— J'aurais dû être auprès d'elle. J'aurais pu faire quelque chose... Il y avait certainement un moyen...

Amira posa une main tendre sur l'épaule de son frère.

— C'est ma faute, mon frère, pas la tienne. C'est moi qui étais ici, qui ai vu qu'elle n'allait pas bien. J'aurais dû être plus attentive, parler à père plus tôt. Si elle avait vu l'un de ces spécialistes qui soignent l'esprit... Si nous avions...

— Si, si... Quelle importance maintenant ? J'ai manqué à mon devoir de fils. Je devais protéger ma mère et je ne l'ai pas fait.

Le regard perdu dans la nuit de velours noir qui recouvrait le jardin, Malik se laissa emporter par une douleur trop intime pour être partagée.

Amira aurait voulu le réconforter, mais comment faire quand elle-même ne parvenait pas à surmonter son chagrin ? Au moins, il avait été présent pour dire adieu à sa mère, conduire la procession des hommes au cimetière, découvrir le visage de Jihan avant qu'elle fût mise en terre. Cet ultime regard sur le visage de celle qui leur avait donné la vie, cette ultime image de leur mère lui serait précieuse jusqu'à son dernier jour. Jihan Badir leur avait prodigué à tous deux le même amour. Mais, aux yeux des autres, elle était avant tout Oum Malik, et son fils — l'enfant privilégié par les coutumes — avait eu seul le droit de l'accompagner jusqu'à sa tombe.

Amira poussa un soupir douloureux.

Comme s'il avait entendu parler le cœur d'Amira, Malik serra sa main dans la sienne.

— J'ai marqué l'emplacement, dit-il d'une voix douce. J'ai laissé une pierre sur la tombe. Comme ça tu pourras la repérer.

Le geste de Malik allait à l'encontre de la tradition qui voulait que la tombe d'un bon musulman restât anonyme. Amira se sentit partagée entre la gratitude émue et un semblant d'indignation.

— Tu as fait une chose bizarre, remarqua-t-elle. A quoi ressemble cette pierre ?

— C'est un galet que j'ai ramassé sur la plage de Saint-Tropez. (Il haussa les épaules.) Je suis stupide, tu sais. Quand je l'ai vu dans l'eau, l'espace d'un instant, j'ai cru que c'était un rubis. Il était rouge. Puis je l'ai ramassé, et j'ai constaté que ce n'était qu'une pierre. Mais je le trouvais joli. Sec, il m'a beaucoup moins plu, mais j'avais déjà décidé qu'il devait porter chance.

— Tu l'as laissé comme porte-bonheur pour maman ? demanda Amira, quelque peu déconcertée par ce qui lui semblait être une idée très païenne.

— Je ne sais pas. Peut-être. Maman n'a pas eu le bonheur qu'elle méritait. Qui sait ? Mais ce qui est sûr c'est qu'au moins il te permettra de trouver la tombe. Et peut-être de me pardonner d'être un homme.

Elle le vit sourire mais, ne doutant pas du sérieux de sa remarque, elle protesta :

— Oh, à toi, je n'ai rien à pardonner !

Aussitôt, elle rougit de honte. N'avait-elle pas ressenti comme une profonde injustice les privilèges masculins de son frère bien qu'il n'en fût pas responsable ?

— Non, je ne t'en veux pas, Malik. Les choses sont ce qu'elles sont, et tu n'y peux rien.

Il acquiesça avec gravité, comme si les pensées et les sentiments de sa sœur importaient autant que les siens.

— Ainsi, tu t'es séparé de ton porte-bonheur, reprit-elle.

Malik retrouva son sourire.

— Il me semble que j'ai déjà eu une chance insolente. Ça marche très fort pour moi, petite sœur. Je t'ai écrit quand j'ai gravi des échelons dans la compagnie. J'en ai gravi d'autres depuis. J'ai également mené à bien certaines affaires pour mon propre compte. Je n'entre pas dans les détails, ce serait trop compliqué... Je peux simplement te dire que j'ai su éviter de concurrencer ouvertement Onassis. Si je me sépare de lui, ce sera donc de mon propre chef. Je pense que ça devrait se faire bientôt. (Il marqua une pause.) Souviens-toi de ce que je t'ai dit, Amira. Si un jour tu as besoin d'aide, tu pourras compter sur moi.

Elle hocha la tête, convaincue que Malik parlait du fond du cœur. Mais de quelle aide aurait-elle un jour besoin, elle qui vivait à l'écart du monde extérieur ?

— Vas-tu bientôt choisir une épouse, mon frère, quelqu'un qui t'aidera à élever Laila ?

— C'est peu probable, petite sœur. Quand il faudra que je me sépare de Salima, je ne lésinerai pas pour recruter une gouvernante. Je choisirai la meilleure pour ma fille. En ce qui concerne les femmes... J'en fréquente plusieurs mais aucune en particulier.

Amira baissa les yeux. N'était-il pas beaucoup plus embarrassant d'imaginer son frère avec des étrangères sans visage et sans nom qu'avec une amie comme Laila ?

— Ne t'inquiète pas pour moi, petite sœur. On vit bien en France. Ce n'est pas comme ici. Bien sûr, les gens se ressemblent partout mais, là-bas, on est plus libre. Tout est plus facile. Tu n'as pas besoin de te demander à chaque instant si tu es en train de commettre un péché. Tu ne te sens pas continuellement épié. (Il eut une petite grimace amère.) Un vrai péché, j'en ai vu un, me semble-t-il. Toi aussi. Tu étais avec moi. (Il marqua une longue pause.) Être une femme, en France, c'est très différent. Les filles vont à l'université, deviennent ce qu'elles ont envie de devenir. Professeurs. Avocats. Médecins. Peut-être... peut-être devrais-tu venir un jour. Si tu restes ici... Songe à la vie qu'a eue notre mère.

Tout ce qu'évoquait Malik, Amira en avait déjà rêvé, pour le plaisir, mais sans vraiment penser qu'elle pourrait quitter al-Remal, franchir ce pas immense qui faisait encore frémir son imagination.

Elle ne dormit que par intermittence en attendant le jour. Quand enfin il se leva, elle s'habilla à la hâte et se glissa hors de la maison, sans trop penser à la fureur paternelle qu'elle risquait de provoquer. Peu importait après tout. Celles qu'elle aimait le plus au monde étaient parties, et Malik n'allait pas tarder à reprendre l'avion. Le désespoir repoussait la peur.

Enveloppée dans ses voiles, elle fit à pied les cinq kilomètres qui la séparaient du cimetière. Puis, baissant les yeux, elle chercha le petit galet rouge. Où était-il ? Il se pouvait que quelqu'un l'ait ramassé ou que le sable l'ait recouvert pendant la nuit... Fébrilement elle chercha dans tous les sens et finit par trouver la pierre sang-de-bœuf : bijou solitaire sur un lit de sable.

Dévoilée, elle s'agenouilla pour prier et, en ce lieu désert, elle sut bientôt qu'elle n'était pas seule. Par-delà la tombe vibrait l'amour de sa mère. Elle le sentit réchauffer son cœur.

Les yeux levés vers le ciel, elle chercha le reflet de cette présence si tangible, un signe, une flamme dans le bleu céleste. Mais seul était visible le soleil aveuglant. Elle murmura un adieu, remit son voile et entama le long chemin du retour.

SEULE

— Lève-toi, paresseuse, lève-toi ! Pour rester comme ça au lit jusqu'à midi, il faut vraiment que tu te prennes pour une reine !

Amira se frotta les yeux, s'étira, jeta un coup d'œil à son réveil.

— Mais il n'est que huit heures et demie, tante Najla... Et j'ai veillé tard dans la nuit pour préparer mon examen.

— Il est seulement huit heures et demie, tu dis ? Seulement ? Allah, Amira, une bonne épouse est capable de préparer le repas de toute une armée avant neuf heures et de s'occuper en même temps de son mari et de ses enfants ! Un examen, bien sûr ! Le jour où j'ai suggéré à ton père qu'un peu d'instruction ferait de toi une meilleure épouse, je ne pensais pas que tu négligerais ce qui reste l'essentiel de la vie d'une femme. Mais peut-être crois-tu, toute-puissante demoiselle, que ce diplôme qui te fait tant envie te rendra supérieure aux bonnes épouses de ce pays ? Supérieure aux autres femmes de cette maison ?

Amira ravala une repartie cinglante. Non, elle ne s'estimait pas meilleure que celles qui l'entouraient. Elle était simplement différente et elle en faisait l'expérience chaque jour, surtout depuis la disparition de sa mère. Ses lectures, ses cours, ses aspirations secrètes : tout la séparait de son entourage. Mais chercher à expliquer cette situation ne servirait à rien. Elle se verrait accuser d'un manque de respect dont son père serait aussitôt informé, dans le dessein de lui rappeler que la dignité d'une femme passait par la modestie.

Apparemment satisfaite par le silence d'Amira, sa tante poursuivit :

— Allez, dépêche-toi de t'habiller. Ton père aimerait qu'on lui fasse un bon *saleeq*[1] — oui, c'est ce qu'il a dit — et si on traîne trop, Dieu seul sait ce qu'on trouvera au marché !

N'écoutant que d'une oreille, Amira s'arracha à son lit et enfila une robe de coton sur sa chemise de nuit tout en se dirigeant vers la salle de bains. Elle préférait dissimuler ses formes devant une femme qui n'en avait plus et qui lui donnait l'impression de ne pas savoir ce dont elle parlait quand elle se préoccupait de la sexualité des autres.

Lorsqu'elle voyait côte à côte Najla et sa tante Shams, dans leurs vêtements éternellement sombres et tristes, Amira pensait aux sorcières du *Macbeth* illustré qu'elle avait achevé de lire tard dans la nuit. Oh, certes, condamnées à vivre dans cette maison jusqu'à la fin de leurs jours sans espoir de découvrir d'autres horizons, elles étaient plutôt à plaindre ! Mais avaient-elles pour autant le droit de l'épier en permanence, de la harceler et d'aller la critiquer auprès d'un père avec pour seul souci de se faire valoir ?

Elle se brossa les dents et se lava le visage avec le savon français que Malik lui avait envoyé et dont le parfum évoquait l'existence d'un monde merveilleux qui existait au-delà des frontières d'al-Remal.

— *Yallah*[2], *yallah*, remue-toi, remue-toi, Amira ! lui cria sa tante. Le boucher n'aura plus que du cartilage si tu ne te secoues pas !

Amira sortit de ses rêveries. Si elle se montrait docile, maintenant, on la laisserait peut-être en paix au retour du marché. Elle pourrait alors étudier avec Miss Vanderbeek qui se consacrait désormais à son instruction. Avec elle, elle éprouvait la sensation d'être transportée, par la magie d'un tapis volant, vers d'autres lieux et d'autres temps. Elle avait déjà découvert la Russie du XVIIIe siècle, qu'une grande reine nommée Catherine avait gouvernée avec autant de pouvoir et de férocité qu'un homme ; la France du XIXe siècle, où une femme avait pris le nom de George Sand, écrit des romans provocants et vécu au grand jour avec le compositeur Frédéric Chopin, un homme qui n'était pas son mari ; l'Angleterre de Jane Austen, une femme presque aussi recluse

---

1. Ragoût de mouton.
2. Allez, allez !

qu'elle et qui, cependant, avait admirablement analysé la société de son temps.

Amira faisait le bonheur de sa préceptrice qui lui assurait qu'elle n'avait jamais eu d'élève aussi studieuse qu'elle.

Mais, à l'approche de l'examen, la tristesse l'envahissait. Qu'allait-elle faire finalement de ce diplôme ? Si elle rêvait de Paris, les seuls déplacements qui lui étaient permis la conduisaient au souk. Ou chez d'autres femmes recluses...

Elle pensa à Malik, se demanda à quoi ressemblaient ses journées et tenta d'imaginer sa vie, une vie aussi variée et intéressante que la sienne était limitée et morne.

Avec sa robe préférée, en lin crème, elle essaya les boucles d'oreilles en or qu'Oum Yousef lui avait offertes pour ses seize ans. Mais, en l'absence d'un être cher, un éventuel regard admiratif ne pourrait lui réchauffer le cœur. La chaleur et le plaisir de la vie avaient déserté cette maison, désormais livrée aux tracasseries de ses tantes.

Toutes deux voilées et drapées dans leur *abeyya*, Amira et Najla montèrent dans la Bentley noire d'Omar, l'un des spécimens de sa collection de voitures étrangères qui lui assuraient plaisir et prestige.

En dépit de la chaleur, Najla s'installa sur la banquette de cuir avec un soupir de soulagement. Pour cette femme qui se souvenait de l'époque où seuls les hommes et les servantes allaient faire les achats, s'aventurer sur le marché représentait la grande affaire du jour. Soucieux d'une certaine modernisation, Omar concédait maintenant aux femmes de la famille le droit d'assurer le ravitaillement, à condition bien entendu de respecter la loi en laissant le volant à un homme.

Sur la route étroite, la voiture fut ralentie par un vieil homme juché sur un âne fatigué. Le chauffeur klaxonna, mais en vain. Son impatience fut ignorée, comme son véhicule, et il dut se résigner à s'en remettre à la volonté du Tout-Puissant, non sans pousser un énorme soupir et allumer une cigarette.

Le marché en plein air — et en pleine poussière ! — consistait en une douzaine d'étals boiteux. L'arôme des fruits frais se mêlait à l'odeur métallique de l'agneau que l'on vient de tuer.

— Achetez mes melons ! Ils sont aussi doux que du miel, criait le vendeur de fruits.

— Mes pistaches sont dignes d'un roi ! annonçait un autre.

— Je préférerais perdre la vie que te donner une piastre de plus ! affirma un client en concluant son marchandage.

Tante Najla se dirigea droit vers le boucher. Maigre et tout en nerfs, un tablier taché de sang sur sa *thobe*, Abou Taif attendait la clientèle à côté de la douzaine de carcasses d'agneau qui pendaient sur le devant de son étal. Il s'inclina et, souriant, découvrit deux dents en or, reflets de sa prospérité.

Tante Najla lui répondit d'un simple signe de tête et se mit au travail. Consciencieusement, elle tâta, renifla, enfonça un doigt dans chaque gigot.

Abou Taif implora sa confiance.

— Je t'assure que ma viande est excellente, fraîche, tendre, en parfait état. Tu peux choisir les yeux fermés. Je jure sur mon honneur que tu seras satisfaite.

Tante Najla, ignorant supplications et promesses, poursuivit son inspection. Puis, au bout d'un moment, elle pointa un doigt sur le morceau de son choix.

— Trois kilos. Pour un *saleeq*. Tu n'enlèves pas l'os.

— A ton service. Comme d'habitude.

Le boucher s'inclina de nouveau et s'empara prestement d'un tranchoir et de deux couteaux aux lames effilées qu'il essuya cérémonieusement sur son tablier avant de trancher le gigot. Quand il l'eut pesé, il le dégraissa puis le découpa en morceaux de la taille du poing qu'il enveloppa dans un grossier papier brun. Sur son livre de caisse, maculé de taches de sang et de graisse, il inscrivit le prix de l'achat, qu'Omar paierait à la fin du mois, et tendit le paquet à tante Najla avec un grand geste et une petite courbette.

A l'étal suivant — celui du marchand de légumes —, tante Najla sélectionna sans difficulté douze tomates bien juteuses, un grand bouquet de persil, des pommes de terre, des oignons et trois laitues.

Les deux femmes passèrent en accélérant le pas devant le café où des hommes âgés se prélassaient en buvant à petites gorgées un café épais, parfumé à la cardamome, au son d'une mélopée chantée par Oum Kalsoum. Ici et là, de sombres silhouettes semblables à celles d'Amira et de sa tante surgissaient entre deux étals ou s'y engouffraient, à une allure qui interdisait toute accusation de nonchalance.

Derrière les étals, sous une arcade, se trouvaient des boutiques dont l'épicerie où Amira put respirer le bouquet entêtant d'un mélange de cumin, de cannelle, de toute-épice, de noix de muscade et de coriandre.

D'une voix impérieuse, Najla passa sa commande :

— Deux cents grammes de toute-épice. Du *hab hilu*[1] et de la menthe séchée. Et ne me donne pas n'importe quoi aujourd'hui. La dernière fois, tes feuilles de menthe avaient plus de pucerons que de goût.

— J'implore humblement ton pardon, répondit Abou Tarek avec une courtoisie appliquée. Je te garantis que ça ne se produira plus jamais.

Il se tourna vers Amira qu'il connaissait depuis qu'elle était enfant et lui sourit, prenant ainsi une liberté à laquelle il devrait bientôt renoncer.

Dès qu'elles furent servies, les deux femmes entrèrent dans la parfumerie de Hafiz. Là, on respirait des parfums d'huiles et d'essences de Damas, de Téhéran, de Bagdad, que le vieil Hafiz mélangeait avec art de mille et une manières. Sa femme, Fadila, savait établir un horoscope et lire dans les étoiles l'avenir des clientes qui connaissaient ses talents et oubliaient de respecter la loi interdisant ces pratiques. Discrètement, Fadila conseillait, par exemple, l'huile au jasmin pour plaire à un être cher ou un parfum de rose pour raviver l'ardeur d'un mari.

Tante Najla acheta son habituel mélange de gardénia et d'héliotrope. A défaut de servir à charmer un homme, le puissant parfum de Najla permettait de signaler ses déplacements dans la maison.

Le dernier arrêt fut pour la boutique du marchand de tissus où les rouleaux de soie et de dentelle offraient la plus grande variété de couleurs et de nuances. Là aussi, tante Najla se montra fidèle à une habitude : ne choisir que du bleu sombre qu'elle égayait avec un peu de dentelle blanche. Dès qu'elles entrèrent dans le magasin, le propriétaire claqua des doigts pour appeler l'un des jeunes garçons qui travaillaient pour lui en échange d'une piastre ou deux. Il lui demanda d'apporter du café et du thé sucré pour

_____

1. Grains d'anis.

Amira. Puis, pendant que Najla s'installait dans un fauteuil moelleux, il entreprit de mettre en évidence tout ce qu'il avait de bleu : soie, mousseline, crêpe de Chine, taffetas, pour confectionner des doublures.

Mais, soudain, Amira eut l'impression que l'air se raréfiait dans la boutique exiguë. Elle eut beau respirer plus profondément, la sensation s'accentua et l'obligea à sortir. Fermant les yeux, elle s'appuya contre le mur et chercha à imaginer la fraîcheur de la nuit dans le désert immense. Au bout d'un long moment, sa tante vint la secouer en la prenant par l'épaule.

— Qu'as-tu donc, ma nièce ? C'est ta mauvaise période du mois ? Tu sais, ce n'est pas une raison pour faire des manières. Ta famille peut encore te le pardonner, mais un mari, lui, est en droit d'attendre que sa maison soit tenue normalement. Tu comprends ça ?

Amira acquiesça d'un signe de tête. Ce qu'un mari attendait, elle ne le savait que trop bien. N'avait-elle pas eu sous les yeux l'exemple de son père au lendemain de la mort de sa mère ? Après une courte période de deuil, il avait repris sa vie habituelle. L'âme de la maison était partie, mais lui examinait chaque matin sa barbe, qu'il venait de faire rafraîchir avec le même air satisfait, se gavait au dîner avec volupté, jusqu'à la dernière miette, de sa galette de pain avec laquelle il essuyait son assiette, exactement comme si rien n'avait changé.

Espérant sauver une partie de la journée, Amira demanda :
— Nous rentrons maintenant ?
— Certainement pas ! J'ai promis à scheika Nazli de passer chez elle. Elle ne se sent pas très bien depuis quelque temps — tu sais qu'elle est enceinte —, et je lui ai dit que je lui apporterai des sels que j'ai hérités de ma mère. Elle a les jambes gonflées. Ça la soulagera.

Dans son for intérieur, Amira pesta. Elle n'avait rien contre scheika Nazli, une sculpturale Libanaise à la chevelure flamboyante, mariée au ministre des Affaires pétrolières d'al-Remal. Mais une visite chez elle, dans son vaste et clinquant palais, s'éternisait chaque fois.

Les deux femmes furent introduites dans son salon de marbre par un serviteur pakistanais.

117

— *Ahlan wa sahlan*[1] *!* Venez vous installer confortablement. Vous êtes ici chez vous.

Pour Amira, cette pièce où ne se trouvaient que des copies de meubles français aux dorures excessives, faits pour impressionner et non pour se sentir à l'aise, n'avait rien de confortable. Mais elle se savait tenue de sourire tout en se juchant sur une chaise Louis... Louis quelque chose.

Quelques instants plus tard, deux serviteurs en livrée — les seuls dans tout al-Remal à être ainsi vêtus — entrèrent dans le salon. Ils apportaient du café, du thé, des jus de fruits. Un troisième arriva avec un brasero où brûlait du bois de santal. Amira fit preuve de politesse en acceptant un jus de fruits puis, quand on lui passa le bois de santal, elle s'imprégna de ses fumées désodorisantes et rafraîchissantes, selon la coutume du désert.

Najla tendit à son hôtesse un grand flacon qui contenait les sels.

— C'est pour tes jambes, chère Nazli. Mais j'espère que ça va déjà mieux.

— Grâce à Allah, oui. Et mon cher mari est si gentil, si attentionné ! La semaine dernière, il m'a rapporté de Londres — où il a assisté à une importante conférence — des cadeaux merveilleux. J'en ai pleuré de joie. Et sais-tu ce qu'il m'a dit ? Il m'a dit que sa fortune ne suffirait pas à m'offrir ne serait-ce que la moitié des cadeaux que je mérite.

— Qu'Allah soit remercié de tant de dévotion.

Heureuse comme une enfant, la scheika demanda dans un élan qui n'aurait pas supporté de déception :

— Veux-tu voir mes cadeaux ?

— Mais certainement ! Nous partageons ton bonheur, n'est-ce pas, Amira ?

Amira se redressa prestement sur sa chaise, sous peine de payer plus tard le moindre reflet de son ennui.

— Oh, bien sûr ! Bien sûr ! s'exclama-t-elle.

Dès que Nazli eut disparu dans un bruissement de soie et un cliquetis d'or, tante Najla s'empressa de plaindre son hôtesse :

— Pauvre femme. Comme chacun sait, elle est au bord du précipice.

---

1. Bonjour et bienvenue !

— Pourquoi, ma tante ? Elle paraît heureuse, non ?

— Heureuse ? Ne sois pas ridicule. Elle essaie de donner le change, c'est une question de décence, mais si Allah veut qu'elle ait une fille au lieu d'un garçon, eh bien, dans ce cas, cette maison accueillera une troisième épouse.

Évidemment... L'exotique beauté de la scheika, à la peau laiteuse et aux cheveux roux, ne pouvait compenser le fait qu'elle ait donné en peu de temps à son mari une série de quatre filles. Son malheur faisait évidemment le bonheur de la première épouse, mère de trois garçons, et si une nouvelle femme entrait dans la maison, la pauvre Nazli perdrait la face en même temps que sa position sociale.

Elle revint, le bras tendu et le poignet ceint d'une montre ornée de diamants et d'émeraudes.

— N'est-elle pas ravissante ?

— Oh, quelle merveille ! Et elle te va à ravir.

— Oh, oui, quelle merveille ! répéta Amira.

— Et regarde ce qu'il m'a également rapporté.

Nazli était accompagnée d'une servante qui portait une pile d'assiettes.

— De la porcelaine de Limoges. Un service pour cinquante personnes. Avec la décoration que j'avais admirée quand nous avons passé notre lune de miel en France. Sept ans plus tard il s'en est souvenu. J'en suis encore tout émue.

Najla coula vers sa nièce un regard éloquent tout en félicitant Nazli d'être mariée à un homme d'une grande bonté et d'un goût exquis.

— Qu'Allah t'accorde un fils, finit-elle par murmurer, imperceptiblement.

Omar ayant annoncé qu'il déjeunerait avec l'une de ses relations d'affaires, les femmes de la maison prirent un repas rapide : de la purée de pois chiches sur des galettes de pain, du fromage et des olives, une salade à l'huile d'olive, agrémentée de menthe et de citron, et un reste de mouton haché.

Dès qu'elles eurent terminé, elles se mirent à préparer le dîner d'Omar. Sous la direction de sa tante, Amira rinça les morceaux d'agneau puis les mit dans la cocotte en y ajoutant du romarin, deux bâtonnets de cannelle, du poivre, une épice plus douce — le *hab hilu* —, un bout de *mistika* et un morceau d'un lichen que l'on nomme *shaiba*, le tout recouvert d'eau et placé sur la grande cuisinière anglaise.

Deux heures plus tard, après la sieste, Amira retira la viande de la cocotte, passa la sauce, y ajouta huit tasses d'eau, deux tasses de riz, et remit le récipient sur le feu.

— Laisse mijoter pendant environ trois quarts d'heure, lui conseilla sa tante. Il ne faut pas que le riz colle.

— Oui, ma tante.

Amira avait déjà vu sa mère préparer ce plat des dizaines de fois, mais elle s'abstint d'indisposer Najla en le lui faisant remarquer. Quand le riz eut absorbé la sauce, elle versa dessus deux tasses de lait. Il ne manquait plus que le sel qu'elle ajouta quand elle entendit son père rentrer. Après quelques minutes de cuisson supplémentaire, elle mit le contenu de la cocotte sur un plat, le parsema de coquilles de beurre et disposa par-dessus les morceaux de viande.

— C'était bon, déclara Omar avec un soupir d'aise. Très bon, même.

Soulagée, Najla soupira à son tour, comme si un verdict de la plus haute importance venait d'être prononcé. Que cela fît partie du rituel quotidien importait peu. L'homme de la maison devait être satisfait à tout propos, et aucune femme ne pouvait se permettre la moindre suffisance quand il s'agissait d'assurer son bien-être.

— Et toi, ma fille, avais-tu un peu mis la main à la pâte ?

Amira fut surprise par la question de son père. Depuis la disparition de sa mère, leurs relations étaient devenues distantes, pour ne pas dire plus.

— Oui, père.

Les yeux baissés sur son assiette, elle se sentait partagée entre un ressentiment persistant et le désir d'accepter de bon cœur le compliment paternel.

— Parfait. Parfait, fit Omar avec un sourire bienveillant.

Puis il caressa la main de sa jeune femme et aussitôt Amira sentit son cœur se refermer.

— Eh bien, je crois qu'il est temps de vous transmettre une bonne nouvelle, annonça-t-il.

Il commença par s'éclaircir la gorge afin que l'on se préparât à une déclaration mémorable.

— Aujourd'hui, j'ai eu une conversation avec le plus honorable des interlocuteurs. Je veux parler du roi. En personne. Oui, notre bien-aimé souverain.

Il y eut des murmures admiratifs, alors qu'en fait tous les sujets du royaume — et pas seulement les plus puissants, comme Omar — pouvaient rencontrer le roi aux audiences hebdomadaires où lui étaient adressées doléances et requêtes.

— Et, poursuivit Omar, Sa Majesté a décidé de faire grand honneur à ma maison. Son fils, le prince Ali al-Rashad, va épouser Amira.

Les femmes se mirent à manifester leur joie en poussant des cris enthousiastes.

Omar sourit.

— Je ne voudrais pas me vanter, mais Sa Majesté a été favorablement impressionnée par l'éducation d'Amira. Elle a eu la bonté de m'assurer que ma fille serait un sujet de fierté pour sa famille et le royaume tout entier.

Amira resta muette. Si elle avait été préparée à ce moment depuis sa tendre enfance, elle ne savait qu'éprouver. Quitter la maison de son père, elle en avait rêvé, certes. Devenir une princesse, membre de la famille régnante d'al-Remal : quelle jeune fille n'avait un jour fait ce rêve ? Elle pensa à Laila qui eût été transportée de joie. Mais penser à elle, c'était mêler la tristesse à des instants qui se devaient d'être heureux.

— Eh bien, ma fille ? La modestie et le calme sont des qualités admirables. Mais, dans un tel moment, il me semble qu'un sourire serait approprié. Peut-être aussi une prière de remerciements à Allah qui t'a assuré un avenir prometteur.

— Oui, père. Je remercie Allah. Et je te remercie également.

Elle était sincère. Omar aurait pu lui choisir n'importe quel mari. Mais il l'avait donnée à un prince, aimé de tous, un pilote, un héros qui, aux commandes des avions les plus modernes, s'envolait vers le ciel comme un faucon. Avec lui la vie allait être exaltante, non ?

Qui en aurait douté ?

QUATRIÈME PARTIE

ALI

Comme s'il s'agissait d'un événement banal, Bahia annonça la visite de Mme Grès sans s'émouvoir :

— Les couturières françaises sont arrivées. Tes tantes te demandent de venir immédiatement.

Amira, qui étudiait *Madame Bovary* avec sa préceptrice, referma le livre d'un geste sec et adressa un regard désolé à Miss Vanderbeek.

— Il faut qu'on s'arrête. J'en suis désolée, mais... enfin tu comprends.

Miss Vanderbeek sourit.

— Je comprends. Maintenant que tu as ton diplôme, la littérature française passe après la haute couture parisienne.

Amira protesta.

— Non, absolument pas ! Je veux tout lire, tout apprendre des autres peuples. Savoir ce qu'ils pensent et ressentent. Mais il faut bien préparer ce mariage.

Réalisant que sa préceptrice la taquinait, elle lui rendit son sourire.

— Tu comprends, j'en suis sûre.

Miss Vanderbeek hocha la tête.

— En réalité, tu n'as plus besoin de moi, Amira. Tu maîtrises le français aussi bien que moi. Ton anglais est également excellent. A tes lectures s'ajoute ton intelligence naturelle. Je n'ai plus grand-chose à t'apprendre. Si tu allais à l'université...

Miss Vanderbeek laissa sa phrase en suspens. Elle avait déjà suffisamment suggéré à son élève de poursuivre ses études, ne serait-ce que par correspondance.

— J'aimerais tellement y aller ! Mais c'est une décision que je ne peux pas prendre sans l'accord de mon mari.

— J'en suis consciente, soupira la blonde Hollandaise.

Il y eut un long silence.

— J'imagine que nous devons nous séparer. Sinon aujourd'hui, du moins très bientôt.

Des larmes brillèrent dans les yeux d'Amira. Sa belle préceptrice lui avait ouvert une fenêtre sur le monde, ses couleurs, ses textures, ses parfums. Elle lui avait appris à lire au-delà des mots, à poser des questions et ne pas se satisfaire de réponses trop évidentes.

La gorge serrée, Amira avoua :

— Je ne veux pas te dire au revoir.

— Je le sais.

— J'aimerais tellement que tu viennes vivre avec moi, au palais.

— Peut-être viendrai-je un jour instruire tes enfants.

Ce n'était pas une consolation. Miss Vanderbeek resterait l'un des meilleurs souvenirs de son enfance. Elle lui avait été si précieuse qu'elle ne pouvait songer à la partager, même avec ses propres enfants.

Quand, émue par les larmes qui roulaient sur ses joues, Miss Vanderbeek la prit dans ses bras, Amira songea une fois de plus que tous les êtres qu'elle chérissait s'en allaient les uns après les autres.

Au rez-de-chaussée, dans le grand salon, les tantes d'Amira s'agitaient comme des derviches tourneurs tant elles se sentaient perdues en présence des étrangères. Elles firent apporter des rafraîchissements et des douceurs. Pois chiches grillés, amandes caramélisées, pistaches salées, loukoums accompagnaient les boissons, dont le jus de grenade que l'on substituait au Coca-Cola, en raison du boycott des produits américains depuis la guerre des Six Jours.

Le contingent français avait à sa tête Mme Grès en personne.

— Vous faites honneur à notre maison, madame, lui dit Amira. J'espère que vous avez fait bon voyage.

— Le voyage s'est très bien passé, mademoiselle.

— Êtes-vous bien logée ?

— Très confortablement. L'Intercontinental dispose d'une parfaite climatisation et d'une grande piscine. Mon équipe a déjà largement profité de ces deux avantages depuis notre arrivée, hier soir.

— Je regrette que notre maison ne soit pas climatisée, madame. Mais mon père pense que l'air conditionné est malsain.

— Nous ne sommes nullement incommodées, mademoiselle. Ne vous inquiétez pas. Passons, si vous le voulez bien, à la présentation des robes de mariée que j'ai sélectionnées à votre intention.

On avait vidé le grand salon en n'y laissant qu'une rangée de sièges et quelques petites tables de marbre. Amira prit place, entre ses tantes, sur un fauteuil. Flanquée de son assistante personnelle et de deux essayeuses, Mme Grès se posta entre le salon et la salle à manger qui servait de cabine aux trois mannequins qu'elle avait emmenés avec elle.

A son signal, son assistante mit en route un magnétophone. Quelques instants plus tard, sur une musique de Mozart, les mannequins apparurent dans des robes féeriques, toutes de soie, satin et dentelle.

Devant cette présentation de modèles spécialement créés pour elle, Amira crut rêver. Signés d'une femme dont elle avait souvent lu le nom dans les journaux, ils représentaient un autre monde. Un monde qui, ce jour-là, était venu à elle parce qu'elle allait épouser Ali al-Rashad. Et ce n'était qu'un commencement... Ce mariage représentait plus qu'une simple occasion de quitter la maison de son père. Il allait lui ouvrir les portes d'une vie enchanteresse. Mais n'était-ce pas ce que Laila avait cru le jour de ses fiançailles ?

Très attentivement, Amira détailla les robes, tout en se faisant un devoir de hocher la tête à chaque remarque de ses tantes. Puis elle désigna du doigt la plus sobre de toutes : une robe princesse en soie ivoire, au bustier entièrement brodé de petites perles.

Mme Grès murmura :

— C'est précisément celle que j'aurais moi-même choisie, mademoiselle.

Les mannequins présentèrent ensuite toute une série de tailleurs, de robes, pour la journée et le soir, qui rivalisaient d'élégance. Bien qu'elle fût destinée à rester une femme voilée jusqu'à la fin de sa vie, Amira porterait néanmoins ces merveilles pour le plaisir de son mari. De son prince.

Elle sélectionna un tailleur de lin blanc, une robe de soie rouge feu, une autre vert émeraude.

— Le style Empire vous ira parfaitement, remarqua Mme Grès. Je crois que vous aimerez aussi le modèle suivant. Une exquise robe blanche sans bretelles.

— Je suis sûre qu'elle est ravissante, mais je pense que je n'ai plus besoin de rien.

Mme Grès assura en riant :

— Oh, votre fiancé n'est pas de cet avis ! Il estime que vous devriez choisir au moins une douzaine de robes. Et autant de tailleurs et de robes du soir.

« J'ai déjà tellement de choses ! » pensa Amira. Mais, comme elle se devait de n'offenser ni Mme Grès ni le prince, elle poursuivit sa sélection.

Quand elle fut achevée, Amira remercia Mme Grès de lui avoir apporté tant de ravissants modèles puis se retira dans sa chambre avec les deux essayeuses. Afin d'être agréable à la maison royale d'al-Remal, Mme Grès avait consenti à réduire le nombre d'essayages, à accélérer un processus ordinairement compliqué et très long.

Tandis que l'on prenait ses mesures, Amira contempla le trousseau qui, débordant de l'armoire, envahissait peu à peu la chambre : chaussures italiennes de toutes couleurs, lingerie de soie en provenance de Hongkong — d'un blanc virginal, à l'exception des tendres coloris pêche et abricot de quelques chemises de nuit —, draps et oreillers en coton égyptien richement brodé, que ses tantes avaient commandés afin qu'elle ne se présentât pas les mains vides chez son mari. Ce qui ne risquait pas d'arriver étant donné l'abondance des cadeaux de mariage qui s'accumulaient dans la bibliothèque avant de l'accompagner dans sa nouvelle vie.

« Quelle vie étrange que celle d'une femme... », songeait Amira. Après la mort de sa mère, elle avait eu l'impression d'être devenue invisible dans cette maison. Puis, d'un jour à l'autre, tout avait changé. Elle était devenue le centre du monde. Mais comment y croire ? Laila avait éprouvé ce sentiment avant elle, sa mère aussi, et peut-être que la plupart des femmes d'al-Remal avaient connu une semblable sensation avant de redevenir invisibles.

Elle voulut croire qu'un sort différent lui était réservé. Éduqué en Suisse et en Angleterre, son prince ne pouvait ressembler à son père ou au mari de Laila. Peut-être était-il semblable aux hommes qu'elle avait découverts en lisant des romans et qui, très amoureux de leurs femmes, les chérissaient d'une façon que les Remalis semblaient résolument ignorer.

Quand Mme Grès et son équipe quittèrent la maison, l'heure était venue de s'habiller pour le thé. Un thé exceptionnel, car, ce jour-là, les tantes d'Amira recevaient la mère et les sœurs du prince Ali. Amira allait donc rencontrer sa belle-mère et ses belles-sœurs pour la première fois.

Elle se doucha à la hâte, se frotta le visage avec un gant rugueux afin de rosir ses joues, puis lustra ses épais cheveux noirs en les brossant vigoureusement. Devait-elle les laisser cascader sur ses épaules ou opter pour une coiffure plus sage en se faisant un chignon sur la nuque ?

Croyant entendre sa tante Najla répéter l'un de ses dictons favoris : « Mange ce que tu veux, mais porte ce que les autres aiment », elle se fit un chignon et passa une robe bleu marine, agrémentée d'un petit col blanc. « Je ressemble à une écolière, se dit-elle. Mais ça devrait beaucoup plaire à ma famille. Et peut-être à Ali également. »

Faiza al-Rashad — Oum Ahmad pour la famille royale — pénétra chez les Badir comme si la maison lui appartenait. Multipliant courbettes respectueuses et paroles de politesse, les tantes d'Amira s'empressèrent autour de l'illustre visiteuse et la conduisirent, ainsi que ses deux filles, Mounira et Zeinab, au grand salon. Elle retira le voile qu'elle portait sur un tailleur gris de chez Lanvin, le remit à une servante, puis s'installa dans le fauteuil le plus profond, les pieds — chaussés par Ferragamo — reposant sur un tabouret.

Amira vint se présenter à Faiza.

— Que la paix soit avec toi, mère honorée.

129

Puis, baissant les yeux, elle baisa avec grâce la main de sa belle-mère.

— Et avec toi, mon enfant, répondit Faiza.

Elle incita Amira à relever la tête, étudia son visage un long moment, hocha la tête, en signe de satisfaction, puis d'un petit geste de la main demanda à sa fille aînée de s'approcher.

Mounira sortit du sac Hermès qu'elle portait en bandoulière un écrin de velours et le tendit à sa mère.

— Que le bonheur de Dieu soit toujours avec toi, dit Faiza en présentant l'écrin à Amira. Porte ceci le jour de ton mariage. Tous nos vœux de bonheur t'accompagneront.

Amira ouvrit son cadeau et découvrit une merveilleuse tiare de diamants et de platine. Le souffle coupé, elle mesura à la beauté des gemmes tout le luxe d'une vie de princesse à al-Remal. Un luxe inaccessible jusqu'alors, en dépit de la fortune de son père.

— Tes vœux de bonheur me sont plus précieux que les diamants. Mais ta générosité est grande et je souhaite en être digne.

Faiza manifesta son approbation d'un hochement de tête. Puis, tandis que les tantes s'extasiaient devant le somptueux présent, on apporta du thé à la menthe et des plateaux de douceurs qui avaient demandé de longues heures de cuisson. En premier venait le *kanafi*, à la pâte découpée en cheveux d'ange, fourrée de crème et arrosée de miel. Suivaient les *ma'amul* et les *baklava* : sablés aux dattes et aux noix, et feuilletés aux pistaches, saupoudrés de sucre et imbibés de sirop.

Amira prit une assiette de fine porcelaine, la remplit de friandises et la présenta à Faiza qui la remercia en inclinant brièvement la tête.

— S'il te plaît, goûte au *kanafi*, suggéra tante Najla. C'est Amira qui l'a confectionné.

Faiza mordit dans la friandise, la mâcha soigneusement, l'avala puis décréta :

— C'est très bon, bien que le sirop manque un peu d'eau de rose.

Encouragée par ce demi-compliment, Najla poursuivit :

— Les couturières françaises ont dit qu'Amira a une silhouette parfaite. Elle aura tout d'un ange dans sa robe de mariée.

Faiza jeta un bref regard à ses filles qui n'auraient pu susciter une appréciation identique.

— La beauté physique peut être une bénédiction ou, au contraire, une malédiction, si elle engendre la vanité.

Tante Najla baissa les yeux.

— Mon Ali vient juste d'être nommé ministre de la Culture, enchaîna Faiza avec fierté.

Les femmes exprimèrent leur admiration. Mais Faiza oubliait de préciser que cette nomination n'était qu'une simple affaire de famille.

— C'est une fonction qui implique de grandes responsabilités et suscite le respect. Mon Ali supervisera l'achèvement de notre nouveau centre culturel. Mais il voyagera aussi à travers le monde : en Angleterre, en France, en Italie et peut-être même en Amérique. Il aura pour mission de développer le prestige d'al-Remal.

L'Angleterre, la France, l'Italie... Amira se prit à rêver. Pourrait-elle accompagner le prince dans ces pays de légendes ? Rendre visite à Malik ? Découvrir les lieux magiques évoqués par ses lectures ?

— Sa femme devra être irréprochable, continuait Faiza. Il faudra qu'elle soit un modèle de docilité, de pudeur et de modestie.

Amira baissa les yeux. Cette femme lisait-elle dans ses pensées ? Elle semblait la soupçonner d'être plus aventureuse que résignée à la docilité. Connaissant le pouvoir des belles-mères remalis — à al-Remal, au moins la moitié des hommes mariés déjeunaient régulièrement avec leur mère —, Amira se promit d'éviter autant que possible de contrarier Faiza. Elle aurait avec elle le même comportement qu'avec ses tantes.

Pendant que ces dernières entretenaient la conversation avec leur illustre invitée, Amira étudia les sœurs d'Ali. Zeinab avait, même selon des critères féminins, un physique quelconque. Maquillée à l'excès, arborant une coiffure très élaborée, elle ne pouvait faire oublier qu'elle était presque aussi large que haute. Malencontreusement, elle avait souligné cette infortune en choisissant une robe fleurie qui mettait l'accent sur ses gros bras et ses hanches lourdes.

Gourmande, elle ne cessait de dévorer en soupirant d'aise. Quand elle demanda à Bahia de lui remplir une nouvelle fois son assiette, sa sœur, Mounira, ne put s'empêcher de remarquer d'un ton sec :

131

— Que fais-tu de ton nouveau régime, Zeinab ? Il me semble que tu t'es promis, pas plus tard que ce matin, de ne manger qu'un gâteau par jour.

— Oui, oui, je sais. Mais je ne peux pas résister à de telles friandises, avoua Zeinab avec un petit rire.

— Et au reste non plus, n'est-ce pas, ma chère sœur ? Même lorsque tu as déjà mangé pour deux... ou trois.

Zeinab roula les yeux et eut un autre petit rire avant de répondre :

— Ce que tu dis est vrai, mais qu'y puis-je ? Il est clair qu'Allah veut que je sois bien potelée, et je ne peux que le remercier de m'avoir dotée en conséquence d'un mari qui préfère les rondes aux maigrichonnes. La sagesse du Tout-Puissant est infinie, ma sœur.

— Et tu sais t'y plier, répliqua Mounira qui, sans être laide, était plutôt osseuse — et célibataire.

Des deux sœurs, elle semblait la plus intéressante. Amira avait entendu dire qu'elle connaissait parfaitement la poésie de Kahlil Gibran, l'œuvre de l'historien Ibn Khaldùn et les écrits d'Ibn Battutah, grand voyageur du XIVe siècle. Cette érudition avait été acquise avec l'approbation du roi. Mais les tantes d'Amira prétendaient que Mounira avait pris des libertés et ne s'était pas contentée d'un enseignement académique. Il lui arrivait, disaient-elles, de tenir des propos empruntés à des femmes égyptiennes qui croyaient refaire le monde, des propos qu'il fallait ignorer si Mounira les laissait échapper.

Ce qui ne se produisit nullement ce jour-là, au grand désappointement d'Amira dont la curiosité avait été éveillée par ce parfum de subversion qui entourait la fille aînée du roi.

Quand les visiteuses furent reparties, Amira serait volontiers allée se jeter sur son lit pour rêver tranquillement à son avenir, mais ses tantes, encore surexcitées, se lancèrent dans des commentaires sur la famille royale.

— Elle se donne de grands airs, notre reine, observa Shams. C'est amusant quand on sait qu'elle vient d'une des plus pauvres tribus du désert.

— Avec sa seule beauté pour dot.

— Mais ce n'est pas sa beauté qui est la source de son pouvoir.

— Que veux-tu dire ?

Shams mit un doigt sur ses lèvres pour signifier qu'elle allait livrer un secret.

— Eh bien, tu n'ignores pas que notre roi a un prodigieux appétit sexuel...

— Tout le royaume le sait. On se demande même s'il connaît le nombre exact de ses concubines et de... ses enfants.

— Mais ce que l'on sait moins, précisa Shams avec un sourire satisfait, c'est que la reine se charge de sélectionner les concubines.

— Non... tu ne voudrais pas dire que...

— Je tiens cette information d'une personne très bien placée. Elle m'a assurée que la reine contrôle entièrement la vie du harem.

Il y eut un silence. Puis Shams reprit la parole en changeant de cible.

— Cette Mounira respire l'amertume. Être encore célibataire, à plus de vingt ans...

— Et pourtant, elle est la fille préférée du roi. Il aurait même affirmé qu'elle était plus qu'une fille à ses yeux.

— Mais certainement moins qu'un fils.

— Ça va sans dire.

Les journées cessèrent de paraître interminables pour devenir trop courtes. Le contrat de mariage fut signé en premier lieu par Omar et le roi, puis par Ali et enfin par Amira. Mais il n'y aurait consommation qu'après la fête — la *doukhla* —, organisée au palais.

Il sembla que tout al-Remal venait présenter ses vœux de bonheur, apporter des cadeaux, regarder de près celle qui allait devenir une princesse, en essayant d'imaginer ce que serait sa vie au palais.

Mais le plus beau des cadeaux arriva deux jours avant la *doukhla*. Assise dans le jardin, juste après le crépuscule, à l'heure où la brise se lève, Amira entendit soudain une voix familière s'adresser à elle.

— Tu rêves, petite sœur ? J'aurais cru que nos tantes te trouveraient mille choses à faire.

— Malik !

D'un seul mouvement elle se leva et se jeta à son cou. Puis elle se surprit aussitôt à pleurer.

— Amira, qu'y a-t-il ? Ce mariage te rend malheureuse ? Si c'est ça, dis-le-moi. Je parlerai à père. Prince ou pas prince...

Le rire remplaça les larmes.

— Non, non, je ne suis pas malheureuse. En tout cas pas à cause du mariage. C'est le fait de te revoir ici, dans ce jardin, à cette heure-ci, qui remue toutes sortes de sentiments en moi.

Caressant ses cheveux, Malik lui répondit d'une voix douce :

— Je le sais... Je ne pourrai peut-être jamais me retrouver dans ce lieu sans me souvenir, sans m'interroger...

Amira essuya ses larmes et regarda son frère. Il lui parut à la fois différent et inchangé. Son visage s'était marqué, mais son regard reflétait toujours le même amour.

— Alors tu es heureuse ?

— Oui, mon frère. Oui, bien sûr. Je vais me marier. Avec un prince. Que faudrait-il de plus à une femme pour être heureuse ?

— C'est une question et non pas une réponse. Et toi, ma chère sœur, tu n'es pas simplement une femme parmi les autres. Tu es ma sœur et je tuerais le premier homme qui ne saurait pas...

Amira serra la main de son frère dans la sienne.

— Ne pense pas à ça. Tout va bien. Je veux vraiment me marier.

— Mais il faut que ce mariage comble tous tes désirs. J'ai besoin de savoir que tu es heureuse... heureuse pour nous deux, Amira.

— Tu dois pourtant être content de ta vie, Malik. Ta fille est sûrement une grande source de joie.

— Je l'adore. Un peu plus chaque jour.

— Et tes lettres parlent de déplacements incessants.

Il rit.

— Oh, oui ! Je suis en perpétuel mouvement. J'achète, je vends, je négocie dans le monde entier, petite sœur. On dit que je suis partout.

— Et en ce qui concerne le reste de ta vie ? Quand vas-tu choisir une épouse ?

— Quand je rencontrerai quelqu'un qui saura m'émouvoir autant que l'avait fait Laila. En attendant, j'ai acheté un deuxième appartement à Paris, splendide. Et j'ai engagé une gouvernante française pour Laila.

Il sortit de sa poche la photographie d'une enfant, potelée et rieuse, en train de jouer avec une poupée aussi énorme que luxueuse.

— Elle est très belle.

Devinant qu'Amira mourait d'envie de voir sa nièce, de la serrer dans ses bras, de l'embrasser, Malik affirma :

— Un jour, petite sœur, je trouverai un moyen pour que nous soyons tous réunis. Pour que nous formions une vraie famille.

Amira s'éveilla à l'aube, récita sa prière puis se glissa dans un bain parfumé à l'amande, préparé par Bahia qui la frotta avec un luffa — afin de débarrasser sa peau des cellules mortes — puis avec un savon français.

— Et maintenant, on s'occupe de tes cheveux, annonça Bahia.

Elle les lava avec un shampooing, importé d'Amérique, et ajouta dans l'eau du dernier rinçage de la camomille, comme elle le faisait pour Jihan.

Enveloppée dans un drap de bain moelleux, Amira sortit de la grande baignoire de marbre et s'allongea sur un transat. Bahia disparut quelques instants puis revint avec une casserole contenant de l'eau sucrée, transformée en un liquide épais, couleur caramel. Plongeant la main dans le récipient, Bahia prit une poignée de ce dépilatoire artisanal et commença à l'appliquer sur le corps d'Amira : sur les bras, les aisselles, les jambes, le pubis.

— Ta peau va être aussi belle et douce que celle d'un bébé, assura Bahia.

En même temps, elle arracha la première bande dépilatoire et avec elle les poils, englués dans le liquide, et leurs racines.

— Ouille ! Ouille ! Ça fait mal, Bahia !

— Évidemment, petite demoiselle. Attendais-tu autre chose d'un mariage ?

Le sourire de Bahia signifia qu'elle avait voulu plaisanter.

— Ton mari te préférera comme ça, ajouta-t-elle gentiment, et tu dois apprendre à le satisfaire.

Quand Bahia fut assurée de la perfection de son travail, elle massa Amira avec une lotion à l'aloé vera, puis la laissa se reposer.

Son reflet dans le miroir l'émerveilla. Avec le soleil de l'après-midi coulant sur son épaule, elle ressemblait à une reine... non, à une impératrice. La tiare de diamants couronnait sa chevelure savamment relevée sur le dessus de la tête et, du joyau scintillant, un voile confectionné par des dentellières cascadait sur ses épaules, puis sur le somptueux ivoire de la robe féerique.

Mais ce fut enveloppée d'un voile de soie grise qu'elle se rendit au palais, dans la limousine de collection d'Omar, une ancienne Mercedes qu'il affectionnait particulièrement. Omar portait sa plus belle *thobe*, en fin coton égyptien et, par-dessus, un *bisht*[1] de lin beige, bordé d'or. Dans la soie et la dentelle, ses tantes resplendissaient mais étaient presque méconnaissables sous les bijoux et les ornements.

Telle une reine, Amira salua ceux qui, tout au long des rues, s'étaient rassemblés pour lui souhaiter santé et bonheur. Al-Remal avait commencé à célébrer ce mariage dès l'aube quand, sur l'ordre des deux pères, des centaines de moutons avaient été tués et distribués aux pauvres.

Le palais, Amira l'avait déjà vu plusieurs fois, mais ce jour-là il ressemblait à un jardin extraordinaire débordant de dizaines de milliers de fleurs, arrivées de Hollande à l'aurore. Ce n'était que paniers de tulipes, de jacinthes, de lis, de glaïeuls. Il y en avait partout : ils remplissaient chaque pièce, chaque corridor. Les portes, fenêtres et rampes d'escaliers s'étaient parées de guirlandes de roses et d'œillets.

Omar escorta sa fille jusqu'au pied des marches où deux gardes se tenaient figés dans une vigilance impassible.

L'embrassant sur le front, il murmura :

---

1. Cape.

— Que Dieu soit avec toi.

Puis il retourna à sa voiture qui allait le conduire à l'autre bout du palais, là où sous des tentes aux rayures colorées les hommes avaient déjà entamé les festivités. Amira pouvait les entendre chanter au rythme des tambours, et respirer l'odeur de l'agneau rôtissant en plein air, et rendant son jus dans de grands chaudrons pleins de riz et d'épices.

Elle fut accueillie en entrant dans le palais par de jeunes cousines toutes de blanc vêtues et portant de grands cierges d'une égale blancheur. Quand elle eut, comme ses tantes, enlevé son voile, Amira vit Najla allumer les cierges afin que la procession — la *zaffa* — pût commencer, imposante et solennelle. Les petites filles étaient en tête, puis venait la mariée, suivie de ses tantes. Le cortège s'engagea sous la galerie sombre puis emprunta le long couloir de marbre qui menait à la grande salle de réceptions.

Soudain, le son d'une centaine de joyeuses voix féminines résonna dans le corridor. Amira sentit son cœur répondre à cette atmosphère de joie féminine qui explosa dès qu'elle pénétra dans la salle. Sous les imposants lustres de cristal, femmes et enfants se levèrent pour applaudir la mariée.

Accompagnée par des musiciens qui se tenaient derrière un paravent, la chanteuse libanaise Sabah se mit à chanter *Dalaa ya dalaa*, « Serre-moi dans tes bras », pendant qu'Amira faisait le tour de la salle afin d'être admirée, complimentée et couverte de vœux de bonheur.

— Puisses-tu n'avoir que des fils, lui souhaita une femme.

— Que mille nuits d'amour te soient accordées.

— Puisses-tu connaître une vieillesse heureuse.

Quand Amira eut pris place sur un fauteuil doré qui évoquait un trône, le festin put commencer. Personne ne songea à bouder le caviar d'Iran, le foie gras de France, l'agneau et son riz préparé de dix manières différentes, les pigeons grillés et le poulet rôti, le poisson de la mer Rouge, les truffes du désert sautées dans le beurre et l'oignon. Et l'on ferait également honneur aux plateaux de fruits des quatre coins du globe, aux pâtisseries, à la crème glacée et, enfin, à la monumentale pièce montée venue tout droit de France.

Pendant que l'on festoyait, Sabah chanta l'amour : l'amour perdu, retrouvé, de nouveau perdu. Sa voix rauque montait, descendait, semblait parfois se briser, et les femmes lui criaient combien elles comprenaient les sentiments qu'elle exprimait.

Quand sa prestation prit fin, les musiciens se lancèrent dans la musique folklorique que le monde arabe se transmettait de génération en génération. Puis apparurent des danseuses libanaises qui firent la danse du ventre et auxquelles succéda une magicienne.

Rires et bavardages emplissaient la grande salle.

— Amira n'est pas si belle que ça, remarqua une jeune adolescente aux formes rebondies. Pourquoi a-t-elle été choisie par un beau prince comme Ali al-Rashad ?

— Chut ! Chut ! lui répondit sa mère. Le prince Ali est le *nasib* d'Amira — son destin. Dans un ou deux ans, ton père pourra peut-être te trouver aussi un beau prince, *inshallah*.

En toute liberté, sans inhibitions ni contraintes, les femmes échangeaient des anecdotes et prenaient autant de plaisir au défilé de mode impromptu qu'offraient les invitées qu'aux attractions prévues pour les distraire. Un jour comme celui-là, elles avaient toutes eu envie de parader. Certaines avaient pu revêtir des modèles haute couture. Les autres portaient des robes qui représentaient les efforts émérites des couturières locales, spécialisées dans la copie des modèles occidentaux. Sous les lustres, les pierres précieuses rutilaient, car aucune n'aurait voulu rater cette occasion grandiose de montrer à la fois la fortune de son mari et la profondeur de son affection.

Au moment où furent servis le café parfumé à la cardamome et le thé à la menthe, six femmes se groupèrent au centre de la salle et, au son d'un tabla et d'un *oud* — un petit tambour et une sorte de luth —, elles se mirent à danser à la mode du pays. Formant un cercle, les bras le long du corps, elles sautillèrent en faisant avec la tête et les épaules de petits cercles gracieux qui épousaient le rythme de la musique. Les mouvements presque imperceptibles de leurs hanches ne rappelaient en rien la danse du ventre, et pourtant ce qui semblait au début si calme et mesuré devenait peu à peu sensuel et suggestif.

L'assemblée cria sa satisfaction, encouragea les danseuses hardiment et devint plus salace encore lorsqu'elle s'approcha d'Amira. On chercha à deviner ce qu'elle portait sous sa robe et le temps que mettrait son mari à l'en débarrasser. On s'interrogea sur la longueur du membre princier et l'on chercha à imaginer la vigueur avec laquelle le prince l'utiliserait.

Gênée et rougissante, Amira ne put cependant oublier qu'elle n'avait jamais été entourée par tant de rires et de gaieté débridée. Elle savourait chaque minute de cette fête, et quand ses tantes lui annoncèrent qu'il était temps de partir, elle en éprouva un réel regret.

Son père l'attendait à l'extérieur de la salle. Avec une solennité qu'elle lui avait rarement vue, il lui offrit son bras et la mena lentement jusqu'au grand escalier de marbre, puis l'invita à monter au premier étage.

Face à une porte d'acajou aux panneaux finement sculptés, il s'immobilisa, regarda sa fille et lui caressa la joue, prêt à prononcer quelques paroles graves et peut-être inédites. Mais il se contenta de l'étreindre avec un rien de maladresse, et lui dit :

— Que Dieu soit toujours avec toi, ma fille.

Les larmes aux yeux, Amira eut le sentiment de perdre à jamais son univers familier. Un sentiment étrange pour elle qui avait tant rêvé d'échapper à la tutelle pesante de son père et de ses tantes.

Elle embrassa Omar, le regarda s'éloigner, puis resta un long moment devant la porte des appartements de son mari. Elle ne l'avait jamais vu que sur quelques photos un peu floues dans les journaux ou à la télévision, à l'occasion de cérémonies officielles. En chair et en os, quelle impression allait-il lui faire ?

A peine eut-elle frappé discrètement à la porte qu'elle la vit s'ouvrir sur une suite dont le faste l'émerveilla. Des antiquités européennes composaient l'ameublement, et les murs étaient recouverts de tableaux célébrissimes, œuvres de Picasso, Renoir, Signac...

L'élégance du prince Ali al-Rashad s'accordait à la somptuosité du décor. Dans une robe de chambre monogrammée en soie blanche, assortie à son pyjama, pas très grand mais la silhouette mince et harmonieuse, les yeux d'un noir intense et les cheveux soyeux, il avait la séduction d'une star.

Il l'observa un moment comme s'il avait devant lui un tableau ou une statue. Puis il sourit.

— Puisse l'éternité être aussi belle que toi en cet instant précis.

Elle laissa échapper un soupir de soulagement. Ali lui tendit la main. Amira la prit avec docilité, et un sentiment de gratitude. Il était tout le contraire d'un vieil homme handicapé comme l'avait été le mari de Laila.

Il la conduisit dans la chambre où trônait un majestueux lit chinois, sculpté à la main et incrusté d'or. En silence, Amira essaya d'imaginer sa vie quotidienne au milieu de ce luxe étonnant.

— Champagne ?

Elle eut un sursaut. Elle n'avait rien d'une fanatique en matière de religion, et n'ignorait pas les pratiques secrètes des Remalis — beaucoup de gens buvaient de l'alcool en dépit de la loi et elle le savait — mais elle-même n'avait jamais goûté à l'alcool.

Ali lui tendit une flûte de cristal pleine d'un or liquide pétillant et sourit en remarquant :

— Détends-toi. Ça ne peut pas te faire de mal. Le champagne n'est même pas de l'alcool. C'est du bonheur en bouteille.

Amira but à petites gorgées, très attentive à l'agréable picotement que provoquait la boisson pétillante.

Toujours souriant et d'un même ton badin, Ali lui lança :

— Déshabille-toi.

Elle se figea. Bien sûr c'était dans l'ordre des choses, mais pourquoi si vite, de façon si soudaine ? Toutefois il ne pouvait être question de se dérober. Depuis toujours elle savait qu'elle se devait de satisfaire les désirs de son mari. Et pas uniquement le soir de leurs noces, car à la moindre rébellion sous le toit de son époux, elle pouvait être renvoyée chez son père, reprise en main par ses tantes et finir sa vie comme elles. Cette pensée la glaça.

La voyant frissonner, Ali se méprit et demanda en riant :

— Notre tête-à-tête est-il si terrifiant ? Oublierais-tu que tu es ma femme ?

Rougissante, elle se retira dans la salle de bains, enleva sa robe et la série de sous-vêtements de soie qu'elle dissimulait. Mais quand elle arriva au dernier voile, une combinaison d'une extrême finesse qui avait suscité un peu plus tôt des grivoiseries particulièrement audacieuses, elle cessa de se dévêtir.

Elle ne tenait pas à provoquer la colère de son mari, mais elle ne pouvait tout simplement pas s'exposer à son regard dans une totale nudité. Timidement, elle retourna dans la chambre en foulant de ses pieds nus la blancheur d'une moquette laineuse.

Ali ne parut ni en colère ni même déçu. Il retrouva le regard de l'amateur d'art puis déclara :

— Tu as un très beau corps, à la fois svelte et solidement charpenté. Tu es un vrai pur-sang.

Sans le savoir, il la rassurait. Elle avait si souvent craint d'être trop grande, pas assez charnue pour inspirer de la volupté. Elle trouvait aussi sa bouche insuffisamment pulpeuse. Mais l'expression du prince ne laissait pas douter de sa satisfaction.

Il l'entraîna vers le lit et se mit à la caresser comme si elle était un chaton. Heureuse de lui plaire, d'être ainsi câlinée, elle se laissa faire. Puis, lorsqu'il joua avec la pointe de ses seins, un délicieux picotement semblable à celui qu'avait provoqué le champagne se répandit dans son corps. C'était donc cela qu'évoquaient pour les initiées les murmures et les éclats de rire : cette douce chaleur, ces frémissements, cette légèreté du corps interdits à la femme sans mari ?

Mais il cessa de la caresser pour lui écarter les jambes d'un coup de genou.

Elle se raidit. Il s'immobilisa, avec un air amusé qui laissait encore la colère de côté.

— As-tu peur de moi, Amira ?

— Non, affirma-t-elle, tremblant de lui déplaire.

— Alors tu n'as peut-être pas envie d'accomplir ton devoir...

Elle baissa les yeux. Comment pouvait-elle savoir si elle avait ou non envie de quelque chose qu'elle ne connaissait pas ?

— Si tu n'es pas consentante, restons-en là.

— Mais c'est impossible ! Tu sais bien qu'il faut...

Embarrassée, elle laissa sa phrase en suspens.

— Oui, je sais, fit Ali en souriant. Il faut que ton sang prouve ta virginité. En ce qui me concerne, je n'ai pas besoin de ce genre de preuve. Mais si tu ne peux te passer de la démonstration habituelle, je suis prêt à verser mon propre sang.

Dans le tiroir de la table de nuit, il prit un ravissant stylet incrusté de joyaux, remonta la manche de son pyjama et tendit le bras.

— Tu n'as qu'un mot à dire.

— Non ! Je ne veux pas que tu... Ce n'est pas la peine !

Ali reposa le poignard.

— Bien. Alors tu as peut-être simplement besoin d'un peu plus de champagne.

— Oui. Je veux bien en reprendre un peu.

A l'instant où il se releva pour remplir sa flûte, elle regarda son torse, musclé sous la peau lisse. Ayant surpris cette audace, il se retourna en lui demandant :

— Ça va ? Tu me trouves à ton goût, chère épouse ?

Elle s'empourpra.

— Je n'ai... Je veux dire, je ne voulais pas...

— Mais si, je t'ai vue. Et pourquoi pas ? Tant que ces regards me sont réservés...

Amira prit la flûte qu'il lui tendait et la vida d'un trait.

— Doucement, doucement, Amira. Boire du champagne fait partie des plaisirs qui se savourent.

Elle eut un petit rire satisfait tant elle se sentait l'esprit léger et à l'abri dans le lit de son mari.

La prenant dans ses bras, il l'embrassa lentement, profondément.

— Tu vois, c'est comme ça que ça se passe, dit-il. Tu n'avais pas à redouter une exécution.

Détendue, elle se rejeta sur le lit. Il recommença à la caresser, sa main redessina ses seins, la rondeur de son ventre, puis glissa entre ses cuisses. Libérée de toute appréhension, elle s'ouvrit au jeu de ses doigts, d'abord léger, puis insistant, et sentit une voluptueuse chaleur inonder peu à peu son corps.

— Bien, très bien, murmura Ali, les yeux brillants.

Dès qu'il la sentit frémir, il l'enferma entre ses jambes, la pénétra, s'immobilisa un moment lorsqu'elle cria, puis reprit ses mouvements. Elle sentait la douleur céder sous un flot de sensations neuves qui s'amplifièrent jusqu'à la faire crier de nouveau. Mais, cette fois, c'était la joie et l'exaltation de la découverte qu'elle exprimait ainsi.

Ignorant que son mari n'avait pas eu d'orgasme, elle s'endormit, apaisée et satisfaite. Ce que le mariage venait de lui offrir rendait tout le reste pâle et insipide...

LUNE DE MIEL

— Pourquoi Istanbul ? demanda Ali.

Le jet privé du roi, mis à leur disposition pour leur voyage de noces, venait de décoller.

— Parce que... parce qu'une amie chère à mon cœur y a passé sa lune de miel, et a trouvé la ville très belle et très exaltante.

Ali retrouva le sourire indulgent qu'Amira avait déjà suscité quand elle avait pour la première fois exprimé le désir de voir la ville qui avait enthousiasmé Laila.

— Oh, certes, pour quelqu'un qui n'a pas beaucoup voyagé, j'imagine qu'Istanbul peut être une cité impressionnante. Mais toi, Amira, tu auras l'occasion de voir tout autre chose. Je peux te l'assurer.

La féerie du moment l'empêcha d'être sensible à ce genre de promesse. Pour son premier voyage en avion, elle disposait d'un appareil luxueux qui offrait de l'espace, de confortables fauteuils, une chambre, une salle de bains en marbre, une salle à manger où brillaient la porcelaine tendre, le cristal et l'or. Et, bien qu'Ali eût insisté pour prendre les commandes de l'avion au moment du décollage, ils avaient sous leurs ordres cinq membres d'équipage, et le meilleur pilote du roi.

Le fait de boire un jus d'orange dans un verre de cristal à dix mille mètres d'altitude donna l'impression à Amira d'être devenue une princesse de conte de fées et l'atterrissage ne fit qu'accentuer ce sentiment. La limousine qui les attendait à l'aéroport les fit passer sans heurt du jet au Hilton, le premier hôtel d'Istanbul où Ali avait réservé la suite du dernier étage.

C'était la première fois qu'Amira entrait dans un hôtel. Avec ses jardins somptueux, ses piscines cristallines, ses courts de tennis qui donnaient envie de prendre une raquette, il lui parut

143

plus grandiose que le palais d'al-Remal. Quant à la clientèle, elle la subjugua. Elle ne pouvait détacher son regard des Européens aux cheveux blonds, et des femmes, belles, élégantes et libres de montrer à tout le monde ce qu'elles portaient.

Le directeur les accompagna lui-même jusqu'à leur suite et ne cacha pas sa fierté en les informant que les « célèbres acteurs américains Kirk Douglas et Anthony Quinn avaient récemment séjourné dans cette suite ».

Aussi ravie que si elle avait été l'invitée de ces stars, Amira alla d'une pièce à l'autre, ouvrit les rideaux, s'émerveilla devant la vue panoramique qui s'offrait à elle.

— Tu as vraiment tout de la fille du désert ! observa Ali. (Son sourire atténuait le mordant de sa remarque.) Si un Européen te voyait, il dirait que tu sors de ta tente, comme tous les Arabes du Golfe.

— Tu as raison. Il faut que je me calme.

Loin de la blesser, les paroles d'Ali lui avaient au contraire rappelé qu'elle avait un rôle à jouer hors de son pays : celui de représenter avec dignité, aux côtés de son mari, la maison royale d'al-Remal. D'un pas mesuré, en imitant l'allure des élégantes Européennes aperçues dans le hall, elle fit le tour de la pièce sous l'œil amusé d'Ali.

— Bravo ! s'exclama-t-il en l'applaudissant. Tu as un port de reine. Laisse-moi te montrer sans plus attendre à la ville tout entière. Tu peux abandonner ton voile pour t'exercer à ta démarche royale.

— Vraiment ? Je peux aller sans voile dans les rues d'Istanbul ?

— Bien sûr. Atatürk a supprimé le voile lorsqu'il a fondé la République turque. On rencontre encore des femmes voilées à la campagne, mais pas ici. Tu ne voudrais pas avoir l'air de venir d'un trou perdu, n'est-ce pas ?

Amira sortit donc sans voile. Au début, elle se sentit mal à l'aise, comme si tous les regards se tournaient vers elle. Puis arriva le moment où elle oublia cette impression pour savourer le souffle de la brise dans ses cheveux, la douceur du soleil sur sa peau.

A sa demande, ils s'arrêtèrent d'abord au palais du Topkapi, ancienne résidence des sultans ottomans convertie en musée qui abrite des collections de bijoux, de tapisseries et de porcelaines éblouissantes. « Laila n'avait pas exagéré », murmura Amira à part elle en admirant les pierres précieuses que portaient autrefois les sultans ou qu'ils avaient offertes à leurs favorites. Elle éprouvait l'envie de s'attarder en ce lieu où elle espérait retrouver un peu de la présence d'une Laila jeune mariée, heureuse et pleine de rêves.

Mais Ali, qui étudiait les différentes expositions en prenant des notes, la pressa de continuer la visite.

— J'espère que ça ne t'ennuie pas, mais le roi attend des suggestions en ce qui concerne notre projet de centre culturel.

Éblouie par les connaissances de son mari, elle le suivit en regrettant de ne pas être à sa hauteur. Mais ce décalage permettait à Ali de jouer les guides avisés. Il prit plaisir à la conduire au Musée archéologique, riche en vestiges des anciennes civilisations de Mésopotamie et de l'empire hittite.

Puis ils visitèrent les grandes mosquées de la ville : Sainte-Sophie, la somptueuse, avec son superbe intérieur byzantin et son dôme qui s'élance vers le ciel ; la mosquée du sultan Ahmet et ses étonnantes fresques bleues ; celle de Süleyman le Magnifique où le sultan du même nom et sa femme sont enterrés.

Dans un petit restaurant au bord de l'eau, ils savourèrent un *mezze* [1] et un loup de mer, cuit à la vapeur, puis Ali emmena sa femme au Capali Carsi, le grand bazar d'Istanbul.

Amusé par son air émerveillé, il précisa :

— Tu peux choisir tout ce que tu veux.

— On dirait la caverne d'Ali Baba. Je n'ai jamais vu un endroit pareil à al-Remal.

— Évidemment, puisqu'il n'en existe pas. Je crois que l'on trouve plus de quatre cents boutiques ici, réparties dans quelque soixante rues.

Elle découvrit un tel choix de tapis, de meubles, de bijoux, de tapisseries, de chaussures, de sacs, d'ustensiles de cuisine qu'elle en eut le vertige. Les boutiquiers invitèrent le couple à entrer dans leurs échoppes, à découvrir leur marchandise, à boire un verre de thé. Ali les gratifiait d'un sourire princier. Amira s'efforçait de maîtriser une convoitise qui aurait pu paraître enfantine.

---

1. Grand assortiment de hors-d'œuvre.

Mais elle finit par s'attarder devant un tapis de soie et un secrétaire ancien, incrusté de nacre. Alors le prince s'engagea dans le marchandage animé qui transforme traditionnellement tout achat en transaction pour le plus grand plaisir des participants.

Quand le rituel eut pris fin, Ali demanda à sa femme :

— Tu ne veux pas autre chose ? C'est sûr ?

Craignant de le décevoir, elle osa à peine hocher la tête.

— On ne t'a sans doute pas suffisamment appris à manipuler un homme, remarqua Ali en riant. Sinon tu serais plus exigeante.

Se moquait-il d'elle ? En tout cas, il avait raison : elle ignorait l'art de « manipuler » un homme. Apparemment il ne suffisait pas de satisfaire ses désirs.

— Ne fais pas cette tête, Amira. Je plaisantais. En fait, j'apprécie ton détachement à l'égard des choses matérielles. Il me permettra de te gâter plus facilement.

Éprouvant la vague impression qu'elle risquerait de se diminuer aux yeux d'Ali, Amira s'abstint de confirmer son jugement. Et, plus tard, quand ce fut l'heure de s'habiller pour le dîner, elle choisit de porter l'une de ses robes les plus sophistiquées ainsi que le saphir qui avait appartenu à sa mère. L'admiration de son mari récompensa son choix et la rassura.

Ils dînèrent au Pera palace, le plus imposant des vieux hôtels d'Istanbul. Les boiseries délicatement sculptées et les dimensions majestueuses de la salle à manger l'éblouirent.

— Je savais que cet endroit te plairait, lui dit Ali. Il a connu des hôtes illustres : Greta Garbo, Agatha Christie, Mata Hari, Josephine Baker, Léon Trotski. Sans parler de toute une série de rois et de reines. Auxquels tu succèdes, toi, Amira, princesse royale d'al-Remal.

Elle battit des mains en riant.

— C'est merveilleux ! Mais comment sais-tu tout ça ?

— Grâce à un consul américain qui m'a un jour invité ici à prendre un verre et m'a raconté l'histoire de ce palace depuis sa construction, à la fin du XIXᵉ siècle. Il était, je crois, destiné à accueillir les voyageurs de l'Orient Express.

Comme il était attentif à lui faire savourer pleinement sa découverte d'Istanbul ! Et quelle élégance quand il commanda leur repas dans un français impeccable ! Lorsqu'il l'invita à prendre les meilleurs morceaux de leur faisan grillé, Amira songea que personne jusqu'alors n'avait montré autant d'empressement à lui plaire.

Elle voulut lui manifester la même courtoisie et, au moment où il lui proposa de se rendre dans un night-club, sans enthousiasme, les paupières lourdes, comme s'il était fatigué, elle lui répondit :

— Peut-être pourrions-nous plutôt rentrer...

Elle rougit aussitôt, redoutant qu'il la jugeât avide de faire l'amour. Mais il accepta avec tant d'empressement qu'elle s'apaisa pour ne plus éprouver qu'une certaine timidité à l'idée de se glisser bientôt dans ses bras.

Mais, de retour à l'hôtel, il s'arrêta à l'étage où se trouvait le casino au lieu de regagner leur suite.

Elle le suivit dans cet endroit très animé, plein d'hommes et de femmes en tenue de soirée, pris par l'excitation du jeu. Convaincue qu'Ali serait désapprouvé par son père si le roi le voyait dans un tel lieu, Amira préféra néanmoins se taire.

Son mari s'installa à la table du black jack qui autorisait les mises les plus élevées, y déposa une pile de billets et jeta à peine un coup d'œil aux jetons qu'il reçut en échange. Quelques instants plus tard, une serveuse en smoking s'avança près de lui.

— Glenlivet, dit-il. Apportez la bouteille.

Il joua avec une aisance nonchalante qui semblait friser l'ennui. Voulait-il ou non une autre carte ? Il se contentait d'un mouvement presque imperceptible du petit doigt pour indiquer son choix. En une heure, il doubla pratiquement sa pile de jetons. D'après les remarques de l'assistance qui se pressait pour observer son mari, Amira comprenait qu'Ali jouait d'une façon déroutante. Ses mises étaient audacieuses et cependant heureuses. Ce fut bientôt la foule autour du séduisant prince, vêtu avec une élégance rare, et qui semblait indifférent à l'intérêt qu'il suscitait.

En bonne épouse, Amira se tenait debout derrière lui, mais elle sentit son impatience grandir chaque fois qu'il se reversait du scotch. La pile de jetons augmenta, diminua, recommença à augmenter...

— Il ne faut pas avoir peur pour miser sur le dix-sept ! s'exclama l'un des joueurs.

Ali sourit. Son trois de pique lui fut favorable. Mais Amira se demandait où il voulait en venir. Les pertes comme les gains le laissant stoïque, elle en déduisait qu'il ne s'était fixé aucune somme précise. La fatigue la gagnait et, finalement, à trois heures du matin, elle suggéra :

— Peut-être pourrions-nous partir maintenant, Ali. Il est très tard.

Un éclair de rage brilla dans ses yeux, aussi intense que bref, et Amira crut s'être méprise. Sa voix fut pourtant calme et presque tendre lorsqu'un instant plus tard il lui répondit :

— Si tu es fatiguée, ma chère, tu préférerais peut-être te retirer ? Je te rejoindrai dans un moment.

Elle s'efforça encore un peu de résister au sommeil en s'interrogeant : son mari souhaitait-il réellement qu'elle l'abandonnât ? Mais elle finit par céder au besoin d'aller se reposer.

Le lit était ouvert, sa chemise de nuit disposée avec art à côté du pyjama d'Ali. Pourquoi fallait-il qu'il préférât à sa jeune épouse l'attrait d'un casino ? Ce pyjama qu'elle dut écarter, ce vêtement de l'homme qui la négligeait lui inspirait des reproches. Elle se souvint de l'histoire du hammam que lui avait racontée Bahia. A l'époque où les belles maisons ne possédaient pas encore de salles de bains, les femmes allaient au hammam accomplir le rituel de l'immersion totale qui devait suivre tout rapport sexuel. En riant, Bahia lui avait dit que l'on reconnaissait toujours une jeune mariée au fait qu'elle venait au bain chaque jour. Puis, après la naissance du premier enfant, on la voyait de moins en moins, ce qui signifiait que la passion du mari se modérait au fil des mois.

Mais pendant la lune de miel, ses appétits étaient toujours insatiables. Une jeune épouse devait s'attendre à être aimée jusqu'à la douleur. Alors que se passait-il entre elle et Ali ? Elle ne cessait de s'interroger lorsque le sommeil l'envahit.

Quand elle se réveilla, Ali dormait à son côté tout habillé. Bien qu'elle ignorât de quelle façon il convenait d'agir, elle se leva, tenaillée par la faim. Marchant sur la pointe des pieds, elle alla dans le salon et téléphona pour commander le petit déjeuner comme Ali l'avait fait la veille.

Puis elle s'habilla à la hâte et, lorsque le garçon d'étage arriva, elle lui fit porter le plateau sur la terrasse d'où elle pourrait contempler le spectacle de la ville.

Un peu plus tard, croyant percevoir un bruit venant de la chambre, elle se leva, se glissa à l'intérieur, vit Ali remuer, et l'appela doucement. Il ouvrit les yeux, mais son regard était embrumé.

— Veux-tu du café ?

— Non. Du whisky.

Elle s'abstint une fois de plus de tout commentaire. Ali était son mari et elle se devait de respecter ses désirs.

— En Occident, on dit que c'est une manière de « reprendre du poil de la bête », lui expliqua Ali. C'est comme si j'avalais un médicament. Ne t'inquiète pas.

Elle lui apporta une bouteille et un verre qu'il emmena dans la salle de bains. Elle entendit la douche couler et, une demi-heure plus tard, le vit ressortir, frais et dispos, un sourire aux lèvres.

— Je suis plus présentable, non ?

Elle lui rendit son sourire, l'approuva et espéra qu'il ne passerait pas une nouvelle nuit à boire.

Mais la journée et les suivantes se déroulèrent comme la veille : visites, shopping dans des boutiques de style européen, succulents repas, un spectacle pour le plaisir d'Amira dans la soirée — elle vit son premier ballet, *Giselle*, et son premier opéra, *Madame Butterfly* —, puis, inévitablement, les salles de jeu du casino où Ali buvait trop et s'attardait presque jusqu'à l'aube pendant que sa femme dormait seule.

Le cinquième jour, alors qu'elle s'était résignée à cette routine, Ali lui annonça qu'il avait organisé une soirée exceptionnelle.

Amira se retrouva peu après sur un superbe yacht glissant avec grâce sur les eaux du Bosphore entre Asie et Europe.

Jouant le rôle d'un guide expert et attentif, Ali lui désignait du doigt les sites remarquables qu'ils découvraient au fil de leur promenade.

— Voici le palais Dolmabacha, dit-il en montrant un château de conte de fées, tout blanc, construit dans un style baroque indo-turc. Il date du sultan Abdulmecit qui venait y résider pendant l'été, afin de profiter de cette brise délicieuse que tu sens souffler en ce moment.

Amira ferma les yeux pour jouir de l'instant. Elle éprouvait l'impression que son mari lui revenait après une absence de plusieurs jours. Ce soir, il avait choisi d'abandonner le scotch, le whisky et le jeu pour rester auprès d'elle.

Un steward en veste blanche leur servit du champagne et des *borek*, assortiment de petits pâtés en forme de cigarettes, fourrés au fromage et à d'autres ingrédients. Suivirent des feuilles de vigne, des artichauts à l'huile, des brochettes d'agneau préparées au yogourt. Pour finir vinrent des fruits flambés pour le dessert.

— Ce fut un repas simple mais excellent, n'est-ce pas ?

— Oui. Je pourrais, si tu en as envie, te préparer les mêmes plats à la maison.

— Nous avons déjà un cuisinier turc au palais, observa Ali. Mais, devant l'air déconfit de sa femme, il ajouta :

— Tu peux néanmoins superviser la préparation des menus que nous prendrons seuls. J'en serais ravi.

Elle sourit.

— Comme tu voudras.

Quand la table fut desservie, ils s'alanguirent sur les sièges moelleux, bercés par le mouvement du bateau et grisés par le vin. Ali caressa les cheveux de sa femme qui s'endormait en se demandant combien de temps il lui faudrait pour comprendre un mari aussi séduisant que déroutant.

MARIAGE

Journées languides et longues nuits de sommeil rythmaient la vie d'Amira au palais. Elle s'adapta à cette nouvelle existence si rapidement qu'on aurait pu croire qu'elle avait toujours eu à sa disposition une masseuse pour entretenir son corps, une voyante pour lui parler de l'avenir, une coiffeuse et une esthéticienne pour s'occuper chaque jour de sa beauté.

Elle était passée d'un grand confort à un bien-être fantastique. Il lui suffisait de demander pour obtenir ce qu'elle désirait. Quelque chose lui manquait ? Un avion le lui apportait aussitôt.

Accompagnant Ali dans ses déplacements à l'étranger, elle assista à des concerts, des opéras, des ballets, elle visita les lieux légendaires qu'adolescente elle avait dû se contenter d'imaginer, elle se délecta de la liberté d'apparaître sans voile aux yeux de tous. Ces voyages lui donnaient l'impression qu'un rêve devenait réalité. Toutefois, lorsqu'elle retrouvait son luxueux cocon, elle se demandait souvent où était le rêve et où était la réalité.

Au palais, si elle se sentait souvent esseulée, elle était rarement seule. Les nombreuses épouses et concubines du roi, leurs filles et leurs belles-filles formaient tout un univers qui semblait indépendant du reste du palais, un univers auquel les femmes s'attachaient puisque même Zeinab délaissait sa spacieuse villa pour y passer la plupart de ses journées.

Sur ce monde à part, Faiza régnait. C'était elle qui avait fait construire le hammam où, pour l'heure, Amira se reposait sur un banc de marbre. Faiza aimait à répéter que le hammam représentait une très ancienne coutume qui valait la peine d'être préservée. Un argument que Zeinab — allongée non loin d'Amira — réfutait en affirmant que le hammam n'était pour Faiza qu'un

151

moyen supplémentaire d'assouvir son besoin d'espionner les autres femmes et d'interférer dans leur vie.

En six mois, Amira avait appris beaucoup de choses avec Zeinab qui aimait bavarder sans retenue et confirmait une fois de plus les rumeurs concernant la façon dont sa mère orchestrait les amours royales.

— Observe bien et tu verras, disait-elle avec un petit rire. Quand mon père devient irritable, se fâche sans raison, ma mère pense aussitôt qu'il a besoin d'une nouvelle femme. Pour elle c'est un signe infaillible. Alors elle lui trouve une nouvelle servante, jeune, jolie et vierge. Elle l'envoie dans sa chambre sous un prétexte quelconque. Et voilà, tout s'arrange ! Puis elle recommence dès qu'il redevient irritable... C'est astucieux, non ?

Amira se souvenait de la remarque d'Ali à Istanbul. Attendait-il qu'elle le « manipulât » de la sorte ? Elle avait remarqué qu'il lui arrivait de s'énerver pour rien. Mais elle ne s'imaginait pas lui choisir une femme et l'envoyer dans sa chambre. Qu'elles étaient tristes les machinations de la reine ! Certes, à al-Remal, personne ne tenait à perdre la face. Mais à quel prix la reine payait-elle sa fierté ?

Tandis que sa servante adoucissait sa peau et enlevait les cellules mortes avec un luffa, Amira soupira de plaisir. Bien qu'elle s'en étonnât encore, elle appréciait particulièrement le rituel du hammam, du bain pris en commun. Seule la vision des deux enfants de Zeinab barbotant dans l'un des immenses bassins de marbre suscita en elle un instant de nostalgie. « Qu'ils ont de la chance, ces enfants, de pouvoir se baigner ensemble, nus, sans arrière-pensées, comme s'il s'agissait de la chose la plus naturelle au monde... »

La servante venait de lui appliquer le henné qui donnait à sa chevelure des reflets roux lorsque la porte du hammam s'ouvrit. La reine entra, enveloppée dans une serviette de bain turque, taillée comme un sarong, et brodée d'or et d'argent.

— Rien de nouveau, Amira ?

Respectueusement, Amira se leva en serrant sa serviette autour d'elle.

— Non. Pas encore, mère. Mais bientôt, avec l'aide de Dieu.

— Espérons-le.

Amira retourna sur son banc en sentant s'effacer son sentiment de bien-être. Elle n'était pas encore enceinte, et la reine venait de lui rappeler qu'elle la décevait. Mais comment aurait-elle osé lui expliquer qu'elle n'était pas fautive ? Qu'une activité sexuelle irrégulière, imprévisible, ne favorisait pas la conception ?

En six mois de mariage, elle avait acquis la certitude que son mari avait deux visages, deux personnalités. Il pouvait être attentif et courtois, s'intéresser à sa conversation, se blottir contre elle dans leur lit et lui parler de ses avions ou des changements qu'il comptait apporter à son pays, comme s'il s'adressait plus à une amie qu'à une simple épouse. Mais, à d'autres moments, il se refermait sur lui-même, lui faisait des reproches injustifiés et parfois même arrivait ivre dans sa chambre et exerçait ses droits matrimoniaux comme si elle était son esclave. Mais elle devait se taire, le supporter avec stoïcisme, en bonne épouse qui doit toujours se soumettre et qui, surtout, espère lui donner un enfant.

L'ouverture du centre culturel d'al-Remal fut l'occasion d'un gala somptueux, bien que soumis aux règles du pays. Si, en l'honneur des diplomates étrangers accompagnés de leurs femmes et des dirigeants des compagnies pétrolières, Ali avait fait venir un orchestre britannique, il ne pouvait être question de danser, de laisser hommes et femmes s'enlacer. L'orchestre jouerait uniquement de la musique pour une assistance condamnée à des cocktails sans alcool.

Toutefois, Ali avait su user de son pouvoir de persuasion pour permettre à la reine et aux princesses d'assister à la fête, à condition bien entendu qu'elles fussent voilées et tenues à l'écart des étrangers.

Cantonnée dans son cercle habituel, Amira tenta d'engager la conversation avec sa belle-sœur, Mounira.

— Je viens de recevoir des nouvelles de mon ancienne préceptrice. J'aimerais l'inviter à prendre le thé, la semaine prochaine, et j'ai pensé que tu pourrais la rencontrer. Elle t'intéresserait. C'est une femme très intelligente et très belle.

— Une belle femme ne peut pas comprendre les choses de l'esprit, rétorqua Mounira.

— Pourquoi dire ça ? Il y a des femmes talentueuses et belles.

— Le talent n'est pas forcément une marque d'intelligence.

153

— Ah ? Alors dis-moi comment se traduit l'intelligence ?

D'un haussement d'épaules Mounira signifia à sa belle-sœur qu'elle ne pouvait pas comprendre.

Mais Zeinab, qui ne s'embarrassait jamais d'une discussion de haut niveau, intervint :

— Ne fais pas attention. Elle est tout bonnement jalouse parce que tu es belle, mariée et intelligente. Ce qu'elle considère comme une injustice.

Tandis que Mounira jetait un regard noir à sa sœur, Amira accepta l'explication de Zeinab en espérant qu'un jour elle parviendrait à se faire de Mounira une amie, une compagne capable de comprendre son intérêt pour les livres, la culture et tout ce qui existait au-delà des murs du palais.

Elle observa son mari qui semblait pour sa part vivre des moments intenses. Entouré par les journalistes des hebdomadaires destinés aux travailleurs émigrés d'al-Remal et sous l'œil des caméras de l'unique station de télévision du pays, il était en train d'expliquer la fonction du centre culturel.

— Il est important que les « nations développées » puissent se souvenir de notre ancienne civilisation et de sa grandeur. En exposant notre artisanat et en enseignant à nos enfants les leçons du passé, nous parviendrons peut-être, *inshallah*, à retrouver notre fierté nationale et notre dignité.

Ses propos furent bien accueillis et le centre culturel lui-même, avec la touche occidentale donnée à son architecture, provoqua les applaudissements enthousiastes des invités étrangers.

Quand la réception fut achevée, Amira constata la bonne humeur de son mari.

— Ça t'a plu ? lui demanda-t-il. Je crois que nous avons remporté un grand succès.

— Oh, certainement ! J'aurais simplement aimé... Je ne sais pas... Me sentir plus utile, peut-être.

— Tu devrais suivre les cours par correspondance dont tu m'as parlé. Ils t'occuperont. A moins que tu ne craignes de porter ombrage à Mounira. Elle se veut l'intellectuelle du palais et pourrait t'en vouloir de devenir une rivale.

— Je n'en doute pas, répondit Amira en riant. Mais, de toute façon, que ferais-je d'un diplôme ici ?

— Détrompe-toi, Amira. Il pourrait t'être très utile. Tu deviendrais une femme et une mère encore plus précieuses. Et puis, un jour, si tu sais patienter, il te sera possible de participer aux changements que connaîtra le pays. Ils seront lents, progressifs, bien sûr, mais n'y a-t-il pas déjà des frémissements ? Il y a encore quelques années, jamais mon père n'aurait autorisé une réception mixte comme celle de ce soir.

A l'appui, sembla-t-il, de ces propos, Ali annonça qu'il avait invité un étranger.

— Il s'agit du Dr Philippe Rochon. Il est venu soigner mon père. Je lui ai demandé de dîner avec nous.

Amira fut doublement impressionnée. D'une part, le Dr Rochon jouissait d'une grande renommée, non seulement en France mais dans tout le Moyen-Orient. D'autre part, le fait de permettre à une femme de dîner avec lui représentait une initiative effectivement très progressiste.

— Tu pourras porter l'une de tes robes françaises et t'abstenir d'être voilée, ajouta Ali.

Amira en fut à la fois choquée et agréablement surprise. Mais il fallait maintenant se montrer à la hauteur de l'événement, établir un menu sans faute et apporter un soin particulier à son apparence.

Dévoilée pour la première fois dans son pays, depuis sa puberté, elle eut l'impression d'être aussi légèrement vêtue qu'en négligé. Un sentiment qui se renforça — tout en se nuançant — quand leur invité français arriva.

— Que la paix soit avec toi, *ya*[1] Ali, dit-il d'une voix profonde et chaude.

— Et sur toi, *itfaddal*[2], docteur qui honore mon humble maison. Permets-moi de te présenter ma femme.

La quarantaine, quelques fils d'argent dans ses cheveux bruns, Philippe Rochon était à peine plus grand qu'Ali mais faisait partie de ces hommes dont l'aura renforçait la stature.

Amira remarqua surtout son regard. Alors qu'il la saluait, en arabe, avec une courtoisie élaborée et très conventionnelle, elle

---

1. Monsieur.
2. « Je vous prie. »

155

surprit une chaleur particulière dans le bleu délicat de ses yeux très expressifs.

Plus tard, elle se souviendrait de ce premier regard qui lui avait rendu l'un des hommages les plus spontanés qu'elle eût jamais reçus.

— Altesse, votre pauvre serviteur ne mérite pas un tel honneur, lui disait-il.

Avec la même courtoisie appliquée, elle lui répondit :

— C'est l'invité qui honore la maison.

Ali intervint en riant.

— Nous ne sommes pas dans une école pour diplomates ! Tu appelles ma femme Amira et elle t'appellera Philippe. Moi aussi.

Le champagne fut servi, comme toujours lorsque Ali recevait des étrangers.

— Dis-moi, Philippe, comment va mon père ?

Philippe sourit.

— Le roi a un problème devant lequel je me sens impuissant. Sans vouloir lui manquer de respect, je dois dire qu'il a un appétit d'ogre alors qu'il n'est plus un jeune homme. Je sais qu'il t'écoute. Peut-être pourrais-tu le convaincre de se modérer, de ne plus jouer les gourmands déchaînés qui court d'un restaurant trois étoiles à un autre. Moi, je n'ai aucune emprise sur lui.

Ali eut un geste d'impuissance.

— Sur certains sujets, il arrive à mon père de prendre mon opinion en considération. Toutefois, en ce qui concerne la nourriture, il ne m'écoute pas. Mais il est doté d'une robuste constitution, Philippe. Je suis certain qu'il nous enterrera tous.

Le dîner préparé en l'honneur de Philippe se composait de foie gras français, de cailles truffées de riz sauvage et d'une salade de petits légumes au vinaigre de champagne et à l'huile de sésame.

Philippe félicita Amira.

— C'était délicieux. Je n'avais pas fait de repas aussi agréable depuis longtemps.

— Je ne mérite pas vos compliments, Philippe. Ce repas est l'œuvre de notre cuisinier Fahim.

— Mais je suis certain que vous en êtes l'inspiratrice.

Rougissante, Amira baissa les yeux.

— Ali m'a dit que vous preniez des cours par correspondance, Amira. Avez-vous choisi une spécialité ?

— Non. Pas encore. Entre la littérature, l'histoire, la philosophie, j'ai l'impression de me promener dans un magasin où je prendrais un peu de tout à défaut d'arrêter mon choix.

Le regard attentif, Philippe eut un sourire chaleureux.

— Je trouve que c'est une excellente attitude et j'espère que vous ne perdrez jamais votre curiosité intellectuelle. Quant à vous spécialiser, vous avez encore le temps.

L'approbation dont elle était l'objet la ravissait. Jamais auparavant on ne l'avait prise à ce point au sérieux. Elle appréciait surtout qu'il l'imaginât poursuivant ses études.

Au dessert — une crêpe fourrée à la crème et imbibée d'eau de rose —, Ali parla de la renommée de leur invité.

— On t'a comparé devant moi à un Sherlock Holmes de la médecine.

— Oh, je prends ça pour un grand compliment, Ali ! J'essaie d'ailleurs de m'en montrer digne. Par exemple, récemment, à Paris, j'ai eu le cas fascinant d'un homme qui souffrait d'une paralysie quasi totale du bras gauche. J'ai d'abord pensé à une attaque, mais je n'en ai trouvé aucun signe, puis à un nerf traumatisé, éventuellement par un virus, comme dans le cas de la paralysie de Bell, qui habituellement atteint le visage. Je me suis souvenu du syndrome de « la béquille ». Les gens qui utilisent des béquilles ont parfois le nerf radial traumatisé. Mais en l'absence de béquilles, j'ai fait de multiples tests, j'ai pensé à un phénomène psychosomatique puis, un après-midi, j'ai eu envie d'annuler un rendez-vous sans grande importance pour aller voir ce patient à son bureau. Je venais à peine d'arriver quand je l'ai vu répondre à un appel téléphonique. Et là, j'ai été frappé par sa façon de laisser pendre son bras gauche par-dessus le dossier de son fauteuil pendant qu'il parlait, assis de biais, la moitié de son poids pesant sur son bras endommagé. Quand il a raccroché, je lui ai demandé combien de temps il passait par jour au téléphone. Il m'a répondu : « Oh, des heures ! » Il m'a vu regarder son bras, et nous avons éclaté de rire au même moment. Deux mois plus tard, tout allait bien.

Amira manifesta son admiration.

— C'est merveilleux ! J'aimerais pouvoir faire ce genre de choses.

— Mais vous le pourriez. Et beaucoup d'autres personnes également. Je ne suis qu'un mécanicien, en fait. (Il devint pensif.) La véritable magie c'est la guérison, non de la machine, mais du conducteur. Si c'était à refaire — si j'avais votre âge, Amira —, j'étudierais la psychologie.

Amira devait se souvenir que cette conversation avait suscité l'espace d'un instant la vision fugitive de son avenir.

Heureuse, elle eût aimé que la soirée se prolongeât indéfiniment. Mais, après une seconde tasse de café, Philippe annonça qu'il devait se retirer.

— Ce n'est pas sans regret, mais je pars très tôt demain matin. J'espère que vous me permettrez de vous accueillir à mon tour chez moi, à Paris. Votre visite serait un grand honneur.

Lorsqu'il lui baisa la main, Amira sentit sur sa peau la caresse de son souffle.

Elle remarqua à peine le regard intrigué de son mari quand elle alla se coucher en pensant à Philippe, à sa voix, à l'élégance de ses manières, au contact de sa main, à sa façon de la regarder et à cet instant où son souffle l'avait troublée.

Dans le calme qui précède l'aube, elle dormait encore profondément lorsqu'elle eut peu à peu conscience d'une main jouant délicatement sur son corps.

Elle gémissait de plaisir quand soudain on la brutalisa. Criant de douleur, elle repoussa la main. Une gifle cinglante acheva de la réveiller. Ali se tenait près d'elle, le visage envahi de rougeurs provoquées par la colère.

— Écoute-moi bien, femme, fit-il, la mâchoire crispée, écoute attentivement. C'est moi qui décide, tu comprends ? Je décide de ce qui se passe dans ce lit et ailleurs, et il en sera ainsi jusqu'à ta mort.

Effarée, osant à peine respirer, elle se demandait ce qu'il lui arrivait. Pourquoi cette rage ? Qu'avait-elle fait ? Comment aurait-il pu savoir qu'elle s'était endormie en pensant à un autre homme ? Que son corps avait réagi à son contact ? Elle chercha vainement une réponse sur le visage d'Ali. Sans aucune explication, il se leva et disparut.

Plus tard dans la journée, elle trouva une sourate écrite sur un parchemin et clouée sur le mur de sa chambre. Le texte extrait du Coran disait : « Si tu crains qu'elles [tes femmes] te rejettent, admoneste-les et fais-les changer de lit ; bats-les d'une main ferme. Si tu les sens dociles, ne t'inquiète plus. Grande est la puissance de Dieu. »

Pour la première fois, Amira eut peur de son mari.

MATERNITÉ

— Tu en es certaine, Amira ? Absolument certaine ?

— Le médecin me l'a confirmé aujourd'hui.

Ali tomba à genoux et couvrit ses mains de baisers.

— C'est le plus beau des cadeaux, Amira. Non seulement pour moi mais aussi pour mon père. Maintenant tu es vraiment ma reine.

— Je ressens une satisfaction semblable à celle que tu partages avec le roi.

Elle était profondément sincère. Enfin, on cesserait de s'inquiéter en la soupçonnant d'être stérile. Cette atmosphère pesante allait heureusement se dissiper et cela aussi était une joie.

Mais, tandis qu'une main sur son ventre cherchait à sentir la vie qui se développait en elle, Amira pensa à Laila et retrouva le chagrin éprouvé quelques années plus tôt. Pauvre Laila, qui avait eu si peu de chance et avait tant prié pour donner le jour à un garçon dans ce monde où la vie d'une femme pouvait être si misérable. Amira espérait elle aussi un garçon, mais avant tout pour combler l'attente de son mari qui, comme tout homme, souhaitait un fils. Toutefois, fille ou garçon, il importait d'abord que l'enfant fût sain. La mère devait pendant la grossesse prendre soin d'elle et se faire plaisir.

Amira choisit de s'immerger dans les études. Inspirée par la conversation avec Philippe Rochon qui lui avait laissé entrevoir une vie qui ne la condamnerait pas uniquement à faire des enfants, qui ne laisserait pas son esprit en friche, elle ajouta un cours de psychologie à ceux que lui envoyait l'université du Caire.

En s'attaquant à l'analyse freudienne des rêves, elle s'attendait à y trouver des explications proches des interprétations alambiquées auxquelles on l'avait accoutumée. Elle fut par conséquent surprise par la façon dont Freud reliait tout au sexe. Elle se demanda s'il avait vraiment raison tout en constatant en même temps qu'elle ne pouvait l'étudier sans aussitôt penser à Philippe.

Mais si elle aimait évoquer son regard, son baisemain, elle demeurait préoccupée par l'attitude de son mari. Il ne venait plus la rejoindre dans sa chambre — afin de ne pas faire du mal au bébé, disait-il — alors que le médecin ne recommandait pas l'abstinence avant le dernier mois. Ce n'étaient pas les rapports sexuels déroutants qu'il lui avait imposés qu'elle regrettait mais les caresses, la chaleur d'un autre corps, et les massages à la lanoline qu'elle se faisait pour éviter les vergetures — une recette de Zeinab — compensaient difficilement ce manque.

S'il ne la touchait pas, il se souciait en revanche de son confort et se gardait de contrarier ses désirs. Il avait fait aménager une bibliothèque dans sa chambre et installer un bureau ainsi qu'une chaise spécialement fabriquée pour lui soutenir le dos. Une sage-femme s'était installée au palais et un gynécologue venait de Londres tous les quinze jours.

— Tu dois pouvoir disposer du meilleur, en toute chose, Amira, lui disait Ali. Et quel que soit ton désir, exprime-le. Il sera satisfait.

En dépit de la médecine moderne, on croyait encore qu'une femme enceinte avait des envies qu'il ne fallait surtout pas contrarier afin d'éviter à l'enfant l'empreinte de cette contrariété.

Dorlotée, Amira n'en redoutait pas moins le moment où l'enfant viendrait au monde. Comment aurait-il pu en être autrement quand le souvenir de l'accouchement de Laila restait si vivace dans son esprit ?

Revoyant la cellule sordide qu'elle ne pouvait comparer au luxe qui l'entourait, elle n'osa même pas parler au médecin de ces drogues qui atténuaient la douleur. Elle aurait eu honte de chercher encore à augmenter son confort, et quand il lui demanda si elle voulait un « accouchement naturel », elle lui répondit simplement :

— Je m'en remets à la volonté de Dieu.

Réveillée par une sensation de crampe dans le ventre, elle découvrit qu'une coulée de liquide chaud avait mouillé sa chemise de nuit et les draps. Aussitôt, elle comprit et se précipita dans la chambre d'Ali.

— Réveille-toi, Ali ! Je t'en prie, réveille-toi ! cria-t-elle en le secouant par les épaules.

Il ouvrit brusquement les yeux.

— Ça y est ?

— Oui.

Avec une stupéfiante rapidité, il l'installa dans la limousine royale en compagnie de la sage-femme, et la voiture fila vers le nouvel hôpital d'al-Remal où Ali avait réservé plusieurs chambres contiguës. Immédiatement prévenu, le spécialiste londonien, qui n'avait plus quitté le pays depuis quelques semaines, était déjà en route pour rejoindre l'équipe maintenue en alerte permanente.

Tout se passait beaucoup plus aisément qu'elle ne l'avait imaginé. A l'inconfort des premières heures succéda une réelle douleur qui dura environ soixante minutes. Puis elle poussa une dernière fois et entendit le cri du fils qu'elle venait de mettre au monde.

Le teint café au lait, une touffe de cheveux noirs, d'immenses yeux d'un bleu d'outremer, il fit immédiatement la fierté de sa mère.

Quand l'infirmière le lui mit dans les bras, elle murmura :

— Il est superbe... Je t'aime, mon fils, je t'aime et je tiens à toi plus qu'à ma propre vie.

Elle fut persuadée qu'il lui répondait quand elle l'entendit pousser un cri des plus sonores.

« Comment ai-je pu vivre sans toi ? » se demanda-t-elle pendant qu'elle lui donnait le sein. Jamais elle ne se lasserait de regarder son Karim, de caresser sa peau soyeuse, de respirer sa douce odeur de bébé. Il lui tardait de rentrer chez elle avec son enfant dans les bras. Mais Ali avait insisté pour qu'elle passât une semaine à l'hôpital en lui expliquant :

— Pendant les premiers jours, le bébé est très fragile, m'a dit le médecin. Je ne voudrais pas qu'il lui arrive quelque chose. Et toi, tu risques des complications que je tiens également à t'éviter.

Elle avait eu l'impression qu'il ajoutait cette dernière phrase avec une certaine précipitation, comme s'il avait été sur le point de l'oublier.

Afin qu'elle pût se distraire, il lui apporta une télévision grand écran et une série de vidéocassettes ainsi que ses cours. Il transforma la chambre en un bouquet de fleurs le lendemain de la naissance de Karim et, le jour suivant, lui présenta un écrin de velours qui portait le nom d'un célèbre joaillier londonien. A l'intérieur, elle découvrit, présenté sur de la soie blanche, un pendentif ancien, orné d'un énorme rubis sang-de-pigeon, surprenant par sa taille et l'intensité de sa couleur.

— Il a appartenu à Marie-Antoinette. Une reine de France.

« A la destinée tragique... », songea Amira. Puis elle écarta cette pensée et remercia son mari de lui offrir un tel présent.

— Il est à peine digne de toi, répondit-il. Tu m'as donné mon premier fils. Rien ni personne ne peut égaler le cadeau que tu m'as fait.

Le rubis annonça une pluie de présents. Tout au long de la journée, ce ne fut qu'un défilé de femmes, chargées de paquets enrubannés. Mounira apporta une lourde timbale d'argent, ancienne et ciselée par un orfèvre anglais, et une poignée de perles de turquoise à fixer sur le berceau et les vêtements du bébé pour le protéger du mauvais œil.

Malik arriva de Paris avec un wagon de jouets superbes. Plus élégant, plus sûr de lui, il donna envie à sa sœur de le taquiner.

— Tes affaires ont l'air de prospérer, mon frère. Es-tu devenu aussi brillant que le prédisait notre père ?

— Que Dieu en soit remercié : je m'enrichis. Mais je travaille beaucoup. Et si j'en crois mon vieil ami Onassis, l'art de s'enrichir se passe de talent particulier. Quand je lui ai annoncé que je commençais à me débrouiller seul, il m'a dit : « Mon cher ami, je n'ai qu'un conseil à te donner. Pour réussir, il faut que tu entretiennes ton bronzage à longueur d'année et que tu paies tes notes d'hôtel. » Je m'applique à suivre son conseil. Et pour ce qui concerne le bronzage, je n'ai pas beaucoup d'efforts à faire...

Amira s'amusa à le repousser.

— Idiot !

Puis elle baissa la voix.

— Comment va Laila ?

L'homme sophistiqué redevint aussitôt un adolescent aux yeux éblouis.

— Elle est merveilleuse, Amira. Il lui suffit d'entendre un mot nouveau pour comprendre sa signification. Elle parle déjà le français d'une façon étonnante.

Le regard d'Amira se posa sur le berceau de son fils.

— Ils grandissent très vite, Amira. Tu verras.

La dernière visite qu'elle reçut fut celle de Philippe Rochon. Il vint le jour où elle s'apprêtait à rentrer chez elle.

— Je suis à al-Remal pour le roi, expliqua-t-il. Mais puisque vous avez accouché, je viens vous rendre visite.

Elle n'osa lui demander si Ali était au courant de sa visite. En revanche, elle sentit que la présence de Philippe avait quelque chose d'intime malgré la présence du personnel de l'hôpital et la distance qui séparait la chaise de Philippe de son lit.

— Le bébé est en parfaite santé, dit-il, comme vous devez déjà le savoir. Et vous, Amira, vous...

Elle retint son souffle.

— Vous êtes plus ravissante que jamais. Si toutefois cela est possible.

Il venait de franchir la limite de la bienséance en la complimentant de cette manière en l'absence de son mari. Embarrassée, elle resta muette.

— Parlez-moi de vos études, proposa Philippe pour dissiper la tension qui s'installait. Ali m'a dit que vous faisiez preuve de beaucoup d'assiduité.

— Mais c'est un plaisir ! Bien qu'il n'y ait personne pour répondre à mes questions, j'aime apprendre des choses nouvelles.

— Ah, Amira... vous êtes faite pour étudier. Vous appartenez...

— Oui ?

— Rien. Non, rien.

— Je me suis mise à la psychologie, comme vous me l'aviez suggéré. J'ai l'impression de découvrir une nouvelle façon de penser, de voir. Je ne peux encore prétendre que je comprends, mais j'y arriverai.

Les yeux de Philippe reflétaient son plaisir.

— J'aimerais pouvoir faire ce parcours avec vous, Amira, au travers de votre regard.

Elle se tut. Ils avaient déjà échangé trop de choses. Philippe se leva, sembla hésiter comme s'il attendait qu'elle le retînt. Elle le laissa partir, mais trouva aussitôt la chambre vide. Et froide.

La naissance de Karim provoqua une activité qui fit quelque peu oublier à Amira qu'Ali tardait à revenir dans sa chambre. L'enfant fut circoncis par le *mutaharati*, l'un des rares vieillards spécialistes de cette opération bénigne. Puis il y eut toute une semaine de festivités qui égalèrent presque celles du mariage. On distribua de la nourriture aux pauvres et des pièces d'or à tous ceux qui vinrent rendre hommage à la famille.

Malgré l'armée de nurses et de servantes à sa disposition, Amira tint à s'occuper elle-même de Karim le plus souvent possible. Pour sa part, Ali manifesta le plus grand intérêt pour son fils, mais manqua de temps pour sa femme.

Elle s'inquiéta, se demanda quelle erreur elle avait pu commettre. Mais quand la période d'abstinence de quarante jours fut révolue, à l'inquiétude s'ajouta l'humiliation. Qu'avait-elle donc fait ? La négligeait-il parce qu'il l'avait vue grosse et laide ? Et comment allait-elle porter un autre enfant, un autre fils s'il ne la touchait plus ? Elle aurait aimé pouvoir au moins se confier à quelqu'un. Mais à qui ? Pour la reine, Ali n'était pas simplement le prince d'al-Remal mais celui de l'univers tout entier. Zeinab ne savait parler que de l'ardeur de son époux, et Mounira se refermait dès que la conversation concernait les hommes.

Comme sa mère lui manquait ! Jihan aurait pu lui expliquer pourquoi le désir d'un homme parfois durait de longues années, parfois s'éteignait au bout de quelques mois. En dépit de la scène qu'elle avait surprise un soir, elle était convaincue que le mariage de Jihan avait été somme toute heureux.

Elle pensait également à Philippe et ce qu'il éveillait en elle s'ajoutait à l'expérience de la maternité et à l'épanouissement de son corps pour susciter des envies de caresses. Peut-être même trouverait-elle du plaisir dans ce qu'Ali avait pris l'habitude de lui imposer ?

Avide d'y voir plus clair, d'apaiser ses doutes et ses craintes, Amira se prépara comme pour sa nuit de noces, en s'épilant jusqu'au dernier duvet. Puis elle s'aspergea de *Air du temps*, mit sa lingerie française la plus provocante et, dès qu'elle entendit Ali bouger dans son bureau, alla s'offrir à lui.

— Mais que vois-je ? Que vois-je ?

Il sourit tout en continuant à se verser un verre de son scotch préféré.

Pensant qu'il s'amusait à se moquer gentiment d'elle — ne serait-ce que pour masquer sa surprise —, elle s'approcha et tourna autour de son fauteuil avec un déhanchement de plus en plus suggestif.

Il ignora son comportement de courtisane, plus maladroit que vulgaire en réalité.

Alors l'orgueil des Badir s'enflamma, et elle lui lança, sarcastique :

— Comme toujours, tes paroles éclairent ton humble servante, mon mari... Mais, pardonne-moi. Je ne sais même pas te laisser prendre un verre dans le calme.

A peine commença-t-elle à se diriger vers la porte qu'il se précipita sur elle, la plaqua sur le sol, arracha les sous-vêtements de soie et la prit. Elle eut le sentiment d'être violée tant elle eut envie de le repousser.

— C'est bien ce que tu voulais, non ? Espèce de truie.

Quand il eut fini, il se serra dans sa robe de chambre et l'abandonna derrière lui comme s'il n'avait eu affaire qu'à une prostituée.

Soudain, elle pensa avoir trouvé la clé de l'énigme. Il devait avoir quelqu'un d'autre. Une femme qu'il aimait plus qu'elle. Ou bien à qui il donnait tout son amour. « Il doit me détester. Parce qu'il a envie d'être avec elle. »

A voix haute, elle ajouta :

— Suis-je en train de vivre la même expérience que toi, maman ? As-tu connu la même douleur ?

Allait-elle devenir comme sa mère ? Était-ce déjà arrivé ? Si vite, si tôt ? Se couvrant de ses lambeaux de soie, elle regagna sa chambre.

La lumière du matin fut comme un baume sur la brutalité de la veille. Mais, en bonne épouse musulmane, Amira trouva tout de même le moyen de se culpabiliser. Elle n'aurait jamais dû s'offrir de cette façon et surtout pas à un moment où Ali avait sans doute d'autres préoccupations en tête. Furieux et dégoûté : quel homme ne l'aurait pas été à sa place ?

L'idée qu'il ait une autre femme dans sa vie ne l'importunait pas plus maintenant qu'une petite écharde sous sa peau. La certitude accablante s'était transformée en une vague hypothèse. Il semblait plus probable qu'il ait eu quelqu'un pendant sa grossesse. Les hommes n'ont-ils pas des besoins à satisfaire ?

Mais personne ne pourrait renouveler pour Ali le cadeau qu'elle lui avait fait en lui donnant leur premier fils. Si, sexuellement, quelque chose clochait entre eux, avec le temps ça s'arrangerait, non ? Et puis, elle devait penser à la vie que lui offrait Ali, une vie certainement meilleure que celle de sa mère. Il n'y avait qu'au cinéma que les fleurs pouvaient s'épanouir et se flétrir en un clin d'œil. Elle avait été ridicule de comparer son sort actuel au déclin de Jihan.

Comment oublier qu'il ne lui reprochait jamais de passer des heures dans ses livres ? Et même qu'il l'y encourageait ? En fait, ils se complétaient. Une femme cultivée rehaussait à l'étranger le prestige du ministre de la Culture. Sans cesser pour autant d'être l'épouse soumise d'un homme qui profitait ainsi des avantages de l'Occident et de l'Orient.

Mais ces pensées apaisantes ne l'empêchaient pas de se dire qu'un Philippe Rochon ne traiterait jamais une femme comme Ali l'avait traitée.

De la nurserie lui parvint un cri qu'elle aimait entendre et qui fit monter son lait. Elle prit l'enfant contre elle, et se consola en songeant que, de toute façon, grâce à la présence de Karim, sa vie ne deviendrait jamais un désert.

Paris.

Enveloppée dans un manteau printanier en mohair blanc, Amira sortit de l'hôtel George-V, fit un signe de tête négatif au chauffeur qui s'était mis au garde-à-vous en la voyant apparaître et, tournant sur sa gauche, se dirigea vers les Champs-Élysées.

C'était la troisième fois qu'elle accompagnait Ali à Paris, Paris qu'elle préférait à toutes les autres villes où l'avaient conduite les voyages de son mari. Elle y appréciait en premier lieu le bonheur de vivre et ce goût de liberté totale qui explosait dans les conversations aux tables des cafés de la rive Gauche, du côté de la Sorbonne.

Elle s'émerveillait de voir des jeunes gens et des jeunes filles réunis et de les entendre rire, hurler ou murmurer, discuter et défendre leur point de vue sur tous les sujets : communisme, Kama Sutra, athéisme, hérésie albigeoise, trous noirs du cosmos ou Panthères Noires de Californie.

Il lui arrivait de se dire que c'était le paradis, qu'elle aimerait ne jamais repartir. Et, chaque fois, elle devait se rappeler qu'il ne s'agissait que d'un rêve impossible.

Depuis leur arrivée, la veille, elle n'avait cessé d'être occupée. Alexandre, Dior, un déjeuner à La Tour d'Argent, une réception à l'ambassade d'al-Remal en l'honneur d'Ali : le temps avait paru très court.

Venir à Paris lui permettait de rencontrer son frère. Il avait installé des bureaux dans la capitale française tout comme à Marseille, au Pirée, à Rotterdam ou ailleurs. Il suffisait de nommer une ville pour qu'il l'associât à une affaire en cours.

Mais voir Malik, c'était aussi voir Laila qui avait maintenant presque l'âge d'aller à l'école, et Ali ne tentait jamais de gâcher ce double plaisir. En invoquant un important rendez-vous à l'ambassade ou ailleurs, il s'évitait de rencontrer un beau-frère avec lequel il n'entretenait aucune amitié, tout en laissant Amira libre de ses mouvements.

Sur l'avenue Foch, l'appartement de quinze pièces qui sentait encore la peinture fraîche était magnifique. Les plafonds ouvragés et très hauts, les cheminées du marbre le plus rare, les superbes parquets à la patine dorée comptaient parmi les nombreux attraits de cet appartement que Malik avait enrichi d'antiquités françaises, de tapisseries d'Aubusson, d'argenterie anglaise.

Sans doute avec l'aide de quelqu'un, songea Amira tandis que son frère lui faisait faire le tour du propriétaire avec une fierté mal dissimulée.

— Qui s'est chargé de la décoration ? J'observe des touches féminines ici et là.

— J'ai effectivement fait appel à une décoratrice.

— Oh, je vois ! Ta vie privée consiste en rendez-vous avec des décoratrices...

Avant qu'il ait pu répondre, Laila arriva en courant dans la pièce, une nurse dans son sillage.

— Papa ! Papa !

Malik serra tendrement sa fille dans ses bras. Avec ses grands yeux noirs et son air mutin, Laila avait tout d'une petite sœur de Gavroche, kidnappée et conduite chez un grand couturier.

Quand l'enfant se tourna vers Amira, ce fut pour la bombarder de questions.

— Tu m'as apporté un cadeau, aujourd'hui ? J'ai encore la jolie robe que tu m'as donnée la dernière fois. Tu as des petites filles avec qui je pourrais jouer ? Tu vas revenir voir papa ?

Amira s'appliquait à ne pas trahir les liens qui l'unissaient à Malik. La petite savait que Malik était son père — il n'avait pu supporter qu'il en fût autrement —, mais elle vivait dans un autre appartement avec sa nurse, certes à peu de distance de son père mais néanmoins séparée de lui.

Quand elle se mit à jouer avec la balle qu'elle serrait entre ses mains, Malik fit signe à la nurse de ne pas intervenir et laissa

169

sa fille menacer quelques objets d'art de grande valeur en se réjouissant de sa vivacité et de sa joie.

Amira se dit qu'elle avait devant elle un homme seul, qui débordait d'amour et ne devait pas s'enfermer plus longtemps dans sa solitude.

Avec la franchise d'une sœur proche de son frère, elle lui demanda :

— Quand vas-tu te fixer, Malik ? Laila a besoin d'une mère. Et puis il serait bon que tu puisses enfin la prendre avec toi.

Il y eut un silence, comme si Malik hésitait à répondre franchement par peur de commettre une erreur. Puis il eut un sourire timide et attendrissant.

— Je ne voudrais pas parler trop vite... Mais j'ai rencontré quelqu'un. Une femme qui a eu une vie difficile, Amira, et qui me rappelle Laila. J'aurai peut-être bientôt une bonne nouvelle à t'apprendre.

Elle se jeta à son cou.

— Ce serait un grand bonheur, Malik.

— Mais toi, ma sœur, es-tu heureuse ? Satisfaite de ton mariage ? Ali est-il un bon mari ?

— Heu... Je... Oui. Oui, tout va bien.

Elle vit le regard de son frère se durcir.

— Il te maltraite ? Dis-moi la vérité, Amira. Je n'hésiterai pas à intervenir, je te le jure.

— De quoi parles-tu ? Je suis très bien traitée par mon mari. Tout le monde peut le constater. Et il adore son fils.

— Bien. Très bien.

Amira regrettait la mésentente qui existait entre son frère et Ali. Malik avait sans doute trop tendance à vouloir protéger sa sœur contre tout et tout le monde. Mais il y avait également de la part d'Ali un sentiment de jalousie face à la réussite de Malik, ce beau-frère plus jeune que lui qui se faisait un nom et se bâtissait une fortune sans l'aide de sa famille, sans profiter de la position et des ressources inépuisables d'un roi pour asseoir son autorité et garantir ses emprunts.

Ces mauvaises relations entre les deux hommes avaient cependant un avantage : elles permettaient à Amira de faire ce qu'elle voulait dès qu'elle parlait à son mari d'une visite chez son frère.

Quelques heures plus tard, elle était assise avec Philippe à la terrasse d'un café. La douceur du soleil et le bleu du ciel ajoutaient à la magie parisienne.

— Je me demande ce que nous ferions si nous n'étions pas fortunés, dit-elle.

Souriant, Philippe posa sa main sur la sienne.

— Nous vivrions comme les pauvres évidemment. Mais si vous parlez de véritable fortune, je ne me sens pas concerné. Je ne suis qu'un médecin de campagne qui fait des visites à domicile et doit payer des impôts au gouvernement français.

Amira sourit à son tour. Elle savait parfaitement que les visites à domicile évoquées par Philippe l'obligeaient souvent à prendre un avion pour Riyad, Muscat ou Amman.

Mais, en vérité, elle n'avait pas voulu parler d'argent. Elle pensait plutôt à ce qu'elle pourrait vivre si elle était loin d'Ali et de tout ce qu'il représentait. Si elle était simplement une jeune femme en vacances retrouvant à Paris un homme qu'elle adorait.

Depuis leur première rencontre, elle avait revu Philippe cinq fois à al-Remal — cinq brèves retrouvailles à des occasions diverses — et une fois au cours d'un cocktail à l'ambassade. Mais elle n'avait cessé de penser à lui et de le retrouver dans ses rêves. Quand, au fond de son lit, le froid de la solitude l'envahissait, elle l'imaginait tel qu'elle le voyait à cette terrasse de café de la rive Gauche, avec le soleil dans le bleu de ses yeux et la brise parisienne dans ses cheveux bruns à peine argentés.

« Est-ce ça l'amour ? Est-ce pour ces émotions que Laila a pris un risque fatal ? »

Soudain grave, Philippe lui demanda :

— Qu'est-ce que ça fait d'être voilée ?

— Oh, c'est quelque chose que j'ai toujours détesté. Il y a eu une période où j'avais cru m'y habituer, mais aujourd'hui je le supporte encore plus mal qu'avant.

— Je sais que vous n'avez pas le choix. Mais que signifie le port du voile ? Est-il dicté par la religion ?

— Eh bien, selon les mollahs, ce serait un commandement coranique. Mais ma belle-sœur dit que le Coran se contente d'exhorter à la modestie. Les hommes comme les femmes d'ailleurs. Il semblerait qu'à l'origine ce furent les femmes des classes aisées qui se mirent à porter le voile pour se distinguer des autres.

Et Mounira ajoute que, dans une société dominée par les hommes, le voile est un moyen de tenir les femmes à l'écart et de les rendre impuissantes.

Elle eut un sourire hésitant. Devait-elle croire à tout ce que racontait Mounira ?

Philippe l'avait écoutée avec la même attention que celle qu'il eût accordée à l'un de ses collègues lancé dans l'analyse d'une découverte médicale. Dès leur première rencontre elle avait été frappée par sa façon de l'écouter quand elle abordait un sujet qu'elle connaissait ou pouvait comprendre mieux que lui.

Dans la lumière rousse de cette fin d'après-midi, alors que s'achevaient les heures de liberté qu'Amira avait pu s'accorder, ils égrenèrent des bribes de conversation : quelques murmures qui tentaient de repousser le moment de la séparation. Puis Philippe eut comme un sursaut qui lui fit reprendre son ton habituel.

— L'autre jour, dit-il en souriant, dans un magasin, j'ai vu un foulard de soie noire et j'ai eu envie de me le mettre sur le visage. Ce que j'ai fait. Et je me suis promené dans le magasin comme ça. La vendeuse avait l'air complètement affolée. Je crois qu'elle m'a pris pour un malade et si je n'avais pas fini par acheter le foulard elle aurait certainement appelé une ambulance.

Il secoua la tête, regarda le boulevard, ses petites rides au coin des yeux accentuées par les rayons obliques d'un soleil déclinant.

— Je voulais savoir ce que l'on ressent derrière le voile...

Amira se pencha vers lui. Soudain leurs lèvres se rencontrèrent. Elle eût aimé que ce baiser partagé, long, profond, brûlant, ne prît jamais fin.

Quand il se redressa, l'intensité de son regard fut presque insoutenable.

— Je n'habite pas loin d'ici, fit-il calmement. Voulez-vous venir chez moi ?

Elle avait faim de lui et son corps lui criait d'accepter. Mais elle baissa les yeux et, muette, eut un petit signe de tête plus ambigu que négatif tandis qu'elle revoyait Laila se tordant de douleur sous la pluie de pierres meurtrières.

Philippe posa sa main sur la sienne.

— N'en parlons plus. Je comprends.

Arrivés au seuil d'un jardin clos, magnifique mais dangereux, ils avaient préféré refermer la porte à peine entrebâillée.

— Nous restons amis, dit Philippe.

— Pour toujours, oui.

Elle aurait pu lui expliquer qu'ils étaient en réalité des âmes jumelles et pas seulement des amis, une paire inséparable, une unité brisée par un accident cosmique — peut-être survenu dans l'un de ces trous noirs dont les étudiants en astronomie discutaient dans les cafés de la rive Gauche avec la passion glacée des scientifiques.

UN HOMME DANS LA NUIT

Quand elle retrouva al-Remal, seule la présence de son fils l'empêcha d'étouffer. Bien que le quotidien recommençât à tisser sa toile, elle ne cessa de penser à Paris et à Philippe dont l'image devint l'un de ses plus précieux souvenirs dans l'album secret de sa mémoire.

Elle n'était plus la même. Quoiqu'elle eût à peine goûté à l'amour qu'il lui offrait, cette fugace expérience gardait autant d'attrait qu'un festin pour une affamée, et elle savait qu'elle ne pouvait en rester là.

Mais elle voulut lutter contre ce désir. Elle se dit et se répéta que même si son mari devenait pour elle un étranger, bien des épouses lui envieraient la vie qu'il lui assurait. L'aile du palais réservé aux femmes était peut-être un cloître, mais un cloître luxueux.

Ali manifestait une grande générosité. Pour leur premier anniversaire de mariage, il avait fait apporter par deux employés d'un joaillier anglais une douzaine d'écrins de velours noir dans lesquels scintillaient des diamants.

— Prends ce qui te plaît, avait-il dit.

C'était au lendemain de l'embargo pétrolier, et l'argent affluait à al-Remal en quantité inimaginable. Mais, désapprouvant l'usage qu'on en faisait, elle voulut se contenter d'un petit bracelet. D'une ravissante finesse, il mettrait en valeur des mains dont elle était fière et soignait d'autant plus qu'elles constituaient le seul élément de séduction qu'une femme voilée pût montrer.

Mais, visiblement contrarié, Ali pointa le doigt vers un magnifique collier, accompagné d'un bracelet et de boucles d'oreilles.

— C'est une parure ?

— Oui, Votre Altesse.

— Elle va prendre ça. Et le petit bracelet aussi, bien entendu.

Comme toutes les femmes d'al-Remal dont les joyaux représentaient le principal moyen de survie en cas de divorce, Amira avait appris à connaître la valeur des bijoux. Elle n'eut pas à feindre l'éblouissement. Le prix de ces diamants devait approcher le million de dollars américains.

Lors du premier anniversaire de Karim, Ali offrit à la mère de son fils un cadeau tout aussi somptueux : une émeraude magnifique qui avait appartenu à un maharajah.

— Pourquoi me fais-tu de tels cadeaux, mon mari ? osa-t-elle lui demander. Je suis sûre de ne pas les mériter.

Il lui répondit sur le ton de l'évidence :

— Ma femme doit ne posséder que de très belles choses.

— Mais... c'est vraiment trop...

Elle n'avait pas insisté. Attendre un mot d'amour de la part d'Ali, un peu de tendresse et pas seulement des objets, ne servait à rien. Ce n'était pas son genre. Néanmoins elle supportait mal d'être traitée comme une servante, couverte de récompenses mais si mal aimée. Elle songea au regard souriant de Philippe.

Au fil des mois, l'indifférence d'Ali devint une préoccupation constante. Tout dans la société où elle vivait lui rappelait ce que son éducation lui avait appris : si un homme n'aimait pas sa femme, celle-ci devait se sentir fautive. Était-elle punie parce qu'elle pensait à un autre ? Certes, il s'agissait d'un péché mais qu'elle n'était pas seule à commettre. Comme tout le monde, elle connaissait des femmes qui ne se contentaient pas de trahir leur mari par la pensée, sans que pourtant elles fussent délaissées. Non, il devait y avoir autre chose. Peut-être un défaut en elle qui éloignait Ali. Sa tante Najla n'avait-elle pas l'habitude de répéter le vieux dicton selon lequel « les mariages réussis sont l'œuvre des bonnes épouses » ?

Elle devint obsédée par le désir d'une seconde maternité. Mais, une fois de plus, il lui semblait difficile de concevoir un enfant quand son mari venait rarement la rejoindre dans sa chambre et, la plupart du temps, ne parvenait pas à conclure et le lui reprochait. Seule une certaine violence semblait soutenir son désir, mais comment ces artifices douloureux auraient-ils pu favoriser la conception ?

Persuadée de manquer d'attrait à ses yeux, elle envisagea de recourir à des aphrodisiaques. Seulement elle ne pouvait se rendre elle-même chez l'une des femmes qui fournissaient les ingrédients requis sans que tout le palais en fût informé dans les heures suivantes. Envoyer une servante, elle y pensa. Mais elles étaient moins à son service qu'à celui des Rashad... Devait-elle aller voir Bahia ou Oum Salik ?

Et si elle commençait par mettre en pratique ce qu'elle savait ? Il y avait des recettes bien connues, et sa mère — égyptienne comme la plupart des femmes qui faisaient commerce de ces ingrédients miracles — lui en avait appris plus d'une. Elle se souvint, par exemple, d'un mélange de blé vert, de chair de pigeon et de noix de muscade qui provoquait immanquablement un priapisme réjouissant. On recommandait également quelques gouttes de sang menstruel dans la nourriture d'un mari que l'on voulait s'attacher pour la vie. Et pourquoi ne pas combiner les deux ? Mais comment faire avaler à Ali de la chair de pigeon et du blé vert ?

Soudain, dans la solitude de sa chambre, Amira se mit à hurler de rire. Instruite, fascinée par la sophistication parisienne, psychologue en herbe, que lui prenait-il de jouer à la Bédouine qui cherche à enchaîner son mari par des pratiques tenant de la superstition et de la sorcellerie ? Elle en pleura de rire. Dommage qu'il n'y eut personne pour partager ce que lui inspirait l'ironie de la situation !

Non, personne, en effet. Pour sa royale belle-famille, une femme qui n'avait mis au monde qu'un seul enfant n'incitait pas à la gaieté. A la naissance de Karim, la reine et ses filles, jusque-là si froides et distantes, l'avaient soudain enveloppée de sollicitude. Les premiers mois de la vie de son fils lui avaient fait connaître les moments les plus heureux de son existence au palais. Puis le temps des allusions à la naissance d'un autre enfant, des questions lourdes de sous-entendus et des doutes concernant sa santé étaient revenus. Finalement, peu après le premier anniversaire de Karim, Faiza lui annonça qu'elle faisait venir un médecin.

Protester n'eût servi à rien. Oum Ahmad s'était montrée particulièrement impérieuse. Et ce fut ainsi qu'Amira se retrouva, pratiquement nue mais néanmoins voilée, entre les mains du médecin, celui-là même qui n'avait su aider Jihan dans sa détresse. Pour une fois, Amira se félicita de porter le voile.

176

— Grâce à Dieu, vous êtes en parfaite santé, Princesse, l'informa le praticien. Et si Dieu le veut, vous aurez encore beaucoup d'enfants.

— C'est une excellente nouvelle. Grande est la miséricorde divine.

L'air embarrassé, le médecin joua avec son stéthoscope.

— Bien sûr, dit-il.

— L'on dirait pourtant que quelque chose ne va pas.

— Oh, non ! Rien, répondit le médecin.

Il rangea son stéthoscope mais ajouta :

— Pardonnez-moi, Altesse, mais afin de vous être le plus utile possible, je dois vous poser quelques questions personnelles. En vous garantissant bien sûr une totale discrétion.

— Je vous écoute.

— Vous êtes allée en Europe plusieurs fois avec votre mari. Ne soyez pas offensée... Mais... Utilisez-vous ce qu'on appelle là-bas un moyen de... contraception ?

— Non.

— C'est bien ce que je pensais. Pardonnez-moi de vous avoir posé cette question. C'eût été toutefois une négligence de ma part de ne pas le faire. On entend dire que c'est une pratique qui se répand, en particulier parmi les jeunes femmes qui voyagent. Dieu seul sait pour quelle raison.

— Je comprends.

— Encore une question, Altesse. Que je vous demande également de me pardonner... Est-ce que tout se passe bien entre... vous et votre mari ?

Elle se sentit rougir sous le voile. Mais que la tentation fut grande de se confier, même à ce petit bonhomme servile ! Seul un profond sentiment de honte l'en empêcha.

— Oui, tout se passe bien, affirma-t-elle.

— Oui ?

— Absolument.

— Dans ce cas, tout est parfait.

L'air soulagé, le médecin prit sa trousse.

— Je comprends votre impatience d'avoir un autre enfant, Altesse, mais après tout il n'y a pas si longtemps que vous avez eu votre fils. Comme je vous l'ai dit, vous êtes en excellente santé. Soyez patiente et Dieu vous récompensera.

Après son départ, Amira eut une folle envie de prendre un objet et de le jeter contre le mur. A l'humiliation provoquée par l'examen médical se mêlait la colère. Elle ne supportait plus de mentir ou, plus exactement, d'y être contrainte. Mais n'était-elle pas la première responsable de ce genre de situation ? Rien, jamais, ne changerait, si elle-même ne prenait pas l'initiative d'un changement.

Ce soir-là, il lui vint une idée.

Elle s'adressa à son mari en usant de sa voix la plus câline, aux intonations apprises du temps de sa mère.

— Ali, mon cœur, sais-tu que nous allons bientôt fêter nos deux ans de mariage ?

— Bien sûr. Croyais-tu que j'avais oublié ?

Il s'apprêtait à sortir et ne cacha pas son impatience de se rendre... Dieu seul savait où.

— Sais-tu quel serait mon plus beau cadeau ?

Il haussa les épaules.

— Il te suffit de demander.

— Ce serait toi ! Ton visage m'est devenu celui d'un inconnu. Je pense que je t'ai offensé.

— C'est ridicule, répondit-il en jetant un coup d'œil vers la porte.

— J'aimerais que nous puissions partir avec notre fils pendant une semaine ou deux. Être ensemble, juste toi, moi et Karim. N'importe où pourvu qu'il n'y ait ni réception dans une ambassade ni le souci de présenter une nouvelle exposition. Serait-ce possible ?

Il y eut pendant quelques instants si peu de tendresse dans son regard qu'elle le crut contrarié. Puis elle le vit sourire et retrouva l'homme séduisant et charmeur qu'il savait être.

— C'est évidemment possible. Et je sais déjà où nous irons.

Vu du ciel, le delta du Nil apparaissait comme un tapis de verdure sur un plancher de sable dont le contour était si net qu'il semblait tracé au cordeau. Au loin, Amira aperçut le bleu profond de la Méditerranée et, quand l'avion amorça sa descente, de minuscules silhouettes sur le sable d'une plage.

Au bord de la piste d'atterrissage les attendaient une Mercedes et un inspecteur des douanes qui se contenta de leur souhaiter la bienvenue à Alexandrie, puis leur ouvrit la portière. Une demi-heure plus tard, Amira faisait le tour d'une villa située en bord de mer, à Roushdy, un faubourg de la ville. Tout en marbre blanc, surmontée d'un toit de tuiles rouges, leur résidence se parait du classicisme gracieux des villas estivales que la noblesse romaine possédait à Pompei ou à Herculanum, au temps où le Vésuve n'était encore qu'une charmante montagne. Une profusion de bougainvillées précédait une pelouse à l'herbe drue qui descendait en pente douce vers la plage, entre deux haies de palmiers dattiers. Le rectangle bleu d'une piscine s'enchâssait à merveille dans le paysage.

— Tu peux te mettre en maillot de bain si tu restes près de la piscine, spécifia Ali. Mais assure-toi d'abord que le personnel masculin ne peut pas te voir.

— Oh, Ali, c'est un endroit magnifique ! Sans doute le plus beau qui puisse exister. Mais la location, même pour quinze jours, a dû te coûter une fortune.

Ali haussa un sourcil.

— En fait, cette propriété m'appartient. Je l'ai achetée. Un bon prix. A un ami de mon père qui vit à Abū Dhabī. (Il jeta un coup d'œil à sa montre.) Ça me fait penser qu'il faut que je rende visite à quelques personnes que je connais en ville. Autant le faire tout de suite. Je rentrerai probablement assez tard. Ça te laisse le temps de te reposer après le voyage. Nous visiterons la ville demain.

Déçue, elle lui fut néanmoins reconnaissante de la ménager en lui dévoilant son emploi du temps. Et puis, sous le charme de cette villa de rêve, elle se dit qu'elle oublierait vite sa déception.

Mais, trois jours plus tard, elle n'avait toujours rien vu d'Alexandrie. Ali sortait chaque soir, rentrait tard en sentant l'alcool, plongeait dans la piscine puis gagnait son lit d'un pas mal assuré pour sombrer dans un sommeil lourd qui l'isolait jusqu'à midi.

Amira trouvait une consolation dans la beauté du lieu. Levée de bonne heure, elle allaitait Karim puis prenait son petit déjeuner sur le balcon, face à la mer. Plus tard, pendant que Karim faisait la sieste, elle lisait au bord de la piscine. En maillot de bain, livrée à la caresse du soleil et de l'air marin, elle goûtait à un plaisir qui frôlait l'érotisme, pendant que là-bas, à al-Remal, seuls les étrangers s'exposaient au soleil, et passaient par la même occasion pour des fous incurables.

Toutefois, au bout de trois jours, la villa enchanteresse commença à se transformer en prison. Amira éprouvait d'autant plus l'impression de vivre enfermée qu'elle s'interdisait la plage — bien que l'Égypte pût être considérée comme un pays libéral — de peur d'y être importunée.

Elle se décida cet après-midi-là à manifester son mécontentement.

— Ali, cette ville est connue pour son poisson et ses fruits de mer, et tout ce que j'ai eu jusqu'à présent c'est de l'agneau et du poulet. Je me demande pourquoi je suis ici.

Ils avaient emmené avec eux un cuisinier du palais mais celui-ci refusait d'exercer ses talents sur des poissons qu'il ne connaissait pas.

— Nous verrons demain. Ce soir j'ai encore un rendez-vous.

Il avait les yeux rougis et le visage marqué par l'alcool ingurgité dans la nuit.

— Nous pourrions dîner tôt, insista Amira. Ça te laisserait le temps de voir tes amis.

Sans doute à court d'arguments, Ali finit par céder, et Amira découvrit la route de la corniche d'où l'on voyait le port d'un côté, et de l'autre les lumières de la ville.

Le chauffeur, né à Alexandrie, leur montra avec fierté l'île de Pharos.

— C'est là que s'élevait le phare, l'une des sept merveilles du monde.

Mais la merveille n'était plus qu'un souvenir. Seule se voyait encore une construction massive, de hauteur réduite : un vieux fort, d'après le chauffeur.

Ce qu'Amira apercevait depuis la Rolls lui donnait l'impression que la ville tout entière avait perdu son éclat. Autrefois rivale de Rome et de Constantinople, puis destination exotique pour Européens attirés par un parfum de décadence et de péché, Alexandrie semblait aujourd'hui négliger sa légende.

Le restaurant confirma ce sentiment. Amira lui trouva un petit air de restaurant parisien bon marché, la foule en moins. Elle commanda une bouillabaisse qui fut loin de l'enthousiasmer. Mais l'essentiel n'était-il pas d'être assise à côté de son mari, sans voile, dans un endroit public ? Elle prit même un verre de vin.

A la table voisine dînait un couple d'une cinquantaine d'années, visiblement britannique. L'homme donnait la vague impression d'appartenir à l'armée ; la femme était belle, mince, élégante. En regardant dans leur direction, Amira observa une certaine froideur dans le comportement du serveur et quelques coups d'œil carrément glacials de la part des clients.

— Ces pauvres gens doivent se sentir mal à l'aise, murmura-t-elle.

— Eh oui... Ce sont les retombées de la colonisation britannique. Nous avons de la mémoire au Moyen-Orient et nous pardonnons rarement. Mais comme moi je n'ai rien contre les Britanniques, je ne vois pas ce qui m'empêcherait d'être courtois avec eux.

Ali appela le serveur et lui demanda d'apporter une bouteille de vin à la table des étrangers.

Quand ce fut fait, l'homme se leva.

— Merci infiniment, dit-il à Ali. Vous êtes très aimable.

— Je vous en prie. Peut-être aimeriez-vous vous joindre à nous avec votre charmante femme. Ce serait pour nous une occasion de pratiquer un peu votre langue.

— Avec plaisir. (L'Anglais tendit la main et se présenta.) Je m'appelle Charles Edwin. Et voici ma femme, Margaret.

— Ali Rashad. Ma femme, Amira. Qu'est-ce qui vous amène à Alexandrie ?

— Oh, nous sommes venus passer quelques jours en espérant faire surgir les fantômes de notre jeunesse ! répondit Margaret, le regard souriant.

— Des fantômes ? s'étonna Amira.

— Charles a fait partie de l'ambassade britannique au Caire. Il y a de cela plusieurs années.

Ali demanda :

— Et vous avez rencontré vos fantômes ?

Charles Edwin se mit à rire.

— Seulement quelques-uns, ici et là. Tout a tellement changé.

— Et vous ? demanda Margaret en s'adressant à Ali et à sa femme. Laissez-moi deviner... Vous êtes en voyage de noces.

— Non, répondit Ali.

181

Amira précisa :

— C'est notre second anniversaire de mariage.

— Ah...

— J'ai acheté une villa à Roushdy et j'ai pensé que c'était une bonne occasion d'en profiter, expliqua Ali.

— Roushdy ! fit Charles Edwin. Puis-je vous demander où se trouve exactement votre propriété ?

La réponse d'Ali impressionna son interlocuteur et une conversation s'engagea sur le marché immobilier dans les pays du Moyen-Orient.

Margaret eut alors le réflexe des femmes qui savent depuis la nuit des temps s'exclure d'une discussion masculine. Elle se tourna vers Amira.

— Et vous, ma chère, que pensez-vous d'Alex ?

— Alex ? Oh, Alexandrie ! Eh bien, je n'en ai pas vu grand-chose pour l'instant. Je... nous sommes restés à la villa depuis notre arrivée.

— Dans ce cas, je pourrais peut-être vous servir de guide. Charles doit se rendre à El Alamein demain et moi, je n'ai rien de spécial à faire. Je serais ravie de vous montrer à tous deux la vieille ville. Si une certaine nostalgie ne vous dérange pas...

— Ali, serait-ce possible ?

— De quoi parles-tu ?

Amira répéta la proposition de Margaret.

— Je pense être occupé demain. Mais que ça ne t'empêche pas de visiter la ville.

— Vraiment ?

— Bien sûr.

A la fin de la soirée, les deux femmes se donnèrent rendez-vous. Ali offrit aux Edwin de les raccompagner à leur hôtel puis demanda à sa femme de rentrer seule.

— Je prendrai un taxi. Ne m'attends pas. Tu devras te lever de bonne heure demain.

Il dormait encore lorsqu'elle partit le lendemain à son rendez-vous.

— Il reste pas mal de choses à voir, affirma Margaret Edwin. Nous ne pourrons pas tout faire aujourd'hui. Il y a, par exemple, un musée très intéressant qui renferme de vrais trésors, mais il faut des heures pour le visiter et une bonne connaissance de l'histoire de la Macédoine et de Rome — et de l'Égypte, bien sûr — pour tout apprécier.

Amira dut admettre que sa connaissance de ces domaines était limitée.

— Je vous prêterai des livres. Nous irons peut-être au musée un autre jour.

Conduite par un Égyptien en livrée, la voiture empruntée au consulat britannique suivait la corniche.

— Ce qui est regrettable ici, poursuivit Margaret, c'est que l'on se sent frustré en pensant aux merveilles qui ont disparu.

— Comme le phare ?

— Bien sûr. Il était l'emblème de la ville, comme l'est aujourd'hui la tour Eiffel pour Paris ou l'Empire State Building pour New York. Charles vous expliquerait mieux que moi comment fonctionnait son fanal. Il avait, dit-on, quelque chose de magique, en plus de sa remarquable puissance. Dans la journée, il pouvait servir de loupe et, en intensifiant les rayons solaires, mettre le feu aux navires ennemis.

— Comment ce phare a-t-il disparu ?

— Les musulmans qui ont conquis la ville s'intéressaient peu à la science des Grecs. Quand on leur a parlé d'un trésor enfoui sous le phare, ils se sont mis à creuser, ce qui a provoqué la chute du fanal. Puis, quelques siècles plus tard, en 1302, la tour de marbre s'est écroulée au cours d'un tremblement de terre.

Sur la gauche, dominant le port, s'élevait un grand bâtiment qui avait visiblement subi les ravages du temps et des intempéries.

— Ça, c'est notre hôtel, indiqua Margaret. Nous l'avons préféré au consulat parce que nous y avons passé notre lune de miel, il y a vingt-cinq ans.

— Oh, comme c'est romantique !

— Oui. Mais vous pouvez constater que ce pèlerinage n'empêche pas Charles d'aller de son côté s'il le juge nécessaire. Comme votre mari.

Amira lut dans les yeux gris de Margaret l'attente d'une réaction.

— Je n'interroge jamais Ali sur ses affaires. Enfin, presque jamais.

Margaret eut un petit sourire.

— Je comprends. Bien, commençons notre visite. Hamza, prenez la Sharia Nebi Daniel.

Le chauffeur s'éloigna de la corniche pour s'engager dans une petite rue d'un quartier pauvre, grouillante de monde.

— Nous allons passer devant la mosquée de Daniel, l'un des prophètes, comme vous le savez, que reconnaissent nos deux religions. On prétend que quelque part dans le soubassement de la mosquée se trouvent les restes d'Alexandre le Grand.

Amira murmura le nom arabe de la ville fondée par ce roi.

— Al-Iskandariyah...

Mais Margaret en était déjà à Cléopâtre.

— On dit également que Cléopâtre serait enterrée près d'ici... Et que ce site était celui de la grande bibliothèque d'Alexandrie. Une université autant qu'une bibliothèque, en fait. Le centre intellectuel du monde pendant des centaines d'années.

Amira se souvint de ce que lui avait appris Miss Vanderbeek.

— Elle a été ravagée par un incendie, n'est-ce pas ?

— Oui. Mais ce n'était pas un accident. Elle a été détruite par les moines, à l'époque où le christianisme s'était imposé. Ils ont brûlé les livres qu'ils prenaient pour des œuvres païennes. Ces mêmes moines provoquèrent la mort d'Hypatie.

— Hypatie ?

— Une philosophe et mathématicienne dont les idées dérangeaient les moines. Quelque part par ici, en l'an 415 de l'ère chrétienne, ils incitèrent la foule à la massacrer à l'aide de morceaux de tuiles.

— Vous parlez d'une femme ?

— Oui. Une femme professeur qui enseignait, il y a mille six cents ans, dans cette partie du monde où les femmes se battent aujourd'hui pour être admises à l'université... Nous allons au palais Ras el Tin, Hamza.

Amira fut impressionnée par la splendeur de Ras el Tin, bien qu'elle vécût elle-même dans un palais. Bâti à l'époque de la domination turque, résidence royale jusqu'à l'abdication de Farouk, Ras el Tin se dressait sur la péninsule portuaire parmi ses jardins à la française.

La vue sur la Méditerranée d'un côté, sur la ville de l'autre, était magnifique. Quant à l'intérieur du palais, il éblouissait de mille façons. Mais il s'y trouvait un objet particulier qui émut Amira : le journal de Farouk, ouvert sur une page portant la date du 26 juillet 1952, le jour où le roi vieillissant, obèse, infantile et détesté, avait abdiqué. Selon le guide, le souverain n'avait pas pu orthographier correctement son nom en l'apposant au bas du document qui promulguait son abdication.

Les deux femmes se promenèrent dans les jardins avant de repartir. A l'horizon, un paquebot qui se dirigeait vers l'ouest semblait flotter comme un jouet sur la mer.

Suivant le regard d'Amira, Margaret remarqua :

— Ce doit être l'*Azonia*. Il assure une liaison entre Alexandrie et Marseille. La traversée dure quatre jours. Ce doit être agréable, n'est-ce pas ?

Amira hocha la tête. Elle avait eu la même pensée.

Margaret insista pour l'inviter à déjeuner et l'emmena dans la grande salle entièrement vitrée de l'Aboukir, un restaurant du bord de mer. Dans un aquarium, des poissons appartenant à une douzaine d'espèces différentes attendaient d'être choisis par les clients.

— On ne peut trouver plus frais, observa Margaret. Mais je crois que je préfère la *soupia*. Elle est excellente ici.

— Je prendrai la même chose.

Amira découvrit que la *soupia* est un plat de calmars cuits dans l'huile d'olive. Bravement, elle porta un premier morceau à sa bouche, et fut rassurée : c'était délicieux.

— Avez-vous prêté attention au quartier que nous venons de traverser ? demanda Margaret.

— J'ai remarqué que ça avait l'air assez sordide.

— C'est un coin de la Mina, le vieux port. Hamza a prétendu qu'il prenait un raccourci mais j'ai eu l'impression qu'il avait envie d'apercevoir quelqu'un. Nous sommes passés justement devant le principal bordel encore en service : « Chez Madame Héloïse ». Autrefois, tout le quartier était un lieu de plaisir. Pour ne pas dire le lieu de tous les plaisirs. Aujourd'hui, il a gardé une certaine réputation et accueille surtout les Arabes enrichis par le pétrole. Oh, ne soyez pas froissée ! Je ne prétends pas que nos hommes soient en reste.

Amira se demanda pour quelle raison elle aurait pu être froissée. Chacun savait ce qu'un homme, loin de chez lui, était capable de faire.

L'après-midi fut consacré à un autre palais. Le Montaza, entouré d'eucalyptus et de poivriers, sur une colline caressée par la brise, dominait une plage avec des allures de château de sable, peint en rose pour le plaisir d'un roi. Amira se souvint de ce que lui racontait Jihan à propos de ces lieux, mais nulle part elle ne vit le bassin où de jeunes beautés entièrement dévêtues folâtraient sous les yeux de Farouk. Peut-être l'avait-on vidé, comblé et oublié.

Après la visite du château et du parc, elles se firent accompagner par Hamza sur la plage où elles se promenèrent pieds nus. C'était une plage publique, bordée de confortables cabanons que l'on pouvait louer. Des hommes âgés allaient et venaient sur le sable en proposant du café ou de la limonade aux familles qui profitaient de l'après-midi tout d'or et de bleu.

Margaret invita ensuite Amira à prendre le thé à son consulat, plus britannique qu'un salon de thé londonien... Tandis que le soleil couchant allongeait les ombres sur la pelouse, Amira se surprit à regretter que la journée s'achevât. C'était évidemment Margaret qui lui inspirait cette envie de voir le soleil remonter dans le ciel.

Alors qu'elle avait perdu les trois femmes dont elle avait été le plus proche — Laila, Jihan, Miss Vanderbeek —, elle s'émerveillait de retrouver, dans cette ville inconnue, un peu de chacune d'elles en Margaret Edwin.

Mais il était l'heure de la quitter. Margaret avait fait rappeler le chauffeur. Elle proposa à Amira de la revoir le lendemain et d'aller finalement jusqu'au musée. Bien sûr Amira se déclara enchantée. Mais il fallait qu'elle fût libre et qu'elle obtînt l'autorisation d'Ali.

Avant de la laisser repartir, Margaret la surprit en lui expliquant, à brûle-pourpoint :

— Nous avions une fille. Elle a eu un accident en mer à douze ans. Aujourd'hui elle aurait votre âge. Nous en avons parlé hier soir, après vous avoir rencontrée. Charles trouve que vous avez un ravissant sourire mais un regard triste. Je ne voudrais pas être présomptueuse, mais si vous avez besoin de parler à quelqu'un, je suis là — au moins pour quelques jours.

Prise de court, Amira se contenta de la remercier. Pour la seconde fois, Margaret Edwin semblait avoir lu dans ses pensées.

Ali était assis près de la piscine, un verre à la main.

— Voilà l'exploratrice qui rentre ! s'exclama-t-il joyeusement. Va mettre ton maillot de bain. Je t'attends.

Elle ne demandait pas mieux que d'exécuter un ordre aussi agréable. Quand elle redescendit, elle le vit s'éclabousser allégrement mais nota qu'il avait pris le temps de se reverser de l'alcool.

— Tu ne vas pas en ville, ce soir, mon cœur ?

— Heu... je ne sais pas. Je vais peut-être faire une pause. Dormir tôt pour une fois.

Agréablement surprise, elle nagea avec lui puis regarda les étoiles s'allumer dans le ciel en savourant la douceur de la soirée.

Ali se versa un autre verre, lui offrit un soda et sourit.

— Alors, raconte-moi ta journée. As-tu découvert les restes de Cléopâtre ?

Elle lui parla des palais, de la *soupia*, de l'atmosphère ultra-britannique du consulat. En riant, il lui posa de petites questions et plaisanta. Il buvait trop, mais au moins il était présent. C'était déjà quelque chose et peut-être le signe annonciateur d'un changement.

Mais brusquement tout s'altéra quand elle mentionna « Madame Héloïse ».

Elle le vit se rembrunir et se lever en titubant un peu.

— Je ne veux pas que tu revoies cette femme, dit-il.

— Pardon ?

— Tu m'as bien entendu. Je te l'interdis. Comment as-tu été capable de parler d'un bordel en plein restaurant ?

— Mais Ali, mon chéri...

— Ne discute pas. Ce n'est peut-être pas le cas de ta famille, mais la mienne a une réputation à soutenir.

— Vraiment, ce n'était...

— Aurais-tu l'intention de contredire ton mari ? Je te répète que je te l'interdis !

Il rentra dans la villa. Trop effarée pour réagir, elle s'attarda dans la pénombre sans même pouvoir verser une larme. Quand elle eut la force de rentrer à son tour, il était déjà parti.

Margaret lui téléphona le lendemain. Bouleversée, elle s'accusa d'avoir semé la discorde entre Amira et son mari. Amira la rassura. Ce n'était pas sa faute mais la volonté de Dieu. Il devait en être ainsi, et elle n'avait d'autre choix que d'obéir à son mari.

— Je comprends, fit Margaret au bout d'un moment.

Mais Amira sentit qu'elle ne comprenait qu'en partie des règles régissant un autre monde que le sien.

— Bonne chance, ma chère. Au revoir.

Ce furent les derniers mots qu'Amira entendit prononcer par son amie d'un jour.

— Que la paix de Dieu soit avec vous, répondit-elle.

Mais Margaret avait déjà raccroché.

La piscine et les livres redevinrent son univers.

— Ali, je veux rentrer à la maison.

— Pourquoi repartir ? Cet endroit est magnifique. N'es-tu pas heureuse d'être ici ?

— Non. Je voulais être avec toi et tu es toujours absent.

— Ce n'est pas le cas en ce moment.

— Tu sais bien ce que je veux dire.

— Non, je l'ignore. Mais, en revanche, je sais que ce que j'ai à faire dans cette ville ne te concerne pas. Je sais aussi que c'est toi qui as eu l'idée de ce voyage et que j'ai dépensé une fortune pour acheter cette propriété que tu ne prends pas la peine d'apprécier.

Peu de temps après cette discussion, elle entendit la voiture démarrer.

Elle ne pouvait rien faire, sinon constater que son idée avait échoué. Ses relations avec Ali avaient empiré et, cette nuit-là, pour la première fois, ni l'air marin ni le bruit des vagues ne réussirent à l'endormir. Tout en allant et venant dans sa chambre, elle se demanda ce que lui réservait l'avenir.

Si l'amour était mort et si elle ne mettait plus d'enfant au monde, Ali divorcerait-il ? Elle se dit que ce ne serait peut-être pas la plus mauvaise solution. Sa jeunesse pouvait lui permettre d'espérer un second mariage, plus heureux que le premier. Mais elle ne tarda pas à se souvenir qu'Ali l'avait prévenue lorsqu'ils se disputaient. Non, il ne divorcerait pas, mais la reléguerait au fond du palais et la laisserait s'étioler pendant qu'il ferait des enfants à ses nouvelles femmes.

Elle regarda Karim, endormi dans son berceau. Dans quelques années, il irait vivre avec les hommes, dans leur quartier réservé, et elle pourrait s'estimer heureuse s'il déjeunait avec elle une ou deux fois par semaine.

Il fallait voir dans tout cela la volonté de Dieu, mais elle se prit à en douter. Et puis, de toute façon, volonté divine ou pas, ce n'était pas une consolation. La douleur était là. Si seulement elle avait pu parler à quelqu'un. Elle pensa à Philippe, à Malik et à ce bateau qui faisait la navette entre Alexandrie et Marseille. Elle s'imagina avec Karim dans les bras et son passeport à la main en train de soudoyer un steward. Quelle folie ! Ali serait déjà sur le quai à Marseille quand le bateau arriverait.

Elle sortit de sa chambre pour aller attraper une bouteille dans la réserve d'Ali, l'ouvrir et la porter à ses lèvres. Du feu coula dans sa gorge. Elle eut un haut-le-cœur, reposa la bouteille, la reprit, avala une autre goulée. Maintenant elle devrait pouvoir dormir. A la façon d'Ali. Comme une masse. Du sommeil du juste ?

Mais quand, de retour dans sa chambre, elle voulut s'allonger, les murs se mirent à tourner. Elle dut aller dans la salle de bains pour vomir. Puis, soulagée mais épuisée, elle se jeta sur son lit en tendant, dans la nuit, une main vers son fils endormi.

La clarté lunaire inondait la chambre et lui fit mal aux yeux. Où était-elle ? Ah, oui : à Alexandrie ! Quelle heure était-il ? Elle n'en avait aucune idée. La tête douloureuse, elle se demanda ce qui l'avait réveillée en sursaut. Karim avait-il crié ? Non. Il dormait paisiblement. Elle entendit des voix venant de l'extérieur. Ali parlait à quelqu'un. Mais à qui ? Un serviteur ? Il semblait en colère.

Elle se leva et alla sur le balcon. Au bord de la piscine, elle vit Ali, en maillot de bain, face à un jeune homme, vêtu pauvrement.

— Excellence, disait le jeune homme d'une voix implorante,

je ne fais que vous rappeler votre promesse. Vous m'aviez assuré que vous vous occuperiez de moi. Mais je n'ai pas reçu l'argent.

Elle fut effarée par le geste d'Ali qui gifla son interlocuteur du revers de la main.

— Comment oses-tu venir chez moi ? Je t'avais interdit de mettre les pieds ici. Tu sais où me rencontrer.

— Excellence, je vous en prie, écoutez-moi. Ma mère est malade. On a besoin d'argent pour le médecin et les médicaments. Si je ne vous plais plus, laissez-moi vous envoyer mon frère. Vous l'avez déjà vu, Excellence. Il a seulement treize ans. Il est très beau et très pur. Vous seriez le premier. Comme avec moi.

Dans la nuit chaude d'Alexandrie, Amira sentit un froid glacial l'envahir. Soudain tout s'éclaircissait : l'indifférence d'Ali, ses humeurs, sa versatilité, sa colère quand elle avait voulu le séduire avec ses déhanchements et sa lingerie de soie. Des fourmillements dans les doigts, une impression de vide dans la tête, elle se sentit au bord de l'évanouissement. « Non, se dit-elle, non, ne t'évanouis pas. Pas ici. Pas maintenant. »

— Excellence, s'il vous plaît, seulement quelques livres...

— Écoute, chien, tu as tout perdu en venant ici. Retourne dans ton chenil !

Brusquement l'attitude du jeune homme changea et, tandis que la menace perçait dans sa voix, Amira observa qu'il était plus musclé, plus puissant qu'Ali.

— Excellence, je ne voulais pas en venir là, mais j'ai des photos... Quelqu'un pourrait les acheter. Je ne demanderais pas très cher. Seulement ce qu'il faut pour ma mère. S'il vous plaît, ne m'obligez pas à faire ça.

Ali s'apprêta visiblement à serrer le cou de l'homme puis laissa retomber ses bras.

— Tu mens, bien sûr, dit-il avec hauteur, mais je n'ai pas l'intention de perdre plus de temps avec tes inepties. Même un idiot comme toi doit comprendre que je ne peux pas avoir de l'argent sur moi quand je suis en maillot de bain. Alors attends-moi ici.

Tandis qu'Ali rentrait dans la villa, le jeune homme le suivit des yeux. « Comme un chien battu », se dit Amira avant de se demander comment elle accueillerait Ali, le lendemain, quand il apparaîtrait, le regard vitreux, au bord de la piscine.

Elle le vit revenir et, instinctivement, recula pour chercher refuge dans l'ombre. Il tenait une liasse de billets dans la main gauche : une insulte supplémentaire. Mais le jeune Égyptien ne pouvait s'offrir le luxe de défendre son amour-propre. Il prit l'argent en s'empressant d'exprimer sa gratitude. Mais, au même moment, Ali le frappa à la poitrine. L'homme, dans un râle de douleur, tomba sur ses genoux puis bascula en arrière. A cet instant seulement, Amira vit le couteau.

— Non ! s'écria-t-elle.

Un hurlement bref dans la nuit infinie.

Ali se retourna, le regard haineux.

— Tu es là ? Un mot de plus, Amira... Un mot de plus... Tu m'as bien compris ?

Que répondre ?

Il prit l'homme par les chevilles et le traîna le long de la pelouse jusqu'au rivage. Frissonnante, Amira voulut se rassurer, se persuader qu'il ne s'agissait que d'un cauchemar. Quand la nuit s'achèverait, il n'en resterait rien.

Ali revint, le souffle bruyant, aspergea d'eau les taches de sang, plongea dans la piscine, ressortit et disparut dans la villa.

« Il va être arrêté. Il a commis un meurtre, il va aller en prison. » Mais l'inquiétude d'Amira fut de courte durée. Elle se dit qu'elle pensait à des bêtises, qu'elle avait dû trop boire. Ali n'avait rien à redouter de la sorte. Même si la police l'avait surpris le couteau à la main et le cadavre à ses pieds, elle l'eût laissé en liberté. On n'arrêtait pas un prince d'al-Remal. Par ailleurs, l'homme avait eu le tort de s'introduire dans une propriété privée, mais de toute façon il n'y avait pas de question délicate à laquelle l'argent ne pût répondre et, au besoin, on enverrait le premier policier qui se montrerait trop curieux dans quelque poste-frontière aux confins du Sahara.

Ils rentrèrent néanmoins à al-Remal dès le lendemain. De tout le vol, ils n'échangèrent pas un seul mot.

CINQUIÈME PARTIE

LA PEUR AU VENTRE

— Tu es une pute, hein, une sale pute. Avoue-le.

— Ali, s'il te plaît.

— Dis-le !

Il l'attrapa par les cheveux et lui tira la tête en arrière. La douleur fut aiguë mais la frayeur encore plus intense.

— D'accord. Oui, je suis une pute. S'il te plaît...

— Tu en as envie, n'est-ce pas ? Tu en as envie de ce côté !

Ses doigts tâtonnèrent puis la pénétrèrent violemment.

— Oh, non, Ali... Je t'en supplie.

— Dis-le !

Elle eut l'impression que son cuir chevelu se décollait de son crâne.

— Oui, d'accord, oui. J'en ai envie comme ça.

Tandis qu'il commençait à bouger contre elle, elle se prépara à la montée de la douleur. Mais rien ne se passa. Il marmonna sa frustration et lui enfonça le visage dans l'oreiller. Privée d'air, elle crut qu'elle allait mourir, pensa à Karim et l'imagina le regard plongé dans le sien.

Puis, soudain, elle cessa de sentir un poids sur sa tête et bientôt entendit Ali sortir de la chambre. Ses pas mal assurés s'éloignèrent dans le corridor tandis qu'elle buvait l'air salvateur. Mais dès qu'elle eut retrouvé son souffle, elle redouta de le voir revenir. S'il se contentait d'avaler sa bouteille d'alcool, il s'écroulerait et elle serait provisoirement tranquille. Mais s'il reprenait de ces satanées pilules noires qui pouvaient le maintenir éveillé toute la nuit, il réapparaîtrait, saisi par un regain de folie.

Depuis deux mois qu'ils étaient rentrés d'Alexandrie, sa vie était devenue un enfer. La fureur habitait Ali qui n'avait pas manifesté le moindre remords. L'alcool aggravait les choses.

L'alcool et les pilules. (Depuis quand les prenait-il ? Amira l'ignorait.) En public, il restait le même. Mais dès qu'ils se retrouvaient seuls, il changeait.

L'ironie de la situation voulait qu'il vînt chaque soir la rejoindre. Mais cette assiduité, dont elle avait rêvé, désormais la terrorisait. Son intermittente cruauté s'était transformée en un véritable sadisme qui se répétait quotidiennement et la laissait incrédule. La description du sadisme, elle l'avait rencontrée dans ses livres de psychologie, mais n'en avait pas saisi la monstruosité avant de le subir. Comment pouvait-on trouver un plaisir sexuel dans la douleur des autres ? C'était pourtant le cas d'Ali.

Toutefois, même ce plaisir-là commençait à lui échapper résolument. Quelles que fussent les violences et les humiliations qu'il lui infligeait, il parvenait de moins en moins souvent à se satisfaire.

Elle craignait le pire. S'il ne se décidait pas à renouer avec ses pratiques favorites, il finirait par la tuer. Elle sentait en lui le désir profond de la supprimer. Ne fût-ce que pour la simple et bonne raison qu'elle était le seul témoin de son crime.

Qu'allait-elle devenir ? Le secret qu'elle partageait avec lui et ce qu'il lui faisait subir sans qu'elle pût se confier à quiconque accentuaient son isolement. Il n'y aurait que Malik et Philippe pour la croire, mais le premier réagirait de telle façon qu'il signerait leur condamnation à mort et le second ne pourrait rien faire, sinon provoquer lui aussi un drame ou un autre.

Elle alla dans la chambre contiguë à celle de Karim quand Ali vint la rejoindre. L'enfant ne semblait pas avoir été dérangé. Mais peut-être s'était-il réveillé puis rendormi. Et les autres fois ? Qu'avait-il déjà entendu ? Que garderait-il au fond de sa mémoire quand il serait adulte ? Elle toucha son front, et, tandis qu'il murmurait quelque chose dans son sommeil, elle se dit qu'il était destiné à devenir un très séduisant jeune homme. Mais aussitôt elle se rendit compte que cette réflexion la menait à une pensée insoutenable. Non... Non, même Ali n'irait pas jusque-là... Pas avec son fils.

« Oh, il faut que je parte ! Avec mon Karim. Loin d'ici. » Il devait bien exister un moyen de s'échapper de cet enfer. Il fallait qu'elle prît le temps d'y réfléchir. Pas dans l'immédiat parce qu'elle était fatiguée et perturbée. Mais dès qu'elle aurait dormi, elle trouverait une solution. Elle tiendrait enfin cette promesse qu'elle se faisait chaque soir depuis le retour d'Alexandrie.

L'odeur et le contact même de son lit la dégoûtaient mais, épuisée, elle éteignit la lumière et ferma les yeux. Le calme régnait. Peut-être que, pour une fois, l'effet de l'alcool serait plus fort que celui des pilules noires.

Elle s'endormit en revoyant al-Masagin, la foule dans la cour, une silhouette collée au poteau. Mais c'était le jeune homme d'Alexandrie qui se trouvait à la place de Laila. Elle le vit tourner ses yeux vers elle. Puis Ali apparut. Il traînait un corps vers la plage, un corps qui laissait derrière lui un sillage de sang. Le corps de Laila. Elle courut vers Ali, l'implora de s'arrêter. Le bandeau tomba du visage de la morte. Ce n'était pas Laila mais elle, Amira. La femme vivante essaya de toucher son cadavre, mais elle ne put remuer ses bras, comme si deux poids énormes pesaient sur eux. Baissant les yeux, elle découvrit que deux chiens noirs enserraient ses poignets avec leurs crocs en bavant.

Quelqu'un tirait sur ses bras, là, dans la chambre. Une odeur d'alcool révéla la présence d'Ali.

— Ali ? Mais que fais-tu ?

— Je me prépare à te donner une leçon.

— Ali, je t'en prie !

Elle tenta de le repousser mais elle se sentit entravée. Son rêve se poursuivait-il ? Non, elle avait bel et bien les poignets liés. Ali ralluma. Ses pupilles trahissaient l'effet des pilules noires.

— A nous deux, salope !

Il brandit un fouet, au manche court et aux lanières de cuir brut, comme ceux qu'on utilisait pour faire obéir les chameaux.

— Non, Ali !

— Tourne-toi si tu ne veux pas le prendre dans le visage.

— Qu'est-ce que j'ai fait de mal, Ali ?

Le fouet s'abattit sur ses seins, lui arracha un cri de douleur. Elle se tourna sur le ventre.

— Tu n'es qu'une truie mais tu oses me mépriser. Je le vois dans ton regard diabolique. Tu me méprises, moi, ton mari. Moi, un prince royal. Je vais t'apprendre à me respecter.

Il ponctuait chaque phrase d'un coup de fouet sur son dos, ses jambes, ses fesses. Elle hurla. Quelqu'un allait l'entendre et venir la délivrer. Mais non : personne ne fit irruption dans la chambre.

197

Il n'y eut que les cris de Karim dans la pièce voisine pour répondre à sa douleur.

Elle parvint en se déchirant la peau à arracher ses mains à leur entrave, mais, si elle eut le temps de se lever et de bousculer Ali, elle ne put sortir de la chambre. Il lui barrait le passage et la poussa dans un coin.

— Ali, s'il te plaît. Si je ne suis pas un homme, ce n'est pas ma faute. Pour l'amour de Dieu, arrête !

Quand elle vit son visage empreint d'une rage meurtrière, elle comprit que le fouet n'était rien à côté de ce qu'il lui réservait maintenant.

Elle voulut se protéger le visage mais son poing s'abattit sur son nez. Elle sentit le cartilage éclater. Un coup sur sa mâchoire lui fit voir trente-six chandelles. Il régna entre les murs qui semblaient s'éloigner une lumière très intense. Quelque chose la frappa en plein ventre. Le souffle coupé, elle s'écroula. Un liquide chaud coula sur ses cuisses. Avec un sentiment de honte, elle se dit qu'elle venait d'uriner.

La dernière vision fut celle du pied d'Ali qui parut animé d'un mouvement lent, comme s'il flottait dans sa direction à la manière d'un ballon qu'un enfant a laissé s'échapper et qui dérive dans l'espace. Un coup de pied dans une séquence au ralenti.

Un décor aux tons pastel. Une femme en blanc. Quelque chose de dur, de doux, de froid sur les lèvres. De la glace dans un linge. C'était inconfortable, mais en même temps elle bénissait l'humidité qui rafraîchissait ses lèvres, Elle mourait de soif.

— Que Dieu soit loué, fit la femme. Que Dieu soit loué d'avoir permis à Votre Altesse de survivre à un si terrible accident.

Un accident ? Amira tenta de prononcer le mot, mais ne put qu'articuler des sons incohérents. Elle avait l'impression d'avoir le visage comme un melon trop mûr et prêt à éclater. Mais la brûlure à l'intérieur était pire que cette sensation. Toutefois, la douleur ne la ravageait plus. Peu à peu elle comprit qu'elle était à l'hôpital, qu'on la soignait et elle finit par se souvenir de ce qui l'avait conduite ici. Puis elle s'endormit.

Quand elle se réveilla, la douleur avait retrouvé son intensité.

L'infirmière — pakistanaise, la cinquantaine — lui apporta une pilule qu'elle s'empressa d'avaler.

— Mon fils ? demanda-t-elle.

— Votre quoi ? Oh, votre fils ? Il vous rendra bientôt visite, Altesse. Pour l'instant, on préfère qu'il ne voie pas sa maman dans l'état où elle est. N'avons-nous pas raison ?

— Si.

— Mais votre mari, lui, il est déjà venu si souvent que la moitié des malades le prennent pour un médecin.

L'infirmière glissa un thermomètre sous la langue d'Amira.

— Quel homme charmant ! reprit-elle. Au cas où vous vous poseriez des questions, sachez qu'il ne vous en veut pas d'avoir pris la voiture. Regardez les bouquets de fleurs qu'il vous a apportés.

Ce fut l'occasion pour Amira de constater qu'elle ne pouvait ouvrir qu'un œil.

— Non, non, Altesse. Il ne faut pas toucher aux pansements.

L'infirmière reprit le thermomètre, inscrivit un chiffre sur la feuille des températures et observa avec le ton maternel qui seyait à sa vocation :

— Vous vous êtes comportée comme une vilaine petite fille, Altesse. Vous auriez pu mourir sans la miséricorde de Dieu qui a permis au Dr Rochon de vous sauver.

— Le Dr Rochon ? Philippe Rochon ?

— Exactement. Il est arrivé le jour où on vous a conduite ici. Le Dr Konyali lui a demandé de vous opérer. Quoiqu'il aurait très bien pu le faire lui-même.

Le sédatif commençait à agir. Amira se sentit la force d'interroger l'infirmière.

— Le Dr Rochon m'a opérée ? Mais quel genre d'opération a-t-il pratiqué ?

— Je préférerais que vous en parliez avec lui, Altesse.

— Non. Répondez-moi. Je ne suis pas superstitieuse. Je ne vous en voudrai pas de m'apprendre de mauvaises nouvelles. Au contraire, je préfère être prévenue dès maintenant.

Le regard apitoyé, l'infirmière expliqua :

— Vous aviez des lésions internes, Altesse, qui avaient provoqué des hémorragies. Il fallait vous opérer pour vous sauver. On vous a enlevé un rein et l'utérus.

Amira éprouva un sentiment de tristesse tout en ayant l'impression que ce drame concernait quelqu'un d'autre. Ce devait être l'effet du médicament, puissant comme de la morphine.

— Vous avez votre fils, Altesse. Et vous êtes en vie...

— Avez-vous des enfants ?

— Je ne me suis jamais mariée, Altesse. Mais je vous remercie de l'intérêt que vous me portez.

Tout en lui faisant une piqûre intraveineuse, l'infirmière invita Amira à ne songer qu'à son repos puis ajouta :

— Si vous avez besoin de quoi que ce soit, vous appelez et je viendrai immédiatement. Les médecins vont passer vous voir. Ne vous inquiétez pas, Altesse. A propos, je m'appelle Rabia.

Amira eut l'impression de flotter sur un lac aux eaux tranquilles, au-dessus duquel un petit nuage rose annonçait la visite de Philippe.

— Pourriez-vous m'apporter un miroir ? s'entendit-elle demander.

— Un miroir ? Je ne pense pas que nous ayons ça ici, Altesse. Mais je vais faire en sorte de m'en procurer un. En attendant, reposez-vous.

— Oui... Philippe... ?

Philippe était là, devant elle. Il accompagnait le Dr Konyali et tout son visage reflétait sa préoccupation.

Le Dr Konyali s'éclaircit la gorge.

— J'avais oublié que vous connaissiez le docteur Rochon, Altesse.

Le petit courtisan n'était pas porté à ce genre d'oubli et, en s'empressant de désigner Philippe par son titre, il lui faisait remarquer qu'elle négligeait la bienséance.

Mais rien ne lui importait moins.

Son œil valide ne voyait que Philippe, transformé par sa blouse blanche. Elle lui donnait, en provoquant une impression de fragilité, un air de vieil adolescent.

— Comment allez-vous, Philippe ? Qu'est-ce qui vous amène à al-Remal ?

Un sourire plissa ses yeux.

— Comment je vais ? Lequel de nous deux est hospitalisé ? Je crois que c'est à moi de vous poser la question.

Elle tenta de lui rendre son sourire mais la douleur l'en empêcha.

— Je n'ai jamais été en meilleure forme.

— Vous ne m'aviez pas dit, docteur, que cette malade souffrait d'un excès d'humour, remarqua Philippe en jetant un coup d'œil sur la feuille des températures d'Amira par-dessus l'épaule de Konyali.

Puis il expliqua :

— Quant à ce qui m'amène ici... eh bien, Sa Majesté a eu besoin de moi. Ses troubles habituels se sont momentanément aggravés. Mais comme vous veniez d'avoir votre accident quand je suis arrivé, Sa Majesté m'a elle-même demandé d'assister le docteur Konyali.

Amira nota que Philippe avait appuyé sur le mot « accident » tout en lui adressant un regard explicite. « Il sait ! » se dit-elle.

— Nous n'allons pas vous importuner plus longtemps, Altesse, fit Konyali. Vous avez avant tout besoin de repos.

Soudain mal à l'aise, il ajouta :

— J'imagine que Rabia vous a expliqué que nous avions dû pratiquer certaines interventions.

— En effet.

— C'était absolument nécessaire, Altesse. Je suis désolé.

— Vous n'y êtes pour rien. C'est la volonté de Dieu.

Reconnaissant la profondeur de cette vérité, Konyali inclina la tête.

— Votre mari attend de vous rendre visite, Altesse. Il sait qu'il ne doit pas rester plus de quelques minutes.

Trahissait-elle sa frayeur ? Philippe cherchait son regard. A l'évidence, il savait...

— J'espère, docteur Konyali, que vous me laisserez voir votre patiente de temps en temps, dit-il.

— Mais ma patiente est également la vôtre, docteur !

Philippe fit un clin d'œil à Amira.

— Je reste dans les parages, Altesse. Rabia saura où me trouver.

Il disparut avant qu'elle ait pu lui dire au revoir. Konyali le suivit après avoir donné de brèves instructions à l'infirmière. Puis, brusquement, Ali fut devant elle, et Rabia se dirigea vers la porte.

— Non, restez, Rabia.

L'infirmière la regarda étrangement.

— Je serai dans le couloir, Altesse. (Elle se tourna vers Ali.) S'il vous plaît, Altesse, seulement quelques minutes. Le médecin vous le demande.

— C'est entendu.

La porte se referma derrière Rabia. Ali s'approcha du lit tandis qu'Amira retenait difficilement une envie de hurler. Mais, soudain, elle le vit tomber à genoux et baiser ses doigts. Jamais, au grand jamais, elle n'aurait imaginé une telle scène !

— Que Dieu soit remercié de t'avoir sauvée. C'était ma faute. Si tu n'avais pas survécu, je ne me le serais jamais pardonné. Il faut que je sois un bien mauvais mari pour que tu aies pu commettre une telle folie !

— De quoi parles-tu ?

— Mais de l'accident, bien sûr. Tu devrais voir la voiture. Qui avait perdu la tête ? Elle ou lui ?

— Il n'y avait pas de voiture !

— Comment ?

— Je n'étais pas dans une voiture.

Il lui tapota la main.

— Tu ne t'es pas assez reposée. Je reviendrai demain. Et je te promets que tout va changer.

A quoi correspondait son attitude ? Refoulait-il le souvenir de son acte parce qu'il ne pouvait supporter le poids de sa culpabilité ? Le courage lui manquait-il pour affronter la vérité ? Ou était-ce autre chose ?

Avant de sortir, il se retourna pour lui sourire, et à cet instant précis elle découvrit au fond de ses yeux l'éclat d'un regard animal dans la nuit. Ce fut bref, mais suffisant pour qu'elle fût certaine d'avoir croisé le regard d'une bête.

Mais son extrême fatigue noya sa terreur. Et puis, elle n'était même pas sûre que tout cela eût un sens. A peine Rabia fut-elle revenue qu'elle s'endormit.

Pendant deux jours, elle put à peine bouger. Le troisième matin, Rabia l'aida à s'asseoir au bord du lit et, dans l'après-midi, elle fit quelques pas avec l'impression d'être une très vieille femme ou un très jeune enfant. Ce même jour, le Dr Konyali lui enleva la plupart des bandages qui lui couvraient le visage et Rabia accepta finalement de lui apporter un miroir.

Ce fut le choc. Entièrement tuméfié, son visage avait viré au pourpre jaunâtre. Du sparadrap sur le nez, des points de suture échelonnés entre la racine des cheveux et l'arcade sourcillière, elle observa que son œil traumatisé était presque totalement ouvert mais injecté de sang.

Konyali se montra rassurant.

— Vous aurez une cicatrice, dit-il en parlant de sa blessure au front, mais elle sera discrète. Quant à votre nez il n'aura plus tout à fait la même forme, mais vous n'aurez pas de problème respiratoire.

Philippe était venu les rejoindre pendant que Konyali enlevait les bandages. Visiblement soulagé, il sourit.

— Si votre nouveau nez ne vous plaît pas, je vous donnerai l'adresse d'un chirurgien qui pourra vous faire le nez de votre choix.

— Pourrait-il me faire... (Amira chercha le nom d'une vedette française) le nez de Catherine Deneuve ?

— Pourquoi pas ? Puisque c'est précisément à lui que Deneuve doit son nez.

— Voulez-vous votre voile, Altesse ? demanda Rabia.

— Parce que je n'ai plus les bandages ? Non, c'est inutile. Ces messieurs connaissent mon visage mieux que moi. Ce qui me paraît d'ailleurs regrettable en ce moment...

— De toute façon, nous devons suivre les étapes de la guérison et enlever les points de suture, observa Konyali. En ces circonstances, personne ne peut vous reprocher une quelconque impudeur, Altesse.

— Merci, docteur. Comment va Sa Majesté, Phi... docteur Rochon ?

— Beaucoup mieux et je m'en réjouis.

— Dieu soit loué, répondirent en chœur Konyali, Rabia et Amira elle-même.

— Par conséquent, dès que vous êtes sur pied, je rentrerai à Paris.

Si le ton de Philippe était celui du constat, son regard informait Amira qu'il avait beaucoup plus à lui dire.

— Eh bien, fit-elle, j'espère que nous aurons l'occasion de

parler un moment avant votre départ. Ainsi qu'au docteur Konyali, je vous dois d'être encore en vie.

— Je suis sûr que cette occasion nous sera donnée, répondit Philippe.

Mais ce ne fut pas évident. Les jours suivants, en dépit d'un rétablissement progressif et satisfaisant, Amira eut constamment une infirmière auprès d'elle. Ali y tenait et lui-même vint souvent la voir en lui manifestant une sollicitude qui permettait de s'interroger. Avait-il subitement changé comme l'on peut un beau matin se retrouver avec des cheveux tout blancs à la suite d'un choc terrifiant ? Mais non, ce n'était qu'une illusion ! Elle voyait encore au fond de ses yeux ce regard qui l'observait et semblait se moquer d'elle. Non : jamais elle ne cesserait de le redouter.

Puis, un matin, le Dr Konyali lui annonça qu'elle pourrait rentrer chez elle le lendemain, et, dans l'après-midi, quand Ali fut parti, Philippe vint lui dire au revoir.

Bizarrement, il commença par entreprendre une conversation avec Rabia, comme si l'infirmière l'intéressait plus que sa patiente.

— Le Dr Konyali m'a dit que vous aviez beaucoup voyagé.

— Moi ? Oh, bien sûr, je connais le Pakistan, mon pays ! Puis je suis allée à Delhi, en Angleterre — à Birmingham et à Londres — et maintenant je travaille ici.

— Combien de langues parlez-vous ?

— A part ma langue maternelle, je ne connais qu'un peu d'anglais et l'arabe, tel que vous m'entendez le parler.

— Pas le français ?

— Non, monsieur, pas du tout. Je le regrette.

Amira comprit où Philippe voulait en venir.

— Moi, je connais quelques mots, dit-elle, mais il y a des siècles que je ne m'en suis pas servi. Si vous m'examinez, docteur, posez-moi vos questions en français.

— Très bien.

— Ça ne vous dérange pas, Rabia ?

— Moi ? Oh, mais pas du tout, Altesse.

— Bon.

Philippe sortit son stéthoscope et l'appliqua sur son dos.

— Nous avons peu de temps, dit-il en français. Vous allez

répondre à mes questions. Inspirez profondément. Expirez. C'est lui qui vous a blessée, n'est-ce pas ?

— Oui.

— Recommencez. Vous avait-il déjà frappée ?

— Pas comme ça.

— Recommencez encore. Vous êtes en danger.

— Je l'ai vu tuer un homme.

— Encore une fois. Il faut que vous partiez. Je vous aiderai de mon mieux.

— Vous ne pouvez rien faire.

— Allongez-vous. Très bien. Détendez-vous. Je dois vous palper.

Son toucher était ferme, doux, précis. Ses mains étaient celles d'un homme sécurisant et protecteur.

— Ça vous fait mal ?

— Non. Si je pars, j'emmène mon fils.

— Et dans ce cas, qu'arrivera-t-il ?

— Il cherchera à me retrouver. Pour me tuer.

— Et ici, c'est douloureux ? Même en France ?

— Un peu. Comme un hématome. Oui, même en France.

Lui demandait-il de quitter Ali pour lui ? Oh, Dieu, si seulement c'était possible !

— Toussez, s'il vous plaît. Bien. Et si vous disparaissiez ? Si vous vous volatilisiez, purement et simplement ?

— Je ne comprends pas.

— Si vous partiez très loin pour devenir quelqu'un d'autre ? J'ai de l'argent.

— Il nous traquera. Vous ne savez pas comment il est.

Philippe se pencha sur la cicatrice qui lui barrait le front.

— Ça se referme bien. Vous n'aurez qu'une légère marque.

— Je ne pense pas que je tenterai quoi que ce soit dans l'immédiat. Pas après ce qui s'est passé.

— Bien sûr. Mais vous devez partir. Je vais essayer de trouver une solution. Cherchez également de votre côté.

— Je vous en prie. Ne faites rien. Vous ne pouvez pas m'aider.

— Je suis votre médecin, Altesse, lui rappela Philippe en souriant. Votre santé me concerne.

— Vous sous-estimez le danger.

— Oh, mais justement non !

Philippe s'écarta du lit et abandonna le français pour s'adresser à Rabia.

— L'état de notre patiente est satisfaisant et son français également.

— Dieu est clément et compatissant.

— Certes. Eh bien, Altesse, je vous laisse, en toute confiance, entre les mains du Dr Konyali. Suivez bien ses recommandations. Et moi, je vous reverrai dès que je serai de retour ici.

— C'est-à-dire ?

— Pour la célébration du jubilé. Sa Majesté m'a fait la grâce de m'inviter. Je ne vous l'avais pas dit ?

Le cinquantième anniversaire de l'intronisation du roi serait fêté dans deux mois et donnerait lieu à des réjouissances nationales pendant six jours.

— Je serai heureuse de recevoir votre visite, docteur.

Ils se regardèrent dans les yeux.

— Prenez soin de vous, Altesse. Au revoir.

— Au revoir.

Philippe sortit en adressant à Rabia un compliment sur sa compétence professionnelle qui la fit rougir de plaisir.

Parlant de Philippe, Ali spécifia :

— Il sera notre invité. Je lui dois bien ça. Il t'a sauvé la vie et ne m'a même pas donné l'occasion avant de partir de le récompenser comme il convient.

Sans trop savoir pourquoi, Amira remarqua :

— Il préférerait peut-être le confort d'un hôtel occidental.

— Tous les hôtels sont complets. Je pourrais intervenir, mais à quoi bon ?

Ali avait d'autant plus raison *a priori* que l'on avait déjà dû prévoir l'hébergement de centaines d'invités dans des résidences privées, al-Remal ne disposant que de quelques hôtels de première classe. Pourquoi se sentait-elle mal à l'aise à l'idée de recevoir Philippe chez elle ? A l'hôpital, elle aurait donné dix ans de sa vie pour que Philippe restât près d'elle une semaine de plus. Alors, que se passait-il ? Avait-elle perçu dans le ton d'Ali comme une menace insidieuse ?

— De toute façon, ajouta-t-il, je l'ai appelé il y a une heure et il a accepté l'invitation. Il n'y a pas à revenir là-dessus.

Amira feignit l'indifférence et réprima un sursaut lorsque son mari s'avança vers elle. Il toucha son front, sembla chercher à savoir si elle avait de la fièvre. Le contact de sa main lui donna la chair de poule.

— Es-tu certaine d'être suffisamment remise pour t'occuper de la maison ? Je ferai ce que je pourrai pour aider, mais malheureusement je suis très occupé en ce moment.

— Ça ira.

Comme la plupart des plus jeunes membres de la famille royale, ils abandonnaient provisoirement le palais pour laisser s'y installer les invités de très haut rang. La chambre d'Amira, par exemple, serait occupée par la femme du président des États-Unis.

— J'ai demandé que l'on commence à faire fonctionner la maison dès cet après-midi, précisa Ali. (Il jeta un coup d'œil à sa montre.) J'effectuerai des aller et retour toute la journée. Préviens-moi si tu as besoin de quoi que ce soit. Au palais on saura où me joindre.

— D'accord.

Ali avait revêtu à nouveau les apparences du plus prévenant des maris. Mais elle refusait d'être dupe. Même si un millier d'anges lui avaient certifié qu'il avait changé, elle ne les aurait pas crus.

Les premières semaines à l'hôpital lui avaient accordé un répit. On attendait simplement d'elle qu'elle se reposât et se remît, tandis que cousines, amies, servantes, belle-mère, belles-sœurs et autres parentes presque inconnues s'agglutinaient autour d'elle comme pour l'entourer d'une coquille protectrice.

Chacune commentait le terrible « accident » puis n'en faisait plus mention, l'oubliait plutôt que de poser des questions. Mais dès qu'elle commença à aller mieux, la coquille se désagrégea et elle n'en fut pas fâchée. Elle sentait trop bien l'odeur de pitié qui flottait dans l'air comme celle d'une bougie que l'on vient d'éteindre...

N'était-elle pas désormais une femme stérile, donc sans avenir, sans but ? Une femme finie, à vingt-deux ans ?

Ali ne lui avait pas imposé de rapport sexuel depuis son retour et elle se demandait comment elle s'y prendrait pour se refuser à lui. Mais peut-être la laisserait-il définitivement tranquille. Il l'avait sans doute sentie prise de dégoût quand il la touchait. A moins que sa stérilité ne fût pour lui-même un objet de répulsion.

Quelques jours plus tôt, elle avait entendu Faiza dire qu'Ali prendrait, bien sûr, une autre femme. Comment pouvait-il en être autrement ?

Mais cela n'avait pas d'importance. Elle n'attendait plus que sa délivrance — quel qu'en fût le moyen.

Elle fit appeler un chauffeur pour la conduire à sa demeure provisoire : une grande et belle maison, située près d'une petite oasis très ancienne, au sud de la ville.

Le visage grêlé, l'air redoutable, le chauffeur se précipita pour lui ouvrir la portière.

— Que la paix de Dieu soit avec vous, Altesse.

— Et avec toi, Jabr.

— Voulez-vous que je mette le chauffage ?

C'était l'hiver à al-Remal et il ne faisait pas plus de quinze degrés.

— Non, ça va.

Tandis que la luxueuse voiture s'éloignait du palais pour s'engager dans les rues de la ville où régnait une animation particulière, Jabr demanda soudain avec une excitation d'adolescent :

— Avez-vous vu les tentes, Altesse ?

— Quelles tentes ?

— Celles qui sont dressées près de l'aéroport, Altesse. Le peuple du désert est venu pour la fête.

L'enthousiasme du chauffeur fut communicatif.

— Allons par là. J'ai envie de les voir.

Amira découvrit un campement de Bédouins comme elle n'en avait jamais vu. On comptait des centaines de tentes noires, jusqu'au pied des collines. L'air s'alourdissait de la fumée des feux sur lesquels on préparait le repas. Chevaux et chameaux, en nombre incalculable, formaient de petits groupes disséminés parmi les tentes. Des hommes se tournèrent vers la voiture, y jetèrent un coup d'œil puis reprirent leur conversation.

— Mon peuple, dit Jabr avec fierté. Je m'en suis séparé quand j'avais douze ans pour entrer au service de Sa Majesté, selon la volonté de Dieu.

— Comme ils sont nombreux !

208

Profondément émue, elle se trouva à court de mots. Avec ces hommes au visage tanné par le soleil et ces femmes vêtues de noir qui avaient parcouru des centaines de kilomètres dans le désert, le jubilé prenait une autre dimension. Il cessait de n'être qu'une série de festivités réservées au palais et à la ville pour devenir la fête de tout un peuple.

— Que Dieu fasse qu'ils soient de plus en plus nombreux, fit Jabr. Tant qu'il y aura des Bédouins, al-Remal continuera d'exister.

Amira savait qu'il avait raison. Le peuple du désert était devenu minoritaire, mais il restait l'âme du pays.

— C'est magnifique, Jabr. J'aurai certainement envie de revenir les voir.

Jabr jeta un dernier regard sur l'immense campement puis fit demi-tour pour aller au sud de la ville.

— Altesse, le prince Ali aimerait que vous veniez saluer son invité.

Ce n'était pas trop tôt ! Ali monopolisait Philippe depuis une heure. Elle suivit le serviteur dans le quartier des hommes.

Elle le trouva plus pâle que la dernière fois. Mais n'était-ce pas l'effet de l'hiver européen sur une peau européenne ?

— Bienvenue, docteur, dans cette modeste maison. Êtes-vous venu voir si votre patiente avait survécu ?

— Bonjour, Altesse. Si Dieu permettait à tous mes patients de survivre aussi bien que vous, je serais un autre Avicenne.

— Tu parles comme un vrai Remali, observa Ali.

Amira n'avait pas manqué d'apprécier également cette référence au grand médecin arabe de l'Antiquité. La plupart des Occidentaux auraient spontanément évoqué Hippocrate.

— Je ne me trompe pas lorsque je pense que tout va bien, n'est-ce pas, Altesse ?

— Non, docteur.

Ali intervint en souriant :

— Abandonnez donc ce formalisme. Entre amis, il n'a pas cours. D'ailleurs, je vous ai déjà autorisés à vous appeler par vos prénoms.

Puis il enchaîna :

— Philippe était en train de me parler des festivités de Persépolis. Il pense que les nôtres seront plus réussies.

— Vous étiez à Persépolis, Philippe ?

Amira s'étonnait qu'il n'ait jamais évoqué avec elle sa présence au deux mille cinq centième anniversaire de l'Empire perse dont le monde entier avait parlé en 1971.

— Pas en tant qu'invité personnel du Shah. Je faisais simplement partie de l'entourage des Pompidou.

— Laisse-moi te poser une question, mon ami Philippe. Sais-tu ce que le Shah a dépensé pour organiser ce petit cirque ?

— J'ai entendu parler de quelque trois cents millions de dollars, il me semble.

— C'est à peu près ça. Mais as-tu entendu réciter une seule sourate pendant ces jours de fête ?

— N'étant pas de religion musulmane, Altesse...

— Ali.

— ... Ali, je n'ai pas fait particulièrement attention à ce genre de choses. Mais, effectivement, je n'ai pas remarqué la moindre référence au Coran.

— Mon père non plus. Et, depuis qu'il est revenu de ces fêtes extravagantes, il ne cesse d'affirmer que cette absence de foi conduira le Shah à sa perte.

Philippe eut un signe d'acquiescement.

— C'est très possible. En ce qui me concerne, j'ai eu du mal à apprécier les festivités de Persépolis pour d'autres raisons. Je venais de passer plusieurs semaines dans le Sahel. Les Nations unies avaient envoyé un groupe de médecins établir un bilan de la situation sanitaire. La sécheresse était terrible cette année-là. Les gens — en particulier les enfants — tombaient comme des mouches. Alors, après ça, les repas préparés par les cuisiniers de chez Maxim's me sont restés sur l'estomac.

— Bien sûr, bien sûr, fit Ali sans grande conviction.

A l'évidence, il faisait difficilement le lien entre les problèmes de l'Afrique subsaharienne et la somptueuse réception organisée par le souverain assis sur le trône du Paon.

D'un geste qui lui devenait habituel, Ali consulta sa montre.

— Mille excuses, mon ami, mais le devoir m'attend. Il me faut retourner au palais. Mon frère Ahmad devrait être ici pour me

210

remplacer auprès de toi. Je pense qu'il ne va plus tarder à arriver. De toute façon, tu es ici chez toi.

Amira eut un regard perplexe, la bienséance ne lui permettant pas de rester seule en présence d'un homme.

Ali remarqua son embarras.

— Il n'y a pas de problème. Comme je l'ai dit, Ahmad va arriver d'une minute à l'autre. Il faudra faire conduire notre invité à sa chambre. Il a besoin de se rafraîchir et de se reposer un peu. Je l'ai assailli de paroles, le pauvre.

Sur ces mots, Ali se retira en souriant. Amira et Philippe se regardèrent. Elle eut une folle envie de se jeter dans ses bras mais redouta d'être surprise.

— Je suis heureuse de vous revoir, dit-elle simplement.

Il posa sur elle un regard intense.

— Désirez-vous toujours partir, Amira ?

— Oui.

— En êtes-vous certaine ?

Elle hocha la tête.

— J'ai peut-être trouvé le moyen de vous faire sortir d'ici. Mais ce n'est pas le moment d'en parler.

— Non. Effectivement.

Quelques instants plus tard, Ahmad entra. Il ne laissa rien deviner de ses pensées en constatant qu'Amira était seule avec Philippe. Derrière lui apparurent deux cousins d'Ali. Au milieu de ces hommes, Amira sentit aussitôt que sa présence était déplacée. Elle s'excusa et disparut sans plus attendre.

Dans le quartier des femmes, elle donna des consignes machinales aux servantes. Son esprit était ailleurs. Elle pensait à ce que Philippe lui avait annoncé en se demandant quel pouvait être son plan.

Mais était-elle vraiment prête à fuir ? En avait-elle la force ?

Oui, se dit-elle. Oui, sa décision était prise.

LA MATAWA

Décider de s'enfuir et trouver l'occasion de le faire étaient deux choses bien différentes. Pendant trois jours, Amira ne parvint même pas à être seule avec Philippe, ne fût-ce qu'un instant. Les jardins du palais étaient ouverts au peuple qui venait s'y restaurer jusqu'aux petites heures du matin. Aux courses de chevaux et de chameaux succédaient la nuit de somptueux feux d'artifice tandis que, dans une ambiance des plus conviviales, rencontres et conversations animaient sans trêve toute la ville.

Au milieu de la semaine, une grande *majlis*[1] permit à chaque citoyen qui le désirait de présenter ses doléances au souverain. En l'occurrence, on n'entendit formuler que des félicitations, des paroles de gratitude et de fidélité.

Entre les événements officiels, d'innombrables réceptions privées — tels des gemmes plus modestes entre de gros diamants — permettaient aux parents et amis de se rendre visite et d'échanger des cadeaux jusqu'à l'aube. L'atmosphère était celle de la semaine qui suit le ramadan, en plus frénétique. On en arrivait à ne plus savoir distinguer une réception d'une autre.

A l'exception de quelques ambassades et des familles les plus libérales, tout le monde pratiquait la ségrégation entre hommes et femmes. Même les allées et venues des invités et l'agitation des serviteurs ne parvenaient pas à offrir à Amira et Philippe l'occasion de se parler sans attirer l'attention sur eux.

Ce fut finalement Ali qui leur permit de se retrouver en tête à tête.

Au matin du quatrième jour de festivités, il annonça à Amira :

— Notre ami ne se sent pas très bien. Il évoque une fatigue

---

1. Assemblée.

passagère, mais je crois plutôt qu'il n'est pas en très bonne santé. Il tient à se reposer aujourd'hui en restant ici.

— J'en informerai les serviteurs.

— Bien. Mais on ne peut pas laisser un invité seul. J'aimerais que tu lui tiennes compagnie, si tu arrives à renoncer à un déjeuner officiel et à un discours supplémentaires...

— A vrai dire, je me sens un peu à bout de souffle moi aussi. (Elle ne s'était pas totalement remise de son opération.) Mais ne risque-t-on pas de provoquer quelques commentaires ?

— Il n'y a pas de problème si c'est moi qui t'autorise à rester avec Philippe. De plus, nous sommes dans une situation exceptionnelle et, de toute façon, dans cette maison pleine de serviteurs, vous ne serez pas seuls.

— Bien, fit-elle en dissimulant soigneusement sa satisfaction.

— Il faut que je parte maintenant. Mais tout ira bien, ne t'inquiète pas.

Ce jour-là, après la prière de midi, Amira partagea avec Philippe un léger repas, composé de cailles, de boulettes de riz frit, d'olives, de dattes et de fruits frais, qu'elle fit accompagner d'un vin blanc choisi dans la réserve qu'Ali constituait à l'intention de ses invités étrangers, de quelques amis libéraux et pour son propre plaisir. Mais elle refusa d'en boire.

— C'est amusant, observa Philippe. Ici, boire du vin est un péché sans nom ou, au mieux, une stupidité, alors que dans mon pays c'est un aliment. Pour la plupart des Français, il est inconcevable de faire un repas sans vin.

Ils étaient seuls dans la salle à manger. Un peu plus tôt, Zeinab était passée prendre Karim pour l'emmener avec ses enfants à une réception quelconque.

— Bien des choses séparent nos pays, nota Amira.

— Seulement trois, il me semble : la langue, la religion et la Méditerranée.

Pendant quelques instants, Philippe sembla perdu dans ses pensées.

— Quand j'étais jeune, je pensais que rien au monde n'était plus nocif que la religion. Je continue à voir le mal qu'elle peut faire, mais maintenant je sais aussi qu'elle a du bon.

— Certainement. Laissez-moi vous servir un autre verre.

Philippe venait d'aborder un sujet qui la mettait particulièrement mal à l'aise alors que régnait autour d'eux un silence suspect. En vivant au palais, elle avait développé un sixième sens qui lui permettait de deviner derrière les portes des oreilles indiscrètes. La majorité des serviteurs était d'une mentalité très traditionaliste. Ce tête-à-tête entre Amira et un étranger, buveur d'alcool, allait les faire papoter pendant des jours. Surtout si Philippe s'engageait dans des commentaires de libre-penseur sur la religion.

Mais il changea de sujet.

— Bien, Amira, dit-il d'un ton décidé. Il faut que nous parlions.

Aussitôt, elle lui fit signe de se méfier. Ce terrain-là ne pouvait être exploré plus librement que le précédent.

Philippe marqua un instant d'hésitation puis hocha la tête.

— J'ai besoin de savoir, enchaîna-t-il calmement, si vous avez des projets de voyage avec Ali. J'aimerais, à mon tour, vous accueillir chez moi. Irez-vous bientôt en France ?

— En France ? Dans l'immédiat, je ne le pense pas. Nous allons faire le tour des émirats dans une quinzaine de jours. Au printemps, nous devons nous rendre en Iran. A Téhéran puis à Tabriz. Il est aussi question d'aller à New York. Je n'ai encore jamais mis les pieds aux États-Unis.

— Tabriz, releva Philippe. Pourquoi ? Qu'avez-vous à y faire ?

— Nous allons voir sa célèbre mosquée. Elle a grand besoin d'être restaurée, paraît-il, et le Shah aimerait obtenir des fonds et l'appui moral d'al-Remal pour entreprendre les travaux nécessaires.

Philippe sourit.

— Le Shah voit sans doute là une occasion d'apaiser les fondamentalistes qui le montrent du doigt, observa-t-il.

Puis il sembla prendre son élan avant de demander :

— Peut-on parler français ?

Amira fit un signe négatif. Les oreilles indiscrètes du palais trouveraient cela trop suspect. Sans compter que certains serviteurs pouvaient avoir appris quelques mots de français.

Philippe sortit alors un petit calepin et un stylo de la poche de sa veste de tweed et se mit à écrire quelques mots tout en continuant à parler.

— Votre santé me préoccupe encore un peu. Êtes-vous certaine

214

d'être suffisamment remise de votre accident pour entreprendre ce voyage ?

— Oh, mais je vais beaucoup mieux. Grâce à vous et au Dr Konyali.

— Dans ce cas, je ne voudrais pas vous décourager.

Philippe montra à Amira ce qu'il avait écrit. Elle lut : « Assisterez-vous à la Nuit égyptienne, demain soir ? »

Elle hocha la tête.

Philippe recommença à écrire tout en ajoutant :

— Restez néanmoins prudente. Évitez tout surmenage qui pourrait être dangereux pour vous.

Sur le calepin, il lui disait : « Je serai dans le jardin quand vous reviendrez. Je vous y attendrai. »

— Je ferai attention, docteur. Je vous le promets.

Toutes les jeunes femmes fortunées d'al-Remal avaient attendu la Nuit égyptienne avec impatience. Dix ans plus tôt, une telle soirée n'aurait jamais eu lieu. Organisée dans la salle de bal du Hilton, exclusivement féminine, elle offrait l'occasion aux plus téméraires de porter des robes audacieuses et, à chacune, de se plaindre des hommes, des lois, de la société remali en général, dans une atmosphère d'ouverture et de camaraderie, portée par une véritable cacophonie de plaisanteries, de compliments et de rires.

Mais la soirée devait également son caractère exceptionnel à la présence de la célèbre danseuse égyptienne Sonia Mourad. C'était aussi à cause d'elle que cette fête ne se déroulait pas au palais. Pour les femmes d'un certain âge, une danseuse professionnelle ne valait guère mieux qu'une prostituée.

Quand Sonia eut démontré à la perfection la beauté de son art, reflet de la vie, reflet de l'âme, de la joie, de la douleur, de l'humour ou même de la peur, et non seulement de la sensualité des corps, elle convia des femmes de l'assistance à la rejoindre sur la scène. Et soudain ce fut vers Amira qu'elle pointa le doigt.

Pressée par toute la salle de répondre à son invitation, Amira s'exécuta, d'abord avec la sensation d'une grande maladresse puis avec le sentiment de liberté qu'elle n'avait pas ressenti depuis le jour où elle avait dansé au son de la radio de son père. Malheureusement une douleur lui traversa le ventre, la plia en deux et, comme s'il lui fallait ne jamais oublier la gravité de sa situation, une jeune princesse qu'elle connaissait à peine lui murmura :

— Ne te force pas, Amira. Nous savons...

La salle était devenue un four en dépit de la climatisation. Les femmes étaient en eau. Les fards ruisselaient sur les visages. « Nous savons », avait dit la petite princesse. Que savait-on exactement ? Mais la perplexité d'Amira se perdit dans l'atmosphère survoltée qui évoquait les frénésies païennes de l'Égypte et de la Grèce antiques. Quelqu'un fit coulisser une porte-fenêtre sur l'air frais de la nuit. Puis il y eut des remous soudains de l'autre côté de la salle. Des femmes outragées crièrent, des voix d'hommes en colère leur répondirent. Sonia Mourad continua à danser pendant quelques instants puis s'immobilisa.

— C'est la *matawa* ! s'exclama une femme, près d'Amira.

Que faisait la police religieuse dans cette soirée ?

Quelqu'un expliqua :

— La musique ! Ils sont en colère parce qu'on l'entend de l'extérieur.

— Femmes, couvrez-vous ! cria un homme.

Un vent de panique souffla sur l'assemblée. Les femmes se précipitèrent vers toutes les sorties qui leur étaient offertes. Amira se laissa porter par le mouvement de foule qui la poussait vers la porte-fenêtre.

Sous le ciel étoilé de l'hiver remali, des centaines de femmes, vêtues de robes du soir signées des plus grands couturiers du monde, s'évanouirent dans la nuit. Certaines étaient en pleurs, d'autres riaient follement. Une jeune femme brava la loi en maudissant la *matawa* avec un langage de chamelier. Des étrangers qui s'apprêtaient à entrer au Hilton observèrent bouche bée la débandade de ces femmes couvertes de bijoux qui cherchaient refuge dans l'ombre.

Tenaillée par sa douleur au ventre, Amira dut s'asseoir sur un muret. Quand une large main l'agrippa presque aussitôt par le bras, elle se crut en état d'arrestation.

— Venez, Altesse. La voiture est juste à côté.

C'était Jabr, le chauffeur.

Il la porta à demi pour lui faire traverser la rue, éloigna d'un regard féroce un homme de la *matawa* et expliqua :

216

— Des rumeurs circulaient parmi les chauffeurs. Alors je suis venu plus tôt en pensant que vous risquiez d'être en difficulté.

— Merci, Jabr.

Le silence régnait dans la maison. L'unique servante qui avait attendu son retour l'informa qu'Ali n'était pas encore rentré.

— Et le Dr Rochon ?

— Je l'ignore, Altesse. Je ne l'ai pas vu.

Mais Amira n'avait pas interrogé la jeune servante sans se souvenir aussitôt de la promesse que Philippe lui avait faite de l'attendre dans le jardin.

— Va me préparer un bain — bien chaud — et ma chemise de nuit. Puis fais du thé.

— Oui, Altesse.

Dès que la jeune fille se fut éclipsée, Amira ressortit pour se glisser dans les ombres du jardin. Apparemment il ne s'y trouvait personne et, sous la lune froide dont le relief semblait taillé dans le cristal, elle frissonna en se demandant pendant combien de temps elle oserait attendre.

— Cendrillon est revenue du bal, fit soudain une voix dans la nuit.

— Philippe ! Vous avez failli me faire mourir de peur.

— Chut ! Restez où vous êtes, comme si je n'étais pas là. Nous allons parler tout doucement.

— Très bien.

— Amira, je pense que votre vie est en danger. J'ai un plan qui peut vous permettre de fuir Ali. Mais ce sera périlleux et je me demande s'il n'y aurait pas une solution plus simple. Laissez-moi vous poser une question : qu'arriverait-il si je parlais au roi, si je lui expliquais la situation ? N'accepterait-il pas de vous accorder le divorce ?

— Peut-être. Mais il exigerait que Karim reste avec son père. Et ça je m'y refuse.

— Êtes-vous certaine qu'Ali vous poursuivrait si vous décidiez de partir en France, par exemple, avec votre fils ?

— Oui. Je pense même qu'il chercherait à me tuer.

— Dans ce cas, je ne vois que deux solutions possibles. Ou votre mari est éliminé — mais ni vous ni moi ne saurions accomplir un tel acte — ou c'est vous et Karim qu'il faut supprimer.

— Pardon ?

217

— Rassurez-vous. Il suffirait que l'on croie à votre disparition et, à partir de ce moment-là, vous pourriez commencer une nouvelle vie. Ailleurs. En Amérique, par exemple. En auriez-vous la force ?

— Je... je ne sais pas. C'est une question si surprenante.

— Vous n'avez pas besoin d'y répondre immédiatement. Néanmoins, il ne faudra pas tarder.

— Malik serait-il mis au courant ?

— Non. En tout cas, pas dans un premier temps. Votre frère est un homme impétueux. Ses actes vous trahiraient.

— Il faudrait donc qu'il croie à ma mort ?

— Oh, ce serait cruel, je m'en rends compte, mais nécessaire... Enfin, pour l'instant, nous n'en sommes pas là. Vous devez d'abord me dire si vous acceptez mon plan.

— Et vous, Philippe, je vous reverrais ?

Il y eut un silence.

— Qui sait ? Mais songez d'abord à fuir le danger.

Le froid nocturne s'accentuait. Dans sa robe de la Nuit égyptienne, Amira frissonna.

— Il faut que je réfléchisse.

— Je comprends. Mais vous devez faire vite. Il y a plus d'un détail à mettre au point. Avez-vous de l'argent disponible ?

— Seulement à la banque, et je ne peux pas le retirer sans l'autorisation d'Ali.

— Vos bijoux ?

— Je peux les emmener avec moi sans problème.

— C'est au moins ça. Si nous nous mettons d'accord, il faudra que vous les preniez avec vous quand vous irez en Iran. Avec des vêtements occidentaux pour vous et Karim.

— Expliquez-moi votre projet.

— Il n'est pas encore parfaitement au point. Je ne suis sûr que d'une chose pour le moment. Il ne peut se réaliser que dans un endroit un peu perdu. Comme Tabriz...

— Je sens que ce ne sera pas sans danger.

— Effectivement. Mais pas pour Karim. Seulement pour vous et moi.

— Pour vous ? Pourquoi ?

— Je serai sur place, bien sûr. Mais ne nous attardons pas ici. Rentrez maintenant. Je vois que vous avez froid. Réfléchissez et, si vous acceptez, faites-le-moi savoir en parlant de Tabriz. Il vous suffira de prononcer ce nom, sous un prétexte ou un autre. Si vous ne vous êtes pas décidée avant mon départ, le signal convenu reste valable. Par le canal d'une carte postale, par exemple.

— Oh, Dieu ! J'ai tant de peine à croire qu'il a fallu que j'en arrive là !

— Il est certain que vous méritez beaucoup mieux. Rentrez maintenant. Nous aurons peut-être l'occasion de nous reparler d'ici à mon retour en France. Mais, de toute façon, c'est à vous de prendre une décision.

— En attendant, je vous remercie, Philippe. Je ne vous remercierai jamais assez.

— Vous n'avez pas à le faire. J'agis par amitié pour vous et vous le savez. Bonne nuit, Amira.

Elle se retourna pour se diriger vers la maison en levant un instant les yeux vers la lune de cristal. Ce fut alors qu'elle surprit un mouvement à l'une des fenêtres du premier étage. Un rideau venait-il de se refermer ? Ou n'était-ce qu'un reflet sur la vitre ? Ou simplement un tour que lui jouait son imagination ?

— Bonne nuit, murmura-t-elle à l'adresse de Philippe perdu dans les ombres du jardin. Bonne nuit... mon amour.

DES VISITEURS MATINAUX

Les Bédouins regagnaient le désert, les étrangers se rendaient à l'aéroport : c'était la fin du jubilé. Mais Ali pria Philippe de rester un ou deux jours de plus et expliqua à sa femme qu'ils ne rejoindraient le palais qu'après le départ de leur invité.

Philippe rappela à son hôte qu'il avait des patients à soigner en France, mais un appel du palais coupa court à ses réticences. Le roi faisait une attaque de goutte, due aux joyeuses bombances des derniers jours, et requérait les services du Dr Rochon.

Ali eut son sourire le plus radieux.

— Tu vois, lui dit-il, la sagesse de Dieu permet même aux problèmes de santé de mon père d'avoir du bon.

Amira n'aurait pas songé à le contredire. Elle remercia Dieu en se disant qu'elle aurait ainsi plus sûrement l'occasion de reparler avec Philippe. Elle avait besoin de ses idées, de ses conseils. Elle avait besoin qu'il prît une décision pour elle...

Mais, toute la journée, Philippe resta au palais. Il ne revint qu'à la nuit et, l'air exténué, se retira dans sa chambre pour se reposer. Ali sortit pour honorer un rendez-vous et, plus tard, téléphona en disant que Philippe et Amira devraient dîner sans lui.

Amira devina une nouvelle fois la réprobation de son personnel lorsqu'ils s'assirent à la même table. Privé d'appétit, Philippe se contenta de boire un verre de vin. Ils n'échangèrent que de menus propos tandis que le mot de passe restait en suspens.

Afin d'alléger l'atmosphère, elle fit venir Karim qui s'assit un moment sur ses genoux avant d'aller sauter joyeusement sur ceux de l'oncle Philippe.

Surprenant cette scène charmante, Ali s'écria :

— Oh, quel joli tableau familial ! J'ai l'impression d'être entré par mégarde dans le foyer d'un riche Européen et de sa jeune et ravissante épouse.

— Où est le riche Européen ? plaisanta Philippe.

Amira trouva à son mari une exubérance suspecte. Il donnait l'impression d'avoir bu.

— J'ai quelque chose pour toi, mon ami, annonça-t-il en riant.

Il ne sortit que pour revenir aussitôt avec un paquet-cadeau dans lequel Philippe découvrit une *thobe*, une *guthra* et un *agal*[1] avec une armature en or.

— Il y a eu Lawrence d'Arabie. Maintenant, nous avons Philippe d'al-Remal, déclara Ali.

Philippe n'était pas venu les mains vides. Il présenta à son hôte un blouson d'aviateur en cuir tel qu'en portaient les pilotes américains pendant la Seconde Guerre mondiale.

Pour la maison — la bienséance lui interdisant d'offrir directement quelque chose à Amira —, il avait apporté une paire de colombes miniatures, un ravissant bibelot sculpté dans l'ivoire.

Ce cérémonial fut bref, selon les critères remalis, mais, étant donné l'hypocrisie de la situation, Amira ne put que s'en réjouir. Philippe était visiblement vanné, Ali annonça qu'il avait un rendez-vous très matinal le lendemain, tout en ajoutant :

— Mais je serai de retour avant ton départ, mon ami.

Philippe se confondit en remerciements et en excuses et alla se coucher. Après quelques minutes passées avec son fils, Ali se retira à son tour tandis que l'on reconduisait à la nurserie l'enfant dont les yeux se fermaient.

Jusqu'au cœur de la nuit, Amira resta éveillée, le regard perdu dans l'obscurité de sa chambre. Elle se sentait comme un voyageur qui traverse le désert sous un ciel sans étoiles. Il fallait avancer, mais dans quelle direction ? Ce ne fut qu'à l'approche de l'aube qu'elle put s'endormir en se répétant pour la énième fois que son destin était entre les mains de Dieu.

Elle s'éveilla avec le sentiment que quelque chose clochait. Le calme qui l'entourait lui parut pesant bien qu'il pût s'expliquer si Ali était déjà parti et si Philippe dormait encore. Intriguée, elle

---

1. Serre-tête qui maintient la *guthra*.

s'empressa de s'habiller et de descendre au rez-de-chaussée. Où étaient les servantes ? Elle les appela mais seul le silence lui répondit.

Se dirigeant vers leur quartier afin d'obtenir une explication, elle aperçut la petite chambrière, Hanan, qui s'était habillée pour sortir et traversait le jardin en direction de la porte de service.

— Hanan ! Viens par ici. Où sont les autres ?

— Je ne sais pas, Altesse. Le maître en a envoyé plusieurs au palais pour préparer votre retour et aux autres il a donné congé pour la journée. C'est une récompense parce qu'on a beaucoup travaillé pendant les fêtes. Moi j'en profite pour aller voir ma mère.

— Quand a-t-il donné ces ordres ?

— Ce matin. Si vous voulez, je peux rester.

— Non. Profite de ta journée.

— Merci, Altesse.

Amira alla dans la cuisine préparer un petit déjeuner qu'elle avait envie de partager avec Philippe. Mais l'initiative d'Ali la tourmentait. Ça n'avait pas de sens. A moins que...

Brusquement, elle se figea. Bien sûr que ça avait un sens ! Ali avait tout simplement fait en sorte qu'elle se retrouvât seule avec Philippe, créant ainsi une situation qui lui permettrait de l'accuser d'une conduite adultère. Ni plus ni moins.

Il lui fallait réagir au plus vite. Mais que faire ? « Réfléchis, Amira. Dépêche-toi de réfléchir ! » Après quelques instants de panique, elle eut le réflexe de penser à Bahia, la fidèle servante de son adolescence. Attrapant le téléphone, elle composa le numéro de la maison de son père en priant pour ne pas tomber précisément sur Omar.

Ce fut Habib, le plus ancien serviteur, qui répondit. Elle le pressa d'appeler Bahia.

— Bahia, ne pose pas de questions. Prends ta fille et la première servante que tu trouveras et viens ici, immédiatement. Si on te demande quelque chose, dis que Karim et moi sommes malades et que tout mon personnel est en congé.

— J'arrive.

Bahia accourut en effet, mais seule sa fille l'accompagnait.

— J'ai fait si vite que je n'ai pas pu trouver quelqu'un d'autre.

— Ne t'inquiète pas. Entrez et préparez le petit déjeuner. Il

222

faut que vous donniez l'impression que vous êtes ici depuis des heures.

Amira expliqua qu'elle s'était retrouvée seule avec le Dr Rochon mais sans révéler qu'elle craignait un piège tendu par son mari.

Bahia se tut mais posa sur elle un regard éloquent.

— Grâce à Dieu, il ne se passera rien. Mais c'était une bonne idée de faire venir quelqu'un. Où est Karim ?

— Dans sa chambre.

— Maryam, va le chercher.

— C'est la troisième porte sur la droite, précisa Amira.

Quand Maryam revint avec le petit garçon à peine éveillé, le café était prêt.

— Allez dans le patio, Altesse, fit cérémonieusement Bahia. Nous allons vous servir comme il se doit.

Bahia avait à peine achevé sa phrase que des voix masculines résonnèrent. Quelqu'un s'écria :

— Femme, mets ton voile !

Bahia et Amira échangèrent un regard. A l'évidence, on pensait qu'Amira était la seule femme présente dans la maison...

Abdoul, l'un des cousins d'Ali, fit irruption dans la cuisine, suivi de trois autres hommes dont un évoqua pour Amira un air vaguement familier.

— Amira, que se passe-t-il ?

— Que veux-tu dire, Abdoul ?

— Nous venons voir ton mari et trouvons la grille ouverte. Nous avons pensé qu'il y avait quelque chose d'anormal.

— N'était-elle pas simplement entrouverte ?

— Si.

— Eh bien, c'est Ali qui a dû la laisser comme ça en partant.

L'homme qu'elle avait l'impression d'avoir déjà rencontré demanda :

— Son Altesse n'est donc pas ici ?

— Non. Il avait un rendez-vous ce matin. Mais je pense qu'il ne va pas tarder à rentrer. Installez-vous. Bahia va vous servir du café. Avez-vous pris votre petit déjeuner ?

— Et ton invité ? demanda Abdoul. Où est-il ?

— Il dort encore, je suppose. Je ne l'ai pas vu.

— Et ces femmes ? Qui sont-elles ?

— Bahia est au service de ma famille depuis toujours. Maryam est sa fille. Je leur ai demandé de venir m'aider étant donné que mon mari a jugé bon de donner leur journée à mes servantes habituelles.

— Quand sont-elles arrivées ? s'inquiéta Abdoul.

— Très tôt, ce matin... Mais que veulent dire toutes ces questions ? N'oubliez pas, messieurs, que je suis l'épouse d'un prince royal et que vous êtes ici chez lui. Si vous êtes venus voir mon mari, gardez vos questions pour lui.

— Quelles questions ? Que se passe-t-il ?

Ali venait de faire son apparition, le visage rosi par une évidente surexcitation.

— C'est exactement ce qu'on se demandait, cousin, fit Abdoul. En venant te voir, nous avons trouvé la grille entrouverte. Puis nous avons pu constater que ta femme n'avait pas auprès d'elle ses servantes habituelles.

Ali regarda Bahia et Maryam.

— Je les connais, marmonna-t-il.

— Nous avons demandé où était ton invité. Ta femme prétend qu'elle ne l'a pas vu ce matin.

— Le Dr Rochon est effectivement mon invité et je n'apprécie pas qu'on puisse insinuer quoi que ce soit à son sujet.

De quoi parlait-il ? Ali se trahissait. Personne ne s'était encore livré à une insinuation quelconque. Amira éprouvait l'impression d'assister à une représentation théâtrale où les acteurs, perturbés par la présence de Bahia et de sa fille, se trompaient dans leurs répliques.

L'homme qu'elle ne parvenait pas à remettre précisa :

— Elle dit qu'il doit dormir encore.

— Ce n'est plus l'heure de dormir, même pour un étranger. Je vais aller voir dans sa chambre.

Ali monta au premier étage. Dans la cuisine, tout le monde se tut. Amira songea que les deux hommes qui n'avaient pas une seule fois ouvert la bouche devaient servir de simples témoins. Quant à celui qui l'intriguait, elle parvint enfin à le reconnaître. C'était l'homme de la *matawa* qui s'était approché d'elle pendant que Jabr la conduisait à la voiture. Il n'avait plus le turban vert des membres de la *matawa*, en service commandé, mais le regard qu'il faisait peser sur elle avait fini par le trahir.

Ali revint.

— Il n'est pas dans sa chambre. Dis-nous où il se trouve, Amira.

— Bonjour, mes amis ! Quelle belle matinée ! Je vous dérange, peut-être ?

En tenue sport, très touriste européen, un léger hâle colorant son visage, Philippe souriait sur le seuil de la cuisine.

— Nous te cherchions justement, expliqua Ali avec un air déconfit.

— Ah ! Je suis sorti pour faire une promenade. J'ai mal dormi, je me suis réveillé tôt et j'ai décidé de profiter du beau temps. En fait, je t'ai vu partir. J'ai songé à t'appeler mais tu avais l'air très pressé.

Sans s'embarrasser de subtilité, Abdoul lui demanda :

— Tu n'étais pas dans la maison ce matin ?

— Non. Je viens de te le dire. J'ai fait une très agréable promenade. Puis je me suis installé à la terrasse d'un café pour observer le va-et-vient de la rue.

L'air faussement détaché, l'homme de la *matawa* l'interrogea :

— A quel café étais-tu ? Nous en avons tellement.

— Je n'ai pas fait attention à son nom.

— Ah...

— Mais le frère de mon hôte, Ahmad, est justement passé par là et m'a fait l'amabilité de rester une heure avec moi. Lui saurait dire le nom du café, j'imagine.

Philippe comprenait-il ce qui était arrivé ? Amira ne pouvait en être certaine, mais le fait qu'il eût un témoin de son escapade en la personne d'Ahmad mettait fin à l'inquisition menée par Ali.

— Eh bien, voilà un mystère résolu ! dit Ali en se tournant vers Amira. Dis à Bahia de nous apporter du café. J'espère que nous n'avons pas trop perturbé votre petite réunion.

Ali eut un sourire si désarmant en emmenant ses hôtes dans le quartier des hommes qu'Amira se demanda si son imagination ne lui avait pas joué un tour. Ou alors il avait le sourire du duelliste qui n'a pas encore fait mouche mais qui ne doute pas de sa victoire finale.

Dans l'après-midi, ils conduisirent Philippe à l'aéroport. Les deux hommes s'étreignirent comme des frères et, devant leurs échanges de remerciements, de compliments, de promesses de se revoir, Amira recommençait à croire qu'elle avait été victime d'un petit délire paranoïaque quand Ali fut prié, par haut-parleur, de venir prendre connaissance d'un message à l'accueil de l'aéroport.

— Il y a toujours quelque chose. Excuse-moi. Je reviens tout de suite.

Philippe le regarda s'éloigner.

— Nous n'avons qu'une minute, Amira. C'est moi qui ai provoqué cette diversion en appelant de chez vous avant de partir. Amira, savez-vous ce qui s'est passé ce matin ?

— Je crois. J'ignorais si vous aviez également compris.

— On a voulu nous tendre un piège. Comme je leur ai expliqué, je me suis levé tôt et je suis sorti. Mais en m'habillant, j'ai fait tomber des pièces de monnaie. L'une d'elles a roulé sous le lit. Quand j'ai voulu la récupérer, j'ai trouvé une bouteille de whisky à demi vide. Je me suis inquiété. J'ai fouillé la pièce. Que croyez-vous que j'aie trouvé dans un coin du lit ? Un sous-vêtement féminin. Ravissant, je dois dire. Provocant aussi. Il m'a semblé à votre taille...

— Oh, mon Dieu !

A al-Remal, ce genre de « preuve » équivalait à une condamnation à mort.

— J'ai caché la bouteille et ce sous-vêtement dans ma poche et je m'en suis débarrassé dès que j'ai été assez loin de la maison.

— Merci. Mais que...

— Amira, il faut prendre une décision le plus tôt possible. Si ça doit se passer à Tabriz, il faut que j'aie le temps de mettre les choses au point. Et si vous renonciez... je craindrais le pire. Non, il faut que vous partiez avant qu'il soit trop tard. Si vous ne profitez pas du voyage à Tabriz, trouvez autre chose. Je vous aiderai de toute façon de mon mieux.

Elle n'eut pas le temps de répondre. Ali revenait.

— C'était une erreur. Trop de princes s'appellent Ali !

Au même moment, le vol de Philippe fut annoncé. Ils l'accompagnèrent jusqu'à la porte d'embarquement et, soudain, songeant qu'elle pourrait ne jamais le revoir, Amira s'entendit lui dire :

— J'allais oublier de vous demander, Philippe. Êtes-vous jamais allé à Tabriz ?

— Tabriz ? Vous avez parlé de Tabriz ?

— Oui. Tabriz. Ali et moi devons nous y rendre pour la première fois. Vous connaissez Tabriz ?

Le regard de Philippe renouvela sa promesse tandis qu'il lui répondait :

— Oui, j'y suis déjà allé. On prétend que Tabriz est la ville la plus inhospitalière du Moyen-Orient, mais j'y ai rencontré des gens très serviables. Je suis sûr que vous ne serez pas déçue.

Sur ces mots, il disparut.

LE RETOUR DU FILS PRODIGUE

A l'approche du printemps, seules les nuits restaient froides. Les journées s'imprégnaient d'une agréable chaleur à laquelle se mêla, un après-midi, la douceur d'une pluie d'orage. Hommes, femmes, enfants se précipitèrent dans les rues pour savourer ce que les plus petits, qui n'avaient jamais vu de l'eau tomber du ciel, prirent pour de la magie.

Sautant de joie dans une flaque de boue, le regard tourné vers les nuages, Karim riait aux éclats tandis que les gouttes de pluie frappaient ses paupières. Quand l'orage s'acheva, il tira sur l'*abeyya* de sa mère en la suppliant :

— Encore, maman ! Fais encore tomber de l'eau !

Amira regarda avec tendresse ce fils qui devenait si rapidement un petit homme.

Ali rata ce bref déluge qui fit tomber un centimètre de pluie en une demi-heure. Il passait deux semaines aux États-Unis pour apprendre à piloter un nouvel avion de combat. De ce séjour, il revint d'humeur sombre, replié sur lui-même. Amira n'en fut pas surprise. Les pays où les mœurs étaient plus libres qu'al-Remal faisaient toujours cet effet sur son mari. Et puis, elle se moquait désormais de ses états d'âme.

Elle se souciait plutôt du silence de Philippe. Il n'avait envoyé qu'une seule lettre — adressée bien entendu à Ali — et dans laquelle elle avait cherché à lire entre les lignes sans parvenir à trouver le moindre petit message secret. Il ne restait plus qu'un mois avant le voyage à Tabriz. Que se passait-il ? Pourquoi Philippe la laissait-il dans l'incertitude ? Se pouvait-il qu'il ait dû abandonner son plan ?

Quand une servante lui apporta le téléphone à l'heure du petit

228

déjeuner, en lui annonçant un appel de France, elle feignit le plus grand détachement. En revanche, l'agacement qui suivit fut bien réel. Construit par deux compagnies étrangères, une belge et une française, le réseau téléphonique d'al-Remal donnait envie de maudire ses responsables. Et si Malik, comme le prétendait la rumeur, s'était mêlé de favoriser les Français, il donnait à sa sœur des envies de lui tordre le cou !

Après les habituelles péripéties, elle entendit enfin la voix de son interlocuteur.

— Petite sœur ? C'est toi ?

— Malik ? J'étais justement en train de te bénir !

— Comment ? Parle plus fort.

— Je disais... Peu importe. Comment vas-tu ? Aurais-tu un problème ?

— Un problème ? Non, pas du tout. J'ai au contraire une bonne nouvelle à t'annoncer. Et une faveur à te demander.

— Dis-moi.

— Petite sœur, je viens de me marier !

— Pardon ? Mon Dieu, mais avec qui ?

— Une femme merveilleuse. Une Française. Nous nous sommes mariés il y a quatre jours. Il faut que je te la présente. Elle sera une mère formidable pour... pour les enfants que nous espérons avoir.

Il s'interdisait de parler ouvertement de Laila, et Amira le comprit. N'importe qui — l'opérateur, une servante, Ali, Faiza — pouvait les écouter.

— Je ne sais que dire, mon frère. Je suis heureuse pour toi. Mais c'est une telle surprise ! Tu as prévenu père, évidemment.

Il y eut un bref silence.

— Eh bien, justement non, petite sœur ! Je sais que j'ai commis une erreur mais, pour être franc, je craignais qu'il ne s'oppose à ce mariage. Ma femme est chrétienne.

— Ah...

Évidemment, c'était fâcheux, mais tout de même moins regrettable que de se marier sans prévenir son père.

— Ne t'inquiète pas. Je vais l'appeler. Il sera fou de rage mais ça passera. A condition que tu aides le cousin Farid à le calmer. Il faudrait que tout rentre dans l'ordre d'ici à mon arrivée.

— Quand comptes-tu venir ?

— Ce week-end, si Dieu le veut. Oh, je sais que ça peut sembler précipité. Mais le plus tôt serait quand même le mieux, non ? J'appelle Farid dès que nous raccrocherons. Il sait tellement bien s'y prendre avec père. Tout ce que tu auras à faire ce sera de placer quelques petits commentaires judicieux ici et là. Père — comme tout le monde à al-Remal — est sensible à l'opinion d'un membre de la famille royale, même s'il s'agit de sa propre fille.

Amira soupira.

— Avec la permission de Dieu, je ferai de mon mieux, Malik.

— Merci, petite sœur. Je... il ne m'a pas été facile, tu sais, de trouver quelqu'un.

— Je comprends. Parle-moi d'elle.

— Elle s'appelle Geneviève.

— C'est un très beau nom.

— Mais c'est elle surtout qui est belle.

— Je ne doute pas que tu aies épousé une femme très belle, mon frère.

— Ne te méprends pas, Amira. Je ne parle pas seulement de son physique. Elle me fait du bien. Elle sait me faire rire. Avec elle, je crois au bonheur. Il y avait si longtemps...

— Je sais.

— Elle a dit qu'elle pourrait peut-être se convertir à l'islam. Quand elle connaîtra notre religion.

— Et que fait cette femme parfaite ? demanda Amira d'un ton taquin.

Malik marqua une hésitation.

— C'est une chanteuse. Une chanteuse de night-club.

— Ah...

— Il faut aussi que tu saches qu'elle est un peu plus âgée que moi.

Ils se mirent d'accord sur ce qu'il convenait de dire à Omar avec plus ou moins de précision ou de lui cacher. L'âge resterait une information assez vague. Son éventuelle conversion pourrait être mise en avant. Quant à sa profession, il valait mieux la passer sous silence.

Quand Amira eut raccroché, elle se sentait aussi nerveuse qu'une puce et incapable de penser à une seule chose à la fois. L'arrivée de Malik avec sa femme, Tabriz dans un mois, Philippe, Omar, Ali : tout se bousculait dans son esprit.

Elle fit les cent pas dans sa chambre comme dans une prison. Ce matin-là, le jardin où elle serait volontiers allée se réfugier était interdit aux femmes en raison d'une cérémonie quelconque. Elle appela donc le chambellan par l'interphone en lui demandant de faire préparer une voiture.

Dix minutes plus tard, Jabr lui ouvrait la portière d'une Silver Dawn.

— Que la paix soit avec vous, Altesse.

— Et avec toi, Jabr.

— Matin de bienfaits, Altesse.

— Matin de lumière, Jabr.

Elle apprécia particulièrement ce jour-là cet échange de salutations traditionnelles dont chaque mot lui donnait la sensation d'être une petite racine indestructible dans un monde vacillant.

— Où va-t-on, Altesse ?

En pensant aux oreilles du portier, elle répondit :

— Chez mon cousin.

Dès qu'il fut installé au volant, Jabr la regarda dans le rétroviseur.

— Chez quel cousin, Altesse ?

— Aucun. Contente-toi de me conduire loin d'ici. Dans le désert, par exemple. J'ai besoin de réfléchir.

Il lui adressa un regard soucieux.

— Les collines seraient plus indiquées, Altesse. Il commence à faire chaud dans le désert.

— Soit !

De la faille ombragée où il la déposa, elle put contempler le désert qui s'étendait à perte de vue, comme une mer pétrifiée. Ici et là, des fleurs minuscules égayaient la roche sombre. Elle se demanda pendant combien de temps elles avaient attendu la pluie pour éclore, et quand viendrait la prochaine floraison.

Jabr s'était éloigné afin d'éviter toute méprise au cas où quelqu'un viendrait à passer par là. S'il était resté près d'elle, on aurait pu l'accuser d'être son amant.

Elle essaya de s'imaginer avec un homme comme Jabr, un homme qui l'accepterait pleinement et lui vouerait un amour total, simple et protecteur. Avec Philippe, ce serait déjà autre chose... Qu'allait-il faire d'elle ? La cacher dans un château perdu dans la campagne française ? L'envoyer à Tahiti où Karim apprendrait à vivre à demi nu sous les cocotiers ? Mais il ne fallait pas oublier que, selon le projet de Philippe, elle devait disparaître, passer pour morte. C'était horrible d'imaginer Malik, son père, ses tantes et la fidèle Bahia en deuil.

Soudain, tout lui parut d'une absurde folie. Et pourtant elle ne pouvait rester sans risquer une mort qui n'aurait rien d'imaginaire... Quoi qu'il pût arriver, elle devait s'en remettre à Philippe. A moins... à moins que Malik n'eût une autre idée.

Si quelqu'un était susceptible de trouver une solution qui ne l'obligerait pas à fuir et à se cacher comme une criminelle, c'était bien lui. Mais Philippe avait eu raison de souligner l'impétuosité de son frère. Il fallait donc lui demander conseil en prêtant ses propres malheurs à une autre femme de la famille royale et surtout ne pas se trahir, sinon la réaction de Malik provoquerait une catastrophe.

Le silence du désert, ou peut-être l'espoir que cette idée venait de susciter, lui apporta un certain apaisement. Elle put alors se souvenir de la demande de son frère et, descendant vers la Rolls, elle pria Jabr de la conduire chez son cousin Farid.

Le mariage du fils d'Omar Badir ne pouvait être considéré comme un événement mineur. Amira n'avait jamais vu une telle foule dans la maison de son père, même pas le jour de l'enterrement de Jihan. Le quartier des femmes comme celui des hommes vibrait d'animation tandis que l'air portait des effluves de café épicé, d'agneau rôti, d'encens et de parfums de toutes sortes. Omar avait invité non seulement ses associés et amis de longue date, mais également de simples connaissances. Personne ne devait rester à l'écart en pareille circonstance.

Amira l'avait entendu dire à Farid :

— Quand, en affaires, tu te retrouves avec une opération désavantageuse sur les bras, tu dois toujours donner l'impression que ce n'est pas une surprise. Et même que tu voulais en arriver là. Avec cette histoire, c'est pareil. Et l'omniscience de Dieu permettra de tout arranger.

Il avait cependant fallu user d'une subtile persuasion pour qu'il en arrivât à adopter cette attitude. A l'évidence, Malik avait surtout commis l'erreur de se marier sans la permission ni la bénédiction de son père. C'était impardonnable, comme l'avait souligné Farid, mais il avait ajouté :

— L'impardonnable peut-être pardonné si l'on admet sa faute sans tergiverser. La nature humaine est ainsi faite.

Et il avait expliqué à Omar :

— Malik a eu tort. C'est indéniable. Il est le premier à le savoir. Il l'a reconnu de lui-même quand il m'a appelé. Je sais, je sais, mon oncle, il aurait dû te téléphoner au lieu de s'adresser à moi. Mais le problème c'est qu'il n'a pas osé le faire tellement il avait honte... Est-ce que maintenant je peux lui dire que tu lui donnes la permission de t'appeler pour s'excuser ?

Omar avait soupiré.

— D'accord, d'accord, mon neveu. Mais d'abord parle-moi un peu de cette femme.

Tel un artiste consommé, Farid avait su choisir les couleurs, équilibrer les zones d'ombre et de lumière en brossant le portrait de Geneviève. Amira, qui écoutait dans le corridor, fut à deux doigts de se laisser persuader que Malik avait épousé une vierge qui avait failli devenir nonne avant leur rencontre et qui, depuis, manifestait le plus grand intérêt pour l'islam.

En conséquence, Omar et ses invités se réjouissaient d'accueillir les mariés, tout en justifiant le côté peu conventionnel de l'affaire par le fait que Malik vivait désormais entre deux civilisations.

Malheureusement, ce que les efforts de Farid et d'Amira étaient parvenus à réaliser s'écroula comme un château de cartes.

Selon ce que l'on raconta par la suite, une remarque d'Abdoul, le cousin d'Ali, mit le feu aux poudres :

— Ainsi, les Badir ont maintenant une célébrité dans la famille...

— Que veux-tu dire ? demanda quelqu'un.

Plus tard, on certifia que la remarque fut formulée par Fouad Mouhassan, un vieil ami d'Omar.

— Mais cette femme est une actrice ! Je croyais que tout le monde le savait.

— Je ne voudrais pas parler de mensonges sans preuve, fit le vieil homme avec gravité, mais je connais Omar Badir depuis toujours et je suis certain qu'il ne laisserait pas son fils épouser une femme de ce genre.

Abdoul rétorqua sèchement :

— Tu parles effectivement sans savoir.

— Jeune homme, un peu de respect...

Ali, le diplomate, jugea préférable d'intervenir.

— Messieurs, messieurs, je vous en prie. Laissez-moi vous expliquer qu'il ne s'agit que d'un malentendu. Cette jeune femme n'a jamais fait de cinéma.

Autour d'eux, les oreilles se tendaient.

— Mais ça aurait pu se faire. Tu me l'as dit toi-même, rectifia Abdoul qui, visiblement, se sentait trahi.

— C'était une confidence, cousin, lui fit remarquer Ali. On lui a en effet offert un rôle. Parce qu'elle est une chanteuse célèbre. Mais elle l'a refusé.

Maintenant, la moitié de l'assistance écoutait la conversation, dont Omar lui-même.

— Une chanteuse ! Que racontes-tu, Ali ?

— Oh, rien d'important, mon beau-père...

— Tu as dit qu'elle est une chanteuse. Quel genre de chanteuse ?

Surprise par le changement de rythme des conversations, Amira sortit de la cuisine.

— Elle s'est contentée de faire ce que font beaucoup de jeunes Européennes en attendant de trouver un mari, expliquait Ali. Ce n'est pas grave.

— Une chanteuse !

— Oublie que j'ai parlé de ça, mon beau-père. C'est sans importance.

— De qui tiens-tu ces informations ?

— De... d'amis qui habitent Paris. Mais ils m'ont assuré qu'elle ne chantait que dans les meilleurs cabarets et qu'elle avait une voix ravissante.

Ali gratifia son beau-père de son plus séduisant sourire.

— Malik avait dû déjà te parler un peu d'elle, j'imagine. Personnellement, je te félicite de ton libéralisme. Bien des hommes de ta génération — qui est aussi celle de mon père — auraient...

— Farid ! Où est Farid ? Je veux connaître la vérité !

— Il est allé chercher Malik à l'aéroport, répondit quelqu'un. Ils devraient arriver d'une minute à l'autre.

Omar fulminait et ses invités compatissaient à son épreuve. Il allait devoir, en présence de tous ses amis, soit rejeter l'épouse de son fils, soit accepter dans sa maison et sa famille une femme d'une moralité douteuse qui portait par conséquent les stigmates de l'infidèle.

Connaissant suffisamment son père pour prévoir son choix, Amira tenta de redresser la situation.

— Père, dit-elle en se rapprochant de lui, il doit y avoir une erreur. Ali a dû entendre parler de quelqu'un d'autre. J'en suis certaine.

— Tu prétends contredire ton mari ?

— Non. Je...

— Mêle-toi de ce qui te regarde, jeune femme. Va reprendre ta place à la cuisine !

Elle s'éloigna aussitôt, imitée par les autres femmes qui étaient venues voir ce qui se passait. Mais avant qu'elles aient pu rejoindre la cuisine, Farid ouvrit toute grande la porte d'entrée et appela la bénédiction de Dieu sur Malik et sa femme.

Amira devina les efforts que Geneviève faisait pour ne pas détonner. Portant l'*abeyya* et le voile, elle marchait derrière Malik, comme une bonne épouse musulmane. Malheureusement, le vêtement qui aurait dû dissimuler ses formes les révélait et une boucle de cheveux d'un joli châtain clair s'échappait du voile, ce qui n'était pas moins provocant qu'un bras dénudé. Et comme si cela ne suffisait pas, Geneviève, en bonne Européenne, oubliait de baisser chastement les yeux devant les hommes. Étant donné ce qui venait d'être dit à son propos, elle ne pouvait pas être plus maladroite.

Omar prit sa décision en une seconde.

— Quelle est cette femme que tu amènes dans ma maison ?

— Père, c'est mon épouse.

— Dis-moi la vérité. Est-ce que ta femme chante devant des hommes dans des endroits où ils vont boire de l'alcool ?

Malik regarda Amira. Que s'était-il passé ? Elle secoua la tête, impuissante à l'aider.

— Oui, répondit Malik. En France.

235

— Eh bien, qu'elle soit ta femme en France, mais pas ici. Pas à al-Remal. Pas dans ma maison.

— Quelqu'un a empoisonné tes pensées, père.

— Oui. Toi. Tu as négligé ton devoir filial, tu m'as menti, tu m'as déshonoré, et avec moi toute ta famille. Mais comme tu es encore mon fils, je te donne le choix : ou tu renvoies cette femme et tu restes mon fils ou tu repars avec elle et ne reviens jamais ici.

Le visage aussi gris que celui de son père, Malik s'exprima avec un calme réfrigérant.

— Dieu est Un, et ma femme est ma femme où que nous soyons. Si nous ne sommes pas les bienvenus, tu n'as pas besoin de nous demander de partir et tu n'as pas à craindre que nous revenions un jour. Au revoir, père.

Sur ces mots, il se tourna vers Geneviève et s'éloigna avec elle. Farid promena autour de lui un regard affolé puis les suivit :

Incrédule, Amira s'écria brusquement :

— Non !

Quelqu'un lui lança une remarque qu'elle ignora, préférant s'élancer hors du salon pour rattraper son frère.

Ils étaient déjà dans la voiture.

— Malik ! Je ne sais pas ce qui s'est passé.

— Moi non plus, petite sœur. Mais tu vois maintenant ? Tu te souviens de ce que j'avais l'habitude de te dire ?

Non, elle n'en avait aucune idée.

— Ne repars pas immédiatement, supplia Farid. Viens chez moi. Laisse-moi le temps de lui parler.

— Non. Démarre.

Amira passa la tête par la portière afin de les empêcher de partir. Enlevant son voile, Geneviève lui sourit.

— Vous devez être Amira, dit-elle en français. J'avais très envie de vous connaître. Mais il semble que le moment soit mal choisi.

— Oh, Geneviève, c'est horrible ! Je suis navrée.

— Vous n'êtes pas responsable. C'est l'histoire de ma vie. Où que j'aille, je crée la sensation.

Elle eut un sourire triste qui la fit ressembler à Philippe. Amira appréciait cette femme. Mais la reverrait-elle jamais ?

— Retourne à la maison, petite sœur. Je ne veux pas que l'on s'en prenne à toi. Allons-y, cousin.

— Au revoir, petite sœur, dit Geneviève.

La voiture démarra aussitôt. Amira la suivit du regard jusqu'à ce qu'elle disparût. Les invités fuyaient la maison comme si elle était en feu. Mais elle les vit à peine et ne prêta aucune attention aux paroles de sympathie des femmes.

« Tabriz, pensait-elle. Tabriz. Karim. »

C'était tout ce qui lui restait.

LA FUITE

Dès l'instant où elle pénétra avec Ali dans l'aéroport de Téhéran, Amira sentit que quelque chose ne tournait pas rond en Iran. L'accueil du ministre de la Culture iranien et de la poignée de dignitaires qui l'accompagnaient manqua de chaleur tant ils semblaient préoccupés.

Peut-être se sentaient-ils mal à l'aise à cause de la cohorte d'hommes au visage rébarbatif, portant imperméables et lunettes noires, qui les entourait ? L'un de ces hommes — un membre de la Savak, la police secrète du Shah — les escorta jusqu'à une file de limousines noires. A côté du chauffeur qui leur ouvrit la portière, Jabr aurait eu l'air d'un adolescent un peu trop grand pour son âge.

L'homme de la Savak s'installa sur le siège avant, prononça quelques mots en parsi dans un micro puis donna un ordre au chauffeur. La limousine démarra et suivit les autres.

Avec sa suite sans fin de bâtiments en béton, Téhéran se présentait comme la ville la plus laide du monde. Seul l'horizon montagneux, aux sommets enneigés, adoucissait cette impression. Mais la brume jaunâtre qui flottait dans l'air voilait la blancheur étincelante des pics lointains.

Les yeux d'Amira se remplirent de larmes :

— Y a-t-il un incendie quelque part ?

— Non. C'est le smog, Altesse, répondit le chauffeur en arabe. Si ça vous gêne, il faudra revenir en été.

Il traduisit pour l'homme de la Savak qui eut un rire rauque.

Plate comme une table, la ville ne prenait un peu de hauteur que dans sa partie nord, en direction des montagnes. Là, les voitures franchirent une grande et belle grille pour s'engager dans un parc dans lequel s'élevaient plusieurs palais. Le chauffeur montra le palais du neveu du Shah et celui de sa mère. Il n'eut pas besoin d'indiquer quel était celui du souverain : une imposante statue de Reza Shah Pahlavi parla pour lui.

Renouvelant ses paroles de bienvenue, le ministre de la Culture confia ses hôtes à un intendant qui les conduisit à leurs appartements, au premier étage. Bien qu'en tout point la richesse du palais surpassât le luxe remali Amira s'émerveilla surtout de la splendeur des tapis, de leurs motifs millénaires d'une beauté éternelle.

Une servante lui rappela l'heure de la première réception. Amira lui répondit d'un signe de tête. Les réceptions lui avaient permis d'emporter, sans autre excuse, la totalité de ses bijoux. Dès que la servante fut sortie, elle les fit pleuvoir de leur coffret sur le lit. Karim joua avec les joyaux scintillants, les mit en petits tas et, de temps à autre, en qualifiait un de joli.

Voilà : elle était à Téhéran. Dans quarante-huit heures elle serait à Tabriz et il suffirait de quelques heures supplémentaires pour qu'elle n'ait plus rien d'autre au monde que Karim et ses bijoux... A moins que Philippe ne fût pas au rendez-vous.

— Caviar, Altesse ?

Les tempes grisonnantes, séduisant, l'homme dirigeait un ministère quelconque, dont l'activité était liée au pétrole.

— Non, merci, répondit Amira.

Toutes les tables de la grande salle de réception du palais croulaient sous le caviar. Sans même l'apprécier, Amira avait dû en manger une demi-livre.

— C'est vraisemblablement le seul endroit en Iran où l'on peut encore trouver un excellent caviar, observa son interlocuteur. J'en ai acheté quelques boîtes à Toronto, la semaine dernière. A un prix raisonnable.

Décidément, qui ne parlait de la rareté du caviar iranien dans son pays d'origine et qui n'avait pas fait un récent voyage à l'étranger ? Les Iraniens fortunés semblaient s'appliquer à entretenir des contacts extérieurs. Fallait-il en conclure qu'ils se sentaient sérieusement menacés par l'agitation qu'entretenaient les mollahs fondamentalistes ? Leurs comptes en banque suisses et leurs luxueux appartements de Manhattan faisaient-ils partie d'une stratégie de repli en prévision du grand soir ? Et pourquoi pas ? Les dirigeants d'al-Remal — cette famille royale à laquelle elle appartenait — ne marchaient-ils pas eux aussi sur des œufs à cause des fondamentalistes ?

Il y eut un frémissement dans l'assistance, suivi d'un silence. Le Shah venait d'apparaître avec sa femme, Farah Diba, alors que l'on commençait à se demander ce qui les retenait.

Accusant son âge, le teint cireux, comme rabougri, le souverain ne ressemblait en rien à l'homme séduisant et altier que l'on voyait dans les magazines. En revanche, Farah Diba était beaucoup plus belle que sur les photos. La trentaine, mère de quatre enfants, elle possédait tout l'éclat d'une star.

Amira et Ali n'étaient ni les seuls ni les principaux invités de marque, et ils attendirent un certain temps avant d'être présentés aux souverains. Par l'intermédiaire d'un interprète, Ali et le Shah échangèrent les salutations d'usage. Le Shah monologua quelques instants, et ils en seraient restés là si Farah ne s'était soudain exclamée :

— Oh, mais vous êtes les parents de Karim ! J'aurais dû m'en douter. Je l'ai vu avec sa servante. Il est adorable ! Mais quoi d'étonnant : les Remalis sont célèbres pour leur beauté.

Déclaration étonnante mais qui n'en charma pas moins Amira ainsi qu'Ali. Même le Shah parut gagné par l'enthousiasme de sa femme.

Quelques échanges de propos diplomatiques, une évocation de la mosquée de Tabriz, et l'audience s'acheva. L'ambassadeur américain accrocha Ali et l'engagea dans une discussion concernant l'aéronautique. Harassée et se sentant reléguée au rang de figurante, Amira ne souhaitait plus qu'une chose : aller se coucher.

— Altesse ! fit une voix familière derrière elle. Quel plaisir de vous trouver ici !

— Philippe ! Que faites-vous donc...

— Altesse, monsieur l'Ambassadeur, ajouta Philippe à l'adresse d'Ali et de l'Américain.

Les deux hommes le saluèrent en l'appelant par son prénom. Puis Ali s'exclama :

— Voilà qui est étonnant ! Qu'est-ce qui t'amène ici, mon ami ?

— J'allais expliquer à la princesse que je ne suis qu'un intrus dans cette soirée. Un resquilleur, ni plus ni moins. Mais, appelé à Téhéran pour... un cas particulièrement délicat, quand j'ai appris que de chers amis seraient ici ce soir, je n'ai eu de cesse de me faufiler jusqu'à vous.

Amira s'efforça de feindre une agréable surprise plutôt que de le regarder fixement, comme si elle était victime d'une apparition.

Affable, l'ambassadeur observa :

— On peut dire que le monde est petit ! Et votre patient ? J'imagine qu'il va mieux.

— Ah, mon cher Elliott, vous ne me ferez pas croire que vous êtes l'un de ces pesants personnages qui poussent les médecins à parler de verrues et de calculs dans leurs moments de loisir.

— Désolé, docteur. Ce n'était que curiosité gratuite.

Amira nota néanmoins que l'ambassadeur, imité par Ali, jeta un regard en direction du Shah. Ne fallait-il pas être un homme de sa stature — ou alors, à l'opposé, un villageois quelconque, frappé par le choléra au fin fond de la brousse — pour que Philippe acceptât d'intervenir à des milliers de kilomètres de chez lui ? Mais n'était-il pas aussi à Téhéran pour une autre raison ?

Il demanda à Ali :

— Combien de temps restez-vous ici ?

— Seulement jusqu'à demain.

— Nous allons ensuite à Tabriz, précisa Amira.

— Ah oui, je me souviens que vous me l'aviez déjà dit, la dernière fois que nous nous sommes vus. Moi-même, je pars également demain.

Que fallait-il comprendre ? Elle chercha son regard mais ne vit que ses pupilles singulièrement dilatées et remarqua des rougeurs sur son visage.

— Je vous prie de m'excuser, dit-il, mais je n'ai encore rien mangé depuis ce matin.

Il se dirigea vers le buffet. Amira n'eut qu'un désir : le rejoindre.

— J'ai également envie de combler une petite faim, annonça-t-elle. Aimerais-tu, mon mari, que je te rapporte quelque chose ?

— Je suis heureux de constater que ton appétit revient. Mais, non, merci, rien pour moi.

Elle trouva Philippe en train d'examiner l'immense tapis qui ornait le centre de la pièce, une assiette remplie de canapés à la main.

— Ah, princesse ! Quelqu'un vient de me dire que ce tapis fait plus de deux cents mètres carrés. J'ai vu des casinos plus petits que ça.

— Philippe, c'est...

Il l'interrompit.

— Savez-vous que les tisserands perses s'appliquaient toujours à commettre une erreur dans leur travail en se disant que la perfection n'appartient qu'à Dieu.

Il jeta un regard oblique vers un homme en smoking qui se tenait à proximité et semblait fixer son verre avec une intensité suspecte.

— C'est un principe que les fabricants de voitures français ont porté au paroxysme, ajouta-t-il.

Doucement, il l'incita à s'éloigner de l'homme en smoking qui ne bougea pas. Philippe devenait-il paranoïaque ?

— Je ne m'attendais pas à vous voir ici, dit-elle. En fait, j'ignorais à quoi je devais m'attendre.

Tout près d'eux, un groupe de plusieurs personnes menait une conversation animée qui permit à Philippe de lui répondre.

— Je serais venu même sans l'appel de mon patient. Mais s'il me fournit un prétexte, il m'expose aussi à une certaine surveillance. Vous avez sans doute deviné que mon patient est une personne importante... Alors, pour Tabriz, ça tient toujours ?

Si elle devait renoncer à cette folle entreprise, c'était le moment ou jamais.

— Oui, fit-elle.

En souriant, comme s'ils évoquaient des souvenirs divertissants, il lui expliqua :

— Quelqu'un vous contactera à Tabriz. Vous ferez exactement ce que l'on vous dira de faire. Exactement et sans délai. C'est bien compris ?

— Absolument.

— Ne prenez qu'un sac de voyage avec deux sortes de vêtements de rechange pour vous et Karim. Vêtements traditionnels et tenues occidentales. Vos objets de toilette. Et vos bijoux.

— Vous serez là-bas ?

— Oui. Mais pour l'instant cessons d'en parler. C'est dangereux. Le Shah a des espions partout. Dites-moi que vous avez été heureuse de me rencontrer et que vous espérez me revoir à al-Remal.

— J'ai été ravie de vous rencontrer ici, docteur. Promettez-moi de nous rendre visite quand vous reviendrez à al-Remal.

— Ce sera avec plaisir, Altesse. Veuillez transmettre mes amitiés à votre mari au cas où je ne le reverrais pas. Ma pauvre carcasse m'incite à aller me coucher.

Il la salua et disparut dans la foule sans avoir touché à sa nourriture, remarqua-t-elle machinalement.

Après s'être attendue à une ville typique de l'ancienne Perse que les ruelles et les fortifications auraient rendue propice aux intrigues, Amira fut déçue par la modernité et l'étendue de Tabriz qui en faisaient une cité semblable à Téhéran.

Ils y furent accueillis par le maire et le gouverneur de la province avec les honneurs dus aux invités de marque. A l'hôtel Tabriz, des suites contiguës leur avaient été réservées au dernier étage, et l'on mit à leur disposition plusieurs employés de l'établissement. Un homme de la Savak surveillait l'étage.

Le programme officiel commença par un déjeuner où les hommes et les femmes furent séparés. En dépit de la réputation de la ville, Amira constata que, si les habitants de Tabriz souriaient peut-être moins qu'ailleurs, ils se comportaient cependant de façon amicale. Ils avaient de plus l'intelligence d'offrir une bonne cuisine locale plutôt qu'une imitation de mets cosmopolites.

Après le repas, il y eut une inspection de la mosquée Bleue que le père d'Ali se proposait de restaurer, afin de prouver sa bonne volonté à la minorité Shia de son pays. De l'édifice majestueux, seule une petite partie était accessible, le reste menaçant de tomber en ruine. Bien entendu, Amira ne put entrer. Elle attendit dans la voiture en compagnie de la femme du maire et de celle du gouverneur.

— Avec l'aide de Dieu, cette mosquée fut bâtie il y a un peu plus de cinq cents ans, expliqua l'épouse du gouverneur.

— Que lui est-il arrivé ? demanda Amira.

Elle s'efforçait de manifester de l'intérêt pour le destin de la mosquée Bleue alors qu'elle ne cessait de se poser des questions au sujet du contact dont lui avait parlé Philippe. Où ? Quand ? Qui ? Serait-ce l'une de ces femmes ?

— Oh, elle a été surtout victime des tremblements de terre. Nous en avons souvent, et le dernier — il y a deux ans — fut sévère. Mais n'oublions pas les invasions et les incendies qui ont été si fréquents dans cette partie du monde.

Tandis qu'Ali consacrait le reste de l'après-midi à rencontrer divers officiels civils et religieux, sous l'œil vigilant d'un homme de la Savak, les deux compagnes d'Amira lui firent visiter plusieurs sites, dont l'ancienne forteresse en ruine, un lieu qu'Amira ne devait jamais oublier en raison de la légende qui s'y rattachait.

— Autrefois, raconta la femme du gouverneur, on exécutait les criminels en les jetant dans un fossé du haut de la forteresse. Un jour on y conduisit une femme adultère. Mais quand elle fut précipitée dans le vide, le vent gonfla son *chador* et sa chute se trouva ralentie comme avec l'une de ces choses qu'utilisent les militaires.

— Un parachute, indiqua la femme du maire.

— Exactement. Et, grâce à Dieu, elle eut la vie sauve.

— Ils l'ont laissée vivre après ça ? demanda Amira.

— Oui. Ils se sont inclinés devant la volonté de Dieu.

De retour à l'hôtel, Amira se laissa tomber sur son lit. Exténuée, elle avait besoin de se reposer quelques minutes avant qu'on lui amenât Karim.

Mais l'on frappa discrètement à la porte. Une femme de chambre entra.

— Je suis désolée de vous déranger, Altesse, mais je dois vous dire que c'est moi qui suis à votre service ce soir. Je m'appelle Darya. Avez-vous besoin de quelque chose ?

— Non.

La jeune femme avait l'âge, la taille, le teint d'Amira. On aurait pu les prendre pour des sœurs.

— Votre Altesse aimerait peut-être un peu de musique ?

— Non. Je ne veux rien pour le moment.

S'approchant d'Amira, la servante lui fit signe d'accepter. Surprise par tant de témérité, Amira resta un instant perplexe puis brusquement réalisa que cette jeune personne devait être son contact.

— A la réflexion, dit-elle en s'efforçant de rester calme, oui, j'écouterais bien un peu de musique.

Darya mit la radio, augmenta le volume et se tourna de nouveau vers Amira.

— Êtes-vous prête ?

— Quoi ? C'est pour maintenant ?

— Non. Pour plus tard. Dans la nuit. Mais êtes-vous prête ?

— Oui.

— Bien. Vous devez ressortir, n'est-ce pas ?

— Pardon. Ah, oui...

Un dîner de gala était prévu. Apparemment, on considérait déjà comme un fait acquis la restauration de la mosquée par al-Remal.

— Vous allez vous y rendre, comme si de rien n'était. Essayez toutefois de convaincre votre mari que vous avez besoin de rentrer tôt. Évoquez la fatigue, un malaise, ce que vous voudrez.

— Ce ne sera pas trop difficile.

Darya s'abstint de sourire.

— Dès que vous serez revenue, faites venir votre fils auprès de vous. Faut-il s'attendre que votre mari passe vous voir avant de se retirer pour la nuit ?

— Non. C'est très peu probable.

La jeune femme hocha la tête, comme si elle entendait confirmer ce qu'elle savait déjà.

— Sa chambre est pleine d'alcool. C'est un service que l'hôtel assure à certains clients... Boira-t-il avant de se coucher ?

— Certainement.

— Bien. Dans chaque bouteille on va mélanger quelque chose à l'alcool. Ça le fera dormir et se réveiller tard avec la sensation d'avoir beaucoup trop bu.

Amira se tut. Tout allait si vite soudain.

— Vous devrez vous tenir prête à me suivre à tout moment. Je ne frapperai qu'une seule fois. N'oubliez pas vos affaires et faites en sorte que votre fils se taise.

Amira tentait d'évaluer les risques.

— On ne va pas découvrir qu'il y avait quelque chose dans les bouteilles ? Ne vont-ils pas comprendre d'où ça venait ?

— Quelle importance ! Nous serons déjà loin.

— Où irez-vous ?

Darya eut un regard presque méprisant.

— Je suis désolée, fit Amira. C'est une question idiote.

— Je n'y répondrai pas. Mais, en revanche, je peux vous dire que mes amis et moi nous ne faisons ça ni pour vous ni pour votre ami et encore moins pour l'argent.

— Alors... pour quoi ?

— Ignorez-vous, Altesse, que votre disparition va embarrasser le Shah et peut-être même remettre en question ses relations avec votre beau-père. Notre but est d'isoler le trône du Paon.

— Vous êtes des fondamentalistes ?

— Même pas. Mais nous savons travailler avec eux quand il le faut. (Darya marqua une pause.) Je parle trop. Reposez-vous, Altesse. Vous avez une longue nuit devant vous. Faites-moi appeler si vous avez besoin de moi.

Quand elle fut partie, Amira attendit un moment avant d'éteindre la radio. C'était bien la première fois qu'elle rencontrait une vraie révolutionnaire. Comme elle se sentait loin des cafés parisiens où la révolution n'était que discours ! Mais elle se serait volontiers passée d'être un pion sur un échiquier des plus dangereux.

Jamais elle n'aurait accepté d'elle-même pareille aventure. Il fallait que ce fût une manifestation de la volonté de Dieu.

Tandis que Karim dormait, Amira attendit dans la tenue de voyage qu'elle avait portée entre Téhéran et Tabriz. De temps à autre, elle entendait les pas de l'homme de la Savak qui surveillait l'étage. Qu'allaient-ils faire de lui ?

Dans la suite d'Ali tout semblait silencieux. Quand il était rentré, elle avait perçu à travers la porte communicante un bruit de bouteille que l'on repose sur du verre puis, un peu plus tard, celui de pas titubants. Maintenant il devait dormir.

Pour la dixième fois, elle s'assura que son coffre à bijoux était bien dans son sac. « Ça devient une obsession, Amira. Calme-toi. Ton destin est entre les mains de Philippe. Entre celles de Darya. Et de Dieu sait qui d'autre. » Avait-elle son passeport ? Oui. Mais en aurait-elle seulement besoin ?

Elle tendit l'oreille. Le silence régnait maintenant dans le corridor, mais elle sentait une présence.

Le coup frappé sur la porte lui fit l'effet d'une détonation. Ali avait dû l'entendre. Elle se précipita sur son sac, le laissa tomber, le ramassa et prit Karim sur son bras.

Darya ouvrit la porte en murmurant :

— Vite !

Amira la suivit. Darya utilisa une clé pour ouvrir une porte au bout du couloir. Elles descendirent plusieurs étages, puis Darya sortit une autre clé pour franchir une nouvelle porte qui donnait sur une ruelle.

— Bon sang ! s'exclama Darya. Il devrait être là.

— Qui ?

— Votre ami. Il est en retard.

Derrière elles, une voix rude se fit entendre.

— Femmes ! Qu'est-ce que vous fabriquez dehors à cette heure-ci ?

Elles se figèrent.

L'homme de la Savak sortit de l'ombre.

— Il va falloir que vous me suiviez et que vous vous expliquiez.

« C'est fini », se dit Amira. Puis elle vit Darya se jeter comme un fauve sur l'homme et le griffer au visage. Jurant, il la repoussa violemment mais il y eut soudain un mouvement derrière lui. On lui porta deux coups sur la nuque. Il s'effondra en laissant apparaître deux jeunes gens.

— Ça va, Darya ? demanda l'un d'eux.

— Oui. Mais d'où sortait ce fils de chien ?

— Dieu seul le sait. Qu'est-ce qu'on en fait ?

— Laissez-moi réfléchir.

Karim s'était à demi réveillé.

— Qu'est-ce qu'il y a, maman ?

— Rien, mon bébé. Tout va bien.

— Je ne vois qu'un seul endroit pour lui, dit Darya.

Elle regarda vers l'entrée de la ruelle.

— Mais où est donc passé votre ami, princesse ?

— Je l'ignore.

— Écoutez, le mieux pour vous serait peut-être de remonter dans votre chambre. Discrètement.

— C'est impossible. Je n'ai pas pris la clé. Je ne pensais pas retourner là-haut.

— Dieu ! Prenez les miennes. Il y en a une qui ouvre votre chambre. Attendez ! Voilà quelqu'un.

Un véhicule s'était arrêté au bout de la ruelle.

— C'est lui ! Pour l'amour de Dieu, Altesse, courez !

— Je voudrais vous remercier.

— Courez !

Elle se précipita vers la voiture, une Land Rover qui n'en était pas à sa première virée. Philippe lui ouvrit la portière et la tira à l'intérieur.

— Je suis en retard. Désolé. Vous avez eu des ennuis ?

— Oui.

— Vous me raconterez ça plus tard. Pour l'instant, fichons le camp.

Il devait être aux environs de minuit. Il y avait peu de circulation mais beaucoup de noctambules sur les trottoirs. Amira eut l'impression que tous ces hommes la dévisageaient, comme pour graver son visage dans leur mémoire. Philippe s'engagea sur le boulevard et accéléra.

FRÈRE PETER

Philippe suivit l'artère pavée qui traversait le centre-ville tout en comptant à mi-voix les rues perpendiculaires qu'il dépassait. Amira s'abstint de perturber sa concentration. Elle ne souhaitait qu'une chose : s'éloigner au plus vite de ce lieu. Karim s'éveilla le temps de dire : « Bonjour, oncle Philippe », puis se rendormit sur les genoux de sa mère. Autour d'eux, les voitures roulaient à toute vitesse au risque de renverser les carrioles, tirées par des chevaux, qui menaçaient de ralentir leur allure.

Tournant à droite, Philippe traversa une rivière, quelques immeubles plus loin, jura en français, prit à gauche, retraversa deux fois la même rivière à la hauteur d'un grand carrefour. Puis ils tombèrent sur un autre pont qui enjambait un cours d'eau plus large que le premier.

— Le niveau de l'eau a monté, observa-t-il. A cause de la fonte des neiges en montagne. J'espère que ça ne nous créera pas d'obstacle.

Ils laissèrent derrière eux des panneaux signalant la direction de l'aéroport. Amira adressa à Philippe un regard interrogateur.

— Nous ne prenons pas l'avion, dit-il.

— Ils risquent de surveiller l'aéroport ?

— Ils ne surveilleront rien avant plusieurs heures.

— Où allons-nous ?

— Pour commencer, en Turquie. Nous devrions atteindre la frontière avant le lever du jour.

— *Inshallah.*

— Oui, si Dieu le veut et si cette vieille Land Rover vaut au moins la moitié du prix que je l'ai payée. Je l'ai achetée à Rezaiye, de l'autre côté du lac. Le ferry a eu des problèmes de

249

moteur. C'est ce qui m'a retardé. (Il se tourna un instant vers Amira.) Qu'est-ce qui s'est passé tout à l'heure ?

Elle l'informa de l'apparition de l'homme de la Savak dans la ruelle.

— C'est embêtant. Je comptais encore sur la collaboration de Darya dans la matinée. Enfin, ce n'est pas dramatique, et elle pourra peut-être quand même faire ce qui était prévu.

— C'est-à-dire ?

— Je vous le dirai quand nous serons sortis d'Iran.

— Que va-t-il arriver à cet homme de la Savak ?

— Au mieux, il connaîtra un ou deux jours très inconfortables. Au pire, il se retrouvera dans la rivière que nous venons de traverser.

— A cause de nous ?

— Indirectement, oui. Je le regrette. Mais vous ne lui aviez pas demandé de vous suivre. N'oubliez pas ça ni ce qu'il aurait pu vous faire, à vous et à Darya.

Ils étaient maintenant en pleine montagne, au milieu du désert. La circulation était devenue dense. Sur la route poussiéreuse serpentait une longue file de feux arrière, essentiellement ceux de camions plus ou moins brinquebalants qui allaient, comme eux, vers le nord.

Philippe saisit la vieille trousse médicale dont il ne se séparait jamais.

— Passez-moi cette bouteille, voulez-vous ?

Il sortit deux pilules d'un flacon et les avala avec de l'eau.

— Des amphétamines, expliqua-t-il. Je n'ai pas dormi depuis que je suis arrivé dans ce pays. Ne vous inquiétez pas. Je voulais simplement vous prévenir. Si je vois des dragons sur la route, ça n'aura rien d'extraordinaire.

Il avait à la fois l'air hagard et juvénile. Homme d'action, il puisait dans l'intensité de ces moments une séduction qu'elle ne lui avait jamais vue, pas même à la terrasse de ce café parisien où ils s'étaient embrassés.

— Comment avez-vous mis tout ça sur pied ? lui demanda-t-elle.

— Avec de l'argent, l'aide de quelques vieux amis, et celle de certaines personnes qui estimaient avoir une dette envers moi. Vous avez votre passeport ?

— Oui.

— Nous le laisserons traîner dans la nature avant la frontière. Ouvrez la boîte à gants.

Elle contenait deux passeports : un pour elle et un pour Karim. Philippe les éclaira.

— Ainsi je suis « épouse Rochon » et Karim est le petit Karim Philippe Rochon.

— Au moins jusqu'à ce que nous soyons arrivés à Agri, en Turquie. Après, vous serez quelqu'un d'autre.

— Ils ont vraiment l'air authentiques.

— C'est un travail de grand professionnel. Le meilleur qui soit en France.

— Comment connaissez-vous ce genre de personne ?

— Indirectement. C'est à mettre au compte des faveurs que l'on estimait me devoir.

— Ce n'est pas risqué d'utiliser votre nom ?

— Je vous l'ai dit : il n'y aura de réaction que dans la matinée. A moins que ça ne se complique à cause de la Savak. Il faut que l'on atteigne la frontière de bonne heure.

Il y avait encore cent questions à poser, mais Amira les laissa de côté. Au lieu d'être exténuée, elle se sentait presque radieuse. Elle avait son enfant et, à côté d'elle, l'élu de son âme avec qui elle se sauvait dans la nuit et le désert, allait passer une frontière et fuyait une situation dangereuse mais familière pour affronter des périls inconnus.

Elle se dit que, pour la première fois de sa vie, elle était libre. Le mot avait la douceur du miel, une douceur dont elle ne se lasserait jamais.

La poussière soulevée par les véhicules voilait les feux arrière mais, au-dessus d'eux, les étoiles scintillaient dans l'infini.

Amira s'adressa à Philippe et à l'univers :

— Quoi qu'il arrive, je n'aurai aucun regret.

L'aube les surprit à Mâkû, une ville nichée dans une vallée à peine plus large que la route, à l'abri d'une imposante avancée rocheuse. Ils avaient été retardés en traversant le lit d'un torrent privé de pont par sa dernière crue.

Philippe gara la Land Rover derrière un camion.

— Je reviens dans quelques instants. Que voudriez-vous manger ?

— Ce que vous trouverez.

— Et pour Karim ?

— Je l'allaiterai pendant que nous serons seuls.

Il parut étonné puis hocha la tête.

— J'avais oublié que le sevrage est tardif à al-Remal.

— Mais vous pouvez quand même lui rapporter quelque chose de sucré. Il prend aussi de la nourriture solide.

Vingt minutes plus tard, il revint avec du pain, du fromage, des petites brochettes, une Thermos de café et un yaourt au miel pour Karim.

— Mâkû, dit-il. Savez-vous ce que ça signifie ?

— Comment le saurais-je ?

— On raconte que, dans les temps anciens, un général et son armée durent s'arrêter ici parce que ce surplomb rocheux, que vous voyez là, leur cachait la lune. Les soldats s'égaraient dans la nuit et le général criait : « Mâ kû ? Mâ kû ? » Ce qui signifie : « Où est la lune ? »

— Où avez-vous entendu ça ?

— C'est une histoire que tous les peuples civilisé connaissent, bien qu'apparemment elle ne soit pas parvenue jusqu'à al-Remal. (Il sourit.) En fait, je suis déjà venu dans cette région. De part et d'autre de la frontière. C'était il y a longtemps. Je venais de finir mes études, j'étais encore très idéaliste, et il régnait ici une épidémie de choléra, à la suite d'un tremblement de terre. (Il regarda vers l'horizon.) L'ennemi, ce n'est pas la mort — qui est inévitable — mais l'ignorance, aussi énorme que cette montagne. Et je suis certain que rien n'a changé.

— Vous non plus, mon ami. Vous êtes toujours idéaliste. Et jeune.

Elle ne voulait pas voir la fatigue, révélée par la lumière du jour, et qui le marquait terriblement.

— Ah ! Tellement jeune que je dois reprendre l'une de ces pilules si je veux aller jusqu'à la frontière !

Il avala une pilule avec du café.

— Il ne nous reste plus qu'une demi-heure de route avant d'arriver en Turquie. Ne vous inquiétez pas. Tout se passera bien.

Ils me poseront peut-être quelques questions routinières, mais ils interrogent rarement les femmes. Allons-y.

Quand ils débouchèrent de la vallée, ils virent se dresser dans le paysage une haute montagne couronnée de neige, aussi belle qu'une mariée dans le soleil levant.

— Le mont Ararat, indiqua Philippe. L'arche de Noé...

Amira hocha la tête. Elle connaissait l'histoire du mont Ararat.

A l'approche de la frontière, la circulation était ralentie sur environ un kilomètre et demi. Il leur fallut plus d'une heure pour atteindre le poste iranien où un soldat visiblement fatigué les laissa passer après un coup d'œil dans la voiture.

Philippe eut un long soupir en traversant le no man's land qui séparait l'Iran et la Turquie.

— On est au moins sûrs maintenant qu'ils n'ont entendu parler de rien. Ce sera la même chose du côté turc.

Mais, au poste turc, le garde ne se contenta pas d'examiner leurs papiers. Il ordonna à Philippe de se garer sur le côté. Quelques instants plus tard, un officier apparut et lui fit signe de sortir de la voiture. Les deux hommes échangèrent quelques paroles qu'Amira ne put comprendre puis Philippe suivit le Turc dans son bureau.

Cinq, dix, quinze, vingt-cinq minutes s'écoulèrent. Qu'arrivait-il ? Avait-on déjà réagi à Tabriz ? L'homme de la Savak avait-il échappé aux amis de Darya ?

Philippe finit par réapparaître, suivi de l'officier. Ils discutaient en souriant, visiblement pris d'une estime mutuelle. Quand Philippe démarra, le Turc recula, salua et se fit un devoir de stopper un camion afin de laisser la voie libre à la Land Rover.

Dès que la frontière fut derrière eux, Amira demanda :

— Il y a eu un problème ?

— J'ai eu l'impression qu'il soupçonnait quelque chose. Peut-être à cause des pilules. Les douaniers ont du flair en ce qui concerne les drogues. Ou alors il voulait seulement un bakchich. Mais j'ai sorti l'atout que j'avais en réserve et il m'a offert du thé.

— Quel atout ?

— Quand je suis venu par ici la première fois, j'ai eu l'occasion de travailler avec un jeune lieutenant turc. Nous sommes restés en contact. On s'écrit encore. Aujourd'hui, il est général.

Alors j'ai demandé au capitaine s'il connaissait mon vieil ami. Il le connaît et le... craint, m'a-t-il semblé.

Amira éclata de rire tant elle se sentait soulagée.

— Mon Dieu, Philippe, y a-t-il un endroit sur terre où vous ne connaissiez pas quelqu'un ?

— La gentillesse ne se regrette jamais. N'oubliez pas ça, Amira.

— Ces pilules vous rendent philosophe.

Ce fut au tour de Philippe d'éclater de rire.

Ils traversèrent des collines étonnamment vertes sous un ciel sans nuages. Puis, quarante-cinq minutes après la frontière, une ville apparut : sorte de squelette composé de trois ou quatre cents maisons de pierre uniformes et laides. Mais Amira fut ravie de constater que les hommes portaient des vêtements européens. Toutefois, les femmes, dévoilées depuis la fondation de la Turquie moderne par Kemal Atatürk, se refusaient ici à sortir sans un foulard sur la tête.

A l'ouest, le paysage changea. Aux pâturages succédèrent des champs labourés. Peu à peu, le mont Ararat s'estompa derrière eux.

— Expliquez-moi ce que nous allons faire, Philippe.

Philippe acquiesça. Il estimait qu'il était temps de l'informer.

— Ce n'est pas un plan génial, mais nous avons au moins la chance d'avoir en face de nous des gens prévisibles. Votre mari ne va plus tarder à se réveiller avec une gueule de bois épouvantable. Puis il va apprendre que sa femme a disparu. Il y aura alors une succession de coups de fil à al-Remal et Téhéran. Mais ils n'auront tous qu'un seul désir : ne pas ébruiter l'affaire. Évidemment, tôt ou tard, la nouvelle se répandra, mais elle ne sera pas rendue publique avant un ou deux jours.

— Que se passera-t-il à ce moment-là ?

Philippe ignora la question.

— Entre-temps, ils vont vous faire rechercher, le plus discrètement possible. Pas par la police régulière. Par la Savak, mais si Darya a pu mener à bien ce qui était convenu, ils se retrouveront dans une impasse.

— Comment ça ?

— Pour elle, le plan consistait à prendre le premier avion pour Téhéran. Si elle n'a pas eu d'empêchement, elle doit y être depuis une heure. Vous avez peut-être remarqué qu'elle vous ressemble un peu. Ajoutez à cela qu'elle était censée voyager avec un enfant dont le nom est par conséquent sur la liste des passagers.

— Mais elle est montée seule dans l'avion ?

— Oui. Et prête à expliquer, si on lui demandait quelque chose, qu'elle avait finalement décidé de laisser l'enfant chez une tante.

— Elle a pris de gros risques.

— C'était moins dangereux pour elle que de rester à Tabriz après avoir kidnappé un agent de la Savak.

— Et que fait-elle à Téhéran ?

— Elle achète un billet pour al-Remal et, à un autre comptoir, un pour Londres. Et là, la piste s'arrête parce qu'elle ne reprend pas l'avion. Elle sort de l'aéroport et disparaît dans Téhéran.

— Ils découvriront qu'elle n'est pas repartie ?

— Bien sûr, ils finiront par s'en apercevoir, mais ça va leur prendre au moins une journée et ensuite ils n'auront d'autre possibilité que de vous rechercher dans Téhéran.

— De notre côté, que faisons-nous ?

— Je vous conduis à Van où un homme vous attend. Il vous permettra de sortir sans encombre de Turquie pendant que je retourne en arrière pour mettre en scène l'autre partie du scénario.

Elle crut que le monde vacillait.

— Vous me quittez ?

— Il le faut, Amira. Souvenez-vous qu'il s'agit de faire croire à votre mort et à celle de Karim. Je vais jeter la voiture dans un torrent de montagne. Un accident, les corps emportés par le courant... Ils n'auront plus de raison de poursuivre leurs recherches.

— Nous ne pouvons pas venir avec vous ?

— Non. A trois, ce serait trop compliqué. On risquerait d'être repérés.

— Vous devez disparaître vous aussi ?

— Oui. Mais ne vous inquiétez pas. Tout s'expliquera plus tard.

— Quand vous reverrai-je ?

— Je l'ignore. Pas avant très longtemps, peut-être.

— Je n'aime pas ça, Philippe.

— Moi non plus. Mais il n'y a pas d'alternative. A un moment ou à un autre, un petit génie de la Savak décidera de se renseigner auprès des postes-frontières. Il tombera sur mon nom et une lumière rouge s'allumera. Paris deviendra la ville à ratisser. Toutefois, sur ces entrefaites, l'accident sera découvert. Le signal d'alarme s'éteindra pendant qu'ils chercheront les corps. Ce qui vous donnera le temps de passer par Paris. En route pour l'Amérique.

— L'Amérique !

— Comme je vous l'ai dit, vous aurez plus tard toutes les explications que vous demanderez. Contentez-vous pour le moment d'atteindre Paris sans problème.

— Qui est l'homme que nous allons rencontrer ?

— Peut-être le meilleur des hommes que je connaisse. Il s'appelle frère Peter.

L'air était vif. Chèvres et moutons paissaient entre deux plaques de neige et, bien que peu élevées, les montagnes avaient encore leurs sommets couverts de capes blanches. Ici et là, des maisons basses portaient sur leurs toits plats de grosses bottes de foin. Des fermiers conduisaient des charrettes ou tiraient des ânes surchargés, le long de la route boueuse et pleine de nids-de-poule.

Amira contemplait le paysage, l'air morose. Pourquoi Philippe l'abandonnait-il ? Pourquoi n'avait-il pas prévu de partir avec elle en Amérique ? Une femme l'attendait-elle quelque part ?

Elle n'avait pas le droit de lui poser ce genre de questions mais comment aurait-elle pu ne pas s'interroger ? Le goût de miel de sa liberté toute neuve virait à l'amertume suscitée par un sentiment de solitude et de peur.

La Land Rover venait d'atteindre le sommet d'une colline et une ville apparut en face d'eux.

— Agri, l'informa Philippe.

Philippe s'arrêta dans une rue animée non loin de la mosquée qui se dressait au centre-ville.

— Je vais chercher de quoi nous restaurer. Vous pouvez sortir de la voiture si vous en avez envie. Personne ne vous sera hostile.

Elle fit avec Karim le tour d'une petite place. Des femmes, vêtues comme dans la petite agglomération précédente de façon traditionnelle, ne tardèrent pas à lui manifester une curiosité souriante. L'une d'elles réussit, d'une voix timide, à prononcer quelques mots en arabe :

— Où vas-tu ? D'où viens-tu ?

Il fallait une réponse prudente.

— Je suis née en Égypte mais je vis en France avec mon mari. Nous faisons la route de Téhéran à Istanbul. C'était l'un de nos vieux rêves.

Les femmes hochèrent la tête quand l'information leur fut traduite. Visiblement, elles trouvaient plutôt sympathique cette femme dont le mari avait des idées étranges.

Philippe revint, suivi par des hommes qui rivalisaient de bonne volonté pour l'aider. L'un portait la Thermos, un autre un panier de nourriture. Un troisième examina les pneus de la voiture et fit un signe de satisfaction. Quand Philippe eut réussi à faire rentrer Amira et Karim dans la Land Rover, quelqu'un leur tendit une bouteille par la portière.

— *Sagol !* s'écrièrent plusieurs voix.

— *Sagol !* répondit Philippe.

Tandis qu'il démarrait, des enfants coururent derrière eux.

— J'avais oublié à quel point les Turcs sont amicaux.

— Que signifie « sagol » ?

— Longue vie.

Amira ouvrit le panier. Il contenait des tranches de pain bistre, très frais, couvertes de légumes et de morceaux d'agneau grillé. Philippe lui tendit la Thermos.

— Ce n'est que du thé. On parle toujours du café turc mais il n'en avait pas.

— Que vais-je faire en Amérique ? demanda soudain Amira.

Pour la première fois depuis Tabriz, ils eurent un contact physique. Du revers de la main, Philippe caressa sa joue.

— Ne soyez pas effrayée, Amira. Ce sera à vous de choisir. En Amérique toutes les possibilités sont offertes à ceux qui ont votre intelligence et votre volonté. Mais sachez que j'ai pris la liberté d'arranger pour vous quelque chose qui peut vous intéresser. Que diriez-vous d'aller à l'université ? A Harvard ?

— Mais je ne suis pas qualifiée ! Et Karim, que va-t-il devenir ?

— Vous pouvez très bien entrer à Harvard, Amira. Et Karim aura là-bas ce qu'il lui faut. Je n'ai pas le temps maintenant de vous donner des détails, mais à Paris un ami s'en chargera. C'est un avocat. Contactez-le dès que vous arriverez. Il attend votre appel.

A un carrefour, il tourna à gauche. Quelques minutes plus tard, ils sortaient d'Agri pour se diriger vers le sud.

— Venez avec moi, Philippe.

En entendant ce cri du cœur qu'elle n'avait pu retenir, il eut un sourire triste.

— J'aurais aimé rester avec vous, mais c'est impossible. Un jour, vous comprendrez. Faites-moi confiance.

Il déboucha la bouteille qu'un homme leur avait donnée à Agri.

— Oh, du raki ! Une gorgée et je suis dans un état comateux ! Enfin, peut-être que non... Essayons.

L'alcool déclencha un accès de toux.

— Dieu, c'est toujours aussi raide !

Mais, quelques instants plus tard, il chantonnait doucement.

Au milieu de l'après-midi, ils atteignirent une petite ville à proximité d'une vaste étendue bleue.

Amira avait oublié sa géographie.

— Est-ce l'océan ?

— Simplement le lac de Van. Van Gölü. Mais il est salé et c'est pourquoi rien ne pousse sur ses rives.

Ils firent encore une heure de route avant d'arriver à Van, une agglomération d'environ cent mille habitants. Philippe trouva difficilement l'hôtel qu'il cherchait et où ils s'inscrivirent en montrant leur passeports et celui de Karim sous les noms de : Amira, Philippe et Karim Rochon.

Dès qu'il referma la porte de la chambre derrière lui, Philippe s'y appuya un instant puis s'évanouit. Désemparée, mais devinant qu'elle ne devait pas appeler à l'aide, Amira traîna Philippe jusqu'au lit puis réussit à le soulever. Les yeux ronds, Karim observa la scène avec la certitude qu'un enfant ne pouvait intervenir.

Un linge mouillé sur le front, Philippe rouvrit les yeux.

— Amira. Mon amour. Je suis désolé. J'aurais voulu passer ces dernières heures... à parler... à vous écouter. Mais il faut que je dorme sinon je n'aurai pas la force de retourner jusqu'aux montagnes. Réveillez-moi dès qu'il fera nuit.

— Dormez tranquillement.

Il s'endormit. Karim monta sur le lit en déclarant qu'il allait prendre soin d'oncle Philippe. A son tour, il s'endormit. Amira s'allongea près d'eux avec l'intention de se reposer quelques instants.

Elle s'éveilla en sursaut. Il faisait nuit. Philippe dormait comme Ali quand il avait trop bu. Elle eut toutes les peines du monde à le sortir de son sommeil.

— Quelle heure est-il ?

— Je ne sais pas.

Il regarda sa montre comme l'on scrute un objet très mystérieux.

— Dix heures, dit-il finalement. Ça va. Ce n'est pas trop tard.

Réussissant à se lever, il alla vers le lavabo et s'aspergea le visage d'eau fraîche.

— Il n'est pas trop tard pour quoi, Philippe ?

— Je dois sortir, faire savoir que je suis ici. Puis nous aurons une visite.

Il chercha sa trousse de médecin, en sortit le flacon de pilules. Après en avoir avalé une, il remarqua :

— Il en reste deux. Ça ira.

— Philippe, vous êtes exténué. Vous ne pourriez pas faire une pause jusqu'à demain matin ?

— Non. Ça devient dangereux. Il n'est pas impossible qu'ils soient déjà en train de nous rechercher dans ce pays. Il n'y a pas de temps à perdre.

Il mit son manteau et sortit. Quand il revint, une heure plus tard, il semblait avoir retrouvé son énergie.

— Frère Peter ne va pas tarder à arriver. Vous partirez avec lui cette nuit et vous serez à Erzurum aux premières heures de la matinée. Il y a un aéroport et un vol quotidien pour Ankara.

Il détacha la doublure de son manteau pour en extraire des papiers.

— Vos billets d'avion. Erzurum, Ankara ; Ankara, Istanbul ;

Istanbul, Paris. Et voilà votre nouveau passeport et des documents pour Karim.

Elle regarda le passeport qui portait le nom de Jihan Sonnier.

— Il y a environ deux ans, un tremblement de terre a fait cinquante mille victimes au nord du lac de Van et laissé beaucoup d'orphelins, expliqua Philippe. Vous êtes venue ici pour adopter Karim et l'emmener en France. Vous... vous ne pouvez pas avoir d'enfant.

Elle hocha la tête. Cela, au moins, était exact depuis son opération.

— Frère Peter n'a cessé de s'occuper de ces orphelins. Il peut répondre à toute question administrative. Et il ne vous trahira jamais.

Amira regarda de nouveau son passeport.

— Jihan ?

— Le prénom de votre mère, n'est-ce pas ? C'est le seul qui me soit venu à l'esprit. J'espère que ça ne vous ennuie pas.

— Pas du tout.

On frappa à la porte de façon presque inaudible.

Un homme entra. Maigre et nerveux, des cheveux bruns, clairsemés, la peau tannée, les yeux bleus, il était habillé comme les Turcs qu'Amira avait vus en cours de route. Philippe et lui s'étreignirent tels deux frères qui se retrouvent après une longue séparation.

— Je te remercie, mon ami, dit Philippe en anglais. Tu sais que je ne t'aurais pas mis à contribution si ça n'avait pas été une question de vie ou de mort.

— Je n'ai pas besoin d'excuses, mon vieux. Je suis adulte.

Philippe présenta frère Peter à Amira.

— Pardonnez-lui son anglais abominable. Il est australien.

— Oui, australien, répéta frère Peter d'un ton enjoué.

Puis il redevint sérieux.

— Je déteste la précipitation mais nous ne devons pas nous attarder ici.

— Bien sûr. Dis-nous ce qu'il faut faire maintenant.

— Tant que nous sommes dans le secteur, on ne doit pas me voir avec Amira... Jihan et l'enfant. Trop de gens me connaissent et risqueraient d'être intrigués. Ça sera différent quand nous serons à l'est d'Agri.

— Alors, comment vas-tu les emmener jusque-là ?

— Ils vont sortir de Van avec toi. Tu vas aller dans la direction d'Agri. Moi, je partirai vingt minutes après vous. Tu rouleras lentement pour que je puisse te rejoindre et, quelque part au nord du lac, je ferai trois appels de phares. On s'arrêtera et là, Jihan et l'enfant monteront dans ma camionnette. J'y ai aménagé une cachette à l'aide de cartons et de couvertures. (Il se tourna vers Amira.) Vous pensez que Karim restera tranquille ?

Ce fut Philippe qui répondit :

— Je vais lui donner un léger sédatif qui le fera dormir pendant environ huit heures. Ça ira ?

— Ce sera plus que suffisant. Qu'est-ce que tu as comme voiture ?

— Une Land Rover ocre.

— Bien. Des questions ?

— Pourquoi vous appelle-t-on « frère » ? demanda Amira.

Peter eut un sourire presque gêné.

— Philippe ne vous a pas expliqué que je suis un missionnaire ? Disons plutôt que je fais partie d'un ordre charitable.

— Et chrétien ?

— Oui. Ça peut paraître bizarre, mais nous sommes ici depuis Atatürk et l'on continue à nous tolérer. Il est vrai qu'on ne fait pas de prosélytisme. On se contente d'aider les gens. Bien. Nous sommes prêts ? Allons-y.

Éclairée par les phares de la Land Rover, la route semblait familière. Amira eut l'impression qu'elle avait toujours été dans cette voiture. Van n'était déjà plus qu'un rêve, Tabriz un souvenir lointain. Quant à al-Remal, elle n'y pensait plus.

Karim dormait et Philippe renouvelait ses instructions.

— N'oubliez pas : vous appelez Maurice Cheverny dès votre arrivée à Paris. Puis vous vous assurez que personne ne vous suit quand vous quittez Orly. A l'aéroport même ils ne prendront pas de risques. S'ils tentent quelque chose dans Paris, prévenez la police. Demandez l'asile politique s'il le faut. Mon Dieu, j'allais oublier ! Prenez cet argent. Ce sera amplement suffisant jusqu'à Paris.

A deux heures du matin, frère Peter fit ses appels de phares.

Philippe s'arrêta, ouvrit la portière. La lumière intérieure révéla son teint gris.

— Vous allez bien ?

— Pardon ? Oui, oui. Je suis simplement fatigué. Ne vous inquiétez pas.

Frère Peter les rejoignit.

— C'est ici qu'on se sépare, dit-il à Philippe. J'ignore ce que tu comptes faire maintenant, mais sois prudent.

— Toi aussi. Et merci encore. Pour tout.

— C'est Dieu qu'il faut remercier, mon ami, pas son pauvre serviteur.

Philippe se tourna vers Amira qui ne pouvait retenir ses larmes. Il la serra dans ses bras à lui faire mal.

— Adieu, mon amour. J'aurais voulu... j'aurais voulu que tout soit différent...

— Ce le sera un jour. Ne me dites pas adieu, mon cœur. Ce n'est qu'un au revoir. Nous sommes liés à jamais, n'est-ce pas ?

— Oui. A jamais. Au revoir, Amira. Au revoir.

Frère Peter porta Karim dans la camionnette en demandant à Amira de le suivre.

Au moment où elle se cala entre les cageots avec son fils, elle rencontra une dernière fois le regard de Philippe. Puis, autour d'elle, tout s'effaça tandis que frère Peter rabattait les couvertures.

— Pars le premier et appuie sur l'accélérateur, dit-il à Philippe. Je préfère arriver bien après toi à Agri.

La réponse de Philippe échappa à Amira. Elle n'entendit que le bruit de la Land Rover qui démarrait. Puis le camion s'ébranla.

— Pas trop inconfortable ? s'inquiéta frère Peter.

— Non. Ça va très bien.

— Parfait. Au prochain arrêt, nous serons à Erzurum.

Il faisait noir sous les couvertures où se perdait la notion du temps. Depuis combien de temps roulaient-ils ?

— Frère Peter ?

— Oui ?

— Pourquoi m'aidez-vous ?

Il y eut un silence.

— Je crois que Dieu me l'a ordonné.

— Philippe et vous devez être de très bons amis.

Frère Peter marqua un second silence.

— Je lui dois, entre autres, d'être encore en vie.

Leur conversation s'arrêta là. Beaucoup plus tard, frère Peter annonça qu'ils arrivaient à Agri et l'allure de la camionnette s'accéléra. Puis dans le temps se creusa un vaste espace noir. Amira dormait.

Elle s'éveilla quand ils s'immobilisèrent. Une portière s'ouvrit, les couvertures furent enlevées et pendant quelques instants la lumière du jour l'aveugla.

— Passez devant. Vite. Nous sommes près d'Erzurum et on va tomber sur un poste de contrôle dans quelques kilomètres.

Karim était mouillé, mais elle n'avait pas le temps de le changer. Utilisant le rétroviseur, elle s'arrangea un peu.

— Avez-vous un foulard ?

— Oui.

— Utilisez-le comme un voile. Même les Européennes le font par ici.

Au poste de contrôle, frère Peter répondit en turc aux questions posées par un officier armé. L'homme donna un ordre. Frère Peter céda le volant à un soldat.

— Ne craignez rien, dit-il à Amira. Erzurum est une zone militaire. Tous les étrangers doivent être escortés par un soldat. Ce n'est pas plus mal d'avoir un chauffeur.

A l'aéroport, Amira changea un Karim bougon, à demi endormi. Un haut-parleur crachotant annonça le vol d'Ankara.

— Nous sommes à l'heure, observa frère Peter. Depuis le temps que j'avais envie d'assister à un miracle, me voilà comblé. C'est un bon signe, madame Sonnier.

Avec le soldat, il l'accompagna jusqu'à l'avion.

— *Sagol !* fit le Turc.

— *Sagol !* répondit Amira. Et pour vous aussi, frère Peter.

Elle arriva à Ankara à midi, à Istanbul dans la soirée, et dormit cette nuit-là à neuf mille mètres d'altitude, dans un jet en vol pour Paris.

M. CHEVERNY

Elle entra en France avec une facilité qui contrastait agréablement avec ce qu'elle venait de vivre. Trop occupé à bâiller, le policier qui prit son passeport y jeta à peine un coup d'œil.

Mais elle n'en resta pas moins sur le qui-vive. Il n'était pas impossible que l'aéroport fût surveillé s'ils n'avaient pas encore découvert l'accident. Cet homme qui avait l'air d'être turc et scrutait la foule cherchait-il vraiment quelqu'un ou faisait-il semblant ? Dans le couple qui discutait près d'un comptoir et pouvait être iranien, la femme ne venait-elle pas de regarder dans sa direction ? Et cet homme jeune, en jean, assis dans un recoin, qui tournait les pages d'un polycopié, ne jouait-il pas les étudiants légèrement attardés ?

Elle changea un billet de dix francs et se dirigea vers une cabine téléphonique. Une main crispée sur les poignées de son sac, elle traînait Karim, éberlué par la foule.

Alors qu'elle cherchait la bonne pièce pour téléphoner, quelqu'un s'approcha d'elle.

— Madame Sonnier ?

Que devait-elle faire ? Nier qu'elle s'appelât ainsi ? Se sauver ? Elle se retourna et découvrit l'homme en jean.

— Je m'appelle Paul, lui dit-il en souriant. Je travaille pour M. Cheverny. C'est à lui que vous voulez téléphoner ?

— Oui.

Elle soupira de soulagement.

— Allez-y.

Il lui prit une pièce qu'il inséra dans l'appareil.

La voix grave, Cheverny manifesta une cordialité prudente.

— Bienvenue à Paris, madame Sonnier. Avez-vous fait bon voyage ?

— Oui.

— Bien. Nous avons du travail, mais ça peut attendre jusqu'à demain. J'imagine que vous avez besoin d'un peu de repos. Paul est-il avec vous ? Pourrais-je lui parler ?

Paul prit le récepteur qu'elle lui tendait, écouta, répondit : « Ça va. Non. Oui, monsieur », puis raccrocha.

Il était venu en voiture. Tandis qu'ils quittaient le parking, elle ne put s'empêcher de regarder derrière elle.

— Non, nous ne sommes pas suivis. Personne n'était venu vous repérer à Orly.

— Comment le savez-vous ?

— Ça fait partie de mon travail.

— Et à mon sujet, que vous a-t-on dit ?

— Seulement que quelqu'un vous recherche. Quelqu'un qui dispose de toutes les ressources d'un gouvernement étranger. Je sais aussi que M. Cheverny fera de son mieux pour vous protéger.

— Où allons-nous ?

— Je vous conduis à un hôtel où M. Cheverny envoie parfois des clients qui ont besoin de discrétion. C'est petit mais effectivement discret, et très joli.

Quelque part, à proximité de la Seine, Amira découvrit tout simplement un véritable petit bijou.

Paul commença par vérifier la sécurité de sa suite, puis lui recommanda la prudence.

— C'est dommage de ne pas profiter du printemps à Paris, mais vous ne devez pas quitter l'hôtel. Appelez le concierge si vous avez besoin de quelque chose. A ce propos, vous avez ici le meilleur service de Paris.

Quand il fut parti, Amira se débarrassa de ses chaussures et soupira d'aise en s'allongeant sur le lit avec Karim.

Mais le téléphone sonna. C'était le concierge.

— Il est infiniment regrettable que la compagnie aérienne ait égaré vos bagages, madame. Mais si vous vouliez me donner vos mesures et m'indiquer ce que vous désirez, je vous ferai apporter un choix de vêtements.

— C'est très aimable. Seulement je n'ai pas beaucoup d'argent avec moi.

— Ne vous inquiétez pas pour ça, madame. Un arrangement a déjà été trouvé.

En attendant une nouvelle garde-robe, elle avait besoin de café, d'un vrai repas, d'une longue plage de repos. Mais, d'abord, d'un bon bain chaud.

— Allez, viens, jeune homme, dit-elle à Karim.

Pour une fois, il se laissa guider vers la baignoire sans bougonner.

Un déjeuner de gourmet, de nouveaux vêtements pour elle et Karim, une visite de Paul qui joua avec l'enfant et raconta des histoires amusantes sur Paris, un dîner délicieux et une télévision sans versets du Coran : le repos après la tempête.

Mais rien ne l'empêcha de penser à Philippe. Cette nuit-là, elle rêva qu'ils buvaient du thé dans une cabane de paysans, sur le mont Ararat tout enneigé.

Maurice Cheverny appela à neuf heures et lui proposa de la rencontrer deux heures plus tard. Il lui enverrait Paul. Puis une femme de chambre apporta du café, des croissants, du beurre, de la confiture et *Le Monde*.

Un gros titre attira son attention tandis qu'elle versait une cuillerée de confiture sur l'assiette de Karim. Le choc fut tel qu'elle laissa tomber la cuillère et ignora le cri de reproche de son fils.

« Un médecin français trouve la mort dans l'ouest de la Turquie. »

Elle lut l'article :

« Le Dr Philippe Rochon... est mort jeudi, selon toute vraisemblance, dans un accident au sud de Kars, en Turquie... corps retrouvé dans un torrent avec sa voiture... recherches entreprises pour retrouver une femme et un enfant qui voyageaient, pense-t-on, avec lui... Comptant parmi les membres les plus estimés de sa profession, le Dr Rochon avait par ailleurs créé plus d'une centaine de bourses dans des universités françaises et étrangères. »

Mais qu'était-il arrivé ? Ce n'était pas possible. Il devait y avoir une erreur.

Elle appela Cheverny.

— Je viens, comme vous, de découvrir cet article, madame. Paul passe vous prendre. J'ai annulé mes autres rendez-vous.

Le bureau de Maurice Cheverny dominait Paris depuis l'une des nouvelles tours de la capitale. Le cheveu rare, plaqué sur le crâne, trapu, la soixantaine, Cheverny portait des lunettes à double foyer.

— Je dois vous avouer, madame, que la situation devient particulièrement délicate. Le devoir voudrait que je signale aux autorités votre présence ici. Mais je dois aussi penser à mon client, et ses instructions étaient très précises.

Il ouvrit un tiroir fermé à clé, sortit une grande enveloppe et une petite et tendit la première à Amira.

— Vous trouverez dans cette enveloppe une importante somme d'argent, en dollars. Le Dr Rochon souhaitait que vous en preniez grand soin. Il m'a également demandé de vous mettre en rapport avec un chirurgien. Si vous le souhaitez, je l'appelle et Paul vous emmènera le voir. Et voici une lettre pour vous.

Il lui tendit la petite enveloppe qui contenait l'explication de la mort de Philippe. « *Cancer du pancréas... plus que six mois à vivre, six mois pénibles... de cette façon votre disparition accidentelle sera plus crédible... Je ne crois pas à une vie après la mort, mais sait-on jamais ? Je ne suis pas l'un de ces médecins qui s'estiment infaillibles. Peut-être nous reverrons-nous après tout. En attendant, gardez-moi vivant dans votre cœur. Allez jusqu'au bout de cette aventure et soyez heureuse en ayant votre fils auprès de vous. Au revoir, mon amour.* »

En larmes, elle demanda à Cheverny :

— Voulez-vous la lire ?

— Non. Vous me la résumez rapidement.

— Il allait mourir dans quelques mois. Mais il a quand même abrégé sa vie pour me permettre de fuir avec mon fils.

Cheverny enleva ses lunettes et les nettoya avec un mouchoir en papier.

— Philippe Rochon était comme un fils pour moi, dit-il, la voix altérée par l'émotion.

Puis il s'éclaircit la gorge.

— Encore une chose, madame. Philippe m'avait aussi demandé

de veiller à ce que vous puissiez vous inscrire à Harvard. J'ai prévenu un universitaire américain qui est un ami de longue date. Il est prêt à vous aider. Voulez-vous rencontrer ce chirurgien ?

— Oui. Aussi rapidement que possible.

Cheverny décrocha le téléphone.

ENNEMIS

Non loin de là, dans l'ancien hôtel particulier qui abritait ses bureaux parisiens, Malik regardait, incrédule, l'article du *Monde*. Il le connaissait maintenant par cœur mais n'arrivait toujours pas à y croire.

Par ses espions qui évoluaient dans l'entourage d'Ali, il avait appris la disparition de sa sœur sans doute avant Ali lui-même. Puis il avait été informé des recherches entreprises et, la veille, de l'implication de Philippe dans cette affaire ainsi que de la piste turque. Sachant que le médecin était peut-être romantique mais certainement pas idiot, il était parvenu à la conclusion que Philippe avait dû emmener Amira en France, là où, sur son propre terrain, il pouvait compter sur ses amis et utiliser son pouvoir. Toute cette histoire n'était pas une simple affaire de cœur. Amira fuyait un homme dangereux. Ce que Malik avait longtemps soupçonné, à partir de ce qu'il avait appris au sujet d'Ali et de son tempérament particulier, se voyait confirmé par la réaction de sa sœur.

Mais s'il avait espéré qu'Amira ne tarderait pas à le contacter parce que lui aussi pouvait l'aider et la protéger, l'article du *Monde* le déroutait totalement. Que fallait-il en déduire ? Il ne pouvait décidément pas croire à cette absurde disparition dans un coin perdu de Turquie. Quelque chose lui disait qu'Amira était vivante et que c'était peut-être à lui d'aller à sa rencontre.

Douze heures plus tard, sur le flanc rocailleux d'une montagne turque, en compagnie de deux gardes du corps, d'un interprète et d'un colonel de l'armée turque, Malik découvrait les restes de la Land Rover sur lesquels giclait l'eau bouillonnante d'un torrent.

Selon le colonel, Malik perdait son temps. Ou bien Amira et son fils avaient été tués et emportés par le courant — ce qui était le plus vraisemblable — ou bien, par miracle, ils avaient échappé à la mort. Mais, dans ce cas, l'armée qui avait ratissé la région les aurait retrouvés. Fallait-il se dire que les ours ou les loups les avaient empêchés de survivre ? De toute façon, Malik cherchait quelque chose qu'il ne pouvait trouver ici.

— Où dois-je chercher, alors ?

L'homme au visage tanné, dont l'âge semblait osciller entre quarante et soixante-dix ans et qui évoquait à la fois un berger et un bandit, regarda diplomatiquement vers l'horizon.

— Je ne connais pas votre femme, mais quand une femme de chez nous s'écarte du droit chemin, c'est toujours dans une ville qu'on la retrouve.

Malik comprit que le colonel le confondait avec Ali dont les agents devaient battre la campagne en présentant Amira comme une épouse fugueuse. Il allait sans dire que si Ali la trouvait avant lui, il ne pourrait intervenir en aucune manière.

Mais ni l'un ni l'autre ne la retrouva. Leurs hommes quadrillèrent l'est de l'Anatolie, intervinrent auprès des conducteurs de bus, de taxi, de tous ceux qui possédaient une voiture. Les fausses pistes se multiplièrent et même avec l'aide de la police et de l'armée qui reçurent de l'argent des deux côtés, rien de concret ne ressortit de ces recherches. Amira semblait avoir disparu de la surface de la terre.

Malik finit par baisser les bras en dépit de l'inexplicable certitude qui continuait à l'habiter et lui évitait au moins de rentrer à Paris, le désespoir au cœur.

Pour sa part, Ali ne se sentait pas saisi d'une intuition particulière. Il était simplement partagé entre la fureur et la peur. La trahison d'Amira suscitait le premier sentiment et, si elle n'était pas morte, il la tuerait vraisemblablement. Quant à la peur, elle concernait son fils. Si la mère avait péri, l'enfant avait dû subir le même sort.

Lorsque à Tabriz il avait appris leur disparition, il avait aussitôt pensé à l'aéroport. Mais cette piste ne l'avait mené qu'à un steward du vol pour Téhéran qui avait été formel : aucun enfant n'avait fait le voyage ce matin-là. Puis un peu plus de temps avait été perdu en voulant retrouver un Européen, sa femme arabe et leur enfant qui s'étaient embarqués à Téhéran pour Istanbul. L'homme était belge et en vacances avec sa famille.

Le lendemain, on retrouva le corps de l'agent de la Savak sur un tas de fumier, au sud de Tabriz. Le surlendemain, on apprit qu'un Philippe Rochon et sa femme avaient franchi la frontière turque à Bazargan. Philippe ! Pensant au rôle qu'il avait voulu lui faire jouer à al-Remal, Ali se dit avec amertume qu'il ressemblait à ces gens qui se coincent la main en posant un piège.

Du fait de l'implication de Philippe, Paris devint la ville à surveiller. Ali décida d'y envoyer ses propres hommes ou, plus exactement, ceux de son oncle, directeur des services secrets remalis. Les meilleurs agents opérant en Europe furent dépêchés à Paris, deux d'entre eux se précipitèrent à Orly mais arrivèrent juste au moment où Amira et Paul quittaient le parking.

Plus Ali réfléchissait à cette affaire, plus il était convaincu que son beau-frère était derrière tout ça. Il n'avait jamais apprécié Malik qu'il considérait comme un petit arriviste, imbu de lui-même et assez stupide pour singer les Européens, un travers qui affectait également sa sœur.

Il aurait pu parier que le petit médecin, dont il entendait bien briser la carrière, n'était qu'un pion dans le jeu de Malik, un prétexte, un leurre.

Puis, des montagnes perdues de l'est de la Turquie, arriva la nouvelle de l'accident. En premier lieu, Ali pensa qu'Amira et Karim avaient péri avec Rochon. Pour elle, il éprouva de la haine, pour son fils, du chagrin, mais il n'oublia pas pour autant de se méfier. Les informations lui parvenant de Turquie lui parurent floues et il envoya des hommes sur place. Ce fut ainsi qu'il apprit que Malik venait d'arriver sur les lieux du drame.

Il ne vit alors que deux possibilités. Ou bien quelque chose avait mal tourné dans le plan de Malik, et il était venu pour tenter de comprendre ce qui s'était passé. Ou bien, au contraire, son plan se déroulait parfaitement, ce qui impliquait que le cadavre de Rochon jouait un rôle précis et que la présence de Malik en Turquie renforçait la mise en scène.

Dans la première hypothèse, Amira et Karim étaient certainement morts. Dans la seconde, ils étaient vivants. Mais de toute façon, Malik devait être puni, et Ali prendrait sa revanche, à sa manière et en temps voulu.

UNE FEMME NOUVELLE

Amira suivit le déroulement des recherches dans les journaux et à la télévision. Il n'avait fallu que quelques jours à la presse pour découvrir l'identité de la passagère du Dr Rochon. Malik, Ali, son père et même Farid furent interviewés.

Pour une fois, elle put se féliciter de venir d'une culture qui désapprouvait la photographie. Les journalistes n'eurent à leur disposition qu'une seule photo, prise à l'occasion de son mariage et sur laquelle il était difficile de la reconnaître. De toute manière, nul reporter ne pouvait la localiser, du moins *a priori*. Et si d'aventure l'un d'eux y parvenait, il se verrait contraint de conclure à une méprise : elle avait changé de visage.

Son refuge était un château, près de Senlis, qui servait de lieu de convalescence à des femmes ayant subi une opération plastique qui étaient en mesure de s'offrir également le confort de cette retraite post-opératoire.

Le chirurgien lui avait expliqué qu'une totale transformation n'était pas nécessaire. Si l'on ne voulait pas être reconnu, il suffisait généralement de modifier deux ou trois caractéristiques fondamentales du visage.

Cassé par Ali, son nez avait de toute façon besoin d'être refait. La paupière supérieure serait légèrement relevée et elle porterait des lentilles de couleur qui lui donneraient des yeux d'un vert foncé. Sa cicatrice sur le front devait disparaître.

Pendant une semaine, elle eut l'air de sortir d'un accident d'avion. Puis le gonflement des tissus disparut, et Amira découvrit son nouveau visage, à la fois familier et différent.

Quinze jours plus tard, le chirurgien prit lui-même des photographies. Quarante-huit heures après, elle eut entre les mains son nouveau passeport et celui de Karim. Elle s'appelait désormais

Jenna Sorrel. Karim gardait son prénom. Elle l'avait voulu ainsi, contre l'avis du chirurgien. Mais à part cette anicroche, tout se passa le plus naturellement du monde. Philippe ne fut évoqué qu'indirectement, en termes élogieux : l'homme était exceptionnel et l'ami, merveilleux.

Un mois après son arrivée, Amira-Jenna monta à bord d'un cargo qui quittait Le Havre pour La Nouvelle-Orléans. Le choix de ce moyen de transport obéissait à une dernière précaution. Quelqu'un — sans doute Philippe — avait jugé que personne n'irait la chercher sur ce genre de bateau.

La traversée fut pénible. Seule femme à bord, elle sentit peser sur elle les regards de l'équipage. Il fallut que le capitaine, un Grec paternel et sensible à son embarras, intervînt. Les regards concupiscents de ses hommes se firent alors plus discrets. Mais si Amira se sentit moins gênée, elle n'eut en revanche aucun recours contre le sentiment de culpabilité qui la rongeait lorsqu'elle pensait au sacrifice de Philippe. Et puis il y avait Malik qui devait la croire morte et la pleurer. Ne devrait-elle pas lui faire signe, lui envoyer un petit mot ?

Non. Dans l'immédiat, en tout cas, il valait mieux ne pas le prévenir.

En arrivant à La Nouvelle-Orléans, elle demanda officiellement le statut d'étudiante étrangère. Puis elle se mit en quête d'un hôtel qui offrît un service de garde d'enfants et, lorsqu'elle l'eut trouvé, elle chercha un bijoutier.

La ville la surprit par son aspect méditerranéen qui tranchait sur l'idée qu'elle se faisait de l'Amérique. Dans la rue Royale, elle repéra une bijouterie mais n'y entra qu'en passant devant pour la quatrième fois, le temps de refouler de vieux préjugés soulevés par un nom juif. Repoussant sa loupe sur son front, le bijoutier se leva pour l'accueillir.

— J'aimerais vendre quelques bijoux, annonça-t-elle.

Elle vida son coffret sur le comptoir.

— Le commerçant — un homme âgé — regarda un moment ce qu'elle lui proposait puis déclara :

— C'est très beau. De grande qualité. Puis-je vous demander votre nom, madame ?

— Sorrel.

— Sorrel. Harvey Rothstein. Ravi de faire votre connaissance. Votre nom est français ?

— Oui. Je suis française par mon mariage.

— Je vois.

Il baissa sa loupe sur son œil droit et examina les joyaux avec, de temps à autre, un soupir de plaisir.

— Je vais les acheter, finit-il par dire, même si je dois emprunter de l'argent pour le faire.

Il avança un chiffre qu'Amira trouva très bas. Elle marchanda. Il augmenta modérément son prix.

— Vous n'obtiendriez pas plus ailleurs.

Quelque chose chez cet homme, son admiration devant ses bijoux, la poussèrent à le croire.

— Bien. Marché conclu.

— Revenez demain matin. J'aurai un chèque de mon banquier.

Il recommença à regarder les bijoux.

— Madame, vous n'êtes pas sans savoir que la valeur de ces joyaux dépasse mon offre. Mais je dois penser à mon bénéfice et, d'autre part, aux risques que je prends certainement avec eux... Il y en a un d'ailleurs que je vais vous laisser. (Il sépara du lot le rubis de Marie-Antoinette.) J'ai reconnu cette bague. N'importe quel bijoutier, un tant soit peu avisé, la reconnaîtrait également. Gardez-la et permettez-moi de vous dire que je suis certain qu'un jour tout s'arrangera pour vous et que vous serez contente de l'avoir.

Dans l'après-midi du lendemain elle prit, *via* New York, un avion pour Boston où, recommandée par Maurice Cheverny, elle passa une interview et un test, et se vit accepter à Harvard pour la rentrée, dans le département de psychologie.

SIXIÈME PARTIE

UN VRAI PETIT AMÉRICAIN

Jenna Sorrel regarda son fils qui revenait de l'école avec un œil au beurre noir et une trace de sang séché sous le nez.

— Que s'est-il passé, Karim ?

— Rien.

— La vérité, jeune homme.

— Je me suis battu, voilà ! Ça te va ?

Jenna perçut un mélange de honte et de fierté dans la réponse de son fils, et elle se dit qu'elle ne devait pas oublier qu'il avait déjà neuf ans.

— Mais non, ça ne me va pas du tout ! Comment est-ce arrivé ?

— Josh m'a insulté.

La moitié des camarades de classe de Karim semblait s'appeler Josh. Mais il y en avait un avec lequel il se heurtait souvent.

— Josh Chandler ?

— Oui.

— Et que t'a-t-il dit ?

— Oh, rien de nouveau.

Elle se souvint des insultes que les étudiants du Moyen-Orient avaient essuyées quand les Iraniens avaient pris des Américains en otages. De temps à autre, Karim, à cause de son prénom et de son teint mat, était victime d'une cruauté similaire.

— Des insultes ne justifient pas une bagarre. Tu le sais, il me semble.

Retenant ses larmes, Karim hocha la tête.

— Ton père disait toujours que les gens se trompent quand ils croient plus courageux de se battre que d'éviter la bagarre. Et ton père n'avait rien d'un lâche.

Karim renouvela son signe d'acquiescement. Ce père, qu'il

n'avait jamais connu, était son héros. Malheureusement, sorti de l'imagination de Jenna, il n'était en fait qu'une illusion. Une illusion dont elle portait la responsabilité avec une certaine appréhension. N'avait-elle pas créé un modèle paternel trop parfait pour susciter l'émulation ? Elle s'était beaucoup inspirée de Philippe, mais en faisant — par prudence — du médecin un marin, capitaine d'un navire, lequel avait trouvé la mort dans un port africain où il venait apporter des médicaments pour combattre une épidémie.

— Eh bien, Karim, nous allons régler ce problème ! Tu m'accompagnes chez les Chandler.

Elle les avait déjà rencontrés à l'école et savait qu'ils vivaient dans l'élégant quartier de Bacon Hill, à deux pas de Marlborough Street.

Une bonne leur ouvrit la porte et les fit entrer. Carolyn Chandler apparut, en tenue de tennis, grande, blonde, le sourire gracieux bien qu'un peu tendu. Derrière elle, Cameron Chandler avait l'air d'un grand ours, cordial mais préoccupé. Ils devaient avoir environ trente-cinq ans.

— Si j'ai bien compris, il y a eu un petit problème, fit Cameron.

— En effet, et je souhaiterais que ça ne se renouvelle pas.

Carolyn intervint :

— Je crois savoir que c'est votre fils qui a voulu se battre.

— Si c'est exact, il a eu tort et vous présentera ses excuses. Mais, d'après ce qu'il m'a dit, Josh aurait tenu des propos hostiles à... son héritage ethnique. Il faudrait que cela cesse. Je suis sûre que vous serez d'accord avec moi.

— Josh, viens ici ! ordonna Cameron.

Sensiblement plus grand et plus fort que Karim, Josh avait reçu un coup sur la bouche qui lui avait déchiré une lèvre.

Son père lui posa sans ménagement quelques questions qui l'amenèrent à confesser une quasi-vérité. Puis Cameron demanda aux deux garçons de se serrer la main et d'oublier l'incident.

— On va faire quelques paniers ? proposa Josh à Karim.

— Oui. Je peux, maman ?

— Si tu ne t'attardes pas...

Les garçons s'exclurent sans plus attendre de cette réunion d'adultes. Soudain embarrassée, Jenna remercia avec empressement Carolyn qui lui proposait de prendre un café. Cameron se joignit à elles, un verre à la main.

Sans que l'on pût parler d'évidente indiscrétion de la part des Chandler, Jenna se sentit bientôt incitée à parler d'elle. Elle fit le récit de son passé imaginaire avec l'aisance et l'impression de vérité que lui donnait l'habitude de ce genre de situation. En ce qui concernait ses hôtes, elle avait apparemment peu de choses à apprendre. Tout en eux reflétait leur appartenance à la bonne société de Boston. Cameron était banquier. Carolyn consacrait ses loisirs au tennis et aux œuvres de charité. Le premier affichait une attitude amicale. La seconde se montrait réservée, sans doute par manque de confiance en elle.

Jenna sentit une certaine distance entre eux, quelque chose de contraint dans leurs attitudes et leurs gestes. Peut-être s'étaient-ils disputés à propos du comportement de leur fils.

— Ainsi, vous êtes psychologue, fit Cameron.

— Oui.

S'animant soudain, Carolyn s'exclama :

— Ah, bien sûr, c'est vous ! Je n'avais pas fait le rapprochement.

Jenna s'inquiéta.

— Que voulez-vous dire ? demanda-t-elle du bout des lèvres.

— Vous avez publié un livre, n'est-ce pas ? Je ne l'ai pas encore acheté mais j'ai lu une très bonne critique. *Chaînes...*

— *Chaînes ancestrales.* C'est le titre, oui. Je vous en apporterai un exemplaire, si vous le souhaitez.

Ce livre avait été une bonne surprise pour Jenna. Écrit à partir de sa thèse de doctorat, publié par une petite maison d'édition universitaire du Midwest, il avait bénéficié d'une excellente critique dans le *New York Book Review* et connaissait maintenant un succès très inattendu. Réimprimé, vendu à trente mille exemplaires, il allait peut-être même paraître en livre de poche.

— Drôle de titre, observa Cameron.

— Il a été choisi par l'éditeur.

— Et quelles sont ces chaînes ?

— Celles qui lient les femmes aux hommes et permettent différentes formes de discrimination et de violence. Mais je ne peux pas résumer le livre en une phrase.

279

— Sujet sensible ! Suffisamment sensible pour que je reprenne un verre. Je vous en rapporte un aussi ?

Il ne posa pas la question à sa femme.

— Non, merci. Il faut que je parte. Je vous ai suffisamment dérangés.

Les Chandler émirent les protestations d'usage. Puis Carolyn la raccompagna jusqu'à la porte.

Dans la rue, elle jeta un regard oblique vers son fils. Partagée entre l'amour et la tristesse, elle se dit qu'il grandissait trop vite. Déjà, il s'éloignait d'elle avec son visage de petit homme aux magnifiques yeux noirs et aux expressions parfois indéchiffrables. Cette transformation, elle la ressentait d'autant plus profondément qu'ils avaient été soudés l'un à l'autre pendant qu'ils découvraient ensemble un monde nouveau.

Tendrement, elle lui ébouriffa les cheveux. Il s'écarta d'elle, mais en souriant, et elle perçut dans cette scène une sorte de clin d'œil à la famille américaine qu'elle aurait très bien imaginée dans un spot publicitaire. A al-Remal, une mère n'aurait jamais eu un geste aussi familier à l'égard d'un garçon de neuf ans. Mais, bien entendu, Karim ignorait ce genre de choses. Karim était un vrai petit Américain qui parlait sans accent ou, plus exactement, avec un pur accent bostonien...

Pour la énième fois, elle se demanda si elle ne se trompait pas en lui cachant la vérité. Elle était allée chez les Chandler défendre l'héritage de son fils alors qu'elle ne lui permettait même pas de connaître sa vraie nationalité. Cet héritage qu'elle ne voulait pas voir attaqué, elle l'en privait constamment.

Jamais elle ne l'emmenait dans une mosquée, alors que Boston lui en offrait la possibilité. Elle ne lui avait enseigné que quelques rudiments de l'islam, en faisant de même pour les autres religions. Il ne connaissait pas son père et ignorait sa lignée royale.

Le jour où elle l'avait inscrit à la prestigieuse école du Commonwealth — qui s'était empressée de l'accepter parce qu'elle manquait d'élèves appartenant à une « minorité » —, n'avait-elle pas été simplement motivée par ses souvenirs et fantasmes aristocratiques ?

Elle finirait par lui dire la vérité, se promit-elle une fois de plus. En attendant, ne pouvait-elle s'abstenir de se tourmenter ?

A quoi bon oublier qu'elle n'avait fait que ce qui lui semblait nécessaire ?

Cherchant à se ressaisir, elle se tourna vers Karim.

— Ça te plairait de t'arrêter à la librairie pour voir s'ils ont reçu de nouveaux puzzles ?

Karim partageait sa passion des grands puzzles diablement compliqués, et elle aimait cette complicité intellectuelle devant la difficulté.

— On pourra aussi commander une pizza ?

— Bonne idée. Oui.

En ces instants de connivence, elle le sentit de nouveau proche d'elle. Elle retrouvait son petit garçon. Jenna et Karim, unis contre le reste du monde.

Chaque mercredi, Jenna avait l'impression de relever un défi. Éprouvant une sympathie particulière pour les trois patientes qu'elle recevait dans l'après-midi, elle trouvait toujours difficile de rester objective avec elles.

La dernière, celle qui entrait dans son cabinet en fin de journée, avait trente-cinq ans et s'appelait Toni Ferrante. Mariée depuis quinze ans, mère de deux garçons un peu plus âgés que Karim, elle s'était décidée un an plus tôt à reconnaître finalement son homosexualité. Mais elle ne parvenait pas à l'avouer à sa famille. Du point de vue de Jenna, Toni était un cas difficile parce que, en fait, elle ne présentait aucune pathologie. En venant chez une psychologue, elle ne cherchait qu'une confidente qui s'abstiendrait de la condamner pendant qu'elle menait son combat pour choisir entre vivre sa vérité et vivre dans le mensonge.

Le choix devant lequel elle hésitait, Jenna ne le comprenait que trop bien. Souvent elle se faisait l'effet d'une hypocrite — voire d'un charlatan — en prétendant aider les autres à affronter leurs problèmes alors qu'elle-même se détournait des siens.

Cet après-midi-là, à la fin de la séance, Toni franchit la frontière convenue entre patiente et psychologue.

— Vous savez, Jenna, j'ai vu votre livre. Comment se fait-il qu'il n'y ait pas votre photo sur la couverture ?

— Oh, tout simplement parce qu'à l'origine c'est une thèse universitaire et que pour ce genre de publication on se passe de la photo de l'auteur.

Bien que la réponse fût plausible, un rien de scepticisme dans l'expression de Toni poussa Jenna à ajouter :

— Je dois dire aussi que mon père, qui respecte les dogmes de l'islam, m'a inculqué son rejet de la photo.

Toni sourit.

— Je vois. On essaie encore de conquérir le cœur de papa.

En fait, Jenna avait refusé de prendre des risques en laissant sa photo paraître sur le livre. Elle s'était plusieurs fois opposée à l'éditeur sur ce sujet.

Oui, vivre dans le mensonge, elle savait ce que c'était.

Quand Toni fut partie, elle se retrouva devant la pile de papiers et de lettres qui l'attendaient et lui donnaient envie de prendre une secrétaire. Elle la regarda une fois, deux fois, puis se sauva. Pendant que Karim faisait du sport, elle allait s'offrir une tasse de thé au coin de la rue.

En chemin, elle acheta les deux magazines les plus susceptibles de parler de son frère et, dans le café, entama sa lecture, dès qu'elle eut commandé du thé Earl Grey avec un croissant et de la confiture. Mais elle ne trouva aucune nouvelle concernant Malik, même pas une petite rumeur lui prêtant une romance avec un mannequin ou une star, bien qu'il fût — les journalistes ne manquaient pas de le spécifier — toujours marié et heureux de l'être.

Depuis quelque temps, les magazines le présentaient non plus comme l'un des hommes les plus riches du monde mais bien comme le plus riche de tous. Il possédait une flotte qui pouvait rivaliser avec celle de son ancien mentor, des actions dans de multiples entreprises à travers le monde et, selon les spéculations journalistiques, semblait tirer d'énormes profits de ventes d'armes au Moyen-Orient et ailleurs.

De temps à autre, on rappelait la disparition tragique de sa sœur, la princesse Amira.

Deux fois ils avaient publié des photos de Geneviève souriante, mais un peu plus forte que dans le souvenir de Jenna. Et, une fois, une photo de Laila, grande, svelte et fixant un regard agacé sur le photographe.

Malik ignorait que sa sœur et Karim étaient vivants. Cela faisait sept ans que la peur empêchait Jenna de le contacter. Certes, elle n'était plus terrorisée comme au début, mais continuait à être vigilante. Malik attirait trop les reporters fouineurs et sans scrupule pour qu'il pût garder un secret longtemps. Et toute sa fortune ne suffirait pas à la protéger contre Ali.

Par les mêmes magazines, elle avait appris qu'il s'était remarié et avait eu un autre fils. Mais cela ne l'empêcherait pas de fondre sur elle comme un faucon s'il parvenait à la retrouver.

— Jenna ? Puis-je m'asseoir à votre table ?

Elle leva les yeux et reconnut Carolyn Chandler.

— Bien sûr ! Quelle bonne surprise !

— Mais j'interromps votre lecture...

— Ah, oui, j'ai la faiblesse de lire ce genre de journaux ! C'est mon seul vice. Enfin, le pire...

Carolyn s'assit. En jupe noire et chemisier de soie grise, elle avait l'air d'une femme d'affaires.

— Ça m'arrive aussi, dit-elle. Vous avez vu, la semaine dernière, l'article qui expliquait que des extra-terrestres kidnappaient des vaches pour les féconder ?

— Mon Dieu, non ! Un de ces jours, je vais en avoir parmi mes patients. Et avec les problèmes qu'ils ont...

— Vous risquez plutôt de voir arriver les pauvres vaches traumatisées. (Carolyn regarda autour d'elle.) Le monde est vraiment petit. C'est la première fois que je pénètre dans cet endroit. Une impulsion. Vous habitez par ici ?

— Pas loin. Mais mon cabinet est juste à côté.

— Alors, comme ça, vous ne vous contentez pas d'écrire. Vous pratiquez vraiment la psychiatrie ?

— La psychologie.

Une serveuse s'approcha de leur table. Carolyn commanda un cappuccino.

— Vous avez remarqué que nos fils sont devenus inséparables ?

Jenna sourit.

— J'ai beaucoup entendu de « moi et Josh » ces derniers temps, en effet.

Comme elles étaient installées près d'une fenêtre, la lumière de cette fin d'après-midi rehaussait le hâle de la joueuse de tennis et accentuait la couleur noisette de ses yeux. Carolyn paraissait beaucoup plus amicale que lors de leur précédente rencontre. Elle avait dû être contrariée par le comportement de son fils.

Semblant lire dans les pensées de Jenna, elle observa :

— C'est étonnant comme ces garçons peuvent changer d'attitude d'une minute à l'autre. Ils sont prêts à s'entre-tuer et, tout à coup, ils deviennent comme les deux doigts de la main. Et quand ils sont adultes, c'est pareil. Je jurerais qu'ils appartiennent à une espèce différente de la nôtre. Ce sont peut-être eux, les extra-terrestres ! Je me souviens d'une camarade de classe qui m'avait giflée un jour. Je n'ai jamais cessé de la haïr depuis. De même, quand un homme bat une femme, il n'est jamais pardonné, n'est-ce pas ?

— Effectivement, répondit Jenna tout en pensant que ce genre de situation était plus complexe. Mais ce n'est pas partout pareil. Là où j'ai grandi, quand un homme en frappait un autre, ils devenaient des ennemis jurés et ça pouvait très mal se terminer.

Carolyn secoua la tête.

— Je continue à prétendre que ce sont tous des extra-terrestres. Comment en sommes-nous venues à ce sujet déprimant ?

Elle sortit un paquet de cigarettes de son sac, mais le cappuccino arriva avant qu'elle ait eu le temps d'en allumer une.

Jenna jeta un coup d'œil à sa montre.

— Je suis désolée mais je dois partir. J'ai un ragoût qui est en train de cuire et qui risque d'être immangeable si je ne m'en occupe pas. C'est aussi l'heure où Karim doit rentrer. Après le football, il a un appétit d'ogre.

— C'est la même chose avec Josh. Et ils n'en sont pas encore à la puberté. A ce moment-là, il nous faudra remplacer les couverts par des pelles et des pioches.

— Vous avez bien fait de vous fier à votre impulsion. J'ai été heureuse de vous revoir.

— Moi également. Écoutez, dimanche prochain, nous recevons quelques amis à déjeuner. Ce sera très simple, très détendu. J'aimerais que vous veniez. Avec Karim. Josh vous en sera reconnaissant.

Jenna hésita. Elle avait pris l'habitude, par prudence, d'accepter rarement une invitation. Aller vers de nouvelles rencontres, n'était-ce pas prendre le risque d'être un jour reconnue ? Au fil des années, sans s'en rendre compte, elle s'était enfermée avec Karim dans une forteresse dont elle osait peu sortir.

— Je conçois que ma proposition soit tardive, nota Carolyn.

Jenna décida d'accepter.

— Non. Ce n'est pas un problème. Je viendrai avec plaisir.

— J'apprécierai beaucoup votre présence. Vous pouvez venir accompagnée. Plus on est de fous, plus on s'amuse.

— La compagnie de Karim me suffira. Merci. J'attendrai dimanche avec impatience. A quelle heure ?

— Vers onze heures. Ce sera très décontracté. Pour la plupart, nous serons en survêtements.

Rentrant chez elle, Jenna se sentit mal à l'aise. Qu'est-ce qui l'avait poussée à accepter ce déjeuner ? Carolyn était agréable mais, à part l'amitié de leurs fils, rien ne semblait devoir les rapprocher.

N'était-elle pas tout simplement fatiguée de vivre en recluse ?

Si Carolyn avait su comment elle vivait, elle ne lui aurait évidemment pas suggéré de venir avec quelqu'un. Ou alors c'eût été une plaisanterie un peu triste... Depuis sept ans qu'elle était à Boston, elle n'avait pas eu la moindre liaison. Les occasions n'avaient pas manqué mais elle avait repoussé tous ceux qui lui avaient fait des avances. Après Ali et Philippe, elle éprouvait le sentiment que les hommes lui étaient désormais interdits. La cruauté d'Ali l'avait marquée mais la perfection de Philippe également. Personne ne pouvait l'égaler.

Toutefois le temps avait passé. A trente ans, elle sentait un vide dans sa vie. Se pouvait-il qu'il y eût quelqu'un pour elle, quelque part, en dépit de tout, en dépit du fait qu'elle restait une femme mariée ? Était-ce cet espoir qui l'avait incitée à répondre à l'invitation de Carolyn ?

Elle retrouva son appartement avec un sentiment de sécurité et de fierté. Elle s'y était installée un an plus tôt lorsque son activité avait vraiment démarré. Il comprenait trois chambres, dont une convertie en bureau. Le loyer était élevé mais sans comparaison avec ce qu'elle avait payé pour son premier appartement.

Elle ne pouvait se souvenir, sans rire d'elle-même, de sa naïveté de petite fille riche quand elle était arrivée à Boston. Cinq chambres sur Commonwealth Avenue, une bonne, une nurse pour Karim : elle avait cru pouvoir maintenir un certain train de vie. Au bout d'un an, elle avait compris et déménagé en renvoyant nurse et bonne qu'elle ne pouvait plus se payer. Ce qui ne l'avait pas empêchée de vivre agréablement avec son fils.

Le ragoût mijotait en répandant une odeur rassurante. Elle entendit bientôt le klaxon du minibus des footballeurs dans la rue, puis les pas de Karim dans l'escalier.

— Bonsoir, maman ! Devine combien de buts j'ai marqués...

— Deux.

— Trois !

— Qui était le gardien ?

— Josh.

— Oh ! Il est en colère ?

— Non. On est copains. Et puis ce n'est pas sa faute si les autres n'ont pas pu m'arrêter.

— Tu es la superstar, alors ?

Elle le taquinait, mais il ignora sa remarque.

— On peut manger tout de suite, maman ? Ça sent bon et je meurs de faim.

— Vas-y. Mets-toi à table. Mais je te regarderai manger. J'ai pris un petit goûter en sortant de mon travail.

Ils s'installèrent dans la cuisine et parlèrent de l'école et du foot pendant que Karim dévorait son dîner : une scène familiale qui réchauffa le cœur de Jenna. Certes, à eux deux, ils composaient une famille fort réduite, mais une famille quand même, et en ces instants-là elle aurait pu assurer qu'elle se sentait profondément heureuse.

— On regarde la télé, maman ?

— Tu fais d'abord tes devoirs.

Karim bougonna, mais prit sa sacoche et se retira dans sa chambre.

Jenna avait également du travail. Une demi-douzaine de livres empruntés dans une bibliothèque et quelque deux cents fiches vierges l'attendaient. Mais l'énergie lui manquait pour entreprendre ces lectures et leur analyse. Elle se mit à aller et venir dans l'appartement en repensant aux paroles de Carolyn. Elle passa en revue les hommes qu'elle connaissait. Mais non, il n'y en avait pas un seul qu'elle aurait aimé emmener avec elle dimanche ! Quand elle voulut imaginer un compagnon possible, elle ne put songer qu'à Philippe. Il lui manquait et cette prise de conscience soudaine lui fit l'effet d'un coup de poing. Mais ne lui avait-il pas assuré qu'ils resteraient liés à jamais ? Demeurait-il près d'elle quelque chose de Philippe ? Comprenait-il sa solitude, sentait-il son amour ?

Elle s'interdit de s'apitoyer sur elle-même. Elle savait trop qu'il n'y avait rien de plus facile ni de plus négatif que ce genre de réaction émotionnelle.

Pour se changer les idées, elle regarda les nouvelles, mais tomba sur un débat qui lui rappela qu'elle restait imperméable aux subtilités de la politique américaine. Où était le programme ? Elle le cherchait lorsqu'elle aperçut sur l'écran un visage de femme vaguement familier...

« Tragédie en France, commenta le journaliste. Geneviève Badir, femme de l'homme d'affaires international Malik Badir, vient de trouver la mort dans un accident de voiture. Selon la police, sa Mercedes a été heurtée de plein fouet par un camion, près de Saint-Tropez où Malik Badir possède l'une de ses nombreuses propriétés. »

Jenna haussa fébrilement le son tandis que le présentateur poursuivait :

« Mme Badir, une ex-chanteuse, appréciée pour sa simplicité et sa gentillesse, se rendait dans l'un de ses restaurants favoris. Elle était seule dans la voiture. On croit savoir que son mari avait dû répondre à une affaire urgente. Le nom des Badir a souvent été associé à des intrigues gouvernementales et militaires en France comme dans d'autres pays. Mais il semble que rien ne permette de douter de la thèse de l'accident. Le conducteur du camion, qui a également été tué, était — je cite — "fortement ivre". Geneviève Badir avait trente-six ans. »

L'image de Geneviève et du journaliste s'effaça pour laisser l'antenne à un spot publicitaire.

— Non ! s'écria Jenna, le regard encore fixé sur l'écran. Non, non, non !

Le choc la priva de larmes. Pauvre Geneviève avec qui elle n'avait pu sympathiser que quelques instants à al-Remal et qu'elle ne reverrait jamais.

Elle zappa, chercha d'autres nouvelles qui pourraient lui en apprendre un peu plus sur l'accident. Puis, ne trouvant rien, se répéta ce qu'elle venait d'entendre. Malik aurait dû être avec Geneviève. Malik aurait pu mourir sans avoir appris que sa sœur était encore en vie. L'idée la remplit d'un insupportable sentiment de culpabilité.

Éteignant la télévision, elle alla fouiller dans son bureau pour y trouver du papier à lettres et se mit à écrire.

Mon très cher frère,

Je pleure avec toi. J'imagine ta douleur devant cette immense perte. J'aimerais tant pouvoir t'embrasser et te réconforter. Mais c'est impossible. Je te demande de me pardonner le chagrin que je t'ai causé. J'espère que tu comprendras que j'ai fait un choix aussi difficile que nécessaire.

J'ai connu des moments très durs et une grande solitude. Mais, grâce à Dieu, je vais bien et Karim aussi. Je fais un travail que j'aime et mon début de carrière est réussi. C'est ce qui, avec Karim, me permet de tenir. Je souhaite que tu trouves toi aussi une consolation dans l'amour de ta fille, et sois assuré que je pense souvent à toi et que mon plus cher désir est de te revoir.

Elle se promit de poster la lettre le lendemain, à la première heure, avant que la peur et le doute l'emportent sur sa décision. Mais ils la rongèrent de bon matin et la firent renoncer aux boîtes aux lettres de Boston. Le cachet de la poste ne pouvait que la trahir. Il fallait au moins qu'elle sortît de la ville ou même qu'elle filât jusqu'au Connecticut, sinon jusqu'à New York.

Elle mit la lettre dans son sac, en se jurant de la poster tôt ou tard. Mais certainement pas ce jour-là.

CAROLYN

Préoccupée par la situation de Malik et de Laila au lendemain de la mort de Geneviève, Jenna aurait oublié l'invitation de Carolyn si celle-ci n'avait téléphoné pour lui rappeler qu'elle l'attendait. En fait, elle se serait volontiers décommandée si une excuse lui était venue à l'esprit. Prise de court, elle promit de venir.

Ce ne fut pas l'aventure qu'elle avait tout à la fois espérée et redoutée. Les invités des Chandler formaient un petit groupe fermé : tous sortaient de la même université, connaissaient les mêmes gens et les mêmes histoires. L'unique célibataire, un avocat — visiblement chargé d'être son chevalier servant —, s'accorda plusieurs Bloody Mary et devint suffisamment sentimental pour parler de son ex-femme, à l'occasion du premier anniversaire de leur divorce.

Plus tard, Carolyn appela pour s'excuser. Elle fit sur le dos de l'avocat quelques commentaires peu flatteurs qui déclenchèrent le rire de Jenna. Ce fut ainsi que commença leur amitié.

Une amitié inhabituelle. Carolyn, qui avait quelques années de plus, joua les mentors en initiant Jenna aux subtilités américaines, ou plus précisément bostoniennes, en matière d'habillement, de maquillage, de décoration intérieure. Elle l'incita même à se mettre au tennis, mais le manque de disposition de Jenna pour ce sport se révéla avec tant d'évidence que le verdict de son professeur fut sans appel.

Tout en cherchant à guider Jenna sur le plan social, Carolyn révéla son besoin d'être aidée émotionnellement. Il lui fallait une confidente et, de préférence, étrangère à son cercle habituel. Mais elle n'en eut pas moins beaucoup de mal à s'épancher. Elle ne livrait que des indices et, bien entendu, ces révélations fragmentaires concernaient son mari.

290

Cameron se comportait étrangement avec Jenna. Cordial lors de leurs premières rencontres, il était devenu plus froid et semblait maintenant presque hostile. Jenna le soupçonna de se sentir menacé par son amitié avec sa femme. Les hommes avaient souvent ce genre de réaction. Mais elle finit par en parler à Carolyn.

— Surtout, Jenna, ne vous formalisez pas, lui répondit Carolyn. Il se comporte de la même façon avec ma famille. C'est un manque d'assurance de sa part. Mais il préfère se dire qu'ils ne lui plaisent pas. Je sais que c'est un problème.

— Et d'où lui vient son manque d'assurance dans ce cas ?

— Je ne sais pas si vous allez comprendre. Ses parents sont plus fortunés que les miens. Mais, en revanche, ma famille est installée à Boston depuis beaucoup plus longtemps que la sienne.

Avec ces questions de prestige familial, Jenna se serait crue à al-Remal. Mais, passé ce moment d'étonnement, elle eut la conviction que le problème des Chandler était ailleurs. En outre, il restait à expliquer le ressentiment de Cameron à son égard.

Au fil des semaines et des mois, tandis que l'amitié des deux femmes se consolidait, Carolyn livra suffisamment d'indices pour que Jenna conclût à de sérieuses difficultés dans son couple. Mais comment l'aider quand elle décourageait toute question directe ? Il ne fallait pas non plus lui suggérer d'aller voir un conseiller matrimonial.

— Non, Jenna, ce ne sont pas les habitudes de notre milieu. Pardonnez-moi, mais, vous savez, quand la façade commence à s'effriter, nous sommes bons pour aller nous installer à New York ou ailleurs, là où personne ne nous connaît.

Un beau jour de printemps, Jenna découvrit ce qu'elle avait réellement en commun avec Carolyn. Ce fut à l'occasion d'une partie de football où elles suivirent les exploits de leurs fils.

Carolyn était venue avec une vieille canne-siège qui avait dû appartenir à son grand-père et n'était plus d'une stabilité à toute épreuve. A un moment donné, alors qu'elle se penchait un peu trop en arrière, elle sentit qu'elle perdait l'équilibre et se redressa brusquement. Mais une douleur aiguë la fit se courber et tomber sur ses genoux en gémissant.

Jenna se tenait juste à côté d'elle.

— Oh, mon Dieu, qu'avez-vous ?

Les dents serrées, Carolyn murmura :

— Aidez-moi à regagner la voiture.

Dès qu'elle fut à l'abri des regards, elle se mit à pleurer.

— Ce salaud a dû me casser des côtes !

— Cameron vous frappe ?

— Oui. Là où ça ne se voit pas. Il est malin.

— Vous voulez dire que c'est une habitude ?

— Effectivement.

L'aveu était clair, mais déjà l'expression de Carolyn laissait entendre qu'elle souhaitait clore le sujet.

— Carolyn, écoutez-moi. Vous avez besoin, vous et Cameron, d'être aidés.

Carolyn se tut.

— Je connais ce genre de situations, insista Jenna. Certaines de mes patientes en sont victimes. Il faut réagir. Vous êtes en danger. Bientôt, il sera trop tard pour sauver votre couple.

Carolyn se tourna vers Jenna avec, dans le regard, quelque chose qui ressemblait à de la haine.

— Je ne suis pas l'une de vos patientes. Je n'ai pas besoin d'aide. Je veux simplement retrouver l'homme que j'ai épousé.

Combien de fois Jenna-Amira n'avait-elle pas tenu le même raisonnement au sujet d'Ali ? Cette impression de déjà-vu était si forte qu'elle en devenait vertigineuse.

Carolyn se referma sur elle-même. A ses yeux, elle était déjà allée trop loin, et, pendant une semaine, quand Jenna téléphona, la bonne répondit que Madame était absente. Puis, un soir, Carolyn appela mais pour parler de la pluie et du beau temps comme si rien ne s'était passé. Elle répondit d'ailleurs que tout allait bien lorsque Jenna tenta d'aborder le problème brûlant. Le ton fut sec et le message clair : Vous êtes priée d'oublier.

Elles continuèrent à se rencontrer pour aller au théâtre, assister à des matches de football, prendre le thé ou un cappuccino au coin de la rue. Mais ce n'était plus la même chose. Jenna attendait ce que Carolyn lui refusait : l'occasion de lui faire profiter de son expérience et de ses conseils.

Jenna avait son travail, Carolyn son tennis et ses œuvres de bienfaisance. Peu à peu, elles prirent de la distance l'une par rapport à l'autre. Leur amitié se relâcha puis cessa d'exister.

INCIDENT A TORONTO

La publication de *Chaînes ancestrales* valait à Jenna une certaine notoriété dans les cercles académiques, en particulier parmi leurs éléments féministes. Il en résultait des invitations multiples à des conférences et des symposiums qu'elle refusait systématiquement. Toujours par prudence.

Elle fit cependant une exception pour un débat intitulé « Femmes, histoire et thérapie » qui devait se tenir à Toronto. Le sujet lui tenait à cœur et une apparition publique lui semblait plus raisonnable au Canada que dans son pays d'accueil.

Après des années à Boston, elle trouva Toronto remarquablement disciplinée et propre, ses habitants polis et calmes, mais cette expérience canadienne lui parut plutôt terne. Si la ville était épargnée par la saleté et le danger, propres aux villes américaines, elle manquait cruellement de piquant et ne réservait guère d'heureuses surprises.

Les restaurants où elle dîna avec ses collègues offraient certes un décor agréable et une cuisine savoureuse, mais ne laissaient finalement qu'un souvenir insipide. L'université ressemblait moins à Harvard qu'au collège Victoria du Caire avec ses platesbandes et ses pelouses entretenues du matin au soir, celles-là mêmes que Malik lui avait montrées en photo. Et ce professeur canadien qui lui avait fait des avances, pourquoi avait-il battu en retraite à la première manifestation de réserve ?

En bref, quand le moment fut venu de repartir à Boston, elle était fin prête.

Mais le vol fut retardé et ce contretemps provoqua l'un de ces petits incidents capables de bouleverser une vie plus sûrement qu'une guerre, une épidémie ou une catastrophe naturelle.

Installée dans l'une des cafétérias de l'aéroport, elle buvait du thé en pensant à Karim lorsqu'elle surprit une conversation à la table voisine, apparemment entre deux hommes d'affaires qui venaient de se retrouver par hasard.

— Il faut que je vous raconte ce qui m'est arrivé à Rome, dit l'un d'eux avec un accent britannique. Ça s'est passé il y a deux jours. J'avais emmené un client au restaurant. On venait juste de commander, quand une fusillade a éclaté. On s'est jetés sur le sol, moi le premier, sans savoir ce qui se passait.

— Seigneur ! C'était la mafia ? Un règlement de comptes ?

— Non. Une tentative d'enlèvement de la fille d'un milliardaire quelconque qui justement dînait avec son père dans ce même restaurant. Je crois qu'il s'agissait de ce Badir, vous savez, cet armateur arabe.

— Oui, j'ai dû en entendre parler. Mais pourquoi cette fusillade ?

— J'imagine que ce Badir doit avoir ses gardes du corps. Lesquels ont pris les kidnappeurs de vitesse. Enfin, je peux vous dire que c'était terrifiant.

— Personne n'a été blessé ?

— Si. Un policier et deux ou trois clients, dont Badir lui-même.

Jenna n'en pouvait plus. Dès qu'elle avait entendu prononcer le nom de Badir, elle avait voulu réagir.

— Malik a été blessé ? demanda-t-elle en se retournant.

— Je vous demande pardon ?

— Malik Badir. Il a été touché ?

— Oui. Mais je crois que ce n'était pas très grave.

— Et Laila ?

— Laila ?

— La jeune fille. La fille de Badir.

— Elle n'a rien eu. Non. Sinon un sérieux choc, j'imagine. Vous parlez de ces gens comme si vous les connaissiez.

— Je... je suis une amie de la famille. Vous êtes certain qu'il n'était pas sérieusement blessé ?

— Écoutez, je n'ai pas tous les détails. Il y avait une atmosphère de panique dans ce restaurant. En fait, j'ai surtout appris ce qui s'était passé par *Le Monde*, en le lisant à Paris le lendemain.

— C'était dans *Le Monde* ? *Le Monde* d'hier ?

Il fallait qu'elle le trouve. On vendait certainement des journaux étrangers dans l'aéroport.

L'Anglais fouillait dans son attaché-case.

— Je dois encore l'avoir. Ah, le voilà ! (Il tendit le journal à Jenna.) Gardez-le puisque vous portez un intérêt personnel à cette affaire. Puis-je me permettre de vous demander...

Elle l'interrompit.

— Merci. Merci infiniment.

Elle se leva et alla lire l'article un peu plus loin. Laila n'avait effectivement pas été blessée. Quant à Malik, il avait été atteint au bras mais sa blessure ne présentait pas de gravité particulière.

Le vol de Boston fut annoncé. Cherchant son billet dans son sac, Jenna aperçut la lettre destinée à son frère et qu'elle n'avait toujours pas postée. Cette fois-ci, elle allait passer à l'acte. Elle trouva des timbres chez un libraire qui lui indiqua une boîte aux lettres et posta son courrier pour Malik avant de trop réfléchir. Mais l'instant d'après, tout en se précipitant vers la porte d'embarquement, elle sentit l'angoisse l'envahir.

« Mon Dieu, qu'est-ce que je viens de faire ? »

LAILA

Au cours des semaines suivantes, Jenna chercha plus d'une fois à imaginer la réaction de Malik à sa lettre. Avait-il été soulagé de la savoir vivante ? Furieux d'avoir été leurré ? Peut-être les deux en même temps.

Les magazines cessèrent de parler de lui pendant plusieurs semaines. Il était possible qu'il se fît discret après la mésaventure romaine. Puis, deux mois après cet incident, Jenna put lire que son frère venait d'acquérir un appartement à New York. L'article précisait que, selon une source bien informée, mais qui tenait à l'anonymat, Malik Badir estimait que sa fille serait plus en sécurité aux États-Unis qu'en Europe.

Jenna trouva cet argument très plausible, bien qu'elle soupçonnât un rapport entre sa lettre et la décision de son frère. Ne cherchait-il pas à son tour à établir un contact ?

En dépit de ses acquis intellectuels, elle continuait à croire aux signes et au destin et quand, un mois plus tard, elle apprit par le *New York Post* l'inscription de Laila dans un collège new-yorkais, elle se dit que le Ciel lui indiquait un chemin.

Assise à l'étroit dans la navette Boston-New York, Jenna essayait de se convaincre qu'elle avait vraiment besoin de revoir cet ancien professeur qui était passé de la théorie à la pratique et avec lequel elle devait déjeuner. Ce qui lui restait d'objectivité lui soufflait qu'elle perdait la tête : verdict un peu bref, nullement professionnel et dont son cœur se moquait totalement.

Les bureaux de David Weltman, sur Park Avenue, ressemblaient au cabinet d'un chirurgien de stars. L'ex-professeur de Harvard avait troqué ses vieux vestons aux coudes renforcés contre un costume d'Armani. Ses cheveux gris étaient coiffés avec élégance. Il avait réservé à L'Argenteuil où pendant tout le repas il restaura leur rapport professeur-étudiante, mais en remplaçant cette fois-ci les théories adlériennes par un exposé enthousiaste sur sa pratique à Manhattan.

— Et vous, Jenna ? demanda-t-il au moment du dessert. J'ai entendu dire que vous vous débrouillez très bien.

— Je ne peux pas me plaindre. J'ai assez de patients pour assurer mes fins de mois tout en réussissant à consacrer quelques heures à mes recherches.

— Pour un nouveau livre ?

— Pas dans l'immédiat. Et je fais aussi un peu de volontariat dans un refuge pour femmes battues.

C'était une activité nouvelle, entreprise en pensant à l'expérience de Carolyn qui lui avait rappelé la sienne.

— C'est méritoire, mais n'en faites pas trop. (Il sourit.) S'il y a une chose que j'ai apprise, c'est que les gens riches ont autant de problèmes que les pauvres.

— Je n'en doute pas.

Il jeta un coup d'œil à sa montre.

— C'est l'heure pour moi de retrouver les miens. Quand partez-vous ? Nous pourrions peut-être nous revoir et parler tranquillement du bon vieux temps.

— Il faudra que je revienne. J'aimerais aussi beaucoup revoir votre femme.

— Alors, oui, il faudra revenir. Elle n'est pas ici. Elle a été appelée d'urgence par sa famille.

Jenna prit un taxi qui la conduisit au collège Brearly, l'école de Laila. A proximité de la sortie, elle attendit l'apparition de sa nièce en se demandant si elle allait facilement reconnaître la petite fille qu'elle avait vue naître sur un lit de paille.

Mais elle n'eut pas à hésiter. Laila avait le visage en cœur de sa mère, quelque chose de Jihan, sa grand-mère, et l'allure de Malik adolescent avec ce je-ne-sais-quoi dans son maintien qui mêlait force et vulnérabilité.

Elle se tenait un peu à l'écart de ses camarades, comme si elle se sentait exclue. Mais Jenna la psychologue se rassura. Laila était encore trop nouvelle pour avoir eu le temps de s'intégrer à sa classe.

Quand une limousine s'arrêta devant Laila, Jenna retint son souffle. Enfin elle allait revoir le visage de ce frère qui lui manquait depuis si longtemps. Mais elle se trompait. L'homme qui sortit de la voiture n'était qu'un chauffeur-garde du corps. Quelques minutes plus tard, ils avaient disparu.

« Bien. Maintenant je l'ai vue. C'est ce que je voulais et je dois m'en tenir là. »

Elle s'était arraché une décision à laquelle elle renonça au bout de quelques semaines. Prétextant une recherche bibliographique qu'elle aurait pu faire par téléphone, elle retourna à New York et se retrouva presque naturellement devant le collège de sa nièce. Mais il n'était pas question de lui parler, de s'aventurer dans une situation risquée. Cela au moins était clair.

Laila ne tarda pas à sortir. Cette fois-ci, elle discutait avec ses camarades, ce dont Jenna se réjouit. Apparemment la limousine ne venait pas la chercher et c'était encore un signe d'adaptation que Jenna enregistra avec plaisir. Mais quand le petit groupe s'éloigna, à pied, du collège, Jenna abandonna son calme d'observatrice pour se laisser emporter par une envie déraisonnable.

Elle suivit les collégiennes qui, plaisantant et riant, s'engagèrent sur la Cinquième Avenue puis entrèrent dans un grand magasin où collectivement elles dépensèrent, en vingt minutes, ce que la plupart des patientes de Jenna auraient aimé dépenser en une semaine.

Le groupe passa ensuite dans un autre grand magasin, toujours suivi par Jenna. Là, elles se contentèrent de regarder et s'apprêtèrent très vite à ressortir. Mais que se passait-il ? Un homme s'était précipité sur Laila et retirait un foulard de sa sacoche de collégienne.

Un foulard volé.

Laila se mit à protester en pleurant. Les autres avaient disparu dans la foule des clients. Impulsivement, Jenna s'interposa entre l'homme et Laila.

— Qu'est-ce qui vous prend, monsieur ?
— Qui êtes-vous ?

298

— La mère de cette jeune fille. Et vous ?

— Un des surveillants de ce magasin.

Le gérant apparut. Jenna se tourna vers lui en manifestant autant d'indignation que d'innocence blessée.

— J'avais donné rendez-vous à ma fille ici, à ce rayon, parce que j'avais vu un foulard qui me plaisait. J'en ai d'ailleurs déjà un du même genre à la maison. Et voilà que pendant qu'elle m'attend avec le foulard, cet homme lui saute dessus. Est-ce une façon de traiter des clients fidèles, monsieur ? Si vous avez ce genre d'habitude, je...

Le gérant ne la laissa pas terminer sa phrase. Cette femme qui avait du panache et sans doute de l'argent devait être ménagée. Il ne pouvait prendre le risque de croire à un rôle de composition jouée par une voleuse bien qu'il ne fût pas naïf. Par ailleurs, son employé avait commis une erreur : on ne crie pas au vol tant que la personne suspectée n'est pas sortie du magasin avec la marchandise.

Il s'excusa et prit la carte bancaire que lui présentait Jenna.

L'air stupéfait, Laila se taisait. Jenna la sentait terrifiée, incapable de se détendre malgré la tournure inespérée qu'avaient prise les choses.

Dès qu'elles quittèrent le magasin, Laila murmura :

— Merci.

Puis elle manifesta son étonnement.

— Qui êtes-vous ? Pourquoi avez-vous fait ça ?

— Je pourrais vous retourner vos questions, il me semble. Venez, je vous offre un thé.

Elle prenait sa nièce en charge comme n'importe quelle patiente trop désorientée pour réfléchir.

Dans le premier café qu'elles rencontrèrent, Jenna commanda du thé sans demander à Laila si elle désirait autre chose et se présenta :

— Je m'appelle Jenna Sorrel. Je vis à Boston. Je suis psychologue.

— Psychologue ?

— Ne vous inquiétez pas. Je ne suis pas au travail en ce moment. D'ailleurs, j'aurais pu ne pas vous le dire.

Elle la buvait du regard et voyait déjà sous les traits de l'adolescente se dessiner le visage de la femme. Quelle émotion que de retrouver la fille de Malik, sa nièce, cette enfant qu'elle avait aidée à naître ! Il était horriblement difficile de se passer de sa famille. D'être obligée de faire comme si elle n'existait pas.

— Vous êtes venue pour un congrès, peut-être ?

— Non. Je ne suis ici que pour visiter un peu New York.

— Pour moi aussi c'est une ville nouvelle.

— Ah ?

— Oui. Je viens de France.

— Vous parlez anglais à la perfection.

— J'ai pas mal voyagé. Et j'ai beaucoup d'amies américaines.

— C'est agréable d'avoir des amies, n'est-ce pas ?

« Attention, Jenna. Ne va pas trop loin. Déjà tu ne devrais pas faire ce que tu fais. »

— Mais ici, je n'en ai pas, précisa Laila. Je ne sais pas pourquoi. Peut-être parce que je suis différente. Je viens de France. Mon père est d'al-Remal... Et je lui ressemble.

— Vous n'êtes certainement pas la seule dans votre école à venir d'ailleurs. Je crois plutôt que vous n'avez pas encore d'amies parce que vous êtes nouvelle.

— Ou peut-être... à cause de papa. Je ne vous dirai pas son nom. Vous risquez de le connaître. C'est un homme qui a énormément d'argent. Les parents des autres élèves sont également fortunés mais pas comme lui. J'essaie d'être gentille. J'achète des cadeaux pour tout le monde. Ça fait plaisir, on me remercie, mais...

Jenna se tut. Tôt ou tard, Laila comprendrait que l'amitié ne s'achète jamais.

— Aujourd'hui, reprit Laila, j'ai voulu essayer de me rapprocher d'elles autrement. Elles m'ont mise au défi de voler quelque chose pour être comme elles. Pour entrer dans le club, en quelque sorte. Elles ont toutes, un jour ou l'autre, volé dans un magasin. Sans se faire prendre.

— Je vois, fit Jenna d'un ton neutre.

Mais elle pensait à la solitude que trahissait le comportement de sa nièce. Laila avait besoin de quelqu'un. De son père, en premier lieu, bien sûr. Mais Malik ne se laissait-il pas dévorer par ses affaires ?

Des larmes au coin des yeux, Laila conclut :

— Ce n'est pas aujourd'hui que je rentrerai dans le club. J'ai vraiment raté mon coup.

Jenna but une gorgée de thé avant de remarquer :

— Vous vous êtes sans doute trop crispée sur cette idée qu'il fallait au plus vite qu'elles vous traitent comme une amie. Donnez-vous du temps. Soyez vous-même. Laissez-les vous découvrir, tout en cherchant vous aussi à mieux les connaître.

Mais les mots, les conseils ne pouvaient alléger la solitude d'une enfant qui n'avait jamais connu sa mère et dont le père semblait ne pas être assez présent. Alors, sans plus réfléchir, Jenna proposa :

— On pourrait peut-être se revoir ? Qu'en pensez-vous ?

— Combien prenez-vous ?

— Pardon ?

— Vous êtes une psy, non ? Si vos honoraires sont élevés, il faudra que je demande de l'argent à papa en lui expliquant pourquoi. Et ça, ça m'ennuierait.

Jenna, le cœur serré, regarda sa nièce. Fallait-il croire que tout dans la vie de Laila passait par l'argent ?

— Je ne pensais pas devenir votre psychologue, mais plutôt une... amie.

Laila se rejeta contre le dossier de sa chaise, les yeux plissés.

— Pourquoi ?

Après la tentative de kidnapping dont elle avait été l'objet, sa méfiance s'expliquait aisément.

— Je connais un vieux proverbe oriental qui dit que si l'on sauve une vie on en devient responsable. Je ne vous ai pas exactement sauvé la vie, mais je pense que le principe est le même. J'aimerais donc rester en contact, vous voir de temps en temps pour m'assurer que vous allez bien et poursuivre une conversation que j'ai trouvée agréable.

Un instant dubitative, Laila pencha la tête sur son épaule puis se redressa.

— D'accord. Mais il ne faudra pas que Ronnie, mon chauffeur, qui est aussi un peu un garde du corps, vous voie. Sinon il me posera un tas de questions et préviendra papa.

— Je ne voudrais en aucune façon vous occasionner des ennuis.

— Oh, ne vous en faites pas ! Il n'est pas toujours derrière moi. J'ai dit à papa que j'avais besoin d'un peu d'espace à moi, vous comprenez ? Mais il y a des moments où papa s'inquiète plus qu'à l'ordinaire.

Son regard se posa sur l'horloge accrochée au mur en face d'elle.

— Mon Dieu, il est tard. Il faut que je parte. On se reverra. C'est entendu. Venez à la sortie du collège. A quinze heures. Je suis élève à l'école Brearly. Vous connaissez l'adresse ?

— Oui.

— Alors, à un de ces jours.

— Bien... Merci.

— C'est moi qui vous remercie de m'avoir aidée. A propos, je m'appelle Laila.

— Jenna.

— A bientôt, Jenna.

Quinze jours plus tard, Jenna retourna à New York. Rencontrer sa nièce sous de faux prétextes la mettait mal à l'aise, mais elle tenait à s'assurer qu'elle allait bien, et ne pouvait procéder autrement.

Tandis qu'elles faisaient du lèche-vitrines sur Madison Avenue, Laila lui avoua :

— J'ai été surprise de vous revoir. J'ai plus d'une fois cru que vous n'aviez été qu'une apparition.

Assise devant une tasse de thé, elle parla de son père. Quand il avait du temps à lui consacrer, il l'emmenait au théâtre, dans les magasins et parfois, pour de merveilleux jours de vacances, sur son yacht.

— Mais ça n'arrive pas souvent. Il est trop occupé. (Elle regarda Jenna.) J'espère que vous n'êtes pas venue uniquement pour moi.

— Oh, non ! J'ai une recherche à faire.

— Bien. Je préfère ça. Parce que maintenant je dois rejoindre une amie. On va étudier un peu ensemble.

— Une amie ? L'une de vos camarades de classe ?

— Oui. Il y a des progrès ! Vous aviez raison, je crois.

Elle mit des lunettes noires.

— Je tombe parfois sur des photographes qui risquent de me reconnaître. C'est à cause de papa, vous comprenez ?

— Ah...

— Désolée, mais je dois me sauver. On peut se revoir ? Dans une quinzaine de jours ? Je ferai en sorte d'avoir plus de temps devant moi.

— Eh bien, pourquoi pas ? répondit Jenna gaiement.

Dès qu'elle avait un moment libre ou qu'elle entreprenait une tâche ménagère en laissant son esprit vagabonder, Jenna pensait à sa nièce, s'imaginait avec elle visitant des musées, entreprenant de longues promenades dans Greenwich Village ou Soho, inventait des conversations qui exprimaient la confiance grandissante de Laila et lui permettaient de la conseiller. Elle se voyait aussi la féliciter pour ses réussites scolaires et encourager ses rêves. Autrement dit, Jenna se proposait de jouer un rôle de parente attentive auprès d'une adolescente qui manquait d'un réel soutien moral.

Mais comment s'y prendre pour rester discrète ? Éviter les risques ? Peut-être suffirait-il de demander à Laila le secret sur leur relation ? Comme deux espionnes, elles pourraient changer à chaque rencontre de lieu de rendez-vous, brouiller les pistes, au cas où il y aurait quelqu'un à semer. Mais le plan de Jenna n'eut pas le temps de se concrétiser.

A l'approche du dixième anniversaire de sa disparition, le passé la rattrapa par l'intermédiaire d'un journaliste de l'agence Reuter qui, revenant sur cette affaire, découvrit qu'Ali croyait encore que sa femme avait été enlevée et gardait l'espoir de la retrouver un jour.

Démentie par le service de presse de la famille royale remali, la nouvelle ne fut pas moins reprise par la télévision.

Puis Jenna tomba sur un article intitulé : « Avez-vous vu cette princesse ? », accompagné d'une vieille photo. Après toutes ces années de mensonges et de précautions, la peur revint, aussi vivace qu'au début.

Il fallait par conséquent qu'elle cessât de voir Laila. Sa nièce pouvait, d'un moment à l'autre, être la proie des paparazzi, lesquels livreraient à la presse un cliché où elles apparaîtraient côte à côte et faciliteraient ainsi le travail d'Ali.

Mais, une fois de plus, elle allait perdre un être aimé, et ce fut avec ce sentiment d'injustice au cœur qu'elle retourna une dernière fois à New York.

Laila lui proposa de déjeuner d'un cheeseburger et d'un plat de frites. Sans doute aurait-on pu croire à la complicité d'une mère et de sa fille qui, sortant des quartiers chics voisins, s'étaient amusées à entrer dans un fast-food. Une pensée qui renforça le désarroi de Jenna.

— Je suis désolée, mais je ne vais plus pouvoir venir régulièrement, commença-t-elle à expliquer. Je néglige mes patients. Et puis j'ai un contrat avec un éditeur qui ne me laisse pratiquement plus de temps libre.

Il y avait suffisamment de vérité dans ses deux arguments pour qu'ils ne fussent pas de purs mensonges.

Laila eut un regard de reproche qu'elle détourna rapidement. Puis elle prit un ton détaché.

— Ça ne fait rien. Je me demandais comment vous trouviez le temps de me rencontrer. Et, pour tout vous dire, aujourd'hui il a fallu que je sème Ronnie pour vous voir. Depuis quelques jours, je ne sais pas pourquoi, mais papa est redevenu très inquiet. Alors pour moi aussi, ce serait difficile de vous retrouver.

Cherchant à exprimer son attachement sans se trahir, Jenna se sentit à court de mots.

— Peut-être qu'un jour nous serons plus libres l'une et l'autre.

Brusquement Laila demanda :

— Pourrais-je avoir votre numéro de téléphone ? J'aimerais vous parler de temps en temps si c'est possible.

Jenna ne put s'interdire d'accepter.

— Bien sûr. Mais il faut que ce soit un secret entre nous.

— D'accord. De toute façon, je ne peux pas parler à papa de la dame qui m'a évité d'être embarquée par la police.

Elles eurent le même éclat de rire. Puis, tout en sachant qu'elle allait rater son avion, Jenna proposa de marcher un peu.

— Avec plaisir.

Le long de la Cinquième Avenue puis de Central Park, sous un soleil radieux, Jenna essaya de se persuader qu'elle reverrait

Laila. Il y avait peut-être une chance pour que ce fût vrai. Peut-être...

A la hauteur du Plaza, elles hélèrent deux taxis.

— Alors... *ciao*, fit Laila en tentant de sourire.

Oubliant toute prudence, Jenna la prit dans ses bras et la serra contre elle.

— Au revoir, dit-elle. Au revoir, ma petite Laila.

CAMERON

Par un soir de septembre, elle reçut un appel de Josh Chandler.

— Vous pourriez venir, madame Sorrel ? Je veux dire, tout de suite ?

La voix de Josh avait tellement changé qu'elle ne l'avait pas reconnue immédiatement.

— Que se passe-t-il, Josh ?

— Mon père a frappé maman. Il est parti maintenant et elle m'a demandé de vous appeler. Vous pourriez venir vite ?

Elle se précipita chez les Chandler, regarda le visage de Carolyn et attrapa le téléphone pour prévenir la police. Mais Carolyn s'y opposa.

— Voyons Carolyn, essayez de comprendre. Vous êtes en danger. Pensez-vous qu'il reviendra cette nuit ?

Carolyn haussa les épaules.

— Probablement.

— Il avait bu ?

Carolyn se tut. Jenna se tourna vers Josh qui regarda sa mère avant de lui répondre.

— Oui, m'dame.

— Bien. Vous ne voulez pas que j'appelle la police et je ne le fais pas. Mais alors je vous demande de respecter aussi mon désir. Vous allez passer la nuit chez moi. Et on verra demain matin.

Carolyn la surprit en acceptant sans discuter.

— D'accord. Ce n'est pas une mauvaise idée.

Chez elle, Jenna soigna de son mieux les hématomes de Carolyn. Fort heureusement, il n'y avait rien de cassé, mais elle se dit que Cameron ne songeait même plus à dissimuler sa violence.

Carolyn parla de lui d'une voix étrangement neutre.

— Il a besoin d'exercer son contrôle sur quelque chose. De dominer au moins un secteur de sa vie. Seulement, c'est moi qui en fais les frais.

Assis dans la cuisine, Josh et Karim échangeaient de temps en temps un mot ou deux. Comme entre deux adultes, leur complicité se devinait à leurs silences beaucoup plus qu'à leurs paroles.

Personne n'alla se coucher avant deux heures du matin. Carolyn partagea le lit de Jenna. Karim laissa le sien à Josh et s'installa sur le sofa. Mais, une demi-heure plus tard, on sonnait à la porte.

— Je sais que ma femme est ici, Jenna. Laissez-moi lui parler.

Jenna avait laissé la chaîne sur la porte.

— Rentrez chez vous, Cameron. Vous lui parlerez demain.

Il se mit à genoux.

— Je vous en prie. J'ai besoin de la voir.

— Cameron, si vous ne partez pas, j'appelle la police.

Il se releva d'un bond. Aussitôt, Jenna referma la porte et la verrouilla.

— Allez-y ! s'écria-t-il. Appelez la police. Moi, j'appellerai mes avocats. Ils porteront plainte contre vous. Ça vous remettra les idées en place. Que diriez-vous d'être accusée d'aliéner l'affection de ma femme ?

— Vous savez que c'est faux, Cameron.

— Souvenez-vous que nous sommes aux États-Unis et non en France, en Égypte ou je ne sais où. Si vous vous mêlez de ma vie privée, vous allez le regretter.

Elle prit peur et en eut honte. Mais que lui arriverait-il s'il mettait sa menace à exécution ?

Elle vit Carolyn s'approcher, suivie de Josh.

— Je vous remercie, Jenna. Mais il vaut mieux que vous restiez en dehors de ça.

— Que faites-vous ?

— Je rentre chez moi avec mon fils et mon mari.

— Carolyn...

— J'apprécie votre gentillesse et vos bonnes intentions, Jenna, mais vous n'êtes pas concernée. C'est une affaire entre Cameron et moi.

Elle déverrouilla la porte, se battit un instant avec la chaîne puis sortit.

— Chérie, je suis désolé. Ça va ? Tu n'as pas mal ? Je regrette, mon amour.

Josh se retourna vers Jenna et Karim, leur lança un regard impuissant puis suivit ses parents.

Ce fut la fin définitive de cette première amitié de Jenna dans sa nouvelle vie. Carolyn avait dressé entre elles un mur qu'il était interdit de franchir, comme ces séparations vitrées qui tiennent à distance les prisonniers de leurs visiteurs.

Il fallut à Jenna quelques mois pour comprendre que cet incident avait marqué un tournant dans sa vie. Désormais, elle avait envie de se battre sur le devant de la scène pour toutes les femmes qui subissaient le sort de Carolyn.

Un matin, elle se réveilla avec le thème de son prochain livre qu'elle intitulerait : *Le reniement de soi chez la femme*.

Elle songea même à une dédicace, une dédicace qu'elle ne pourrait jamais utiliser : « A Ali A. et Cameron C. qui m'ont donné envie d'écrire ce livre. »

Pendant qu'elle se mettait au travail, dans une partie du monde qu'elle préférait oublier, un homme auquel elle vouait une profonde reconnaissance recommençait à influer sur sa vie. Mais cette fois-ci — la dernière —, il ne put mesurer les conséquences de ce qu'il faisait.

MOUSTAFA

Frère Peter était mourant.

Au Zaïre, où il était allé prospecter dans l'espoir d'y établir une mission, une épidémie l'avait surpris. Revenu à Van, il avait été terrassé par des maux de tête épouvantables, des nausées et une fièvre qui lui desséchait la gorge.

Le médecin le bourra d'antibiotiques, le fit envelopper dans des draps humides pour apaiser la fièvre, mais sans se faire d'illusions. Frère Peter délirait déjà quand il avait été appelé à son chevet.

La mission était pratiquement déserte. Les frères portaient secours aux victimes d'un nouveau tremblement de terre dans le nord du pays, et l'on confia la garde du malade à Moustafa, un natif de Van, qui servait d'homme à tout faire dans la mission.

Depuis des heures, vêtu d'une blouse et d'un masque de chirurgien, Moustafa observait les phases de délire et les sursauts de frère Peter. Vers dix heures du soir, le mourant se mit à évoquer la fuite en Égypte de Joseph, Marie et Jésus. Propos plutôt hermétiques pour Moustafa, bien que le nom de Jésus, l'un des premiers prophètes de Dieu, lui fût familier.

— Hérode... Hérode lança ses hommes à leur poursuite. Tu t'en souviens ? Tu te souviens de ça ? Mais Hérode était un Juif, n'est-ce pas ? Et ceux-là étaient arabes. Tu te souviens d'eux, l'ami ? Des Arabes riches, très riches.

Moustafa tendit l'oreille. N'avait-il pas rencontré à Van de riches Arabes qui posaient des questions autour d'eux ?

— Marie et le bébé Jésus les fuyaient. Il n'y avait plus de Joseph. Il était mort. En cherchant l'Arche sur le mont Ararat.

(Frère Peter secoua la tête.) Non, pas Joseph. Un nom français. Philippe. Oui. Un homme très bon. Mon sauveur. Où est-il ?

Moustafa ne bougeait pas. Il se rappelait que les Arabes avaient offert beaucoup d'argent en échange d'informations au sujet d'une femme et d'un enfant, accompagnés d'un nommé Philippe.

— Puis Joseph est mort, continuait Peter. Alors Peter les a emmenés. Dans la camionnette.

Cette fois-ci, Moustafa avança une question :

— Vous les avez emmenés où ?

— En Égypte. Poursuivi par les soldats d'Hérode. En Égypte ? Je ne sais plus. Dans une ville laide, très laide.

Moustafa posa d'autres questions en espérant guider la pensée du malade. Il eut l'impression de parler à un somnambule mais put toutefois parvenir à la certitude que frère Peter avait bel et bien aider la femme et l'enfant qui intéressaient ces hommes riches à fuir vers Erzurum ou peut-être Ankara.

Vers minuit, après avoir parlé de papiers — de nouveaux papiers —, frère Peter cria le nom de Jésus pour la dernière fois puis se tut définitivement.

Moustafa suivit les instructions qui lui avaient été données. Abandonnant le cadavre sans y toucher, il ferma derrière lui la porte à clé, enleva sa blouse et son masque, se lava avec un liquide qui sentait l'alcool et appela l'hôpital. On lui demanda d'attendre, ce qu'il fit pendant des heures avant de voir arriver, avec une surprise mêlée d'inquiétude, deux médecins européens travaillant pour l'ONU — un organisme qu'il ne connaissait pas. Ils le remercièrent pour son assistance en lui assurant qu'elle avait permis de sauver bien des vies puis ils l'enfermèrent dans un local de la mission.

Il y resta pendant un mois, dévoré par la crainte de mourir dans ce sanctuaire d'infidèles. Puis, dès qu'il put rentrer chez lui, il ignora les manifestations de gratitude de sa femme à l'adresse de Dieu pour fouiller ses tiroirs à la recherche de la carte que l'un des Arabes lui avait laissée à l'époque. « Au cas où quelque chose te reviendrait à la mémoire », lui avait-il dit. Ah, elle était bien là ! Il savait qu'il n'aurait pas jeté quelque chose venant d'un homme aussi riche.

D'un côté, il lut le nom d'un hôtel de Van. De l'autre, un numéro de téléphone à al-Remal. Pendant un long moment, il regarda ce numéro en songeant que l'appel lui coûterait un mois de salaire.

Il espéra que ce qu'avait raconté frère Peter pouvait encore intéresser l'homme riche.

ALI

Abdallah Rashad, chef des services secrets d'al-Remal, referma le dossier qu'il avait ouvert sur son bureau et attendit la réaction de son neveu.

— Tu crois ce paysan turc ? demanda Ali.

— Il peut mentir en pensant à la récompense bien que ce qu'on a pu vérifier jusqu'à présent permette de croire à son histoire.

— Alors cette garce serait encore en vie ?

— Ça semble probable.

— Et mon fils aussi, par conséquent.

— Grâce à Dieu.

— Où sont-ils ?

— Toute la question est là, mon neveu. J'ai revu le dossier à la lumière de nos nouvelles informations et je pense qu'elle est allée à Paris. Elle a dû descendre dans un hôtel, rencontrer un avocat, un certain Cheverny, lequel est mort il y a deux ans. Pour l'instant, la piste s'arrête là.

— Retrouve mon fils.

Gêné par le ton de son neveu qui frôlait l'irrespect, Abdallah détourna le regard.

— Si sa mère commet une erreur, ce sera possible. Autrement... Le temps, comme le sable, finit par tout recouvrir, mon neveu.

— Je n'ai pas besoin..., commença Ali.

Puis il se contrôla.

— Merci, mon oncle. Dieu voudra sans doute qu'elle commette cette erreur et tu retrouveras mon fils.

— Que la volonté de Dieu s'accomplisse, mon neveu.

Ali se leva.

— Encore merci, mon oncle. J'ai été heureux de te revoir. Malheureusement je dois partir. Un autre rendez-vous m'attend...

— Bien sûr, bien sûr. Je sais combien tu es occupé. Mais juste encore un mot pendant que j'ai le plaisir de t'avoir en face de moi.

— Certainement, répondit Ali sans se rasseoir. De quoi s'agit-il ?

— Seulement ceci, mon neveu. Mon plus cher désir est que tu puisses retrouver ton fils. Mais, en même temps, je souhaite que rien de fâcheux ne vienne ternir la réputation de notre pays et de la famille royale elle-même.

— Je comprends mal, mon oncle.

— Songe aux apparences, mon neveu. On a parfois l'impression qu'elles mènent le monde. Imagine ce que l'on pourrait raconter si quelque chose arrivait à ta femme quand nous l'aurons localisée. Même un simple et banal accident de voiture provoquerait des commentaires tendancieux.

— Je n'en doute pas. Mais en quoi serais-je concerné ?

Abdallah remarqua qu'Ali présentait le visage même de l'innocence interloquée, ce dont étaient capables la plupart des coupables.

— Oh, en rien ! fit-il. C'est simplement une idée qui vient de me traverser l'esprit. Pardonne-moi de t'avoir retenu plus longtemps. Que la paix soit avec toi, mon neveu.

— Que la paix soit avec toi, mon oncle. Oh, mais à propos... qui est au courant du développement de cette affaire ?

— Personne. Même pas le roi.

— Bien. Il vaut mieux, étant donné son état, ménager sa tranquillité.

Après toute une vie de plaisirs et d'excès, le roi devait s'incliner devant la revanche de son cœur, de son foie et de ses reins qui semblaient s'être ligués pour le terrasser.

Quand il fut ressorti du bureau de son oncle, Ali jura entre ses dents. L'avertissement de ce vieux renard l'intriguait. Ce ne pouvait être un hasard. Mais alors, comment avait-il réussi à être au courant ?

Oh, et puis, c'était sans importance, pourvu qu'il menât à bien sa mission : retrouver Karim et la garce !

Ali savoura l'idée de revoir son fils et de le garder auprès de

313

lui. Sa seconde femme — qu'il supportait de plus en plus mal — lui avait donné deux autres garçons et une fille, mais rien n'avait pu combler la perte de son aîné. Qu'il eût une chance de le retrouver le réjouissait. Il avait dû beaucoup grandir et devenir un jeune homme. Ali lui prêta ses traits au même âge.

« Quant à Amira... Qu'Abdallah fasse son travail et après il pourra s'étouffer avec ses conseils. » Ali estimait qu'il avait le droit de la punir et il se complut à imaginer sa vengeance dans tous ses détails.

Abdallah mit en marche le magnétophone. La conversation avec Ali lui avait donné envie de réécouter une cassette, enfermée dans son coffre depuis des mois.

— Que la paix de Dieu soit avec vous, Altesse.

— Et avec toi, Tamer. Je suis heureux de te revoir.

— Je suis également heureux de vous revoir, Altesse.

Les voix étaient celles d'Ali et de Tamer Sibai, un homme qui ne pouvait vous saluer sans paraître nerveux. Mais un homme intéressant, pensait Abdallah. Tout le monde savait qu'il était le frère d'une femme — Laila Sibai — qu'on avait lapidée pour cause d'adultère et que c'était lui, l'aîné des frères, qui avait jeté la première pierre. Abdallah éprouvait sympathie et respect pour celui qui avait su s'acquitter d'un tel devoir.

— Je t'en prie, Tamer. Adresse-toi à moi comme je m'adresse à toi.

— Comme... tu veux, Ali.

Abdallah savait ce qui rendait Tamer nerveux. L'homme brassait des affaires dont la plus rentable avait attiré l'attention de divers services luttant contre la répression des stupéfiants en Europe et aux États-Unis, ce dont Abdallah avait été averti.

— Me feras-tu l'honneur de boire un café avec moi ?

— Tout l'honneur est pour moi. (Ali sonna pour être servi.) Tu sais, l'autre jour, je nous revoyais jouant ensemble lorsque nous étions enfants, et je me suis demandé pourquoi je ne te voyais plus. Ah, le café !

Abdallah passa sur les propos anodins qui précédaient à al-Remal toute discussion sérieuse et recommença à écouter lorsque Ali déclarait :

— Je dois malheureusement gâcher le plaisir de te revoir, mon ami, en t'annonçant de mauvaises nouvelles. J'espère que tu ne m'en voudras pas.

— Non, bien sûr que non. Mais quelles sont ces mauvaises nouvelles ?

— Eh bien, voilà : le hasard a voulu que j'apprenne le nom de celui qui a déshonoré ta sœur.

— Dis-le-moi et il mourra.

Abdallah hocha la tête en signe d'approbation. Les trafics de Tamer Sibai ne l'empêchaient pas de rester un homme d'honneur.

— Ah, mon ami, je te retrouve bien là ! Et je te demande de me pardonner si je te rappelle qu'il en va du courage le plus honorable comme de la lame d'acier que l'on plonge brûlante dans l'eau froide... Autrement, tu te trahirais. Un homme de ta trempe ne doit pas s'exposer — et exposer son pays avec lui — aux critiques d'un monde qui ignore notre sens de l'honneur.

— Je te remercie de ta sollicitude. Qui est-il ?

— Malik Badir.

Il y eut un silence avant la réponse de Tamer.

— J'ai toujours pensé que c'était lui.

— Vraiment ?

La surprise d'Ali était évidente, et Abdallah, qui avait l'habitude de mener des interrogatoires, comprenait si bien ce qui s'était passé qu'il eut envie de rire. Ali avait inventé cette histoire sans penser une seconde qu'il n'aurait même pas à convaincre Tamer.

La suite de l'enregistrement révélait qu'Ali, renouvelant ses conseils de prudence, s'était proposé de trouver lui-même un homme de main. Proposition repoussée par Tamer qui se chargeait de cette démarche.

— Comme tu veux... En attendant, j'ai pris la liberté de réunir quelques renseignements qui peuvent te faciliter la tâche. J'ai appris, par exemple, qu'à cette époque de l'année les Badir résident dans le sud de la France et que deux fois par semaine ils vont dîner dans une petite ville proche de leur villa. Leur voiture est facilement repérable. La route peu fréquentée. Je te donnerai tous les détails.

— Je te remercie encore, Ali Rashad. Je n'oublierai jamais cette marque d'amitié.

Abdallah arrêta le magnétophone. Il pouvait facilement imaginer ce qui s'était passé ensuite. Un tueur avait dû gagner la confiance d'un pauvre chauffeur de camion qu'il avait fait boire pour prendre sa place au volant. Puis, le travail accompli, il lui avait brisé la nuque avant de disparaître dans la nature.

La mort de Geneviève Badir avait tout simplement été l'œuvre d'un assassin.

KARIM

Jenna écoutait avec effarement le discours que tenait la jeune Jacqueline Hamid, camarade de classe de Karim et fille du professeur Nasser Hamid, célèbre romancier égyptien et professeur à Harvard.

— Les Américains ne comprennent rien au monde arabe. Leur politique au Moyen-Orient est une faillite. Ils prétendent savoir ce qu'il nous faut mais n'obéissent en fait qu'à une arrogance hypocrite et destructrice. Leurs initiatives de paix ne peuvent aboutir, au mieux, qu'à des solutions temporaires.

Qu'une telle déclaration fût faite entre les murs de son salon par une adolescente laissait Jenna pantoise. En revanche, Karim, assis à côté de Jacqueline, buvait ses paroles.

Dès qu'elle se tut, il hocha vigoureusement la tête, les yeux brillants d'admiration.

— C'est tout à fait vrai ! Même toi, maman, tu dois le reconnaître.

Il lançait un défi à sa mère. Mais Jenna préféra ignorer sa question et s'adressa à Jacqueline.

— J'ai assisté à la conférence de ton père sur le féminisme en Égypte. C'était très instructif. Mais je m'étonne qu'il ne soit pas inquiet devant la résurgence du voile, dans les grandes villes comme Le Caire, et même dans les universités.

— Il est possible que vous ne saisissiez pas totalement ce qu'impliquent les mouvements socio-religieux en Égypte. Vous vivez ici depuis longtemps. Vous avez été élevée principalement en Europe, d'après ce que m'a dit Karim. Vous vous êtes occidentalisée. En d'autres termes, vous avez perdu votre identité égyptienne.

Ainsi, Karim parlait d'elle chez les Hamid où on semblait

émettre des critiques à son égard. Elle en fut choquée, se tut et constata que Jacqueline prenait son silence pour une reconnaissance de ses erreurs lorsque l'invitée de Karim se lança dans un plaidoyer pour les coutumes arabes en général et le voile en particulier. Jacqueline cita même al-Remal en exemple, ce qui glaça le sang de Jenna.

— Je crois savoir, lui répondit-elle, qu'à al-Remal les femmes sont privées de tous droits civiques et ne peuvent rien faire sans l'autorisation d'un homme. Crois-tu que ce soit une vie ?

— On ne peut pas appliquer à un pays comme al-Remal des standards occidentaux.

— Tu acceptes l'idée qu'une femme puisse être poignardée par son mari simplement parce qu'elle veut divorcer ?

— J'ai l'impression que l'on vous a raconté n'importe quoi. Êtes-vous déjà allée là-bas ?

— Je... j'ai lu beaucoup de livres sur le monde arabe.

— Lire et vivre sont deux choses différentes. La plupart des publications concernant le Moyen-Orient sont l'œuvre d'Occidentaux qui ne comprennent rien à l'âme orientale.

— L'inverse est également vrai. On pénètre difficilement une culture étrangère. Veux-tu du thé, Jacqueline ? Ou du café ?

Tout en craignant d'en avoir déjà trop dit, Jenna jugeait plus prudent de clore le débat. Tenter de convaincre quelqu'un qui lui attribuait une « âme orientale » atrophiée aurait d'ailleurs été parfaitement inutile.

Karim raccompagna sa camarade chez elle puis revint en demandant :

— Tu ne la trouves pas géniale, maman ?

Jenna estimait que Jacqueline était pédante, sentencieuse, bref : insupportable, mais elle ne pouvait l'avouer à Karim sans le braquer contre elle.

— C'est une jeune fille très... très intéressante.

— Et son père est un homme remarquable. Il connaît énormément de choses au sujet de l'Égypte. Il m'a posé plein de questions sur toi. Je lui ai dit que vous devriez vous rencontrer. Je suis sûr qu'il pourrait te parler de gens que tu as connus autrefois. Ce serait formidable d'avoir de leurs nouvelles, non ?

Jenna eut une grimace involontaire. Combien de mensonges lui coûterait une conversation avec Nasser Hamid ? Et puis serait-elle assez convaincante pour ne pas éveiller des soupçons ?

Elle ne pouvait que maudire le jour où Karim avait rencontré Jacqueline. Toutefois, elle comprenait la nature de leur attachement mutuel. Au-delà de leur identité commune, un même sentiment de perte les réunissait. Karim croyait que son père était mort, et Jacqueline n'avait pas vu sa mère depuis des années. L'étudiante américaine qui était devenue la femme de Nasser Hamid avait un beau jour quitté le domicile conjugal. Selon Karim, aux dernières nouvelles, elle se trouvait en Australie avec un producteur de télévision.

Si elle avait eu Jacqueline comme patiente, Jenna lui eût expliqué d'où venait son amertume à l'égard de la libération de la femme. Mais Jacqueline n'était pas une patiente. Elle était la nouvelle compagne de Karim — et un nouvel embarras !

Outre la fascination pour Jacqueline, d'autres signes révélaient chez Karim les remous qu'il traversait à la lisière de l'âge adulte. Avec les transformations physiques étaient venus les questions, les changements d'humeur et les rébellions. Rien que de très normal, mais encore fallait-il s'en accommoder.

Un soir, Jenna reçut un appel du refuge pour femmes battues où elle travaillait bénévolement. L'une de ces femmes venait de tirer sur son mari.

— Que s'est-il passé ?

— Il est venu à son nouvel appartement, complètement ivre. Au lieu de lui ouvrir, elle a appelé la police. Mais il a commencé à défoncer la porte. Elle a pris un revolver — elle ne m'a pas dit où — et elle a tiré à travers le battant. Il a été touché à la jambe.

— Elle était apparemment en état de légitime défense. Elle a un avocat ?

— J'en ai appelé un. Mais, en attendant, elle veut vous voir.

— J'y vais. Donnez-moi l'adresse du poste de police.

Quand elle raccrocha, elle constata que Karim s'était approché et avait écouté la fin de la conversation.

— Qu'est-ce qui est arrivé ?

Jenna résuma la situation.

— Maman, tu crois à la distinction entre le bien et le mal ?

— Évidemment. Pourquoi ?

— Alors, dans ce cas, comment peux-tu aider des gens qui enfreignent la loi ?

Cette question, elle se l'était déjà posée et avait alors pensé à Philippe qui ne concevait pas que l'on pût à la fois vouloir soigner et juger.

— Maman ?

— Excuse-moi. Je réfléchissais à ce que tu viens de me dire. Je ne crois pas que j'ai à tenir compte dans mon travail de ce qui est bien ou mal. Je dois soulager la souffrance humaine sans porter de jugement.

— Et si l'on parlait de la mère de Josh ? Tu la considérais comme une amie. Tu voulais l'aider et tu ne la vois plus.

Karim lui fit d'autant plus mal qu'elle-même s'était souvent adressé ce reproche.

— Ce n'est pas aussi simple que tu le crois, Karim. Le père de Josh a un sérieux problème, mais Carolyn ne veut pas l'admettre.

— Tu penses qu'elle devrait le quitter ?

L'expression de Karim trahissait un surprenant mélange de curiosité et de dédain. Jenna se demanda pourquoi, ces derniers temps, il se méprenait constamment à son égard. De son côté, qu'avait-elle à se tenir sans cesse sur la défensive ?

— Je te répète que leur situation n'est pas simple. Mais il est certain qu'elle a besoin de se protéger et de retrouver le respect d'elle-même. Crois-tu que ce serait une bonne chose qu'elle se fasse tuer ?

Elle s'énervait. Sa voix soudain aiguë provoqua chez Karim un air de dégoût qui rappelait Ali.

Jenna prit son manteau et son sac.

— Je n'en ai pas pour longtemps. Tiens, voilà de l'argent pour t'acheter une pizza.

Karim regarda les billets et se détourna de sa mère.

— Ainsi, c'est vous Jenna Sorrel ! Je suis ravi de pouvoir enfin vous rencontrer.

— Moi également, monsieur Hamid.

— Je vous en prie, appelez-moi Nasser.

Jenna retrouvait en lui sa fille. Physiquement, il ne manquait pas de séduction avec ses grands yeux auxquels bien des femmes auraient prêté un regard expressif et troublant. Mais il avait des manières insinuantes, un côté obséquieux qui eussent mieux convenu à un marchand de tapis qu'à un universitaire distingué.

— Comment trouvez-vous notre petit *mahrajan* ?

— Oh, fantastique ! répondit Jenna avec sincérité.

Le *mahrajan* — une fête folklorique — se déroulait dans un local appartenant à une association de vétérans des guerres étrangères. En dépit de ce lieu quelque peu incongru pour elle, Jenna s'était sentie saisie d'une fiévreuse nostalgie dès l'instant où elle y était entrée avec Karim. Quel plaisir que d'entendre parler arabe en respirant des effluves de mouton grillé, de toute-épice et de cannelle ! Il y avait si longtemps que cela lui manquait...

— Je crois savoir que vous faites très bien certains petits plats du pays.

Jenna lança à Karim un regard faussement accusateur.

— J'ai un fils bavard...

Elle s'était effectivement penchée sur quelques recettes égyptiennes qu'elle était censée connaître depuis son enfance. Puisque Karim s'intéressait au monde arabe, elle tenait à l'encourager. Elle avait même acheté des cassettes de vieilles chansons orientales.

Karim s'en était réjoui et, quand Nasser Hamid les avait invités à cette fête, il avait manifesté de l'enthousiasme.

— Il est bon que ce garçon apprenne à découvrir son héritage, observa Hamid. A propos du passé, j'aimerais que vous me parliez de votre vie en Égypte. Nous avons peut-être des amis communs.

— Peut-être..., murmura Jenna.

A l'aide d'une galette de pain, elle piochait dans la purée de pois chiches et le taboulé, comme on lui avait appris à le faire dans son enfance lorsqu'elle surprit le regard de Karim.

— Quoi ? Qu'est-ce qui te dérange ?

— Rien. C'est simplement la première fois que je te vois manger sans utiliser des couverts.

— Tu ne m'as jamais vue manger avec les mains un hamburger ou une pizza ?

— Je voulais dire...

— Je sais ce que tu veux dire. Mais il faut savoir s'adapter, non ?

Hamid intervint.

— Je trouve votre façon de faire charmante. Tout à fait charmante.

Levant les yeux de son assiette, Jenna constata que Jacqueline et Karim échangèrent des petits sourires de conspirateurs. Avaient-ils en tête de jouer les entremetteurs ? « Mon Dieu ! Je suis vraiment en danger avec les Hamid », se dit-elle.

Fort heureusement, un long intermède musical commença. Des chanteurs et des musiciens, venus de Syrie, du Liban, d'Irak et d'Égypte firent vibrer dans la salle une suite de mélodies traditionnelles d'une subtile beauté.

Mais, dès que la musique s'arrêta, Nasser Hamid chercha de nouveau à charmer Jenna. Elle s'appliqua à rester polie, agréable, mais en se gardant de l'encourager. Soulagée, elle constata qu'il avait renoncé à la faire parler d'elle pour évoquer avec éloquence le « charme décadent d'Alexandrie » — elle réprima un frisson — et la « grandeur mystique » de Sakkara.

Quand il fit une pause pour retourner vers le buffet, Karim se pencha vers sa mère.

— C'est quelqu'un de formidable, n'est-ce pas ? Et je sens qu'il t'aime bien.

— Ah ?

Elle tenait à rester très prudente. Karim appréciait tellement les Hamid.

Mais déjà les musiciens reprenaient leurs instruments. Dès qu'ils se lancèrent dans une musique de danse folklorique, Karim saisit Jacqueline par la main et l'entraîna vers le centre de la salle. Médusée, Jenna les vit prendre la tête du groupe qui les rejoignait pour former un cercle et danser la très populaire *dabkha*.

De la table voisine, une femme l'interpella.

— Nabila, c'est toi ?

— Pardon ? fit Jenna, prise de panique.

La femme semblait avoir l'âge de Jenna.

— Nabila Ajami. De Homs. Mon nom est Fadwa Kabbash. On a grandi dans le même quartier. Tu ne te souviens pas ?

— Non. C'est une erreur. Ma famille est égyptienne et je ne suis jamais allée en Syrie. Désolée.

La femme resta perplexe, comme si elle venait de subir un affront personnel qu'elle ne pouvait comprendre. Elle alla se joindre à un groupe de gens qui mangeaient entre deux éclats de rire et leur parla avec animation tout en pointant un doigt vers Jenna.

Bien qu'elle ignorât qui pouvait être cette Nabila, Jenna sentit resurgir la peur qui l'avait si longtemps hantée, comme un animal nocturne sort de son trou à la tombée de la nuit. La salle lui parut soudain étouffante. Elle se précipita dehors et se réfugia dans l'encoignure d'une porte. Les larmes aux yeux, elle songea qu'elle était devenue une éternelle fugitive qu'effrayaient les plus innocentes questions. Pour la première fois, elle se demanda si elle avait eu raison de s'enfuir d'al-Remal au lieu de s'en remettre à ce que la destinée lui avait réservé le jour de sa naissance. Et Karim ? N'aurait-elle pas dû lui laisser vivre son destin princier ?

Mais elle recommença à se reprocher cette façon de s'apitoyer sur soi qu'elle n'acceptait jamais chez ses patientes.

« Fais au mieux, Jenna, se dit-elle. Espère simplement que ce sera suffisant. »

TRAVIS

Les femmes battues qui venaient au refuge où Jenna intervenait deux soirs par semaine formaient un groupe aussi varié que l'ensemble de la population américaine. Riches, pauvres, blanches, noires, jeunes ou âgées, ces femmes n'avaient en commun que d'être maltraitées par un mari ou un amant. Ce jeudi-là, Jenna encouragea Pamela Shields à raconter son histoire. Pamela, qui lui rappelait beaucoup Carolyn, était une Bostonienne bon teint qui avait vécu dans l'aisance et se retrouvait presque sans un sou parce qu'elle avait finalement décidé de se soustraire aux agressions de son mari.

— Je ne m'étais jamais rendu compte que rien n'était à mon nom, expliqua Pamela. Quand j'avais besoin de quelque chose, je m'adressais à lui, et l'argent était aussitôt disponible. Maintenant, il me dit que je n'aurai absolument rien si je divorce. Il menace aussi de garder les enfants et de leur faire comprendre que je suis une mère indigne.

— C'est de la foutaise ! s'écria Polly Shannon, une petite femme blonde de cinquante ans. La justice va l'obliger à partager et elle ne lui laissera sûrement pas les enfants, surtout si tu peux prouver qu'il t'a battue.

— Je ne sais pas...

— Regarde, j'ai bien réussi, moi, à prendre ma revanche sur Kevin. Le tribunal l'a envoyé en prison et aujourd'hui je commence à m'en sortir.

— Tout le monde n'a pas ta force.

Jenna intervint.

— Nous ne sommes pas dans une compétition d'haltérophilie.

Il s'agit de déterminer ce qu'il est possible de faire et comment nous pouvons nous entraider.

Pourquoi fallait-il toujours qu'elle répétât la même chose ? Elle aimait son travail mais elle avait parfois l'impression de se battre contre des moulins à vent. En outre, ce soir-là, elle avait hâte de rentrer chez elle pour suivre un reportage consacré à Malik.

Connie Jenks, une jeune femme ingénieur du son qui cultivait le style négligé, leva la main telle une écolière.

Jenna savait déjà ce qu'elle allait entendre.

— Oui, Connie ?

— J'aimerais dire une chose. J'ai l'impression qu'ici on essaie de m'ignorer parce que moi je préfère tenter de sauver mon mariage. Steve sait qu'il a des problèmes et comme nous il travaille pour s'en débarrasser. Vous savez ce qu'il fait en attendant ? Il m'envoie des fleurs deux fois par semaine. Pourquoi on ne parlerait pas de choses positives comme celle-là, pour changer ?

Jenna parvint à jeter discrètement un coup d'œil à sa montre.

— Personne ne prétend qu'il n'y ait que des problèmes insolubles, dit-elle. Mais il ne faut pas se fier aux fleurs et aux excuses tant que tu ne constateras pas un changement profond.

— On dirait toujours que tu es toi-même passée par là.

Jenna se fit prudente.

— Quelqu'un qui m'est très proche a fait ce genre d'expérience. Et, comme Pamela, elle avait l'impression d'être sans aucun pouvoir devant son mari.

— Comment a-t-elle finalement réagi ?

— Elle l'a quitté, en emmenant son fils. Ç'a été très difficile.

— Et maintenant ?

— Ça va. Elle a un travail qui lui plaît. Elle s'en sort bien.

— Elle a un nouvel homme dans sa vie ?

— Non. Mais nous ne sommes pas ici pour parler toute la soirée d'elle.

Jenna se sentait toujours mal à l'aise lorsqu'elle parlait d'elle-même par des voies détournées.

Elle acheta ses magazines habituels bien qu'elle eût récemment constaté qu'elle trouvait plus fréquemment des nouvelles de Malik dans les pages économiques de journaux plus respectables. Puis elle s'empressa de rentrer chez elle, de mettre une cassette vierge dans son magnétoscope et de s'installer dans son fauteuil préféré.

Le reportage était assuré par une femme, Sandra Waters. Suivie par la caméra, elle parcourut toute la longueur du yacht sans dissimuler son admiration.

— Le *Jihan* mesure quatre-vingt-dix mètres, est estimé à quarante millions de dollars, et l'on évalue sa décoration à trente millions supplémentaires. Autrement dit, on peut le considérer comme le yacht le plus luxueux du monde. C'est un véritable palace flottant avec cinéma, vidéothèque, salon de beauté et plate-forme d'atterrissage pour hélicoptère.

On vit le bateau en pleine mer tandis que le commentaire détaillait ses caractéristiques techniques. Puis Sandra Waters revint à l'écran pour faire visiter une suite et s'émerveiller devant la salle de bains en parlant d'or, d'onyx et de jade. Dans une autre, elle s'extasia devant le lit rond qui faisait deux mètres cinquante de circonférence et le salon qui était une réplique d'un salon du Plaza Athénée.

— Et nous allons maintenant rencontrer le propriétaire de cette modeste embarcation, conclut-elle en s'approchant de Malik. Voici Malik Badir.

Malik se leva pour l'accueillir.

— Bonsoir, Sandra, dit-il sans se montrer très à l'aise. Bienvenue sur le *Jihan*.

Jenna lui trouva un visage fatigué. Mais n'était-ce pas l'éclairage qui lui dessinait des cernes ? Elle fixa son attention sur son sourire familier et remarqua que l'assurance un peu fanfaronne de l'adolescent refaisait surface tandis qu'il répondait aux questions de Sandra Waters.

— Il y a un an, lorsque vous avez baptisé le *Jihan*, les festivités ont, paraît-il, duré une semaine. Est-ce exact ?

— Oui. Absolument. Il est possible que certains invités ne soient pas encore redescendus à terre, d'ailleurs.

— Je crois que vous aviez une invitée privilégiée, qui n'était autre que...

— En effet.

326

Malik jugeait inutile de mentionner le nom de cette star célébrissime et récemment divorcée qu'il voyait à l'époque. Tous ceux qui suivaient l'émission la connaissaient déjà.

— Êtes-vous toujours... en contact ?

— Nous nous voyons souvent. Nous sommes très amis.

— Mais vous avez d'autres amies...

— Il me semble, Sandra, que vous aimeriez savoir, en fait, si j'envisage de me remarier prochainement, répondit Malik en souriant. J'ai le regret de vous répondre non. (Il parut d'une sincère tristesse.) Je n'ai aucun projet de cet ordre. Personne ne pourrait remplacer ma très chère épouse.

Respectueusement, la journaliste rappela les circonstances de la mort de Geneviève. Puis ajouta :

— Vous avez ensuite traversé une seconde épreuve lorsqu'on a tenté de kidnapper votre fille. Et, ce jour-là, vous avez perdu un bras.

Jenna eut le souffle coupé. Elle n'avait pas remarqué qu'effectivement sa manche gauche était vide.

— On m'avait dit que la blessure n'était pas grave, expliquait Malik. Bien que l'os ait été atteint. Mais il y a eu risque de gangrène et l'amputation était inévitable.

« Mon Dieu, comment cela a pu arriver sans que j'en entende parler ? »

— Et maintenant vous affrontez de nouvelles difficultés, n'est-ce pas ? reprit Sandra Waters. Vous savez évidemment ce dont je parle. On dit que le gouvernement français est sur le point de vous faire inculper pour avoir détourné, dirais-je, une vente de Mirage au profit du royaume d'al-Remal.

Deuxième surprise de taille pour Jenna.

— Ce n'est qu'un malentendu, affirma Malik, et qui ne tardera pas à se dissiper.

Jenna écoutait si attentivement qu'elle n'entendit pas Karim entrer dans le salon.

— Tu connais cet homme ? Malik Badir ?

— Pourquoi cette question ?

— Je ne sais pas. A cause de ta façon de le regarder. On dirait que c'est quelqu'un que tu as déjà rencontré.

— Crois-tu que je sois susceptible de rencontrer ce genre de personnes ?

327

— Je n'en sais rien. C'était juste une question.

Pendant deux jours, Jenna fut préoccupée par les problèmes de son frère avec la justice française et décida finalement d'appeler Laila. Sa nièce ne s'était pas manifestée depuis un bon moment. Mais comment aurait-elle pu lui en vouloir ? N'était-ce pas elle qui avait cessé de la voir en évoquant de piètres excuses ? Par ailleurs, Laila avait sans doute mille choses plus importantes à faire que de téléphoner à une femme qu'elle connaissait à peine.

Elle ne sembla pas surprise par l'appel de Jenna.

— Comment allez-vous ?

— Bien. Très bien. Et vous ? Ça marche bien à l'université ?

— Oui. Je m'y sens très à l'aise.

— J'en suis heureuse. Et votre père ? Je ne voudrais pas être indiscrète, mais j'ai entendu parler de...

— Vous avez vu le reportage de Sandra Waters ?

— Exactement.

— Oh, mais ce n'est rien ! Ça va s'arranger facilement. Ce sont ses ennemis — il en a beaucoup — qui ont déclenché toute cette affaire. Il m'a assuré qu'il allait redresser la situation très vite.

La conversation s'acheva sur une mutuelle promesse de rester en contact, mais Jenna sentait que les pensées de Laila étaient ailleurs. Peut-être tournées vers un petit ami. Elle essaya d'imaginer l'attitude de Malik devant les transformations de Laila. L'ancien adolescent rebelle accepterait-il de retrouver les penchants de sa jeunesse chez sa fille ?

Jenna sourit en se posant la question.

Ce fut Karim qui l'encouragea à participer à une conférence qui devait se tenir à Porto Rico en lui faisant remarquer qu'elle ne prenait jamais de vacances et qu'elle en avait sans doute besoin. Lui-même partait quelques jours avec les Hamid dans leur villa du cap Cod.

Tout en s'installant confortablement en classe affaires sur le vol matinal de l'American Airlines pour San Juan, elle hésita encore à n'écouter que son plaisir et faillit relire le texte de son intervention. Mais elle se trouva vite ridicule : « Allons, Jenna, tu connais ce texte par cœur ! Détends-toi ! » Sa participation à la conférence durerait au plus une matinée. Le reste du temps, elle serait libre. Libre de profiter d'une plage sous le soleil tropical.

Elle s'y voyait déjà et s'en réjouissait, paupières closes, lorsqu'une belle voix profonde se fit entendre, suivie d'un rire de femme. Rouvrant les yeux, elle découvrit qu'une hôtesse entourait de prévenances le passager qui s'installait à côté d'elle. Mince, bronzé, d'un blond légèrement argenté, l'homme laissait voir dans ses yeux gris une certaine lassitude.

— Voulez-vous un journal ? demanda l'hôtesse avec empressement. Une boisson ?

— Oh, mon chou, j'ai promis à maman de ne jamais boire avant midi ! Mais c'est vrai que je promets à maman tellement de choses ! Je crois que je ne cracherai pas sur un Bloody Mary dès qu'on aura décollé. D'accord ?

La jeune femme eut un rire extatique comme si elle n'avait jamais entendu paroles plus intelligentes.

Se tournant vers Jenna, l'amateur de Bloody Mary se présenta.

— Travis Haynes, madame.

Visiblement, il attendait une réciprocité. Elle ne voulut ni le blesser ni l'encourager.

— Jenna Sorrel.

— C'est un très joli nom, observa-t-il comme s'il n'avait pas remarqué sa froideur.

Après le décollage, dès que l'avion se fut stabilisé, l'hôtesse lui apporta son cocktail.

— Pourrais-je avoir un autographe ? Ça me ferait tellement plaisir.

Elle lui tendit une serviette en papier.

— Oh, merci, monsieur Haynes !

Quand elle s'éloigna, Travis Haynes remarqua :

— Une hôtesse de la vieille école ! Ce n'est pas désagréable. Ça me fait penser aux Harley Davidson. On n'a pas forcément envie d'en chevaucher une mais on aime savoir qu'elles existent toujours.

Jenna sourit. Ce qui aurait pu être d'un goût douteux devenait innocent et drôle dans la bouche de cet homme.

— En tout cas, elle semble vous tenir en haute estime.

— C'est un des risques de mon métier...

— Quel est donc ce métier ?

Avait-elle réellement envie de le savoir ?

— Oh, je monte sur une scène, je grogne, je gémis et certains disent que je chante de la musique country. Mais je constate que tout le monde n'a pas entendu parler de moi. Ce n'est pas grave.

Elle se disait qu'il répondait à des excuses qu'elle n'avait pas formulées quand elle l'entendit ajouter :

— J'ai le chic pour redégringoler quand j'atteins le sommet.

Jenna eut un réflexe professionnel.

— Vraiment ? Et qu'en concluez-vous ?

— Moi, rien. Mais mon agent a son opinion. Pas vraiment flatteuse. D'après elle, le succès me fait peur.

— Ça vous paraît plausible ?

— Pas vraiment. Sinon comment j'expliquerais que j'en suis à mon neuvième ou dixième come-back ?

— Ah ! Vous pensez qu'il n'y a pas de lien de cause à effet ?

— Vous en posez des questions ! Que faites-vous dans la vie ?

— Je suis psychologue, dit-elle en se demandant pour quelle raison elle avait l'air de s'excuser.

Amusé, le regard pétillant, il eut un large sourire.

— J'ai franchement le don d'ouvrir la bouche au bon moment ! Je vous ai donné l'occasion de m'analyser, non ?

Jenna sourit mais se tut.

— Très bien. Si vous ne voulez pas répondre à cette question j'en essaie une autre. Que diriez-vous d'assister à mon show, ce soir, au Hilton ?

Il la surprenait tant elle avait acquis l'habitude de décourager les hommes par son comportement distant.

— Vous savez, je vais être très occupée. Je n'aurai certainement pas le temps d'assister à un spectacle.

Elle ignorait à quel point Travis pouvait être obstiné. Le repas n'était pas encore servi qu'il l'avait déjà convaincue d'être présente pour son « neuvième ou dixième come-back ».

Puis il lui expliqua que, sans avoir jamais été une star, il avait gagné beaucoup d'argent, tout dépensé, refait fortune et recommencé à vider son compte en banque.

— Je crois que je fonctionne comme ça pour me maintenir en activité.

Elle admit qu'il pût avoir raison.

Elle se demanda qui était la femme qui chantait « Tu es le soleil de ma vie » avec Travis dans la salle de karaoké du Hilton. Amira Badir ? Certainement pas. Mais alors comment Jenna Sorrel parvenait-elle à cette belle insouciance dont elle savourait chaque instant ?

Le spectacle, avec ses danseurs, son magicien et son ventriloque, avait été très divertissant. Elle avait aimé les sourires éloquents que Travis lui adressait depuis la scène, les cris d'enthousiasme de ses admiratrices, et elle avait été incontestablement flattée lorsque, à la fin du show, il avait présenté sa « ravissante amie de Boston ».

Avec son enthousiasme candide et irrésistible, il l'avait entraînée dans la salle où il s'était mis à chanter ses airs favoris devant la foule qui se bousculait pour profiter de ce récital impromptu. Quand il se lassa de chanter, il la prit par la main et lui fit découvrir le casino en l'encourageant à tenter sa chance.

Les jeux étaient les mêmes qu'à Londres ou à Monte-Carlo, mais le comportement de Travis tranchait tellement sur celui d'Ali que Jenna vivait une autre expérience. Lorsqu'il perdait, Travis se répandait en gémissements. Quand il gagnait, il sautait de joie, criait sa satisfaction et offrait à boire à toute la table. Travis faisait du jeu une joyeuse distraction pour grands enfants.

Plus tard, dans ses bras, elle se demanda encore si c'était bien elle qui succombait au charme de cet homme très inattendu. Existait-il un couple plus mal assorti au monde ?

Pendant le bref — trop bref — séjour qu'elle fit à Porto Rico, il la couvrit de fleurs et de compliments, lui fit partager ses éclats de rire et lui offrit des nuits de tendresse. Bien qu'elle dormît peu, elle se sentit plongée dans un bain de jouvence.

Mais que vivait-elle ? Le début d'une liaison ? Une simple embellie ? Et, d'ailleurs, que souhaitait-elle ?

Travis l'accompagna à l'aéroport. Il restait encore une semaine à San Juan. Puis il devait aller chanter à Los Angeles.

— Je veux te revoir, déclara-t-il, solennel.

Elle laissa sa carte à celui qui venait de rompre la monotonie de sa vie monacale en lui apportant une bouffée d'air pur.

Six semaines s'écoulèrent avant qu'elle eût de ses nouvelles.

Sans préambule ni excuse, comme s'ils s'étaient vus la veille, il lui annonça :

— Je chante deux soirs à Toronto et deux autres à Boston. J'aimerais venir te voir si c'est possible.

— Oui. D'accord.

Restait à préparer Karim, lui expliquer qu'un ami viendrait pendant le week-end et l'inviterait à dîner.

— Il s'appelle Travis Haynes.

— Et ça a commencé quand entre lui et toi ?

Elle se sentit nerveuse.

— Ne t'invente pas des histoires, s'il te plaît.

Travis arriva le vendredi soir sans avoir pris le temps d'enlever son costume de scène. Karim et Jacqueline faisaient du pop-corn dans la cuisine. Quand ils furent présentés à ce cow-boy en satin blanc, piqué de diamants en toc, le premier fronça les sourcils et la seconde eut un petit sourire narquois.

— J'ai quelque chose pour toi, ma chérie.

Travis tendit à Jenna un grand paquet-cadeau.

— Oh, tu n'aurais pas dû !

Elle répéta son exclamation avec beaucoup plus de conviction quand elle découvrit qu'il lui offrait une réplique de sa tenue de scène.

Évitant le regard de son fils et de Jacqueline, elle suggéra à Travis d'aller dîner sans plus attendre. C'était frôler l'impolitesse, mais l'atmosphère l'exigeait. Toutefois, si elle parvint à se détendre pendant le repas, elle dut, après le café, avouer à Travis qu'il y avait un problème.

— Je ne peux pas passer la nuit avec toi. Karim ne comprendrait pas.

Elle lui cacha que, pour sa part, elle ne voyait pas leur relation à Boston du même œil qu'à San Juan. Et ce fut aussi pour cette raison qu'elle éprouva envers lui un élan de gratitude et l'embrassa lorsqu'il lui répondit :

— Eh bien, c'est à moi d'être compréhensif, n'est-ce pas ?

En d'autres circonstances, elle aurait ri du sérieux de Karim quand il lui déclara comme si elle était sa fille ou sa nièce :

— Ce n'est pas un homme pour toi.

Sa réaction pouvait se comprendre sans un diplôme de psychologie. Jamais encore il n'avait partagé sa mère avec qui que ce fût.

Mais bientôt, après que Travis eut appelé plusieurs fois, à ce rejet d'enfant s'ajoutèrent des objections spécifiques.

— Si tu tiens à sortir avec quelqu'un, pourquoi ne choisis-tu pas un Arabe ? Aurais-tu honte de ce que tu es ?

— Je n'ai pas cherché une liaison, expliqua-t-elle patiemment. J'ai simplement rencontré dans l'avion un homme que j'ai trouvé charmant. Ne suis-je pas en droit de vivre ma vie ?

Karim lui lança un regard qui l'impressionna tant il lui rappelait Ali.

Le *Wall Street Journal* titra en première page : « Fin de l'affaire des Mirage : Badir condamné à une amende. » Après des mois d'investigations dans les pratiques bancaires internationales, les affaires et les habitudes personnelles de plusieurs hauts responsables européens et dans la comptabilité de Malik, la montagne accoucha d'une souris. Ne furent contraints à démissionner que des bureaucrates de second rang tandis que Malik sortait pratiquement indemne de ces remous.

Soulagée, Jenna regretta de ne pouvoir exprimer ouvertement sa joie. Mais quand Travis l'appela, le jour même où tombait la bonne nouvelle, elle se sentait d'humeur si légère qu'elle accepta de l'accompagner pendant quinze jours dans sa tournée d'été. Karim avait déjà prévu de passer presque tout le mois d'août avec les Chandler dans leur villa de Newport.

Mais à sa réponse positive succédèrent aussitôt des doutes et des inquiétudes. Ils n'avaient jamais passé plus de deux jours ensemble. Qu'allaient-ils faire pendant deux semaines ? S'adapterait-elle à sa vie de nomade ? « Arrête. Ne sois pas ridicule, se dit-elle. Ça te fera le plus grand bien de sortir de ta routine. »

Malheureusement ses craintes se justifièrent. Elle avait voulu se distraire, se détendre, rire avec Travis, se sentir rajeunir, mais elle tombait en pleine folie. Et puis l'alcool, le jeu et les petites soirées, tout ce qui était supportable et même amusant un soir ou deux devint vite pesant. Quant à l'intérêt de Travis pour les sujets de conversation intellectuels, il s'émoussa lui aussi rapidement.

Leur histoire d'amour itinérante s'acheva en même temps que le mois d'août. Mais ils se séparèrent sans rancœur ni agressivité.

— On reste amis ? demanda Travis avec un sourire qui constituait son image de marque.

— A jamais, assura Jenna.

Elle se sentait à la fois triste et soulagée. Pour elle, une liaison était une affaire sérieuse, impliquant des relations sexuelles, qui ne pouvait se résumer à une simple distraction. Toutefois, cette rencontre lui avait permis de mesurer sa solitude, ce qu'elle n'avait su faire jusque-là.

L'ironie de la vie voulut que leur séparation propulsât Travis en tête du hit-parade. Il lui avait déjà dédicacé une chanson « Part-Time Lover ». Cette fois-ci, il écrivit une mélodie douce-amère : « That's You And Me All Over » qui lui apporta un succès qu'apparemment il assuma.

En ce même mois d'août, l'Irak envahit le Koweit et l'opération « Tempête du désert » qui fut menée pendant les mois d'hiver contraria Karim au plus profond de lui-même. S'il ne soutenait pas particulièrement Saddam Hussein, en revanche il pensait que l'Égypte avait été contrainte de combattre l'Irak par un gouvernement américain qui ne comprenait ni n'appréciait le monde arabe.

Paroles étranges dans la bouche d'un adolescent qui avait tout d'un petit Américain. Mais, en fait, Karim subissait l'influence de Nasser Hamid, son héros. Il s'était mis à dévorer des livres sur le Moyen-Orient en général et l'Égypte en particulier, et avait décidé de se spécialiser dans l'histoire et la politique de cette région du monde en se promettant de devenir diplomate, d'obtenir un poste en Égypte et de retrouver ses racines.

Ce projet ne pouvait qu'attiser chez sa mère un sentiment de culpabilité, à peine atténué par le fait que Karim avait au moins eu une grand-mère égyptienne.

« Tu as induit ton fils en erreur, lui soufflait sa conscience. Tu as fait vivre dans un mythe un petit prince royal qui n'avait pas besoin de ça... »

Mais qui aurait nié qu'elle n'avait pas eu le choix ?

DÉROBADES

A al-Remal, il était rare que le temps changeât brutalement. En revanche, à Boston, on pouvait passer en quelques minutes d'un chaud soleil à un vent glacial. Les humeurs de Karim faisaient désormais penser à ces soudaines variations atmosphériques.

Ce fut le cas, par exemple, le jour où la voiture arriva. C'était un samedi, Jenna lui avait préparé un copieux déjeuner et ils prenaient leur repas tranquillement, sans le moindre heurt dans leur conversation, quand soudain le calme de la rue fut troublé par des coups de klaxon. Ceux-ci sentaient l'enthousiasme plutôt que l'agacement, et Jenna, intriguée, alla regarder par la fenêtre. En costume sport et cravate, un jeune homme descendait d'une Corvette rouge feu en regardant l'immeuble. Sans doute avait-il rendez-vous avec quelqu'un. Mais bientôt on sonna : trois petits coups alertes qui relayaient le klaxon.

— Une livraison pour madame Jenna Sorrel, annonça la voix dans l'interphone.

— Qu'est-ce qu'il y a ? demanda Karim.

— Je ne sais pas. Ce doit être une erreur. Viens. Nous allons voir ensemble.

Karim regarda la Corvette et eut une exclamation sincèrement admirative.

D'un geste aussi ample que courtois, l'étranger à l'élégance décontractée incita Jenna à s'approcher de la voiture et lui remit les papiers et les clés. Sur le pare-brise, il y avait un mot : « Pas de souci, la taxe est payée. Je n'y serais pas arrivé sans toi. Amitiés. Travis. »

Quand Karim vit le message, un changement radical se produisit. Il lança un regard noir à sa mère et à la voiture.

— Comment as-tu gagné ça ? demanda-t-il.

Puis il rentra dans l'immeuble.

Jenna envisagea de renvoyer la Corvette, d'appeler Travis, de s'expliquer sans blesser ses sentiments. Et puis, non, c'était son cadeau à elle. Karim n'était pas concerné. Si elle composait avec ses humeurs, elle serait vite bonne pour le cabanon.

— Montez, dit-elle au jeune homme. Je vous reconduis à votre magasin.

Lorsqu'elle revint, Karim s'était réfugié dans sa chambre en fermant la porte à clé.

Des épisodes de ce genre, il y en eut plus d'un. Elle savait qu'ils permettaient à Karim de tester ses limites, d'agrandir son champ d'action, d'opérer les ruptures nécessaires pour acquérir l'indépendance d'un adulte. Tout cela n'était que très normal, elle se le répétait, mais elle ne souffrait pas moins de le voir agir comme s'il ne l'aimait plus.

Le changement était sans doute aussi temporaire qu'inévitable. Dès qu'il se sentirait adulte, Karim se rapprocherait de sa mère et une nouvelle relation — plus égalitaire — s'établirait entre eux.

Comment aurait-elle pu prévoir qu'elle verrait bientôt s'envoler cet espoir comme poussière dans le vent ?

Le souci qu'avait Jenna d'éviter les Hamid provoqua aussi un orage soudain. Invitée, par l'intermédiaire de Karim, à assister à une projection de diapositives rapportées par Nasser de son dernier voyage à Louxor, Jenna invoqua un surcroît de travail pour refuser. Rien ne l'épouvantait plus que ce genre de petite soirée où Nasser Hamid réunissait essentiellement ses collègues de faculté, tous spécialistes d'un pays qu'elle présentait comme sa terre natale... Par ailleurs, les manières onctueuses de cet homme et ses tentatives de flirt l'horripilaient. Quant à sa fille, elle la trouvait toujours d'une suffisance insupportable que rien ne venait racheter.

Karim se rendit donc seul à la soirée des Hamid avec la rage au cœur.

Du travail, certes, elle en avait. Ayant entrepris de récolter des fonds pour le refuge, elle devait maintenant taper le texte des propositions qui constitueraient son programme d'action.

Le refuge avait un rôle important à jouer. Trop de femmes souffraient dans la solitude, et Jenna trouvait de plus en plus insupportable le silence que leur imposaient la peur de leur mari ou de l'inconnu, ou encore un manque d'estime de soi. En fait, les explications étaient multiples, mais ne laissaient à personne le droit de lancer des questions du genre : « Pourquoi ces femmes ne claquent-elles pas la porte ? Quelque chose ne tourne pas rond chez elles, non ? Qu'est-ce qui les oblige à rester avec des hommes qui les battent ? »

Elle pensait au manque d'empathie et de compassion qui rendait son action plus difficile, lorsqu'elle entendit soudain la sonnette. Elle crut que Karim avait une fois de plus oublié ses clés. Mais elle fut surprise par la voix de sa nièce.

— Bonsoir ! fit simplement Laila.

On aurait pu croire qu'elles s'étaient vues la veille. Mais Laila avait eu le temps de devenir une jeune femme.

Retenant un flot de tendresse, Jenna resta sans voix pendant un long moment, puis réussit à prendre un ton léger.

— Laila ! Quelle surprise ! Je suis ravie de vous voir. Qu'est-ce qui vous amène ?

— Eh bien... je voulais vous dire au revoir, vous prévenir que je quitte New York.

— Vous retournez en France ?

— Non. Je vais étudier la mise en scène à Los Angeles.

— Entrez, Laila. Ne restez pas comme ça sur le palier.

Laila fit deux pas en avant puis s'arrêta.

— Je ne resterai qu'une minute. Je suis en voiture avec des amies. Elles sont allées s'acheter quelque chose au fast-food du coin mais elles vont revenir tout de suite.

— Vous êtes venue jusqu'à Boston pour vous y arrêter une minute ?

— Non. Je voulais voir ces amies. D'anciennes camarades de classe.

Laila feignit de s'intéresser à l'appartement afin d'éviter le regard de Jenna.

— J'ai été violée, murmura-t-elle. Il y a quatre mois. Non, ne me regardez pas comme ça. Je m'en suis remise. Vraiment.

— Mon Dieu ! Comment est-ce arrivé ?

338

Laila eut un geste désinvolte que contredisait son expression douloureuse.

— Je le connaissais. Je peux même ajouter que je l'aimais bien. Mais à quoi bon revenir là-dessus. Ça ne sert plus à rien d'en parler.

Jenna mourait d'envie de la prendre dans ses bras et de la réconforter, mais elle sentait chez Laila le refus d'un tel geste, le besoin de garder une certaine distance en dépit ou à cause de sa confession. « Ce n'est pas bon, pensa-t-elle. Elle ne devrait pas non plus banaliser ce qui lui est arrivé. »

— Vous avez vu un thérapeute ?

— Oui. Bien sûr. Je suppose que ça m'a aidée.

Les yeux fixés sur le bout de ses chaussures, elle ajouta :

— Vous savez, j'ai eu envie de m'adresser à vous. Mais j'aurais plutôt eu l'impression, je crois, de venir voir ma mère. Ça peut paraître stupide, mais...

— Oh, non ! Pas du tout.

Jenna faisait ce qu'elle pouvait pour retenir ses larmes.

— Maintenant, ça va. Surtout depuis que j'ai décidé de partir.

Jenna ne comprenait que trop bien les raisons qui poussaient une femme à fuir. Elle eût néanmoins souhaité expliquer à sa nièce que la fuite n'est pas toujours une solution, si Karim n'était rentré au même moment.

N'ayant pas le choix, Jenna fit les présentations.

— Laila Badir ? répéta Karim. Vous êtes de la famille de Malik Badir ?

— C'est mon père.

— Non ? Enfin, je veux dire...

— Je sais, répondit Laila avec une douceur un peu lasse.

A l'évidence, elle n'en finissait pas de provoquer la même réaction.

Toutefois, Karim passa vite à d'autres sujets d'étonnement. « Que faites-vous ici ? » avait-il envie de lui demander. Et non seulement sa mère ne lui avait jamais parlé d'elle mais, en plus, il avait l'impression de la connaître.

Il se rendait compte qu'il la regardait fixement lorsqu'elle lui adressa un charmant sourire. Pendant quelques instants, ils semblèrent l'un et l'autre avoir oublié Jenna.

— Voulez-vous boire quelque chose ?

Comment sa mère avait-elle pu oublier de proposer à cette jeune femme un rafraîchissement ? Et pour quelle raison semblait-elle si mal à l'aise ?

— J'aimerais bien un verre d'eau, merci.

Karim se précipita dans la cuisine et mit un Perrier avec une rondelle de citron sur un plateau.

— Merci, répéta Laila.

Tout en restant debout, elle but quelques gorgées d'eau gazeuse puis s'adressa à Jenna.

— Il faut vraiment que je parte. Mais je resterai en contact avec vous. Je reviendrai de temps en temps à New York. De votre côté, vous aurez peut-être l'occasion de venir en Californie ?

— Appelez-moi si je peux vous être utile.

— Je n'y manquerai pas. Eh bien, je vous dis au revoir.

Karim vit sa mère serrer Laila dans ses bras avec les larmes aux yeux. Quand avait-elle rencontré cette jeune femme ? Pourquoi avait-elle prétendu qu'elle ne connaissait pas Malik Badir ?

— Je vous raccompagne, dit-il à Laila.

Lorsqu'elle constata que ses amies n'étaient pas encore revenues, il en profita pour lui poser quelques questions.

— Alors, vous allez en Californie ?

— Oui. Je pars dans quelques jours.

— D'où venez-vous ?

— De France.

— Et votre père d'al-Remal, n'est-ce pas ? Êtes-vous déjà allée là-bas ?

— Jamais. Papa m'en parle beaucoup, je me débrouille bien en arabe, mais je ne suis pas encore allée au Moyen-Orient.

— Comment est votre père ?

— Il... Je ne le vois pas beaucoup. Il est souvent en déplacement.

— Comment avez-vous connu ma mère ?

Il y eut un silence. Karim craignait d'avoir commis une erreur en posant cette question.

— Je l'ai rencontrée dans un grand magasin à New York.

Il ne se souvenait pas que sa mère fût allée faire des achats à New York. N'avait-elle pas déjà si peu le temps de courir les magasins de Boston ?

— Ainsi vous vous êtes rencontrées en faisant des achats ?

— Pardon ? Oh...

Elle le regarda dans les yeux et Karim retrouva cette curieuse sensation de la connaître en se demandant si elle éprouvait la même impression.

— En fait, ce jour-là, moi je n'ai rien acheté. J'ai volé.

La fille de l'homme le plus riche du monde volait dans les magasins ?

— Mais pourquoi ?

— C'est une longue histoire. Tout ce que je peux vous dire, c'est que votre mère m'a sortie d'un mauvais pas.

Elle accepta de lui raconter l'intervention du surveillant puis celle de Jenna. Mais, comprenant difficilement l'attitude de sa mère, il ne trouva qu'une explication :

— Vous êtes donc l'une de ses...

— Patientes ? Non.

Une voiture s'arrêta à leur hauteur.

— Voilà mes amies. Merci de m'avoir tenu compagnie.

— J'aimerais vous revoir.

Elle parut si surprise qu'il ajouta aussitôt :

— Non, je ne me fais pas d'idées...

— Je sais. Je sais. Mais vous oubliez que je pars.

Un instant, il crut qu'elle allait poser sa main sur son bras ou caresser son visage.

— Je vous enverrai, à vous et à votre mère, mon adresse en Californie, dit-elle.

Puis elle rejoignit ses amies.

Tout en commençant à surmonter son choc, Jenna se demandait ce que Karim pensait de cette visite. Avec un peu de chance, elle parviendrait peut-être à satisfaire facilement sa curiosité. En attendant, une chose était certaine : la présence de Laila l'avait charmé.

Elle le vit revenir avec une expression étrange qui mêlait l'étonnement à une sorte... d'espoir.

341

— Comment as-tu fait la connaissance de Laila Badir, maman ?

— Elle a été l'une de mes patientes. Mais pendant une courte période.

— Tes patientes te font toujours pleurer ?

— Pas toujours. Quelquefois.

Le visage de Karim changea. Cette fois-ci, il eut un air que Jenna avait observé à maintes reprises chez Ali.

Froid, cruellement distant, le regard aveugle, il secoua la tête avec une lenteur appliquée et disparut dans sa chambre.

Après avoir dormi de façon intermittente et entendu son fils lui lancer sèchement : « A plus tard », en sortant, Jenna tentait de se concentrer sur les problèmes d'une patiente avec son frère lorsque Barbara, sa nouvelle secrétaire, appela, ce qu'elle ne pouvait faire qu'en cas d'urgence.

— Oui.

— Jenna, il y a une femme officier de police qui est ici et voudrait vous parler.

Jenna pensa à Karim puis, pour une raison ou une autre, à Laila.

La femme était en civil. Elle se présenta en montrant sa plaque.

— Détective Sue Keller. Vous êtes madame Jenna Sorrel ?

— Oui. Que se passe-t-il ?

— Vous connaissez M. et Mme Chandler ?

— Oui.

— Vous ne comptez ni l'un ni l'autre parmi vos patients ?

— Non.

— Dans ce cas, il se peut que je vous demande de témoigner quand vous aurez un moment. Simplement sur ce que vous avez pu éventuellement observer.

— Dites-moi ce qui est arrivé.

— Mme Chandler est hospitalisée. Dans un triste état.

— C'est vraiment grave ?

— L'une de vos amies, madame ?

— Oui.

— Alors, vous devriez peut-être faire un saut à l'hôpital.

BRAD

Carolyn était dans le coma et Cameron en prison pour tentative de meurtre. Mais Sue Keller n'avait pas d'autres détails.

Jenna trouva Josh dans une salle d'attente de l'hôpital. L'air groggy, il semblait sortir d'un terrible accident.

— J'ai voulu vous appeler, dit-il. Mais j'ai commencé par la police, j'ai donné votre nom et après je n'ai plus su ce que je devais faire.

— Je comprends, Josh. Sais-tu ce qui s'est passé ?

— Non, m'dame. Oh, mon Dieu, je crois que c'est grave...

— Comment c'est arrivé, Josh ?

— Je les ai entendus se disputer. Se battre. Ce matin. De bonne heure. Je suppose que papa venait juste de rentrer. Et puis ils se sont calmés. Je me suis rendormi. C'était pas la première fois que ça arrivait. Pas comme ça, c'est vrai, mais...

— Tu n'as pas à te sentir coupable, Josh. Et après, que s'est-il passé ?

— Rien. Je veux dire, je me suis levé et je me suis préparé pour aller à l'école. La porte de leur chambre était ouverte. J'ai vu maman par terre. Et papa qui avait étalé toutes ses cravates sur le lit. Comme pour les essayer. Il m'a dit : « Faudrait faire quelque chose, Josh. » Et j'ai appelé la police.

— As-tu prévenu quelqu'un de la famille ?

— Grand-mère. La mère de maman qui vit dans le Connecticut. Elle va venir. Je pense qu'elle restera à la maison jusqu'à... ce qu'il y ait un changement.

— Bien. Mais si tu as envie de rester avec Karim et moi, tu prends quelques affaires et tu viens.

— Merci, m'dame. Peut-être. Mais pas aujourd'hui. Je veux rester avec maman.

— D'accord. Je vais aller aux nouvelles maintenant.

Elle se présenta en parlant de son travail au refuge mais apprit seulement que Carolyn était encore en salle d'opération. L'attente dura plusieurs heures. Puis une infirmière vint l'informer qu'elle avait été conduite en réanimation.

— Chambre 2623. Si vous voulez aller jeter un coup d'œil.

Sur la blancheur du lit, avec son visage meurtri qui avait l'aspect d'un fruit blet, Carolyn donnait l'image d'une poignante fragilité au milieu de tout un réseau de tubes en plastique. « J'ai dû lui ressembler à al-Remal », pensa Jenna.

— Madame Sorrel ?

Le teint cireux, l'air exténué, l'homme portait une blouse de chirurgien.

— Oui.

— Stan Morgan. Vous êtes sa psychologue ?

— Non. Simplement une amie de la famille. Sa mère a été prévenue. Elle va venir. Je pourrais peut-être... la préparer. Dans quel état est Carolyn ?

— Difficile d'être optimiste, il est encore un peu tôt. Si elle survit, il ne faudra sans doute pas s'attendre à un rétablissement.

— Coma irréversible ?

Morgan donna quelques détails techniques qui laissaient prévoir un état végétatif.

Ce n'était rien de moins qu'une sentence de mort. Et tout cela parce que Carolyn avait aimé Cameron Chandler.

La mère de Carolyn avait rejoint son petit-fils. Jenna salua cette ravissante petite femme au visage de poupée de porcelaine, lui murmura quelques mots de compassion puis serra Josh dans ses bras en se reprochant de l'avoir laissé tomber.

— Vous devez être très amie avec Carolyn, remarqua Margaret Porter.

— Oui.

Jenna cherchait à réconforter Mme Porter, non à soulager sa conscience. Elle savait trop bien que Cameron avait tout fait pour isoler Carolyn et la maintenir en son pouvoir.

— C'était une fille si gentille, murmura Margaret Porter. Il n'y avait jamais d'histoires avec elle.

« Ne parlez pas comme ça, aurait voulu lui dire Jenna. On a l'impression que vous l'avez déjà enterrée. »

— Je pense qu'ils vont vous laisser la voir maintenant. Elle semble aller très mal. Mais quelquefois l'apparence est trompeuse.

Des mots. Rien que des mots...

La nuit était tombée. Les lumières de la ville ressemblaient à des étoiles toutes proches mais solitaires, séparées de leurs sœurs célestes.

Les heures de visite étaient terminées, et comme l'hôpital n'encourageait pas les parents à rester auprès de leurs malades, Josh allait rentrer chez lui avec sa grand-mère et Karim, qui était venu le rejoindre après la classe. De toute façon, on ne pouvait rien faire de plus pour Carolyn.

Moralement et physiquement exténuée, Jenna éprouva le besoin de s'arrêter à la cafétéria pour prendre une tasse de thé. Mais le liquide brûlant ne parvint guère à apaiser un esprit troublé par un sentiment de culpabilité qui n'en finissait pas de resurgir.

Elle se levait pour partir lorsqu'elle remarqua un homme qui, seul à une table, serrait une tasse de café entre ses mains. Sur son beau visage aux traits aristocratiques se lisait la plus intense tristesse qu'elle ait jamais vue. Que lui arrivait-il ? Un être cher se battait-il contre la mort quelque part dans cet hôpital ? Restait-il un espoir ou la bataille était-elle déjà perdue ? Que ses yeux bleus pouvaient être expressifs ! Et comme ils lui rappelaient ceux de Philippe !

Le lendemain, elle retourna à l'hôpital pendant l'heure du déjeuner puis en fin de journée, après son travail. Le mari de Margaret était arrivé et le couple attendait, assis dans un coin, replié sur son chagrin. Karim était lui aussi revenu pour soutenir un Josh aux paupières gonflées et aux yeux rougis.

L'état de Carolyn restait stationnaire. Seul le pronostic des médecins avait changé : désormais la certitude d'un coma irréversible s'imposait.

Quand les garçons quittèrent l'hôpital à l'heure du dîner, tandis que les Porter se retiraient dans une salle d'attente, Jenna resta seule au chevet de Carolyn. Elle lui massa les mains, elle lui parla de tout et de rien, lui prodigua des encouragements, espéra par sa présence et sa dévotion faire oublier le passé et préparer l'avenir. Elle ne pouvait se résoudre à ne voir qu'une enveloppe vide à la place de son amie.

Elle acheva sa veillée en s'arrêtant comme le soir précédent à la cafétéria. Elle y retrouva l'homme au regard triste. En pantalon kaki, chemise de coton blanc sous un sweater à col ras, il avait tout d'un étudiant à la jeunesse envolée : image d'une touchante vulnérabilité. Impulsivement, elle alla s'installer avec sa tasse de thé à la table voisine.

— Je ne voudrais pas vous déranger. Mais vous me donnez l'impression d'être aussi triste que moi. Peut-être pourrions-nous parler un peu. Parfois ça aide.

L'homme tenta vainement de sourire. Puis d'une voix douce, un peu rauque, il expliqua :

— Ma femme est ici. Elle a un cancer.

Jenna baissa un instant les yeux.

— Je comprends votre tristesse. Mais cet hôpital a la réputation d'être l'un des meilleurs. J'espère...

L'homme secoua la tête.

— Non. Je n'ai plus qu'à attendre et à lui dire au revoir.

Tenant à éviter les platitudes, Jenna but quelques gorgées de thé puis s'en alla en murmurant :

— Bonne nuit.

Ils se retrouvèrent au même endroit le lendemain et, comme s'ils s'étaient donné rendez-vous, prirent leur thé et leur café ensemble. Jenna parla de Carolyn, de la violence conjugale dont elle avait été victime. Il manifesta de la tristesse et de la colère en écoutant son récit.

— Et votre femme ? Où en est-elle ?

— Ce n'est plus qu'une question d'heures.

Pendant un moment, il parut être ailleurs, puis rompit son silence en remarquant ;

— Je ne me suis même pas présenté. Veuillez m'excuser. Mon nom est Brad Pierce.

— Jenna Sorrel. Vous travaillez par ici ?

— J'ai un laboratoire pharmaceutique. Un peu à l'extérieur de Boston. A proximité de l'autoroute 128.

346

Il n'eut pas besoin d'être plus précis. Jenna connaissait le laboratoire Pierce qui comptait parmi les plus importants de la planète.

— Ce qui ne manque ni d'ironie ni de... cruauté, disait Brad, c'est que nos dernières découvertes en matière de système immunitaire permettent de penser que, dans cinq ans, un cas comme celui de ma femme n'aura plus forcément une issue fatale.

Après ces paroles qui se voulaient une sorte de conclusion, Brad Pierce invita Jenna à parler d'elle. Quand elle lui expliqua son activité au refuge, elle vit son regard refléter un intérêt particulier.

— Vous devriez peut-être prendre contact avec la Fondation Pierce. Nous soutenons plus d'une cause.

— Merci de me le suggérer. Nous avons tant de personnes à aider.

Il hocha la tête en donnant l'impression d'avoir entendu cet argument des centaines de fois.

— Cette fondation est l'œuvre de ma femme. Elle s'y est investie à cent pour cent. (Il soupira.) Il faut que j'aille la voir. Ce fut un plaisir de vous rencontrer. N'oubliez pas de nous contacter. Je parlais sérieusement.

— Encore merci. J'ai également apprécié notre conversation.

Persuadée qu'il avait manifesté un intérêt sincère, Jenna apporta le lendemain une documentation sur le refuge ainsi que quelques articles consacrés à l'activité des bénévoles. Mais elle ne revit pas Brad Pierce à la cafétéria. Quelque chose avait dû arriver, pensa-t-elle.

Le *Boston Globe* consacra une demi-page à la disparition de Patricia Bowman Pierce en énumérant ses œuvres de charité ainsi que les distinctions accordées par des organisations philanthropiques. La photo accompagnant la nécrologie montrait une femme séduisante avec un visage ouvert et un sourire confiant. L'article mentionnait ses parents, une sœur et un frère, mais aucun enfant.

En dépit d'un emploi du temps surchargé, Jenna trouva un moment pour envoyer un message de sympathie à Brad. Les jours suivants, elle pensa souvent à lui, attendit un signe de sa part, mais ne reçut qu'un mot de remerciements parfaitement conventionnel.

Sa déception fut cependant éclipsée par d'autres préoccupations. Karim allait entamer sa première année à l'université. Bien qu'elle l'ait persuadé de rester avec elle, il ne tarderait pas à exiger son indépendance. La solitude la menaçait.

Puis il fallut abandonner tout espoir en ce qui concernait Carolyn. Ses parents, de fervents catholiques, ne purent se résoudre à mettre un terme à l'assistance technique qui la maintenait en vie et la firent transporter dans une clinique privée du Connecticut.

— Il est impossible de continuer comme ça, déclara Helen Schrieber, l'une des nouvelles conseillères du refuge. Nous sommes obligées d'entasser ces femmes et leurs enfants dans des chambres prévues pour une personne.

— Je sais, je sais, répondit Jenna. Je cherche une solution.

Elle avait sous les yeux un double de la lettre qu'elle avait adressée à la Fondation Pierce. Un espace allait être disponible dans le voisinage. Le refuge avait pris une option de trois mois et elle avait demandé à la fondation si elle pouvait apporter son aide.

Au lieu du coup de téléphone auquel elle s'attendait, elle reçut un courrier, signé du secrétaire général de la fondation, lui demandant des détails sur le coût de l'opération.

Dès qu'elle eut envoyé la documentation requise, l'argent arriva et la construction de l'annexe Patricia Bowman — le nom de jeune fille de la femme de Brad — put commencer.

« Je devrais l'appeler, pensa-t-elle. Je devrais le remercier personnellement. » Mais n'était-il pas évident qu'il refusait un contact direct ?

Cinq mois plus tard, quand il lui téléphona, elle le reconnut aussitôt. L'étonnement la poussa à se répandre sans préambule en remerciements :

— Nous vous sommes toutes extrêmement reconnaissantes. L'annexe s'ouvrira dans quelques semaines. Bien entendu, vous serez notre invité d'honneur et...

Il l'interrompit :

— Votre joie est la mienne et je serai évidemment présent le jour de l'inauguration. Mais je ne vous appelais pas à ce sujet.

348

Je voulais vous demander si vous accepteriez de dîner avec moi. Vendredi, ou un autre jour, si vous préférez.

— C'est un rendez-vous ?

Elle s'en voulut aussitôt d'avoir lâché cette question. Mais elle l'entendit rire sans ironie.

— Oui. J'imagine que c'est le mot juste.

Elle prépara leurs retrouvailles comme si elle sortait pour la première fois avec un homme. Elle étala toute sa garde-robe sur le sol, trouva des défauts à chaque vêtement, refit l'inventaire avec la même insatisfaction et finit par aller dépenser, dans la boutique la plus chère de Newbury Street, une somme folle pour un tailleur en gabardine crème qui caressait discrètement ses formes.

Ils se retrouvèrent dans un restaurant de Winter Place où Brad s'excusa de n'être pas venu la chercher.

— Ce n'est pas grave, dit-elle.

— Pour moi, c'est une faute. Je suis vieux jeu, ce qui explique d'ailleurs que j'aime cet endroit.

Il désigna d'un geste les lambris du salon particulier qu'il avait réservé avant d'ajouter :

— J'aurais aimé venir jusqu'à votre porte avec un bouquet de fleurs à la main, mais la conférence n'en finissait pas et je ne voulais pas vous faire attendre.

— Ce n'est pas grave, répéta-t-elle. C'est l'intention qui compte. Du moins cette fois-ci.

Décidément, elle se trouvait bien audacieuse et se demanda ce qui lui prenait.

Un serveur en smoking, d'un âge aussi vénérable que l'établissement, s'approcha de Brad.

— Puis-je servir le vin, monsieur ?

Brad acquiesça.

— J'ai pris la liberté de commander à l'avance, expliqua-t-il à Jenna. Mais si vous préférez...

— Non. J'aime les surprises.

Le repas, servi avec une délicate dextérité, était accompagné d'un beaune premier cru.

— Je suis passée devant cet établissement des dizaines de fois sans jamais me rendre compte qu'il avait tant de cachet, avoua Jenna.

— C'était le restaurant préféré de mon père. J'y ai donné mon premier rendez-vous important.

— Vous parlez de votre femme ? demanda-t-elle, heureuse d'apprendre qu'il la classait parmi ses « rendez-vous importants ».

Il hocha la tête.

— Nous nous étions rencontrés à l'université. Et nous avions tout de suite compris que nous étions faits l'un pour l'autre.

— C'est une belle histoire. Avec un parfum un peu... désuet.

— Je vous ai dit que...

— Je sais, fit-elle en riant. Vous êtes vieux jeu.

Ils poursuivirent leur conversation bien au-delà du repas. Brad parlait de son mariage en s'excusant d'ennuyer son invitée. Jenna l'écoutait avec plaisir et l'assurait qu'elle ne s'ennuyait nullement.

— Vous n'avez pas eu d'enfants ?

— Non.

— Et vous ne l'avez jamais regretté ?

En dépit de ses années passées en Amérique, Jenna s'émerveillait — comme elle l'eût fait à al-Remal — qu'un homme pût continuer à aimer une femme nullipare.

— Nous l'avons regretté tous les deux. Mais... Patricia ne pouvait pas en avoir. Nous avons sublimé la situation, je suppose. Puis nous nous sommes tournés vers tous ces enfants qui, à travers le monde, vivent dans le dénuement ou sont abandonnés. La création de la fondation date de ce moment-là. Patricia est allée en Afrique, en Inde, ouvrir des centres d'hébergement. Ces dix dernières années, elle s'est également occupée des bébés nés avec le virus du sida. En fait, elle a mis sur pied une armée de volontaires qui apportent leur aide à tous les hôpitaux de Boston.

— C'était une femme remarquable.

— Oh, oui !

Les yeux brillants, Brad se plongea dans ses souvenirs. Jenna posa sa main sur la sienne. Était-ce si étrange de se sentir attirée par un homme parce qu'il avait aimé sa femme ? La psychologue en elle répondit non. La dévotion de Brad pour Patricia représentait le meilleur gage de son aptitude à l'amour.

Quand elle remarqua que le serveur septuagénaire regardait sa montre, elle jeta un coup d'œil à la sienne.

— Il est affreusement tard, dit-elle avec regret. J'ai l'impression que ce vieux monsieur aimerait bien nous voir partir.

— Pourrais-je vous embrasser ? lui demanda-t-il devant sa porte.

— Pardon ?

— Pour notre premier rendez-vous...

— Mon Dieu, vous êtes vraiment vieux jeu !

Mais, charmée, elle ajouta :

— Je crois que je le suis, moi aussi.

Ses lèvres effleurèrent les siennes. Il caressa sa joue et ce geste qui ne demandait rien de plus mais parlait de promesses réveilla chez elle de lointains souvenirs d'affection. Elle eût aimé voir ce moment durer éternellement.

Elle découvrit qu'ils avaient à partager plus que le chagrin et la solitude. Leurs goûts communs étaient multiples. Et puis, surtout, ils se sentaient bien ensemble, se parlaient comme s'ils se connaissaient depuis toujours et leurs silences n'étaient jamais pesants.

Un samedi après-midi, en quittant une terrasse de café où ils avaient partagé un sandwich, Brad formula une invitation inattendue.

— J'aimerais que vous veniez prendre le thé. Demain. Chez ma mère.

— Chez votre mère ?

— Je pense que vous allez jouer un rôle important dans ma vie. Alors je préférerais que vous la rencontriez en privé. Ce qui d'ailleurs peut vous amuser.

Émue et flattée, Jenna songea néanmoins à sa belle-mère, la redoutable Faiza, et craignit de retrouver son double.

Quand elle vit Abigail Whitman Pierce, elle comprit qu'elle ne s'était pas trompée. Mince, droite comme un i, le cheveu gris, permanenté, les yeux non moins gris et le regard froid, Abigail régnait sur sa demeure de Beacon Hill remplie d'antiquités avec une allure aussi impressionnante que son nom.

351

Une lueur de tendresse passa dans son regard lorsqu'elle embrassa son fils et s'éteignit dès qu'elle se tourna vers Jenna.

Devant du thé Darjeeling et du cresson sur canapés, elle demanda :

— Connaissiez-vous Patricia, ma chère ?

— Non. Mais je sais que c'était une femme exceptionnelle.

— En effet. C'était quelqu'un. Tout à fait la femme qu'il fallait à Bradford. Et j'ajouterai : irremplaçable.

Comprenant très bien ce que laissait entendre Abigail, Jenna s'efforça de sourire poliment.

— De quel pays venez-vous ?

— D'Égypte. Mais j'étais encore très jeune quand mes parents se sont installés en France.

— J'ai parcouru l'Égypte avec mon mari. Il y a bien une trentaine d'années. C'est un pays haut en couleur, les vestiges du passé sont fascinants et les gens tellement pittoresques !

La condescendance d'Abigail blessa Jenna. « D'accord, se dit-elle, c'est le même genre de femme que Faiza. Personne n'est assez bien pour son cher fils. »

Jenna en oubliait Patricia.

— Catastrophique ! conclut-elle en quittant la maison de Beacon Hill avec Brad.

— N'exagérons rien. Mère peut être intimidante. Mais il suffit de prendre les choses avec humour.

De l'humour, il lui en aurait fallu des tonnes le soir où Brad l'entraîna de nouveau à Beacon Hill.

Après l'inauguration de l'annexe Bowman, Abigail donnait une petite soirée chez elle. Jenna n'eut pas besoin de regarder deux fois son hôtesse pour comprendre qu'elle n'avait pas été invitée.

Puis elle se retrouva seule, Abigail ayant fait remarquer à son fils qu'une certaine Gwen attendait qu'il lui préparât un Martini à sa façon.

Désorientée, elle s'approcha d'un homme âgé qui se tenait à l'écart dans un coin de la pièce, se présenta mais vit le vieil homme toucher son oreille pour lui expliquer qu'il entendait mal.

Elle répétait son nom pour la troisième fois lorsque Brad vint la rejoindre.

— Je vois que vous avez fait la connaissance d'Eldon.

— Pas vraiment. Il n'a pas encore saisi mon nom.

— Ah ! Eh bien, Jenna Sorrel, voici Eldon Baker. Eldon a quitté le Congrès il y a une quinzaine d'années et je crois que depuis son appareil auditif ne capte plus que des murmures.

Brad adressa un clin d'œil au vieil homme.

— Eldon a entendu suffisamment de bêtises dans sa vie, il me semble.

Eldon sourit comme s'il avait compris chaque mot.

— Ça va ? Vous vous amusez ? murmura Brad à l'oreille de Jenna.

— Non. Pas encore.

— Venez, je vais vous présenter à quelques autres personnes agréables.

Jenna s'efforça de sourire jusqu'au moment où Gwen, une belle rousse flamboyante, glissa son bras sous celui de Brad et se lança dans l'évocation d'une série de souvenirs qui rendirent Brad hilare.

Mais le malaise atteignit son comble au moment de passer à table. Le carton qui portait le nom de Jenna — le seul qui fût écrit à la hâte et au crayon — l'invitait à s'asseoir à côté de l'ex-sénateur tandis que Brad serait le voisin de Gwen Farrell.

La colère l'emporta. Jenna attrapa Brad par la manche et le traîna dans le hall.

— Très bien ! Le message de votre mère est parfaitement clair : je ne peux pas remplacer Patricia et je ne suis même pas Gwen. Mais laissez-moi vous dire une chose. Je ne veux être que moi-même. Personne d'autre. Et il est possible que nous soyons obligés de ne plus nous voir.

Jenna recommença à respirer. Elle se sentit en quelque sorte lavée du dédain que lui manifestait la mère de Brad. Mais quand elle eut claqué la porte de son appartement derrière elle et lancé son sac contre un mur, sa colère retomba. Elle pensa à Brad plus qu'à sa mère. Abigail avait été abjecte, mais certainement pas lui.

Pour comble de bonheur, au remords s'ajouta une faim de loup. Elle faillit rire d'elle-même devant son réfrigérateur à moitié vide.

Elle avait réussi à rassembler une laitue fatiguée, une petite tomate et un morceau de fromage quand elle entendit sonner. Dans l'interphone, une voix bourrue lui annonça :

— C'est votre pizza, madame.

— Je n'ai pas commandé de pizza.

— C'est pourtant la bonne adresse.

Quelque chose dans la voix lui parut familier. Elle alla jusqu'à la porte palière, regarda par le judas et vit Brad, une grande pizza dans les mains.

Elle lui ouvrit mais lui cacha combien elle était heureuse qu'il n'ait pas eu envie de la laisser tomber.

— Vous avez de la chance, j'ai faim.

Assise dans la cuisine, elle l'écouta tout en dévorant la pizza qu'il avait su choisir à son goût.

— Jenna, vous ne m'avez jamais parlé de votre mère. Est-elle encore en vie ?

— Non. Elle est morte quand j'étais adolescente.

— Oh... Ça a dû être une épreuve douloureuse pour vous. (Il effleura sa main avec tendresse.) Si elle était encore en vie, oublieriez-vous qu'elle est votre mère pour lui tourner le dos dès qu'elle commet une erreur ?

— Bien sûr que non.

— Eh bien, pour moi c'est pareil. Quant à Gwen, nous nous connaissons depuis l'âge de six ans. Par ailleurs, elle est follement amoureuse de la personne avec laquelle elle joue au tennis régulièrement.

— Pourquoi pas ?

— Certes. Mais il faut que vous sachiez qu'elle n'aime que les doubles dames. Elle ne s'en cache pas et tout Boston est au courant, sauf ma mère.

Brad partagea le rire soudain de Jenna puis ajouta :

— Nous devrions peut-être réunir Karim et ma mère. J'ai l'impression que notre relation leur inspire la même opinion.

Le rire de Jenna redoubla. Il était exact que son fils ne manifestait envers Brad qu'une politesse glaciale. Mais, sans se moquer pour autant de ce qu'il pensait, elle avait décidé de ne pas tenir compte de sa désapprobation. Comment aurait-elle pu négliger le fait qu'avec Brad elle n'éprouvait jamais, pour une fois, le sentiment de faire fausse route ?

Il se pencha sur ses lèvres et, quand ce premier baiser s'acheva, lui demanda :

— Allons-nous sortir ensemble maintenant ?

— Sortir ensemble ?

— Je veux dire : plus d'ambiguïté, plus de Gwen ou qui que ce soit d'autre.

— Oui, répondit-elle.

Elle ignora la petite voix qui lui rappelait que, selon les lois des États-Unis et d'al-Remal, elle restait une femme mariée.

— J'ai un cottage à Marblehead, lui annonça-t-il un mercredi soir.

Il était en train de s'escrimer sur l'ordinateur de Jenna qui ne parvenait pas à retrouver l'un de ses dossiers.

— Je crois qu'il te plairait. Pourquoi ne viendrais-tu pas y passer le week-end avec moi ?

Elle accepta tout en sachant qu'il lui proposait plus qu'un simple week-end d'été sur une plage.

Le « cottage » était en fait une grande villa de style victorien aux boiseries couleur de miel et qui ne comportait pas moins de dix-huit pièces.

Quand Jenna l'eut visitée, elle exprima son admiration :

— J'adore cette maison. Elle a beaucoup de caractère. Comme son propriétaire.

— Je suis flatté. Mais est-ce un jugement personnel ou professionnel ?

— Les deux.

Elle aurait pu lui expliquer qu'elle appréciait en lui quelque chose de très rare : sa profonde bonté. Mais c'était précisément ce qui renforçait sa culpabilité de femme mariée, tenue de lui cacher la vérité.

En dépit du stock de provisions qu'avait apporté le gardien, Brad voulut aller en ville pour acheter des langoustes qu'il se proposait de faire griller sur un feu de bois. Jenna put constater que tout le monde le connaissait et lui manifestait de la sympathie, dans une atmosphère simple, détendue, familiale.

— Tu as l'air beaucoup plus chez toi ici qu'à Boston, observa-t-elle.

— Autrefois, nous passions tous nos étés ici et venions souvent en week-end. J'ai toujours eu l'impression qu'il n'arrivait que de bonnes choses ici. Je souhaite que tu aies le même sentiment.

« Je ne demanderais pas mieux. Mais ce n'est pas si simple », répondit Jenna en pensée.

Plus tard, tandis que les langoustes grillaient, avec du maïs, sur un feu ventilé par la brise dans la crique sauvage où ils avaient choisi de dîner, Jenna demanda soudain :

— Pourquoi as-tu attendu si longtemps pour m'inviter ici ?

Brad s'évada un instant.

— J'ai simplement respecté la tradition qui impose une période de deuil quand on perd un être cher. Tu sais que je suis pour le respect des traditions et celle-ci me paraît particulièrement fondée.

— Moi, je viens d'un pays où pleurer les morts est contraire à la religion. Mais je peux penser que c'est une belle coutume si quelqu'un comme toi s'y conforme. (Elle hésita un instant.) Mais pourquoi moi ? Pourquoi pas l'une de ces femmes bien sous tous rapports dont Boston regorge ?

Les yeux bleus pétillèrent.

— Parce que tu sais écouter. Parce que tu es belle à l'intérieur comme à l'extérieur. Parce que tu m'as manifesté de la sollicitude quand nous n'étions encore que deux étrangers. Parce que... (Il sourit malicieusement.) Parce que Pat t'aurait aimée.

Ils étaient encore étroitement enlacés dans le grand lit de plume lorsqu'il lui déclara :

— Je veux t'épouser. Et je ne vois pas pourquoi nous devrions attendre.

Submergée par un mélange de joie et de panique, Jenna resta muette.

— J'ai appris combien la vie est précieuse. Nous pouvons la perdre si vite...

— Mais... nous ne nous connaissons pas suffisamment.

— Nous avons cinquante ans devant nous pour y arriver. Tu sais, j'ai vraiment envie de savoir où tu es quand tu deviens si calme. Et ce qui t'empêche de croire à notre amour... Non, n'explique rien maintenant. Attends d'être prête. Mais il faut que tu saches que je serai là, avec toi, pendant que tu te débarrasseras de ce qui s'impose encore entre nous. Je ne me contenterai pas d'attendre passivement.

Comme si elle était une enfant qui fait des cauchemars, il la réconforta. Éloquent et persuasif, il ignorait cependant que sa demande en mariage n'avait touché son cœur que pour le briser.

Parce qu'elle devait dire non.

MIRAGES

A l'aéroport d'al-Remal, Laila regarda la petite pièce où on venait de la faire entrer. Propre, plutôt confortable, elle n'était néanmoins rien de plus qu'une cellule. Attendant le retour de l'homme très imbu de lui-même, dont le nom ne lui était pas inconnu et qui l'avait fait interpeller, elle se dit — comme se le disent généralement les prisonniers — qu'elle devait faire un cauchemar.

C'était un coup de fil de David Christiansen qui avait tout déclenché. David était devenu une nouvelle force et un ancrage dans sa vie. Elle commençait à croire que, mis à part son père, il était le seul homme sur lequel elle pouvait compter.

Au sortir du tunnel qu'elle avait traversé après le viol, elle avait eu du mal à prendre quoi que ce fût au sérieux et s'était mise à vivre au jour le jour dans l'univers clinquant de Hollywood, de Topanga et de Malibu. Puis elle avait éprouvé le besoin de s'en écarter et, un après-midi, alors qu'elle se promenait sur une marina où elle n'était encore jamais venue, elle remarqua un schooner d'une vingtaine de mètres, aux allures d'oiseau de mer en plein vol.

Pendant qu'elle admirait le *North Star*, un homme émergea d'une écoutille pour fourrager dans une boîte à outils. La remarquant, il lui sourit, puis se remit à fouiller dans sa boîte.

— Vous avez un beau bateau.

— Merci. Vous savez naviguer ?

— Un peu. Je ne suis pas Christophe Colomb.

— Qui ne pourrait dire la même chose ? Montez à bord si vous en avez envie. Je suis Dave Christiansen.

— Laila Sorrel.

Elle empruntait le nom de celle qui était un jour venue à son secours quand elle ne voulait pas parler de son père à un étranger.

Il lui fit visiter le voilier en lui expliquant qu'il le partageait encore avec son banquier et proposait des croisières ou de simples balades le long de la côte. Quand elle s'apprêta à partir, il lui proposa de l'emmener le lendemain avec un groupe de vingt personnes jusqu'au joli petit port d'Avalon, entouré de collines.

Après Avalon, on la vit souvent sur le *North Star*. Puis, un jour, tout le monde se mit à penser à David et à elle comme à un couple. Ce qu'ils devinrent effectivement. Elle aimait ce calme, cette confiance et cette force qui émanaient de lui aussi bien lorsqu'il la serrait dans ses bras qu'au cœur d'un orage en pleine mer. Et s'il n'était pas spécialement brillant, son humour décontracté et direct permettait de l'oublier.

Le soir où il lui avoua son amour, elle lui révéla sa véritable identité. La première réaction de David fut de croire à une plaisanterie. Puis quand elle l'eut convaincu, il remarqua en riant :

— Ça ne change rien à mes sentiments. Mais ça doit compliquer les tiens.

— Que veux-tu dire ?

— Je te parle d'amour et tu me réponds que ton père est milliardaire. Bien sûr, je peux imaginer ce que les gens croiront. Mais ce qui compte pour moi c'est ce que toi tu crois.

— Je ne pense pas que tu sois intéressé, David. Mais tu as raison. Mes sentiments sont réellement compliqués. Par un tas de choses d'ailleurs.

Elle appréciait infiniment cet homme dont elle avait besoin comme d'un havre après la tempête. Mais l'aimait-elle vraiment ? Pouvait-elle l'aimer ? Ce qu'elle éprouvait pour lui déclenchait de multiples signaux d'alarme reliés à son passé.

— Écoute, Laila. Prends ton temps. Je n'ai pas l'intention de disparaître demain.

Deux mois plus tard, il lui demandait de l'épouser.

— Tu n'as pas besoin de me répondre tout de suite. Je voulais simplement que tu saches ce que je ressens.

Le surlendemain, elle s'inventa une excuse et prit un avion pour Paris. Elle avait besoin de recul afin d'y voir clair. Elle avait aussi un peu trop oublié à quoi ressemblait la vie sans David.

Partie pour quinze jours, elle découvrit rapidement qu'elle ne pouvait se passer de lui. Quand il l'appelait, elle se sentait réconfortée par l'impression d'être tout près de lui, prête à le revoir.

Ce fut à la fin de l'une de leurs conversations qu'il lui demanda soudain avant de raccrocher si elle avait son acte de naissance en Californie.

— Non. Il doit être ici. Pourquoi ?

— Il me semble que tu devrais le prendre avec toi ou en faire une copie. Tu en auras besoin si tu décides de te marier.

Il avait raison, mais elle n'en oublia pas moins son conseil pendant plusieurs jours. L'après-midi où elle y repensa, elle se décida à chercher le document dans le coffre réservé aux papiers personnels de son père. Connaissant la combinaison, elle n'eut pas besoin d'attendre le retour de Malik qui se trouvait pour le moment à Marseille.

A aucun instant elle n'avait eu l'intention d'être indiscrète. Mais elle dut se mettre à fouiller pour trouver ce qu'elle cherchait, et son regard tomba alors sur des photos de Geneviève. Elle les contempla les larmes aux yeux avant de découvrir l'expression malicieuse d'un jeune garçon qui n'était autre que son père. Mais qui était la petite fille à côté de lui ? Bizarrement, elle avait quelque chose de Jenna Sorrel. Puis elle trouva des lettres qui la laissèrent indifférente, à l'exception de celle où une certaine Amira présentait ses condoléances après la mort de Geneviève tout en évoquant un autre chagrin qu'elle-même avait infligé à Malik. Elle parlait également de son fils, Karim... Karim ? Oh, n'était-ce pas un nom très répandu chez les Arabes ? Il devait s'agir d'une ex-petite amie de son père qui tentait de se rapprocher de lui après la mort de sa femme.

Une autre photographie — petit portrait facile à glisser dans un portefeuille — éveilla chez Laila une drôle d'impression. Où avait-elle déjà vu cette belle jeune femme en costume traditionnel ? Brusquement un frisson lui parcourut l'échine. Mon Dieu, n'avait-elle pas la sensation de se regarder dans un miroir ?

Laila étala le contenu du coffre sur le bureau de son père. A défaut d'un acte de naissance, il y avait une licence de mariage qui lui apprit que ses parents s'étaient mariés alors qu'elle avait près de cinq ans ! Puis elle vit un petit livre de comptes où se trouvaient consignés des paiements mensuels adressés à al-Remal.

Elle ne reconnaissait ni le nom de la personne ni celui de la ville. Le premier paiement avait été effectué juste après sa naissance.

Sur le mur, face au bureau, un portrait à l'huile représentait Jihan, sa grand-mère. Jihan avait posé contre la volonté de son mari et donné le portrait à Malik pour qu'il se souvînt d'elle en France. Laila avait beaucoup étudié ce visage en y cherchant les signes d'un destin tragique. Mais ce jour-là, lorsqu'elle leva les yeux du bureau, elle remarqua la bague que portait Jihan. Cet étonnant saphir étoilé, ne l'avait-elle pas vu ailleurs ? Au doigt de Jenna Sorrel ?

Laila eut l'impression que tout commençait à s'éclairer. Mais non ! C'était impossible ! Ou alors elle devait en conclure qu'elle n'avait jamais été ce qu'elle croyait être. Son père lui avait menti. Sa mère, ou prétendue mère, également. Et Jenna... pour autant que ce fût le véritable nom de cette femme.

Elle décida de l'appeler. Son appartement ne répondit pas. Elle essaya son bureau. Mme Sorrel n'était pas à Boston et on ne pouvait pas la joindre. S'interdisant d'appeler Malik, elle songea à David. Mais n'allait-il pas la prendre pour une folle, ce qu'elle était peut-être d'ailleurs ?

Parmi les documents, elle vit son passeport remali. Fille d'un Remali, elle possédait naturellement la même nationalité que son père, et Malik, qui croyait beaucoup aux doubles, voire multiples nationalités, avait tenu à ce qu'elle ait ce passeport. Elle s'en félicita ce jour-là tout en réservant une place sur le premier avion en partance pour al-Remal.

Au bureau de location de voitures, l'employé la regarda avec un mélange de dégoût et de colère. Comment une femme pouvait-elle ignorer qu'elle n'avait pas le droit de conduire à al-Remal ?

Elle se dirigea vers la sortie, suivie par le regard des hommes. L'un d'eux lui lança dans un anglais rauque :

— Couvre-toi, femme !

Quand elle indiqua à un chauffeur de taxi le nom de la ville qu'elle avait trouvée dans le livre de comptes, elle s'entendit répondre :

— Ça c'est un petit village, pas très loin d'ici, dans la direction du sud. Je peux t'emmener là-bas mais pas habillée comme tu es. Avec ce que tu as sur le dos, je te conduis seulement au Hilton.

— Bien. Allons au Hilton. Tu m'attendras pendant que je me changerai.

A l'hôtel, elle prit une chambre et demanda qu'on lui apportât des vêtements adéquats. Une femme de chambre vint lui présenter deux *abeyyas* qu'elle trouva horribles et qu'on devait lui faire payer dix fois trop cher. Mais puisqu'il fallait en passer par là, elle pria la femme de l'aider à se vêtir correctement. Puis elle alla retrouver son taxi.

Le village, qui lui parut fort laid, n'était composé que de maisons pauvres, terreuses, sur lesquelles pesait un soleil de plomb. L'arabe que lui avait appris son père lui permit d'associer ses efforts à ceux du chauffeur pour trouver la personne qu'elle cherchait.

On leur indiqua une maison où elle découvrit deux femmes : l'une très âgée, l'autre d'un âge moins avancé. La pièce où elle venait d'entrer lui sembla si sombre après l'éclat du soleil qu'elle écarta son voile. Aussitôt, la très vieille femme se mit à pousser des cris, en basculant en arrière, comme si elle était sur le point de s'évanouir. Puis elle fit l'un de ces signes auxquels Malik recourait pour écarter le mauvais œil et s'empressa de sortir. L'autre femme regarda attentivement Laila, s'approcha d'elle, scruta son visage.

— Es-tu celle à laquelle je pense ? demanda-t-elle.

— C'est toi qui peux me dire qui je suis.

— Si tu es bien celle que tu sembles être, alors c'est toi que j'ai allaitée pendant la première année de ta vie.

— Toi ! Tu serais ma mère ?

La femme parut offensée.

— Es-tu celle à qui mon père envoyait de l'argent ?

— Non. Elle, c'était Oum Salih. Il y a cinq ans, Dieu a voulu qu'elle monte au paradis. Alors, depuis, l'argent va à une autre de mes tantes. La femme que tu viens de voir.

— Pourquoi a-t-elle eu peur de moi ?

— Elle a cru que ta mère était sortie de sa tombe. (Elle secoua la tête.) C'est très embêtant. Tout le village doit déjà être au courant.

— Oum Salih était ma mère ?

362

— Non.

— Alors qui était ma mère ?

— Que de questions, demoiselle !

— C'est impoli. Je sais et je m'en excuse. Mais j'ai besoin de savoir.

— Bien. Je vais tout te raconter.

Elle parla vite et sans ménagement. Quand elle eut achevé son récit, Laila se sentit aussi bouleversée que la vieille tante.

— On a tué ma mère à coups de pierre à cause de moi ?

— Pas à cause de toi, mais pour respecter la loi et la volonté de Dieu.

Laila constata que la nervosité de son ancienne nourrice n'avait cessé de croître. Visiblement elle était pressée de se débarrasser de cette visiteuse inattendue.

— Ton père a été généreux, demoiselle. Tu as de l'argent pour moi ?

— De l'argent ?

— Je suis en danger maintenant que tu es venue ici. Il faut que je parte quelque part. Loin du village. Tu as de l'argent ?

Laila lui donna tout ce qu'elle avait sur elle en se disant qu'elle utiliserait sa carte de crédit à l'hôtel pour payer le taxi.

— J'ignorais que je te mettrais en danger.

— Toi aussi tu dois faire attention. Ce n'est pas un endroit pour toi ici. Je ne parle pas seulement du village mais du pays tout entier.

De retour à l'hôtel, Laila appela la Californie. Elle avait besoin de la voix, du calme, de l'amour de David. Mais le manager de la marina lui répondit que David était en mer pour une semaine.

Elle réserva une place dans l'avion du matin pour Paris, se coucha de bonne heure, dormit d'une traite et se présenta à l'aéroport deux heures avant l'embarquement. Tandis qu'elle attendait, deux hommes — visiblement des policiers — s'approchèrent d'elle.

— Laila Badir ?

— Oui.

— Suis-nous, s'il te plaît.

Ils la conduisirent dans la pièce exiguë où se tenait cet homme dont le nom sonna familièrement à ses oreilles :

— Prince Ali al-Rashad.

— Tu es Laila Badir, la fille de Malik Badir ?

— Oui. Mais qu'est-ce que tout cela signifie ?

— On t'expliquera.

Il prit son passeport et la laissa à sa perplexité. Mais, au bout d'un moment, elle tapa sur la porte et annonça au garde qui lui ouvrit qu'elle avait besoin d'aller aux toilettes.

Le garde hésita puis l'accompagna et resta devant la porte des toilettes.

Il y avait une femme à l'intérieur. Laila écrivit précipitamment son nom et le numéro de téléphone de Malik à Marseille sur un billet de mille rials qu'elle tendit à la femme.

— Tu en auras beaucoup d'autres si tu appelles ce numéro en disant que je suis en difficulté ici.

La femme prit le billet sans un mot.

Revenue dans sa cellule, Laila vit l'attente se prolonger. Depuis combien de temps était-elle enfermée lorsque le garde lui apporta du thé ? Un simple thé sans rien à manger.

Le prince Ali finit par réapparaître. Avec un sourire, il jeta son billet de mille rials sur la table.

— Tu peux garder ton argent. Ton père va arriver. Ça lui ressemble bien de venir en personne.

— Tu connais mon père ?

— Depuis longtemps, oui.

Maintenant, elle se souvenait. Elle avait entendu Malik parler de ce prince avec colère et mépris. Devant elle se tenait un ennemi de son père.

— Je veux un avocat, dit-elle. J'exige une explication.

— Pour quelle raison aurais-tu besoin d'un avocat ? Tu n'as commis aucune espèce de crime. On ne te retient que pour entendre ton témoignage.

— De quoi devrais-je témoigner ?

— D'un kidnapping.

— Quel kidnapping ?

— Le tien. (Il sourit de nouveau.) Laisse-moi t'éclairer. Il y a longtemps, un crime a été commis dans notre pays. Un crime qui demandait deux criminels : un homme et une femme. La femme a été arrêtée et exécutée. L'homme nous a échappé avant que l'on connaisse son identité. Pendant des années mes soupçons se sont portés sur une certaine personne. En venant ici et en te rendant dans le village où tu es allée hier, tu as confirmé mes soupçons. Si bien que maintenant je peux te dire que nous attendons l'arrivée du second criminel.

Ainsi, elle servait d'appât pour attirer son père.

— Je suis citoyenne remali mais également française. J'ai le droit de contacter l'ambassade de France.

Avec un geste de désinvolture, le prince ajouta :

— Nous verrons cela plus tard.

L'un des gardes entra.

— La tour de contrôle dit qu'il arrive, Altesse.

— Bien. Suis-moi, Laila Badir. Tu vas assister à une scène mémorable.

Sur la piste d'atterrissage, une dizaine de policiers en civil attendaient le 747 privé de Malik Badir. Dès que l'avion s'approcha du terminal, ils formèrent un demi-cercle au bout de la piste.

Quelques secondes plus tard, un camion roula vers le jet et s'immobilisa en même temps que lui. Des soldats en descendirent et s'alignèrent devant les policiers.

— Qu'est-ce que c'est que ça ? demanda Ali au garde qui l'accompagnait.

— Je ne sais pas, Altesse.

Derrière eux, il y eut des remous. Un groupe de militaires s'approchaient.

Ali interrogea leur chef.

— Général, que signifie cette intervention ?

— Altesse, je dois conduire cette femme à l'avion.

— Qui t'a donné cet ordre ?

— Le roi, Altesse.

— Le roi !

Laila vit Ali pincer les lèvres.

— Par ici, mademoiselle, fit le général.

Il la conduisit jusqu'au 747. Dès qu'elle y pénétra, la porte fut refermée derrière elle par un steward. Le pilote, qui n'avait pas arrêté les réacteurs, repartit aussitôt.

Laila vit son père venir vers elle, le visage encore empreint d'anxiété. Il voulut la serrer dans ses bras mais elle se raidit en s'écriant :

— Oh, papa ! Oh, papa, je te hais !

Du terminal, Ali appela le palais sur la ligne secrète. Son frère Ahmad — nouveau roi d'al-Remal depuis la mort de leur père — décrocha aussitôt.

— J'exige une explication, mon frère, lança Ali, furieux. Je viens de subir une humiliation sans nom, et, au lieu d'arrêter un criminel, on l'a laissé partir sans être inquiété.

Ahmad répondit d'un ton sec :

— Il t'arrive de vouloir remplir tes fonctions avec trop d'empressement, mon frère. Je n'ai appris ce qui se passait qu'indirectement, alors que tu aurais dû m'en informer en premier lieu.

— Qu'aurais-tu fait alors ?

— La même chose. Te souviens-tu que nous voulions à tout prix des Mirage qu'une certaine personne nous a aidés à nous procurer ? Contre ton avis, si mes souvenirs sont bons. Dans un an ou deux, avec l'aide de Dieu, cette même personne nous aidera à acheter des F 14 américains. Comment aurais-je eu envie de contrarier un tel partenaire ?

— Mais...

— Viens dîner, ce soir, mon frère. Il y a longtemps que nous n'avons eu l'occasion de nous parler tranquillement.

Ahmad raccrocha. Ali put entendre, au loin, le grondement du 747 qui s'apprêtait à décoller.

SEPTIÈME PARTIE

LA VÉRITÉ

Jenna sortit de son sommeil artificiel à l'instant où le train d'atterrissage de l'avion touchait le sol.

Assis dans la travée opposée, l'homme roux l'observait.

— Bien dormi, princesse ? Voulez-vous quelque chose ? Une tasse de café pour la route ?

— Non, merci.

— Un jus d'orange, peut-être ?

— Non.

L'avion s'immobilisa.

— Eh bien, nous voilà arrivés ! Attention. On a encore les jambes en coton.

Elle refusa d'être aidée mais le suivit vers la sortie à défaut de pouvoir faire autrement.

Ses craintes se confirmèrent. Ils avaient atterri sur une piste privée, entourée par le désert. Une limousine les attendait. L'homme roux lui ouvrit la portière. Un coup d'œil au chauffeur lui permit de constater qu'il était arabe. « Bien entendu », se dit-elle.

Son accompagnateur s'installa sur le siège avant en lançant joyeusement :

— Allez ! On démarre !

Elle ne reconnut ni la route ni le paysage. Ce désert, ce sable, cette végétation étaient en décalage avec ses souvenirs. Quant à ces maisons qui commençaient à apparaître, ces grandes maisons avec leurs allures de ranchs américains, même sans l'enclave réservée aux exploitants pétroliers, il n'y en avait jamais eu à al-Remal. Fallait-il croire que tout avait tellement changé ?

Dans le rétroviseur, elle croisa le regard du chauffeur. Le reflet d'un sourire, quelque chose de familier... Mais non, ce ne pouvait pas être lui. Il paraîtrait plus âgé...

— Jabr ? Jabr !

— Pour vous servir, Altesse.

— Que fais-tu... ? (Elle se tourna vers l'homme roux.) Qu'est-ce que tout ça signifie ? Où sommes-nous ?

— Sur la bonne route, princesse. A Palm Springs, Californie.

— Jabr, explique-moi. Que faisons-nous ? J'ai peur.

— Vous ne savez donc pas, Altesse, que nous vous conduisons chez votre frère ?

— Malik ? Malik est ici ?

La situation prenait l'aura surréaliste d'un rêve.

— Voici son humble demeure. Juste devant nous.

L'homme roux venait de désigner d'un mouvement de tête une imposante maison tout en bois et en vitres. Ils franchirent une grille puis remontèrent une longue allée.

Un Remali, petit et rondelet, descendit précipitamment les marches du perron pour venir vers eux.

— Oh, c'est fou ! s'écria Jenna. Farid ? C'est bien toi, Farid ?

Elle serra son cousin dans ses bras de toutes ses forces.

— Vous vous êtes trompés de femme, reprocha Farid aux deux hommes. Celle-ci est beaucoup trop jeune. Et encore plus ravissante que ne l'était Amira !

— Menteur ! Mon Dieu, je n'en reviens pas ! Où est Malik ?

— Tu as déjà envie de quitter ton cousin pour cet assommant personnage ? Bien. Par ici.

Il la fit entrer et lui indiqua une porte.

— Fais-lui la surprise. Il ignore que tu es déjà arrivée.

Un vaste salon donnait sur un patio et une piscine. Face à la porte coulissante, Malik regardait à l'extérieur, apparemment perdu dans ses pensées. Elle remarqua que ses cheveux étaient devenus poivre et sel.

— Mon frère ?

Il se retourna.

— Petite sœur !

Il se précipita vers elle. Ni l'un ni l'autre ne put retenir ses larmes.

— Quand il m'arrivera de douter de la miséricorde divine, il faudra me rappeler ce moment. Ah, Amira !

370

— Mais attends, Malik, attends ! Explique-moi pour quelle raison tu m'as laissée croire à un enlèvement ? J'ai failli mourir de peur. Il y a encore dix minutes, j'étais persuadée qu'Ali m'avait retrouvée.

— Ryan devait te mettre au courant dans l'avion. J'aurais dû insister là-dessus. Ah, tu sais, ces types aiment bien se croire au cinéma ! Mais ce qui est certain c'est que je tenais d'abord à te... donner une leçon.

— Tu veux dire qu'il fallait que tu me terrorises ? Je devrais te gifler, mon frère.

— Écoute, je voulais que tu comprennes que ce que j'ai pu faire, d'autres peuvent le faire aussi.

Elle resta un instant pensive.

— Je peux savoir comment tu m'as retrouvée ?

— Asseyons-nous, petite sœur...

Dès qu'ils furent assis, Malik lui révéla ce qu'avait été sa stratégie.

— Ça n'a pas été facile. En envoyant ta lettre de Toronto, tu nous as fait ratisser le Canada pendant des mois, des années. Et puis c'est Ryan — je précise, mais tu as déjà dû comprendre qu'il est détective privé — qui m'a suggéré d'essayer les États-Unis... Nous ne savions que deux choses : que tu avais Karim avec toi — mais l'on n'osait pas espérer qu'il avait gardé son prénom — et que tu réussissais dans un métier qui te plaisait, comme l'indiquait ta lettre. Ryan a donc commencé par chercher dans les universités, les journaux d'anciens élèves, les annuaires des facultés... Il a dû me montrer un millier de photos pour rien. Et puis, alors qu'on s'apprêtait à renoncer, il a eu l'idée de se renseigner sur les congrès qui avaient eu lieu à Toronto à l'époque où tu avais posté ta lettre. Celui des psychologues a retenu notre attention. Et voilà ! (Il rit.) Quand il m'a apporté une photo de toi, je l'ai traité de fou. Il a dû me parler de chirurgie plastique pour que je comprenne. Nous sommes allés à Boston. Je t'ai vue et j'ai reconnu plus que tout ta façon de marcher. C'était il y a deux ans.

— Deux ans ! Et tu ne m'as pas contactée plus tôt ? Tu aurais même pu me parler quand tu m'as vue.

— J'ai failli courir vers toi. Mais je me suis dit que si tu te cachais depuis si longtemps, ce n'était pas sans raison.

— Qu'est-ce qui t'a finalement décidé ?

— Je ne pouvais guère attendre plus longtemps. D'autre part, certaines choses ont changé. Mais je te parlerai de ça plus tard. Pour l'instant, repose-toi. Détends-toi. Tu dois être fatiguée.

— J'ai suffisamment dormi grâce à ton Ryan.

Elle se rendit compte soudain qu'elle regardait fixement sa manche vide.

— Ton pauvre bras, Malik. J'ai vu le reportage de Sandra Waters. Je me suis sentie si... Oh, je ne sais pas comment dire... J'ai eu une formidable envie de prendre soin de toi.

Un sourire brilla dans les yeux noirs de Malik.

— C'est la réaction habituelle. Ne t'inquiète pas, petite sœur, ça n'a pas affecté mon style. L'illustre Dr Kissinger s'est trompé en prétendant que le pouvoir est la plus efficace des armes de séduction. Non, en fait, c'est la pitié que l'on inspire. La pitié qui réveille l'instinct maternel.

— Idiot. Cher idiot.

— Maintenant, une mauvaise nouvelle, petite sœur. Je préfère te le dire sans plus attendre : père est mort.

— Oh, mon Dieu, non !

— Il a eu une attaque et ne s'en est pas remis.

Un flot de culpabilité submergea Jenna.

— Oh, Malik, il est parti sans savoir que Karim et moi étions encore vivants.

— Non. Nous nous étions en partie réconciliés, et je lui ai dit ce que je savais quand je l'ai senti près de la fin. Je suis sûr qu'il a au moins compris que sa fille et son petit-fils étaient en vie. Ah, combien j'aurais préféré, Amira, que tu t'adresses à moi plutôt qu'à ce Français quand tu as eu besoin d'aide. D'autant plus que son plan était si brillant qu'il y a laissé la vie...

— Non, ne sois pas sarcastique, mon frère. Écoute-moi un instant.

Elle lui révéla l'héroïsme de Philippe et toute l'ampleur de son soutien. Quand elle se tut, Malik frotta pensivement sa manche vide et finit par observer :

— J'ai haï cet homme. Mais maintenant, j'admets mon erreur, et je ne sais que dire de plus...

— Ne dis rien, mon frère. Tu ne pouvais pas savoir.

Il hocha la tête.

— Bien. Occupons-nous du présent. (Il se pencha vers Jenna.) Écoute-moi attentivement, petite sœur. Ali sait que toi et Karim êtes en vie. Il n'a pas cessé de te rechercher. Je ne lui ai pas facilité la tâche, vois-tu. (Il eut un sourire froid.) De temps en temps, je le lançais sur de fausses pistes par l'intermédiaire des contacts que j'entretiens dans son camp. Jabr en faisait partie jusqu'au jour où j'ai dû le faire sortir de là parce qu'il commençait à le soupçonner. Mais il finira par te retrouver, et je crois qu'il vaudrait mieux que tu sois protégée. J'ai pensé à deux solutions.

— Oui ?

— La première consisterait à vivre ici avec Karim, sous ma protection. Je suis très riche, petite sœur. Je peux te donner tout ce que tu veux.

— Je le sais, mon frère. Mais j'ai ma vie et je ne voudrais pas y renoncer. Et Karim réagirait certainement de la même manière.

— Ce qui nous laisse envisager la seconde solution : tu ne changes rien à ta vie mais j'assure ta protection. Je mets des hommes dans l'immeuble où tu as ton appartement et dans celui où tu travailles. Même chose pour Karim.

— Comment veux-tu que mes patients aient confiance s'ils voient une armée stationner devant ma porte ?

— Mes hommes auraient la discrétion d'agents secrets. Mais je comprends. Alors laisse-moi te suggérer autre chose. Imagine que l'on rende publique toute l'histoire. Ne crois-tu pas que ce serait la meilleure des protections ? Notre ami Ali a de sérieuses ambitions politiques. Penses-tu qu'il se permettrait de tenter quelque chose si la vérité était étalée au grand jour ?

— Malik, nous parlons d'Ali. Qui sait ce qu'il serait encore capable de faire ?

Il grimaça.

— On n'est sûrs de rien, effectivement. On devrait peut-être faire les deux choses à la fois. Révéler la vérité et t'assurer la même protection que les bijoux de la Couronne. Mais, en tout cas, Amira, il va falloir que tu prennes bientôt certaines décisions. Promets-moi seulement de ne pas disparaître de nouveau. J'ai toujours su que tu n'étais pas morte. C'était intuitif. Mais j'ai passé mon temps à me demander où tu étais, comment tu allais, comment tu te débrouillais, seule avec un enfant, et je n'ai pas envie que ça recommence.

— Rassure-toi. Je n'ai pas non plus envie de revivre ce que j'ai vécu.

Il sourit en hochant la tête.

— J'imagine que tu veux prendre une douche. Tu trouveras de quoi te changer dans la chambre. J'essaie toujours de prévenir les besoins de mes invités. Nous reprendrons notre conversation plus tard.

Il se leva pour la conduire à sa chambre et ils allaient quitter le salon lorsqu'elle remarqua un meuble qui lui rappela aussitôt son enfance.

— L'échiquier de papa !

— Oui.

— Il est plus petit que dans mon souvenir mais tout aussi beau. Tu joues toujours ?

Machinalement elle ouvrit le tiroir de la petite table. Au lieu des pièces du jeu, il contenait un revolver.

Elle adressa un regard inquiet à son frère qui referma doucement le tiroir.

— Malheureusement, dit-il avec son plus charmant sourire, mes jeux actuels sont parfois dangereux.

Le dîner fut typiquement californien : salade de kaki et boutons de cactus, lapin grillé, sorbet au kiwi. Ensuite, Jenna, Farid et Malik se prélassèrent au bord de la piscine. Ou plus exactement : Jenna se prélassa alors que Farid décrochait le téléphone extérieur toutes les cinq minutes et de temps à autre le tendait à Malik. A la façon dont il posait des questions et donnait lui-même des ordres, Jenna comprit qu'il était devenu le premier assistant de son frère.

Elle se demandait encore si elle ne rêvait pas. Après tant d'années où elle avait vécu seule, le passé enfoui au fond de sa mémoire, n'était-ce pas troublant de retrouver ainsi les compagnons de son enfance, ses parents les plus proches, puisque son père était mort ? Elle eût aimé que Karim fût présent. Et Laila ? Où était-elle ?

Comme s'il lisait dans ses pensées, Malik lui dit au même instant :

— J'ai besoin de ton avis au sujet de Laila.

Jenna ressembla son courage pour avouer :

— Je l'ai rencontrée. Tu l'as su ?

— Oui, mais plus tard.

— Je savais que je faisais une erreur, que je nous mettais tous en danger, mais ça a été plus fort que moi. Quand je l'ai vue, il a fallu que je lui parle.

— Bien sûr, bien sûr.

Le sourire de Malik reflétait l'orgueil d'un père qui se disait : « Ma Laila ne peut laisser personne insensible. » A l'évidence elle était toujours pour lui le soleil, la lune et les étoiles. Mais son sourire s'éclipsa.

— Tu sais ce que... ce qui lui est arrivé ?

— Je sais qu'elle a été violée.

Le mot le fit tiquer l'espace d'une seconde.

— Oui. Et depuis elle n'a plus jamais été la même.

— J'aurais dû faire quelque chose. Mais elle a voulu venir ici...

— Tu n'as rien à te reprocher. Tout est arrivé par ma faute. Il aurait fallu que je lui impose des gardes du corps vingt-quatre heures sur vingt-quatre, sans l'écouter quand elle me réclamait le droit de vivre normalement. Mais j'ai tellement de mal à lui refuser quelque chose.

— Qu'est devenu le garçon ?

— Oh, j'ai eu envie de le tuer, bien sûr ! Mais... bon, nous ne sommes pas à al-Remal, alors je suis allé voir un avocat comme me le suggérait sa psychologue. Lequel avocat m'a prévenu que la partie adverse risquait de l'accuser de provocation et de la traiter comme une... pute. J'ai laissé tomber et j'ai emmené Laila en croisière. Elle avait toujours aimé la mer, les bateaux, mais cette fois-ci elle s'est réfugiée la plupart du temps dans le silence. J'ai fini par écourter le voyage tant elle semblait malheureuse. Ensuite, eh bien, j'ai fait construire cette maison pour être plus près d'elle.

Avait-il suffi à Malik de se faire construire cette imposante demeure pour se rapprocher de sa fille ? Jenna en doutait.

Elle lui demanda d'un ton sec :

— Lui as-tu trouvé un thérapeute ?

Sans relever l'intonation de sa sœur, Malik expliqua que Laila avait vu successivement trois psychiatres puis s'était lancée dans une vie endiablée — très californienne —, avant de finalement rencontrer un jeune homme et de tomber amoureuse, véritablement amoureuse, pour la première fois.

— Peu à peu, l'amour lui avait permis de renaître.

— Ne me dis pas qu'il l'a abandonnée.

— Oh, non, ce n'est pas ça du tout. Il est arrivé bien autre chose. Elle a découvert la vérité.

— Quelle vérité ?

— Toute la vérité ! A ton sujet, au mien. En ce qui concerne sa mère.

Malik raconta la découverte de Laila à Paris et son voyage à al-Remal.

— Mon Dieu !

Découvrir que sa mère n'est pas sa mère est en soi une expérience traumatisante. Mais, en s'ajoutant à une condition psychologique aussi fragilisée que celle de Laila, l'expérience devenait catastrophique.

— Ali me paiera la façon dont il a traité ma fille, spécifia Malik. J'en fais le serment.

Cherchant à se calmer, il resta un moment silencieux.

— Quand nous nous sommes retrouvés dans l'avion, elle m'a fait une scène terrible. Elle en voulait à tout le monde, même à Geneviève. J'ai dû admettre en grande partie la vérité au sujet de sa vraie mère. Mais je crois que j'ai encore commis une erreur. Quand nous sommes revenus ici, elle a coupé les ponts avec son fiancé en déclarant qu'il n'était qu'un menteur de plus. Puis, au lieu de s'enfuir comme je le craignais, elle s'est retirée dans sa chambre. Elle joue les ermites.

— Elle est ici ?

— Oui. Enfermée dans sa chambre. Elle sort à peine, dort pendant la journée et reste éveillée toute la nuit.

Jenna frémit tant ce comportement lui rappelait celui de Jihan.

— J'espère, conclut Malik, que tu pourras faire quelque chose.

Jenna eut un long soupir.

— Que sait-elle de moi ?

— Je lui ai simplement dit que tu es ma sœur et que tu avais disparu il y a plusieurs années en laissant croire que tu étais morte. Pour une raison encore obscure. Évidemment, à ses yeux, tu n'es qu'une menteuse, toi aussi.

« Et elle n'a pas tort », pensa Jenna. Mais dans ces conditions, comment instaurer un lien thérapeutique ?

— Je ferai ce que je peux, Malik. Mais ne t'attends pas à un miracle.

— Il y a bien longtemps que je ne crois plus aux miracles, et tu dois te souvenir du jour où ça m'est arrivé...

— Je peux la voir ?

— Pourquoi pas ?

La femme qui ouvrit la porte de la chambre n'avait rien de commun avec la fraîche jeune fille que Jenna avait secourue dans un grand magasin de New York. Distante, lasse, Laila paraissait beaucoup plus que ses vingt-cinq ans, et la ressemblance avec Jihan dans ses derniers jours était stupéfiante.

— Tiens, voyez-vous ça : mon amie secrète vient me rendre visite !

Une pointe d'amertume valait mieux qu'une absence de réaction. Jenna se sentit encouragée.

— Oui, c'est moi, ton amie et ta tante. Je n'ai pas pu te dire qui j'étais. Je le regrette mais j'avais mes raisons. J'espère qu'un jour tu seras prête à les entendre.

— Ça ne m'intéresse pas.

La réponse était machinale mais le choix des mots significatif. Jenna prendrait des notes dès qu'elle le pourrait. Elle avait déjà décidé de ne pas repartir sans avoir au moins trouvé un thérapeute qui convînt à sa nièce. Trop impliquée dans les tourments de Laila, elle renonçait à la traiter elle-même.

— Je reviendrai demain, Laila. A peu près à cette heure-ci. Essaie de penser à des questions que tu aimerais me poser. Je n'en écarterai aucune.

— Je n'ai pas envie de parler.

— Réfléchis. Je te verrai demain. Ou plus tard, si tu préfères.

Jenna devait aussi penser à ses patients. Elle commença par appeler le refuge et informa Liz Ohlenberg qu'elle serait absente pendant une bonne semaine. Elle enregistra ensuite le même message sur son répondeur.

Le lendemain, elle passa une grande partie de son temps à appeler ses patientes soit pour décaler leur rendez-vous, soit pour les envoyer temporairement chez une collègue.

Plus elle composait le code de Boston et plus elle pensait à Brad. Mais que lui dire ? Elle ne pouvait ni répondre à sa demande en mariage ni lui expliquer ce qui se passait.

Cet après-midi-là, repliée au fond de sa coquille, Laila se montra encore moins communicative que la veille.

— Très bien, Laila. C'est moi qui vais parler. Tu vas entendre l'histoire d'Amira Badir.

Et Jenna raconta son histoire.

Dès le lundi matin, elle appela un psychiatre de Los Angeles, tenu en haute estime par plusieurs de ses collègues bostoniens. Elle lui expliqua la situation et apprécia son analyse. Tous deux estimèrent qu'en dépit d'un certain danger immédiat il valait mieux attendre que Laila se décidât elle-même à entreprendre une thérapie.

Quand elle la revit dans l'après-midi, Jenna eut le sentiment qu'elle attendait d'autres révélations.

— Veux-tu que je te parle de celle qui t'a donné le jour ? Elle était ma meilleure amie.

Jenna fit revivre Laila Sibai sans s'appesantir sur ses dernières heures. Quand son récit s'acheva, Laila courut vomir dans la salle de bains.

Elle en revint pâle et tremblante.

— Savez-vous que je suis allée là-bas, à al-Remal ? J'ai vu cette femme qui dit m'avoir allaitée. Une pauvre femme, toute desséchée, comme la plupart des gens de ce village. Mon Dieu, que j'ai haï cet endroit ! Et vous savez ce que je pensais ? Je me disais : « Est-ce vraiment ma mère ? Mon père a-t-il... »

Elle s'interrompit brutalement puis quelques instants plus tard se laissa tomber sur le lit défait et s'endormit.

Le troisième jour, elle refusa pendant un bon moment d'ouvrir

378

sa porte. Quand finalement elle s'y décida, Jenna se contenta de lui dire bonjour et de s'asseoir sans un autre mot.

Le silence se prolongeant, ce fut Laila qui le rompit avec une étonnante voix de petite fille qui réclame une histoire avant de s'endormir.

— Vous n'avez plus rien à me raconter ?

— J'ai bavardé pendant deux après-midi consécutifs. Ça ne se fait pas dans mon métier. C'est vraiment très peu orthodoxe. Voudrais-tu me dire maintenant ce que tu ressens ?

Amère, Laila remarqua :

— Vous êtes bien une psy, hein ? (La souffrance crispa son visage.) Comment croyez-vous que je me sente ? J'ai l'impression d'être l'un de ces jouets stupides qui se redressent quand on les renverse. « Ta mère est morte, Laila, mais elle n'était pas ta vraie mère... et ta vraie mère est morte, elle aussi... Ah, à propos, cette femme que tu as rencontrée, qui se dit ton amie, eh bien, en fait, c'est ta tante ! » Je vous maudis, tous autant que vous êtes ! Je vous maudis ! Assenez-moi encore l'une de vos renversantes vérités et, cette fois-ci, je ne me redresserai pas.

« Tu t'es déjà redressée. Tu es déjà debout, pensa Jenna avec soulagement. Nous n'avons plus maintenant qu'à te soutenir. »

Les jours suivants, Laila sortit peu à peu de son refuge. Un soir, elle descendit pour dîner. Le lendemain soir, elle se maquilla. Elle laissa entendre qu'elle serait prête à parler avec quelqu'un si Jenna estimait que c'était une bonne idée. Il y eut même un moment où elle joua le rôle de thérapeute.

— Vas-tu dire la vérité à ton fils ?

— Tu connais mon histoire. Tu sais à qui je suis encore mariée. Je ne crois pas que le moment soit venu de tout révéler à Karim.

— Tu penses que Karim n'est pas encore en mesure d'entendre la vérité ? N'aurais-tu pas plutôt peur de sa réaction ?

C'était une bonne question. Très bonne, même, et dérangeante.

— Pour l'instant, je l'ignore. Un jour...

— Non. Parle-lui le plus tôt possible. Il est ton fils. Tu ne peux pas lui mentir éternellement.

L'éternité — ou du moins l'avenir —, Jenna avait pris l'habitude de ne pas y penser. Il y avait longtemps qu'elle avait abandonné ce luxe derrière elle.

Devant une montagne de chapeaux, tous plus extravagants les uns que les autres, Jenna et sa nièce entendirent Malik leur expliquer :

— Vous vous en choisissez un. Puis vous lui assortirez un ensemble. Nous allons aux courses à Del-Mar. C'est le jour d'ouverture. Le chapeau est de rigueur.

Malik comptait fêter la résurrection de sa fille. Mais ce serait aussi pour lui l'occasion de montrer quelques-uns de ses meilleurs pur-sang qu'il avait fait venir par bateau pour la saison des courses.

Le spectacle de l'hippodrome fit penser à une version californienne d'Ascot. Jenna reconnut quelques stars vieillissantes de Hollywood. Des hommes vinrent jusqu'à la loge de Malik pour lui serrer la main avec une déférence empruntée. La plupart étaient des Texans qui avaient des chevaux engagés dans les courses.

Dans la cinquième, Jenna et Malik misèrent sur un outsider de troisième catégorie simplement parce qu'il s'appelait Desert Exile. Mais quand le prétendu tocard s'envola dans la dernière ligne droite, ils bondirent de joie et s'étreignirent comme des enfants.

— Un téléobjectif est braqué sur vous, patron, remarqua le garde du corps.

— Ah, nous sommes dans un pays libre, paraît-il !

Jenna préféra s'asseoir et baisser son chapeau sur son front.

Le lendemain, à l'heure du petit déjeuner, Malik posa en souriant un journal sur la table. En première page s'étalait une photo où Jenna, le regard inquiet tourné vers le photographe, tenait Malik par le cou. « Cette femme mystérieuse est-elle la dernière conquête du milliardaire ? » se demandait le journal. Vingt-quatre heures plus tard, il n'y avait plus de mystère : « La conquête du milliardaire est à la fois psychologue et féministe. » Une deuxième photo de Jenna la montrait en train de baisser le bord de son chapeau.

Bien qu'elle se sentît violée, elle ne put s'empêcher de rire en pensant aux mille excuses qu'elle avait dû inventer quand ses éditeurs lui réclamaient une photo ou lorsqu'on l'invitait à la télé-vision. Tant de dérobades et, soudain, ces clichés en première page d'un journal ! Mais Malik avait sans doute raison. Si Ali devait la retrouver, ce n'était pas une photo ou deux qui chan-gerait son destin.

Ce soir-là, elle écouta comme chaque jour ses messages télé-phoniques en espérant quelques nouvelles de Karim. Mais ce fut Brad qu'elle entendit : « Je constate que je me suis trompé sur ton compte. Adieu, Jenna. » Elle pensa d'abord qu'il lui repro-chait de laisser sa demande en mariage sans réponse puis elle se dit qu'il avait dû voir le journal.

Elle eut envie de prendre le premier avion pour Boston, d'enle-ver la bande magnétique, de la jeter au feu et de faire subir le même sort à Brad si elle réussissait à le trouver. Comment osait-il tirer des conclusions si hâtives ? Quelle prétention ! Quelle suf-fisance !

La colère la fit bouillir pendant des heures. Puis ce fut la dou-che froide. Elle était en train de perdre Brad et ne pouvait s'y résoudre. Elle l'appela chez lui. Un serviteur lui répondit et, après lui avoir demandé son nom, l'informa que M. Pierce était absent. Le lendemain matin, au bureau de Brad, elle se heurta à la même réponse six fois de suite.

La colère la reprit. Très bien, puisqu'il ne voulait plus la voir, elle se passerait de lui. C'était possible, non ?

— C'est pour toi, cousine, lui dit Farid en lui tendant un télé-phone.

Ce devait être Brad.

— Allô ?

— Ah, maman ! Enfin !

— Karim ! Où es-tu ?

— A Athènes. On te voit dans tous les journaux, maman. Malik Badir est une sorte de dieu ici. Je crois qu'il possède la moitié du Pirée.

— Je ne fais que lui rendre visite, Karim.

— Hum... Tu ne m'avais pas dit que tu ne le connaissais pas ?

— C'est... c'est une longue histoire. Je le connaissais autrefois.

On ne s'était pas revus depuis des années. Tu étais encore un bébé quand on s'est perdus de vue.

Était-ce convaincant ? Jenna en douta.

— Pourquoi ne me l'avais-tu pas dit ?

— Ça me paraissait sans importance.

— Alors, comment est-il ?

— Écoute, Karim, ne va pas croire ce que racontent les journaux. Même une photo peut être trompeuse.

Il soupira, apparemment déçu.

— Ce doit être quelqu'un d'assez impressionnant, non ? J'aimerais bien le rencontrer. Écoute, maman, il faut que je raccroche. Il y a queue au téléphone.

— Karim ! Tu vas bien ? Pas de problèmes ?

— Non. Pourquoi j'en aurais ? Je raccroche, maman. Je t'aime.

Quelle ironie ! Pour une fois que son chevalier servant recueillait l'approbation de son fils, il fallait qu'il y eût erreur sur la personne ! Elle ne put s'empêcher d'en parler à Malik.

Mais si elle partagea son hilarité, elle s'endormit ce soir-là en se disant que Brad lui manquait.

Dans l'éternel été du Sud californien, où il était si facile de perdre la notion du temps, Jenna commença à se sentir mal à l'aise. Il devenait urgent de repartir. Laila n'avait plus le même besoin d'elle. Le psychiatre de Los Angeles avait pris le relais. Karim allait bientôt rentrer pour entamer une nouvelle année universitaire. Et il y avait Brad. Brad dont elle voulait regagner la confiance. Il existait sûrement un moyen d'y parvenir.

Finalement, par un nouvel après-midi de brume bleu et or flottant sur le désert, après avoir discuté de ses projets avec son frère et Laila, elle réserva une place d'avion pour le lendemain.

Malik s'apprêtait à se rendre à l'hippodrome où son trois ans favori devait courir.

— Accompagne-moi, lui proposa-t-il. Nous allons nous amuser encore un peu avant ton départ.

— Non, merci, mon frère. Je n'ai pas envie de refaire la une des journaux. Je préfère me reposer au bord de la piscine. C'est le genre de choses qui ne m'arrive pas tous les jours à Boston.

— Tu es sûre de ne pas vouloir venir ?

382

— Va. Ne te préoccupe pas de moi.

Malik et Farid s'éloignèrent non sans l'inviter une dernière fois à les accompagner avant de refermer la porte derrière eux.

Elle choisit un maillot de bain parmi la douzaine que Malik avait tenu à acheter et qui lui permettrait de posséder la plus belle collection de maillots de tout Boston. Appelant la cuisine, elle demanda une limonade et des sandwichs. Puis elle chercha un livre, tomba sur un roman insipide, s'en félicita et, ainsi armée, alla s'allonger au soleil.

Elle baignait avec bonheur dans une atmosphère de luxe et de légèreté jusqu'à ce que l'héroïne du roman se dispute avec l'homme de son cœur et, sans doute, de sa vie. Ce n'était à l'évidence qu'un malentendu, sinon un pur stratagème, une tactique dégoûtante. Jenna interrompit sa lecture et pensa à Brad. Ce qui se passait entre eux était peut-être aussi fou que ces démêlés romanesques.

Pourquoi ne pas lui écrire ? Elle pouvait au moins lui dire la vérité au sujet de Malik. Évidemment, cela soulèverait de nouvelles questions qui en entraîneraient d'autres auxquelles elle refuserait de répondre. Ou alors elle y répondrait par des mensonges et les mensonges, elle en avait assez.

En l'absence de Malik et de Farid, le calme régnait dans la maison. Laila était dans sa chambre. Le personnel devait vaquer discrètement à ses occupations. Les gardes du corps qui n'avaient pas accompagné Malik restaient invisibles. Jenna s'en étonna un peu d'ailleurs. Il y en avait toujours deux ou trois dans les parages, affectés à sa surprotection.

Ah ! Elle en voyait un maintenant qui ouvrait la porte coulissante. Il se dirigea vers elle. Lui apportait-il un message ? Avait-elle un appel ? De Brad ? De Karim ? Plissant les yeux dans le soleil intense, elle remarqua l'élégance de l'homme. Malik devait très bien payer ses gardes du corps. Mais celui-là semblait nouveau. Plus petit que les autres, il était aussi plus âgé. Oh, non ! Ce n'était pas possible. Mon Dieu, non ! Non !

— Bonjour, Amira. Ne sois pas pétrifiée comme un lapin devant un serpent. Dis quelque chose.

— Que veux-tu, Ali ? Tu n'as pas le droit d'être ici. Quand Malik reviendra...

— Je n'ai pas l'intention de m'attarder, ma colombe. Et personne ne viendra interrompre notre petite conversation. J'ai pris mes précautions. Mais n'aie pas l'air si effrayée. Ce n'est ni ici ni aujourd'hui que je te ferai du mal. On verra plus tard. Ailleurs. Ça pourra t'arriver n'importe quand. Un jour, tu marcheras dans la rue, comme ça, et peut-être que ce jour-là... Penses-y. Souvent. Crois-tu que tu vas encore pouvoir jouer à cache-cache avec moi ?

— Va-t'en, Ali. Je t'en prie.

— Oui, implore-moi. J'aime ça. Et je vais te parler de mon fils. J'ai bien l'intention de repartir avec lui.

— Ne t'avise pas de toucher à Karim !

— Mais tu te fais des idées ! Tu crois qu'il aura envie de rester avec toi, salope, quand il saura que tu lui as toujours menti ?

— Oui, affirma-t-elle à court de mots.

— Sais-tu comment je t'ai retrouvée ? Grâce à cette photo dans ce journal pourri. Ici, tu es différente, mais sur un cliché en noir et blanc, les cheveux bruns sont noirs et les yeux verts aussi. Et, bien sûr, tu étais avec ton bandit de frère. Je n'avais plus besoin de chercher.

Soudain la voix de Malik résonna dans la maison.

— Non, le cheval avait je ne sais quelle inflammation, expliquait-il à quelqu'un. Ils ont dû le retirer de la course. J'ai eu un coup de fil dans la voiture.

Il sortit pour venir vers Jenna.

— Qui est là, petite sœur ? Toi !

L'instant d'après, il giflait Ali d'un revers de la main.

— Comment as-tu osé entrer chez moi ? Dehors !

Chancelant, Ali se redressa et, dans un grognement, se jeta sur Malik tel un animal, comme le jour où il avait battu et violé sa femme.

Jenna aurait pu crier, appeler à l'aide lorsqu'elle vit Malik par terre, le cou serré par des mains meurtrières. Farid, Jabr ou quelqu'un d'autre auraient accouru. Bien sûr, elle le savait et se le répéta souvent par la suite. Mais des images du passé se mirent à défiler dans sa mémoire, comme cela arrive à ceux qui sont sur le point de se noyer. Elle revit la nuit d'Alexandrie, l'hôpital d'al-Remal, le visage d'Ali tordu par la haine dans sa chambre du palais royal.

Alors, au lieu d'appeler au secours, elle courut prendre le revolver dans le tiroir de l'échiquier, releva le cran de sécurité, revint vers les deux hommes, visa Ali et tira trois fois sur lui.

Ensuite, ce fut la confusion générale. Malik tenait le revolver. Farid, les gardes du corps, le cuisinier et Laila étaient là. Deux étrangers, les hommes d'Ali, venaient d'être désarmés. Et Malik, qui avait du mal à retrouver sa voix, expliquait qu'il avait dû tirer pour se défendre.

Puis, pendant que quelqu'un appelait la police et qu'un garde du corps tentait de ranimer Ali, Malik prit Jenna à part.

— Il faut que tu me laisses faire, tu comprends ? Non, pas un mot. J'ai un jour juré devant toi de protéger ceux que j'aimais. Je n'ai pu le faire pour personne jusqu'à présent. Laisse-moi ma chance aujourd'hui.

Elle n'eut pas la force de discuter. Deux questions commençaient à la harceler : comment Laila allait-elle supporter ce nouveau drame ? Que devait-elle dire à Karim ?

LE CHATIMENT

Arrestation. Mise en accusation. Sensation. Rien ne s'annonça favorablement pour Malik. Estimant que sa fortune lui permettrait de quitter facilement le pays, on lui refusa sa libération sous caution. Pendant ce temps, les médias se chargèrent de rappeler l'affaire des Mirage, le destin tragigue de la mère de Laila, l'accident de Geneviève, en laissant entendre que les circonstances de sa mort permettaient encore de se poser des questions. Mais le message était toujours le même au travers de ces commentaires quasi quotidiens : Malik était le genre d'homme qui se croit au-dessus des lois.

Par contraste, on présentait Ali comme un héros national remali, un prince aux idées progressistes et un ami des États-Unis. On interviewa la veuve éplorée et les enfants. Et si l'on revint sur la disparition d'Amira et sa mort présumée, ce fut pour s'apitoyer sur ce prince qui avait vécu une tragédie avant de mourir prématurément. Quant au fait que la princesse disparue se confondît avec la sœur du meurtrier, il permit d'évoquer les mystères et intrigues byzantines d'un insaisissable Moyen-Orient.

La défense de Malik écarta toute ambiguïté. Revenu chez lui de façon impromptue, il était tombé sur son éternel concurrent en affaires. Les deux hommes avaient eu une vive discussion. Ali avait agressé Malik et tenté de l'étrangler. Réussissant à se dégager, Malik avait vu Ali perdre l'équilibre, tomber sur ses genoux et faire un mouvement qui avait permis de croire qu'il sortait une arme. Mouvement trompeur — Ali tournait le dos à Malik — mais qui avait poussé Malik à prendre son revolver et à tirer.

Faisant campagne pour sa réélection, le procureur pensa démontrer son sens de l'équité lorsqu'il déclara, au cours d'une

386

conférence de presse télévisée, qu'il ne retenait pas la préméditation.

La procédure s'annonçait brève. Non seulement Malik reconnaissait avoir tiré sur Ali, mais il avait par ailleurs recommandé à ses deux avocats — superstars du barreau et payés en conséquence — de ne pas faire traîner les choses. L'interrogatoire des témoins ne risquait pas de contrarier son désir d'en finir au plus vite. Personne n'avait assisté au drame. Ses employés n'étaient pas autour de la piscine, Laila dormait et Jenna cherchait un livre dans la bibliothèque.

— Promets-moi de t'en tenir à cette version, lui avait-il murmuré avant l'arrivée de la police. Moi, je m'en sortirai facilement. Tandis que toi, tu ruinerais ta vie et celle de Karim.

Sous le choc, terrifiée, elle avait laissé Malik lui simplifier la vie. Plus tard, quand elle eut menti à la police, elle jugea impossible de revenir en arrière. Mais cet interdit commençait à faiblir tandis qu'elle se demandait si Malik avait raison de croire à l'acquittement.

Pourquoi ne pas dire la vérité ? Pourquoi ne pas aller au bout des choses, une fois pour toutes ? En finir enfin avec tous les mensonges maintenant qu'elle était libérée de la peur qui la hantait depuis tant d'années...

Mais que deviendrait Karim ? La vérité ferait de lui un homme marqué à jamais par le crime de sa mère. Un crime dont on parlerait pendant des décennies.

Malik avait peut-être raison d'être optimiste après tout. Mais elle se sentait comme une épave. Elle, qui n'avait jamais pris de tranquillisants, se mit à avaler du Valium plus facilement que de la nourriture.

Incapable de retourner dans la maison de Palm Springs, où elle aurait continué à voir des taches de sang au bord de la piscine, elle prit une chambre d'hôtel pour la durée de la procédure. Le personnel de l'établissement, habitué aux célébrités en mal d'anonymat, se montra habile à maintenir les reporters à distance.

A l'extérieur, c'était la carrure impressionnante de Jabr qui protégeait Jenna de tous ces chacals qui s'étaient acharnés sur Malik.

A Boston, les quelques patientes qui lui restaient fidèles avaient inversé les rôles. C'était à leur tour de la soutenir. L'une d'elles lui proposa de venir la rejoindre et de l'aider, offre méritoire en raison de son agoraphobie. Une autre, Toni Ferrante, l'homosexuelle, mère de deux garçons, qui avait finalement pris sur elle d'avouer la vérité à sa famille, se passa de préambule et débarqua à l'hôtel de Jenna, où elle réussit si bien à gagner la confiance de Jabr qu'au bout de vingt-quatre heures ils formèrent une équipe de sécurité des plus inattendues mais parfaitement efficace.

Quotidiennement, Jenna rendait visite à Malik — dont la bonne humeur et l'optimisme semblaient inébranlables — et à Laila qui, sur ordre de son père, se tenait à l'écart. Elle transmettait des messages à Farid ainsi qu'aux avocats et faisait de son mieux pour aider la défense. Assistant à la sélection du jury, elle observait attentivement chaque juré potentiel et, à la fin des sessions, donnait son avis aux avocats de Malik.

Ils étaient deux — un homme et une femme — et formaient un tandem peu banal. Petite, mais sanglée dans des tailleurs stricts et chics, Rosalie Silber était new-yorkaise. Elle avait à ses côtés un grand Texan, bronzé, à la crinière blanche, en bottes de cowboy et cravate-cordelette qui se nommait J.T. Quarles. Deux superstars de la profession, ils se jalousaient mais avec suffisamment de cordialité pour former une équipe de premier ordre.

Si leur première réaction fut de traiter Jenna avec condescendance, il arriva un moment où le Texan se tourna vers la New-Yorkaise pour remarquer :

— Vous savez, Rosalie, il me semble que les observations de Jenna ne sont pas négligeables. On devrait peut-être revoir le numéro 54.

— Je suis d'accord sur les deux points, J.T.

Ce fut ainsi que Jenna contribua officieusement à la défense. Mais l'utilité de ce rôle lui parut vite dérisoire. A quoi rimait cette préparation du procès quand il aurait suffi de quelques mots pour que Malik fût libéré ? Elle eut l'impression d'être à la fois une sœur aimante, doublée d'une psychologue intègre, et une fieffée hypocrite qui ne pouvait ouvrir la bouche sans mentir.

Au cours d'une visite à la prison, elle fit remarquer à Malik :

— Il n'est pas trop tard. Pourquoi ne me laisserais-tu pas...

— Non ! Il n'en est pas question. Écoute, je serai acquitté et on ne parlera plus jamais de cette affaire.

« Oh, non, Malik, cette affaire ne sera jamais terminée ! » pensa Jenna.

— Laila m'a encore demandé si elle pouvait venir.

— Dis-lui que je suis désolé, mais c'est non. Je ne veux pas qu'elle me voie ici ni même au tribunal. Elle n'a pas à être mêlée à ça.

Jenna repartit avec l'impression de barboter dans un océan d'ambivalence morale.

Les premiers jours du procès ne firent rien pour apaiser son esprit. Les photos d'Ali baignant dans le sang, les gros plans sur les impacts des balles, l'air horrifié des jurés : l'ambiance lui souleva le cœur. Les policiers qui étaient intervenus témoignèrent à la demande de Jordan Chiles, le procureur, au physique stéréotypé de l'acteur hollywoodien, bronzé, sportif, prêt à tous les castings, qui avait choisi d'entrer lui-même dans l'arène en comptant assurer la meilleure des publicités à sa campagne de réélection. Il requéra l'avis du policier de la brigade criminelle de Los Angeles qui était venu à Palm Springs, précédé d'une solide notoriété.

— Avec l'expérience qui est la vôtre, comment appelleriez-vous ce genre de meurtre ?

— Une exécution.

« Non ! voulut s'écrier Jenna. Vous dites n'importe quoi ! » Et pourtant, en un sens, n'avait-il pas raison ? Elle tenta, mais en vain, de trouver une réponse.

Après l'audition de quelques témoins *pro forma*, la parole fut donnée à la défense. Silber et Quarles appelèrent successivement dans le box des témoins : Farid, Jabr, une bonne, un entraîneur de chevaux. Tous ces employés de Malik affirmèrent que leur patron n'avait pas prévu de se trouver chez lui l'après-midi du drame.

Jenna n'eut pas à comparaître. Malik avait ordonné à ses avocats de ne pas la citer comme témoin et le bureau du procureur l'estimait parfaitement inutile : elle n'avait pas assisté au crime et risquait de susciter de la sympathie au bénéfice de la défense.

Le témoin clé était évidemment Malik lui-même. Personne ne pouvait raconter à sa place ce qui s'était passé.

Il joua son rôle avec maîtrise et talent, quelque peu aidé par d'attendrissants effets de... manche. Quand il expliqua la raison pour laquelle il possédait un revolver, deux jeunes jurés hochèrent la tête en signe d'acquiescement instinctif. A aucun moment

Malik ne perdit le contrôle de lui-même et sut esquiver toute discussion sur son passé en attendant simplement que les objections émises par ses avocats fussent retenues dès que l'accusation tentait d'ouvrir une brèche.

Néanmoins, quelque chose n'allait pas. Jenna le sentait. Le mondain, l'homme d'affaires pouvait toujours tirer son épingle du jeu avec brio, user de plaisanteries, mimer la colère, verser au besoin une larme, charmer immanquablement. Mais le mensonge pur et simple, et dans un lieu qui lui était étranger, lui seyait mal pour qui le connaissait. Le jury pouvait-il lui aussi déceler les petits signes d'inconfort ?

En fin d'après-midi, les deux avocats semblèrent soucieux en faisant l'analyse de la journée. Jenna perçut des échanges de signaux muets et énigmatiques.

Tourmentée, elle intervint :

— Et si je...

— Si vous quoi ? demanda Rosalie.

— Si je témoignais ?

Rosalie et J.T. se regardèrent.

— Sur quoi porterait votre témoignage ? fit Rosalie.

— Je pensais que je pourrais peut-être témoigner pour... Malik.

— Ça n'est absolument pas prévu, observa J.T. Je vous ai déjà dit qu'on ne vous appellerait pas. Et ce n'est pas non plus dans l'intention de nos adversaires.

Rosalie précisa :

— Vous n'auriez rien d'un témoin impartial, Jenna. N'oubliez pas ça.

— Je vois.

Les avocats échangèrent de nouveau un regard.

— Y a-t-il quelque chose que l'on ignore et qui pourrait nous être utile, Jenna ? demanda Rosalie.

Jenna eut la sensation de se tenir au bord d'une falaise en se demandant ce que ça donnerait si...

— Non, dit-elle. J'ai simplement eu une idée folle.

De retour à l'hôtel, elle ouvrit le flacon de Valium, hésita, le referma. Finalement, il lui importait plus de garder les idées claires que de glisser dans un calme artificiel, bien qu'elle en eût terriblement besoin. Par le passé, elle avait réussi à sauver sa vie mais au prix d'une mystification qui avait entraîné la mort d'un être cher. Pouvait-elle une nouvelle fois laisser quelqu'un qu'elle aimait payer chèrement pour elle ? Non, il n'était pas trop tard. Il lui suffirait, dès le lendemain, d'intervenir au tribunal.

Mais la laisserait-on s'exprimer ? La presse n'avait-elle pas réussi à persuader le monde entier qu'elle était la maîtresse de Malik ? « Mon Dieu, Jenna, comment es-tu parvenue à te fourrer dans un tel cirque ? »

Restait une possibilité de se faire entendre. En convoquant la presse. Les chacals ne refuseraient pas ce festin. Mais non, non ! Ce serait insupportable. Elle ne pouvait pas en arriver là. C'était au-dessus de ses forces. Pourquoi ne pas partager l'optimisme de Malik ? Et de J.T. Et de Rosalie. Eux aussi croyaient à l'acquittement, non ?

Elle devait aussi penser à Karim, si bien qu'aucune solution ne lui éviterait de faire du mal. Elle recommença à se sentir attirée par le Valium. Et pourquoi pas avec un verre d'alcool. Elle avait tant envie de sombrer dans le sommeil.

Quelqu'un frappa à sa porte. Jabr était accompagné de Toni.

— Vous avez une visite, patronne, dit Jabr qui s'efforçait de ne pas l'appeler Altesse. Je ne crois pas que ce soit un reporter.

Toni précisa :

— Cette personne vient de Boston et affirme vous connaître.

Elle tendit une carte de visite à Jenna mais Brad s'était déjà avancé jusqu'à la porte.

— Oh, OK ! Je le connais. Oui. Entre. Mais entre donc !

L'espace d'une seconde, Toni et Jabr hésitèrent avant de refermer la porte derrière Brad qui ne quittait pas Jenna des yeux.

— Il fallait que je te voie, dit-il. Il fallait que je te dise que j'ai eu tort de vouloir te forcer la main. Le reste, je m'en moque. Jenna. Oh, Jenna !

— Tais-toi. Serre-moi simplement dans tes bras. Oh, Dieu, serre-moi fort !

Plus rien n'exista au-delà de son étreinte. Elle n'avait jamais eu besoin d'autre chose pour la réconforter.

— Je t'aime, Jenna. Je t'aimerai toujours. Toujours. Toujours.

— Je t'aime aussi, Brad.

Assoupie, elle rouvrit soudain les yeux en se demandant quelle heure il pouvait être. Sans doute beaucoup plus de minuit. Se serrant contre Brad, elle caressa doucement son torse. Il bougea, effleura son front de ses lèvres et murmura :

— Qu'y a-t-il, mon amour ?

— J'ai quelque chose à te dire.

— Dis-moi.

Elle lui raconta tout, du début à la fin.

De temps à autre, il posait une question, exprimait sa colère ou son étonnement.

— Mon Dieu ! dit-il quand son récit s'acheva. Que d'épreuves tu as traversées, mon amour !

Elle ravala un sanglot.

— Ce n'est pas terminé, tu sais. Il faut que je fasse quelque chose. Mais je ne sais pas quoi. Que ferais-tu à ma place ?

— Ce que je pourrais faire importe peu. Là n'est pas le problème.

— Non, ne parle pas comme ça. Dis-moi ce que tu ferais.

Pensivement, il lui caressa les cheveux.

— Qui d'autre est au courant de tout ça ?

— Personne. Malik sait certaines choses. Sa fille également. Jabr a sûrement plus que des doutes. Mais tu es le seul à connaître toute l'histoire.

— Et Karim ?

— Il ne sait rien.

Il y eut un silence.

— Vraiment j'ignore ce que je ferais à ta place. Et encore plus ce que tu devrais faire. Mais il me semble que je serais tenté de tout lui raconter et ensuite d'informer le monde entier.

Brad se leva, alla vers la fenêtre, écarta le rideau pour plonger son regard dans la nuit.

— Ce ne serait évidemment pas sans conséquences, reprit-il. Ça changerait ta vie et celle de Karim. Et, au moins dans un premier temps, ces changements ne te seraient pas favorables. Mais si tu te décides à parler, il faudra en passer par là. (Il referma le rideau.) Je ne peux pas décider à ta place. Tout ce que je peux te dire c'est que, quelle que soit ta décision, je serai à tes côtés.

— Tu estimes que je devrais parler, n'est-ce pas ?

— Oui. Pour ton frère. Et pour toi-même.

Elle retrouva la sensation d'être au bord d'une falaise avec le vide devant elle. Mais il lui parut évident que c'était le moment ou jamais de prendre une décision.

— Quelle heure est-il à Boston ?

Dans l'obscurité, Brad consulta sa montre.

— Un peu plus de six heures.

Jenna alluma et prit le téléphone en remarquant machinalement qu'elle avait les mains glacées.

Karim répondit à la septième sonnerie, la voix tout ensommeillée.

— Maman ? Où es-tu ?

— Toujours en Californie.

— C'est le milieu de la nuit, là-bas. Que se passe-t-il ?

— Écoute, Karim, mon chéri, pourrais-tu venir me rejoindre ? Juste pour un jour ou eux.

— Mais pourquoi ?

— J'ai besoin de te parler. C'est très important.

— Eh bien, je t'écoute !

— Je préférerais te voir plutôt que de te dire ce que j'ai à te dire au téléphone,

— Tu plaisantes, maman ? Tu crois qu'on est sur écoute ou quoi ?

— Non. C'est simplement que...

— Parle. Le téléphone est fait pour ça.

— Bien. Mais il vaudrait mieux que tu t'assoies.

— Je ne vais pas m'asseoir. Je suis dans mon lit.

— Bon... Voilà. Je suis ta mère, mon chéri, mais je n'ai pas vécu comme je le raconte. J'ai été obligée de dissimuler la vérité qu'il faut que je t'avoue aujourd'hui.

Pour la seconde fois au cours de la même nuit, elle raconta son histoire.

Il l'écouta sans l'interrompre jusqu'au moment où il commença à comprendre toute la signification de ses paroles.

— Est-ce que tu es en train de m'expliquer que ce type, ce prince, ce tordu que Malik a tué était mon père ?

A sa douleur et à sa confusion venait s'ajouter une colère grandissante.

— Oui, mais...

— Et Jacques, alors ? Qui était Jacques ?

— Il n'y a jamais eu de Jacques. C'était une invention de ma part. Mais j'ai fait ça pour toi. Il faut que tu me croies.

— Te croire ? Comment pourrais-je te croire ? C'est une histoire de fous que tu me racontes ! Ça ne tient pas debout.

— Non, Karim. C'est la vérité. Et je n'ai pas fini. (Elle ferma les yeux.) Seulement il faudrait que tu viennes, mon chéri. Ou c'est moi qui oublie le procès et rentre à Boston.

— Maman, quoi que tu aies à me dire, dis-le-moi maintenant.

— C'est moi qui l'ai tué, mon fils. Ce n'est pas Malik.

Dans les minutes qui suivirent cet aveu, Jenna put comprendre exactement ce que son frère avait éprouvé face à Laila dans l'avion qui décollait de l'aéroport d'al-Remal. La haine qu'exprima Karim, les mots qu'il employa, jamais elle ne les oublierait, et le fait de savoir qu'il ne manifestait qu'une réaction de défense ne put diminuer sa douleur.

Il ne l'écoutait plus.

— Comment as-tu été capable de me faire ça ? Pose-toi la question ! Oui, demande-toi ce qu'il fallait que tu sois pour agir comme ça !

Il raccrocha avec violence.

Les larmes jaillirent, ruisselèrent, comme si elles ne devaient jamais s'arrêter. Elle repoussa Brad qui avait glissé son bras autour de ses épaules. Personne ne pouvait l'aider dans une telle épreuve. Personne n'était en mesure de la réconforter. Cependant, du fond de sa souffrance resurgit un sentiment depuis longtemps oublié, un sentiment qui mêlait l'exaltation et la peur et frôlait la joie la plus pure.

Elle avait sauté de la falaise. Mais tombait-elle comme une pierre ou avait-elle des ailes ?

Le matin répandit lentement ses couleurs à travers le désert. Jenna commanda un petit déjeuner pour deux pendant que Brad allait chercher son sac de voyage dans sa chambre, deux étages plus bas.

A Boston, le téléphone de Karim restait débranché. Les yeux rouges, les paupières gonflées d'avoir longtemps pleuré, sa mère avait envie d'aller le retrouver.

— Non, lui dit Brad. Pas maintenant. Ce serait une erreur. Laisse-le se calmer.

Il n'eut pas à ajouter qu'il lui restait quelque chose à faire à Los Angeles. Elle ne l'avait pas oublié.

— Les avocats disent que les débats s'achèveront ce soir et que le verdict sera pour demain. Je pourrais peut-être m'adresser à la presse en fin de journée. Mais je ne voudrais pas... (Elle frissonna.) Je ne voudrais pas qu'il y ait une meute autour de moi. Je ne veux pas de cris. Pas de harcèlement.

Brad eut un regard interrogateur, un rien amusé.

— Tu plaisantes, Jenna ? Tu ne te rends pas tout à fait compte de l'importance que les gens accordent à cette affaire. Si tu ne veux pas d'une foule de reporters, alors réserve tes déclarations à un seul journaliste. A un Dan Rather, par exemple. Il te suffit de décrocher le téléphone.

— Je n'avais pas pensé à ça. Tu es sûr ?

— Absolument.

— Tu connais Rather ?

— Pas vraiment. Il m'est simplement arrivé de le rencontrer.

— Bon. Ça ne fait rien. J'ai une idée.

Elle décrocha le téléphone, appela les renseignements et composa son numéro en prenant une profonde inspiration.

— M. Manning est en conférence, lui répondit une standardiste à Boston. Je peux prendre un message ?

— Dites-lui que c'est Jenna Sorrel.

Quatre secondes plus tard, la voix de Manning résonna dans l'appareil.

— Je suis heureux de vous entendre, Jenna. Mais, dites-moi, vous avez été aussi active qu'une abeille depuis que nous nous sommes vus !

Elle lui expliqua ce qu'elle attendait de lui.

— Une heure, aujourd'hui ? C'est OK, fit-il. Ah, vous êtes toujours en Californie, non ?

— Oui. J'aimerais que ça se fasse ici. Aujourd'hui.

— Soyons clairs, Jenna. C'est vraiment le scoop ? Je veux dire, ce n'est pas de la promotion pour un bouquin ou quelque chose de ce genre ?

— Non. Ce sera l'interview-choc. C'est du moins ce qu'on me laisse entendre.

— Alors, c'est bon. Je m'embarque avec mon équipe dans le premier avion.

— Je dois me rendre au tribunal. Vous n'aurez aucun mal à me trouver.

— Comptez sur moi. Merci, Jenna.

Elle raccrocha avec un énorme soupir. Puis elle éclata de rire.

— Qu'est-ce qui se passe ? s'étonna Brad.

— Mes grands et sombres secrets ! (Son rire redoubla.) Je les ai cachés pendant toute ma vie d'adulte et voilà que maintenant je n'en finis pas de les révéler... comme un perroquet dément ! Qui a prétendu que Dieu n'avait aucun sens de l'humour ?

L'intervention de la défense s'acheva à midi moins cinq et la cour se retira jusqu'au lendemain matin.

Jenna put parler quelques instants à Malik avant qu'il ne retourne dans sa cellule. Pour la première fois, il manifesta de l'inquiétude.

— Je n'ai pas aimé leur expression aujourd'hui, dit-il en parlant des jurés. Je ne vais peut-être pas m'en sortir si facilement.

— Ne te tracasse pas, mon frère. Ça va aller.

Son visage s'éclaira.

— Tu crois ? Mais oui, tu dois avoir raison. Je deviens défaitiste.

Trois heures plus tard, Jenna était interviewée par Manning dans un studio de location. Il la présenta avec une sobriété solennelle, contraire à ses habitudes. A l'évidence, il se sentait propulsé au rang de journaliste-vedette.

— Jenna m'a annoncé qu'elle avait des révélations à faire, mais pour l'instant je n'en sais pas plus que vous qui êtes devant votre poste de télévision. Alors je vais sans plus attendre lui céder la parole. Jenna, on vous écoute.

Une heure plus tard, elle dut pratiquement se battre avec Brad, Toni et Jabr à ses côtés pour sortir du studio. A l'hôtel, la police barra l'entrée. Jenna regarda Brad.

— Ne t'en fais pas. Ils sont là pour te protéger. Au moins pour l'instant.

RÉDEMPTION

Ce soir-là, l'hôtel fut assiégé par les reporters et des gens de toute la Californie du Sud, venus satisfaire une curiosité parfois malsaine. A un moment donné, un hélicoptère s'approcha de la fenêtre de Jenna. Le cameraman qui se penchait par la porte de l'appareil filma Jabr en train de fermer les rideaux. CNN transmit l'image en direct.

Complètement vidée, Jenna avait du mal à suivre l'émission qui revenait sans fin sur les détails de l'affaire. De temps à autre, elle tentait de joindre Karim. Brad prit la situation en main avec une tranquille assurance. Sa première précaution fut de trouver un avocat.

— Pourquoi pas Rosalie et J.T. ? demanda Jenna qui se sentait à l'aise avec eux.

— Ce sont les avocats de Malik et je crois qu'il serait contraire à leur éthique professionnelle de te représenter également. Mais je peux toujours essayer. Tu as le numéro de leur ligne directe ?

Brad eut J.T. au bout du fil et l'entendit remarquer en riant :

— Cette petite dame est redoutable ! Dites-lui que, grâce à elle, c'est Fort Alamo, ici ! Mais vous pouvez ajouter qu'on l'aime quand même et qu'on l'admire. Malheureusement on ne peut la représenter... Vous qui êtes de Boston, vous n'avez pas entendu parler de Sam Adams Boyle ? Un sacré avocat pour ce genre d'affaires !

Une demi-heure plus tard, Brad s'entendait avec Boyle puis expliquait à Jenna :

— Il était justement en train de regarder ton interview. Enfin des extraits, dans un bulletin spécial. Il était trop tard là-bas pour passer dans le journal.

— Mon Dieu...

Sur l'écran, devant elle, elle voyait Jordan Chiles déclarer que son intervention n'était qu'un coup monté de dernière heure et qu'il s'engageait à maintenir les charges portées contre Malik.

Peu après, Malik appela de la prison.

— Amira, pourquoi as-tu fait ça ? Il suffisait de quelques heures de plus pour gagner la partie. J'en avais la certitude.

— Je suis désolée, mon frère. Je sais que tu faisais tout ça pour moi. Mais je n'en pouvais plus de mentir éternellement.

— Qui a pris le téléphone ?

Il continuait à se vouloir le grand frère protecteur, même derrière les barreaux.

— Brad Pierce. Tu le rencontreras.

— Ah, petite sœur, tu me cachais encore quelque chose !

Jenna crut voir le sourire malicieux de Malik. Décidément, il était incorrigible.

Quand elle eut raccroché, Brad téléphona longuement à Washington.

— J'ai un ami d'enfance au Département d'État, expliqua-t-il ensuite. Je me fais du souci au sujet de ton statut d'émigrée et de celui de Karim. Alors j'ai pensé qu'il valait mieux prendre les devants.

Au milieu de toute cette agitation, Jenna avait complètement oublié qu'elle était entrée aux États-Unis avec un faux passeport.

— Tu veux dire que je risque l'expulsion ?

— En principe. Mais je connais un ou deux sénateurs qui s'empresseront de me rendre service s'il le faut.

Elle ne relança pas la discussion. Tout se perdait dans un flou lointain sous l'influence de la fatigue qui lui donna envie de fermer les yeux.

Brad la secoua.

— Au lit, dit-il.

— Et toi ?

— J'ai encore quelques coups de fil à donner. J'aimerais que notre division californienne m'envoie quelques hommes de la sécurité pour relayer Toni et Jabr. Ils ont aussi besoin de se reposer.

Elle l'embrassa, alla se coucher en titubant sans se démaquiller et sombra dans un sommeil de plomb.

Un cordon de police faisait barrage au pied des marches du tribunal. Des acclamations montèrent de la foule tandis que Brad entraînait Jenna au pas de course vers l'escalier. Sur le trottoir, un groupe de femmes brandissait des pancartes. Sur certaines on pouvait lire : « Nous sommes avec Jenna. » Sur d'autres : « Nous sommes avec Amira. »

Malik était assis avec Rosalie et J.T. à la table de la défense. Il se tourna vers sa sœur, lui sourit, attarda son regard sur Brad puis hocha la tête. Le juge se fit attendre et demanda aux avocats ainsi qu'à Jordan Chiles de le suivre dans son bureau dès qu'il apparut. Quand ils revinrent dans la salle d'audience, J.T. et Rosalie ne cachaient pas leur joie, et Chiles fusillait Jenna du regard.

Le juge expliqua que des développements ayant lieu hors du tribunal, et sans que la justice en fût officiellement avertie, n'avaient habituellement aucune influence sur un procès en cours. Toutefois, comme il avait appris qu'au moins deux jurés connaissaient le contenu des déclarations de Jenna, il estimait que cette situation entraînait un vice de procédure et exigeait l'annulation du procès en cours. Il laissait trois jours à l'accusation pour déterminer éventuellement de nouvelles charges à porter contre Malik Badir.

Malik n'était pas encore libre, mais déjà des gens venaient lui serrer la main.

— Il va abandonner, pronostiqua J.T.

— Doute bien fondé, acquiesça Rosalie.

Brad et Jenna sortirent par une porte latérale et Jabr, après un cour d'œil dans le rétroviseur afin de s'assurer qu'ils n'étaient pas suivis, prit la direction de la côte. Au lieu de retourner à l'hôtel, ils allaient se réfugier dans une maison de Laguna Beach, propriété d'un ami de Brad.

Après la sécheresse du désert, la fraîcheur humide de l'air marin leur parut aussi revigorante qu'une cascade sous les tropiques. Le bruit des vagues, au rythme éternel, constituait le meilleur des tranquillisants. Jenna eut presque la sensation d'être de retour à Marblehead avec Brad pour un week-end de douceur, comme si toute cette affaire n'avait jamais existé.

Mais il y avait Toni, Jabr, des hommes venus en renfort à l'appel de Brad, et le fait que son frère était encore en prison.

Sans compter qu'elle risquait de s'y retrouver elle-même dans quelques jours.

Et puis, elle pensait à Karim et ne cessait de téléphoner à tous ceux qui étaient susceptibles d'être en contact avec lui. Elle ne croyait pas Josh et Jacqueline quand ils lui affirmaient qu'ils étaient sans nouvelles. « Mon Dieu, priait-elle. Faites que je puisse retourner bientôt à Boston pour retrouver mon fils. »

Ils virent arriver Sam Adams Boyle alors qu'ils entamaient leur deuxième journée à Laguna Beach. Rude gaillard au teint halé et aux cheveux argentés, Boyle avait quelque chose d'un propriétaire terrien de la vieille Amérique et l'expression d'un officier de police qui vient d'apprendre que le budget de son service est supprimé. Il arrivait à temps pour assister à une nouvelle intervention de Chiles devant la presse. Chiles admettait que, en raison de « développements inattendus » qui rendaient improbable une condamnation de Malik Badir, l'État abandonnait ses poursuites bien qu'à son avis Badir ne méritât pas d'échapper si facilement à la justice. Quant à Jenna Sorrel, alias Amira Badir ou Amira Rashad, ses déclarations faisaient l'objet d'une enquête sur laquelle il entendait garder le silence.

— Qu'est-ce que tout ça signifie ? demanda Jenna.

— Ça signifie que votre frère est libre ou le sera dans quelques heures si l'administration n'a pas encore terminé son travail.

— Et en ce qui me concerne ?

— J'ai rencontré Chiles avant de venir ici et j'ai eu le sentiment qu'il comptait obtenir votre condamnation.

Jenna agrippa la main de Brad.

Boyle remarqua son geste.

— Ne vous inquiétez pas. Il n'a pas plus de chances d'y parvenir que j'en ai de gagner le marathon. Mais il ne veut pas abandonner parce qu'il joue sa réélection. Et puis il faut dire que c'est un type vindicatif. Un enfant de salaud, si vous me passez l'expression.

— Admettons qu'il obtienne l'inculpation, dit Brad. Qu'arrivera-t-il à ce moment-là ?

— J'essaierai d'obtenir une remise en liberté. Mais je ne vous cache pas que notre ami Chiles s'y opposera en rappelant au juge qu'il est difficile de faire confiance à une personne qui a utilisé un faux passeport pour entrer dans ce pays et qui pourrait disposer des ressources de son frère pour s'enfuir facilement.

— Alors, c'est la prison qui m'attend ?

— Ce serait une injustice et je ferai de mon mieux pour vous l'éviter. Mais ça peut arriver.

— Pour longtemps ? Jusqu'au procès ?

— Je ne crois pas au procès. Je vous l'ai dit : je pense que Chiles ne sera pas réélu et j'ai déjà pris la précaution de contacter son adversaire, Jennifer Faye Edmondson. Elle paraît disposée à être plus raisonnable que Chiles.

— Imaginons que le procès ait lieu, intervint Brad. Quels seront vos arguments ?

— Je ne peux pas les préciser avant d'avoir eu un long entretien avec ma cliente. Pour l'instant, d'après ce que je sais, nous sommes en présence d'un cas de légitime défense d'une tierce personne et de soi-même. On touche également au problème des femmes battues dont on parle de plus en plus ces temps-ci. (Boyle regarda Jenna.) Je ne sais si vous êtes au courant, madame Sorrel, mais pour beaucoup, vous êtes devenue une héroïne. Et croyez bien que quand je me serai chargé de dépeindre Ali Rashad, on le prendra tout simplement pour le suppôt du diable.

— Je n'y tiens pas, monsieur Boyle. J'ai un fils et Ali était son père.

— Bien. Je vous comprends. Je n'en rajouterai pas.

Au crépuscule, Jenna et Brad se promenèrent le long de l'océan avec, à l'esprit, les paroles de Boyle et la perspective d'une séparation. Il y avait tant de choses à dire qu'ils ne savaient par où commencer. Les premières étoiles apparaissaient quand Brad rompit le silence.

— Jenna, tout ça sera bientôt terminé. J'aimerais alors que nous partions quelque part. Pour un mois, peut-être deux. Où tu voudras. Dans les îles. En Irlande.

— Ce serait bien. Mais rien n'est encore fini. Et puis je n'irai nulle part avant d'avoir des nouvelles de Karim.

— A mon avis, avec lui ça va s'arranger sans difficulté. Pour le moment, il est bouleversé, et c'est bien naturel, mais ça ne va pas durer éternellement.

— Il n'est pas simplement bouleversé. Tu ne le connais pas...

Par ailleurs, je dois reprendre mon travail. Le temps passe. Je vais avoir l'impression de repartir de zéro.

— Un peu plus tôt, un peu plus tard, ça ne changera rien. Ne te replonge pas dans ta pratique avant d'avoir pu te détendre.

Il regarda l'étoile du berger étonnamment brillante dans le bleu de cobalt du ciel.

— Nous pourrions partir comme pour une lune de miel. Personne n'oserait nous en vouloir.

Elle aurait aimé dire oui du fond de son cœur. Mais elle se tut tandis que, d'un orteil nu, elle faisait un dessin sur le sable.

— Ce n'est pas un ultimatum, reprit Brad. C'est une proposition qui restera valable jusqu'à ce que cette étoile s'éteigne. Je t'aime, Jenna, et il en sera toujours ainsi.

— Je t'aime aussi, Brad. Seulement pour l'instant je n'ai pas l'esprit disponible pour te répondre.

Elle était plongée dans un examen de conscience qui la mettait face à sa culpabilité. Elle n'oubliait pas qu'elle aurait pu appeler à l'aide au lieu de tuer un homme. Tout son travail visait la guérison des conséquences de la violence. Et pourtant, elle avait choisi la violence quand il était possible de l'éviter.

Répondant à ses pensées, Brad la mit en garde :

— Avant de prendre une décision, souviens-toi que Jordan Chiles n'est pas le genre d'homme à se pencher sur de subtiles distinctions d'ordre moral. Si tu lui donnes des armes contre toi, il s'en servira pour faire de toi une criminelle.

La nuit était tombée en refroidissant l'air marin. Ils rentrèrent à la villa.

Toutes les lumières brillaient. Une Rolls et une Lincoln allongeaient leurs luxueuses carcasses devant l'entrée. Sur la terrasse tournée vers la mer, Malik, Farid, J.T. et Rosalie étaient en train de lever leurs verres.

— Bravo pour la discrétion ! observa Brad.

Jenna courut se jeter au cou de son frère. Farid les étreignit tous les deux. Rosalie et J.T. arboraient le sourire de guerriers victorieux.

Dans un coin, Laila se tenait calmement au côté d'un séduisant jeune homme dont le visage parlait d'embruns, de vent et de soleil.

Laila le présenta à sa tante :

— Mon ami, David Christiansen. Nous sommes passés te remercier.

— Pour quoi ?

— Pour avoir dit la vérité.

Le lendemain, à midi, Jordan Chiles annonça devant les caméras que les éléments de preuve permettaient d'accuser Amira Badir Rashad, alias Jenna Sorrel, d'homicide volontaire. En conséquence, un juge avait délivré un mandat d'arrêt contre elle.

Boyle appela :

— Préparez-vous. On va y aller, sinon Chiles est capable de vous faire passer les menottes devant une équipe de télévision.

Il fixa un rendez-vous sur une aire de stationnement et conseilla à Jenna de prendre des vêtements qu'elle pût superposer.

— Les prisons sont toujours ou trop froides ou trop chaudes, dit-il.

Ce fut dans la voiture de Boyle qu'ils arrivèrent au tribunal. Devant la foule, la police, les camions surmontés d'émetteurs paraboliques, les pancartes en faveur de Jenna, les acclamations et les chants, Boyle expliqua :

— J'avais pris la liberté d'annoncer votre arrivée. En l'occurrence, la voix de l'opinion publique n'était pas à négliger. Bien. Allons-y. La tête relevée comme si nous étions ici chez nous.

Jabr ouvrit la portière et Jenna descendit de la voiture en provoquant une marée d'acclamations. Les gens l'appelèrent, crièrent son vrai ou son faux nom, tandis que, main dans la main, Brad et elle s'empressaient de gagner l'entrée du tribunal grâce à Sam Adams Boyle qui leur dégageait un chemin en fonçant avec la technique du vieil attaquant qu'il devait être sur un terrain de base-ball.

ÉPILOGUE

Jordan Chiles parvint à convaincre le juge de refuser à Jenna sa mise en liberté sous caution. Ce fut sa dernière victoire. Deux jours plus tard, il perdit sa réélection au profit de Jennifer Faye Edmondson, une avocate de trente-trois ans.

Sam Adams Boyle dénonça publiquement l'hostilité que Chiles s'était permis de manifester à l'égard de Malik Badir et de sa sœur. Il fit appel de la décision du juge. En coulisses, loin du bruit et de la fureur, il ouvrit des négociations avec Jennifer Edmondson.

— Ça va prendre un peu de temps, expliqua-t-il à Jenna. Mais c'est à la fois le seul et le meilleur moyen de s'en sortir.

— Combien de temps ?

— Au pire, trois mois. Edmondson ne prend pas la relève avant ce délai. Au mieux, trois à quatre semaines, si on peut faire pression sur Chiles. Je comprends évidemment qu'en étant coincée ici vous n'ayez pas envie d'entendre ça.

— Quel genre de négociations menez-vous ?

— Edmondson penche pour une accusation d'homicide involontaire. Avec un peu de chance, vous ne ferez que de la préventive. Mais, de toute façon, je m'engage à ce que vous sortiez d'ici rapidement.

— Merci, Sam.

— Ne me remerciez pas. Je me contente de faire mon travail. Ça ne va pas trop mal, petite ?

Jenna sourit. Plus ils se rencontraient et plus Boyle se comportait comme un oncle attentionné.

— Ça va, Sam. Vraiment.

En fait, elle s'écartait à peine de la vérité. Contrairement à la plupart des gens emprisonnés depuis peu, elle n'avait pas besoin d'apprendre à vivre au jour le jour. Pour elle, l'expérience n'était pas nouvelle. Elle l'avait déjà faite dans le quartier des femmes du palais d'al-Remal, cette prison dorée, luxueuse, mais où régnait un état d'esprit comparable à celui des prisonnières de Pa¹ Springs.

Les locaux — du moins ceux réservés aux femmes — n'étaient pas particulièrement sinistres. On ne s'entassait pas dans le dortoir, Palm Springs n'étant pas précisément un réservoir de criminelles. La majorité des détenues se composait de mères célibataires, abonnées aux petits salaires ou à l'aide sociale, généralement condamnées pour vol à l'étalage ou chèques sans provision, et qui rappelaient beaucoup à Jenna les femmes qui venaient au refuge.

Au début, elles la traitèrent comme une célébrité, voire une héroïne. Une femme de chambre — Latronia Parrish — brisa la glace.

— C'est toi la princesse qui a tué son mari ?
— Oui.
— Pourquoi t'as fait ça ?
— Il essayait de tuer mon frère.

Latronia hocha la tête comme devant un fait ordinaire.

— C'est comment la vie de princesse ?

Toutes se posaient la même question si bien qu'après l'extinction des lumières, poussée à satisfaire leur curiosité par toutes sortes d'interrogations, Jenna entreprit le récit de sa vie. Et, tandis que, d'un soir à l'autre, elle se prenait peu à peu pour Schéhérazade, ses compagnes pleurèrent en l'entendant raconter les événements tragiques d'al-Masagin, restèrent muettes de stupéfaction pendant l'épisode d'Alexandrie, maudirent l'homme qui l'avait sauvagement battue. Quand elles surent ce qu'avait été sa vie, elles lui accordèrent le respect dû à une survivante.

Mais la privation de liberté n'en était pas moins pesante surtout lorsque Jenna pensait à son fils. Elle le sentait s'éloigner d'elle un peu plus chaque jour alors qu'elle ne pouvait rien faire et ignorait même où il se trouvait. Si elle avait pu le voir, lui parler, ne serait-ce qu'un moment, un mot, un geste aurait peut-être suffi à le rapprocher d'elle. Lorsqu'elle réussissait à dormir sur son lit de camp, elle rêvait à des barreaux en pâte à modeler — un souvenir de l'enfance de Karim — et se voyait les écarter pour aller retrouver ses habitudes dans l'appartement douillet de Boston. Elle détestait s'éveiller et constater que la réalité trahissait ses rêves.

Ce fut au cours d'une visite de Toni que lui vint une idée.

— Est-ce que vous pensez que Jabr et moi nous formons une bonne équipe ? lui demanda Toni.

— Oui. Absolument.

— Eh bien, nous avons pris une décision qui va vous plaire ! Vous savez qu'il y a longtemps que je cherche à faire quelque chose de ma vie. A entreprendre une carrière quelconque. De son côté, Jabr a la même envie. Alors nous avons pensé que l'on pourrait créer un service de surveillance et de sécurité, enfin quelque chose de ce genre. Qu'en dites-vous ?

— Ce n'est pas vraiment mon domaine. Je ne sais pas. En avez-vous parlé à Malik ?

— Oui. Il estime que c'est une excellente idée. En fait, il a l'intention de nous aider financièrement.

— Toni, c'est formidable !

— Ça m'enthousiasme beaucoup, vous savez.

L'enthousiasme de Toni inspira soudain Jenna.

— Et si je devenais votre première cliente ?

— Notre première cliente ? Eh bien, allez-y. Demandez. Nous sommes à votre service.

— Retrouvez Karim. Retrouvez-le et parlez-lui. C'est tout. Vous lui parlez, vous me dites ce qu'il fait, comment il va.

Toni acquiesça.

— D'accord. Je suis sûre que mon associé ne demandera pas mieux.

— Oui, vous emmenez Jabr avec vous. Il représentera ce Moyen-Orient qui fascine tellement Karim. En outre, il connaissait son père.

Toni sortit un carnet et un stylo.

— Donnez-moi le nom de ses copains. Et surtout celui de ses petites amies. Toutes les adresses et les numéros de téléphone si vous les connaissez. Les cours qu'il suit. Ses endroits favoris.

Jenna lui donna toutes les informations qu'elle avait en mémoire.

— Nous partirons demain, fit Toni. (Elle sourit.) Et pour vous, ce sera gratuit.

Malik vint la voir en rayonnant d'optimisme.

— Tout va s'arranger, petite sœur. Y compris avec Karim.

Il approuva la mission qu'elle avait confiée à Toni et à Jabr.

— Quand ils l'auront retrouvé, je pourrai peut-être le faire venir ici. Tu m'as dit que j'avais l'air de lui plaire.

Était-ce encore exact ? Jenna en doutait.

— Bien des choses ont changé pour Karim, mon frère. Invite-le si tu le désires. Mais surtout ne t'y prends pas avec lui comme avec moi. Ça aggraverait la situation.

Il eut un petit sourire coupable.

— Comment va Laila ? demanda Jenna.

— Bien.

Mais brusquement Malik s'assombrit.

— Elle aimerait te voir, tu sais, mais je la trouve trop nerveuse. Pour être parfaitement honnête, je dois te dire que je l'ai découragée de venir ici. Toute cette affaire est devenue un tel cirque que je préfère la tenir à l'écart.

— Tu as raison. Dis-lui qu'effectivement il vaut mieux qu'elle ne vienne pas.

— Je dois avouer que je lui ai même suggéré de retourner en France pendant un mois ou deux, le temps que tout ça soit terminé. J'en ai parlé avec David. Il est prêt à partir avec elle, au moins pour deux ou trois semaines. (Il recommença à sourire.) Bien que ça ne m'enchante pas, je dois admettre que ce jeune homme me plaît. Je pense qu'il convient à Laila. Mais il n'a aucun sens des affaires. Le capitaine de mon yacht doit bientôt prendre sa retraite et dans cette perspective j'ai proposé à David de lui succéder. En lui offrant un salaire démesuré. Tu sais ce qu'il m'a répondu ?

— Non.

— Il m'a dit : « J'ai vu des photos du *Jihan*, monsieur, et je n'ai pas eu l'impression que c'était un voilier. »

Malik rit puis ajouta :

— Il aime ce qu'il fait. Et c'est très respectable.

Jenna eut le cœur moins lourd. Il y avait au moins quelque chose qui marchait. Et puis elle se réjouissait de constater que Laila avait cessé de haïr son père. Un jour, un jour sans doute, la haine de Karim s'effacerait à son tour...

Comme il en avait pris l'habitude, Brad vint pour le week-end. Toujours discret mais efficace, il avait noué des rapports avec des gardiennes et des policiers et faisait en sorte d'améliorer le quotidien de Jenna et de ses codétenues. Elles virent par exemple apparaître un gâteau au chocolat pour l'anniversaire de Latronia.

Mais, pour sa part, il se montrait plus réservé que Malik en analysant le problème de Karim.

— Nous savions que tes révélations dresseraient des obstacles. Karim traversait déjà une phase de rébellion. Ça s'arrangera bien sûr, mais sans doute pas dans l'immédiat où les choses peuvent plutôt s'aggraver. Nous devons, à mon avis, nous préparer à la patience.

Brad avait probablement raison. Mais encore fallait-il trouver la force de patienter. Ses « Je t'aime » dans cet endroit aseptisé, sous la lumière blafarde des néons et l'œil vigilant des gardiennes ne suffisaient pas à lui donner du courage. Elle aurait eu besoin d'un contact physique, de ses bras autour d'elle, de ses murmures contre sa peau.

Et de son fils.

Elle comptait sur Toni. Toni saurait s'y prendre avec Karim. N'avait-elle pas connu une expérience tout aussi difficile, sinon plus, avec ses propres fils ? Elle comptait aussi sur Jabr, cette force de la nature. A eux deux, ils lui ramèneraient Karim.

Lorsqu'elle revit Toni, un seul regard lui suffit pour comprendre qu'elle avait eu la faiblesse de rêver.

— Que s'est-il passé ?

— Nous l'avons retrouvé. C'est la bonne nouvelle. Je dois dire que ça n'a pas été difficile. Il se fait héberger par Josh Chandler qui a un appartement à lui maintenant. Il dort sur un divan. C'est une solution très temporaire.

Sans s'arrêter sur le fait que Josh ait quitté la maison familiale, Jenna pressa Toni de questions.

— Vous l'avez vu ? Vous lui avez parlé ?

— Oh, pour ça, oui ! Il nous a poliment laissés entrer. Mais ce qu'on a pu lui dire, il n'a pas voulu en tenir compte. Votre fils a des projets et entend s'y tenir. Voilà pour la mauvaise nouvelle.

— Quels sont ces projets ?

— Jenna, il se prépare à partir pour al-Remal. Il veut aller vivre là-bas. Il attend d'avoir les papiers nécessaires. Un passeport avec son vrai nom. J'ai cru comprendre que la famille de son père se charge de faire avancer les choses. Ce n'est plus qu'une question de jours.

— Mais comment est-il ? Qu'a-t-il dit ?

Elle voulait savoir ce qu'il avait dit à son propos.

— C'est drôle mais il ne s'est pratiquement adressé qu'à Jabr. Il lui a posé une foule de questions au sujet d'al-Remal, des coutumes de là-bas, de l'islam. Avec le plus grand sérieux, Jabr a cité des versets du Coran concernant la mère. Et je crois que c'était une erreur.

— Pourquoi ?

— Karim s'est refermé. Ou, plutôt, il s'est braqué contre lui.

— C'est-à-dire ?

— Je ne suis pas sûre que vous ayez envie d'entendre ce qu'il lui a répondu.

— Mais si !

— Dans ce cas... J'ai pris des notes quand nous sommes repartis. (Elle sortit son carnet.) Ce n'est peut-être pas du mot à mot, mais ça n'en est pas loin : « Ma mère n'a jamais cessé de me mentir. Elle m'a caché ce que j'étais. Je n'ai pas connu mon père et je ne le connaîtrai jamais puisqu'elle l'a tué. Je n'ai absolument pas envie de la voir ou de lui parler. Et c'est définitif. »

Tout au long de l'enfance de Karim, de son adolescence, de ses premières années d'adulte, Jenna ne s'était pas répété autre chose tout en redoutant le jour où son fils en viendrait à proférer lui-même ces accusations. Et voilà que ce jour avait fini par arriver...

— C'est tout ? Il n'y a rien d'autre ?

Toni secoua la tête.

— Il nous a montré la porte. Poliment, mais il était clair qu'il nous priait de sortir. Je lui ai demandé de réfléchir. Il n'a pas répondu. Je suis désolée, Jenna. Nous avons tout fait capoter.

— Non. Je voulais que vous le retrouviez et que vous lui parliez. Vous vous êtes acquittés de votre mission. Pour le reste, je n'ai que moi à blâmer.

— Jenna, ne soyez pas injuste avec vous-même. Je vous

connais. Je connais votre histoire. Vous n'aviez pas le choix. Vous avez fait ce que vous deviez faire. Il ne faut pas vous en vouloir. D'autant moins que ce n'est qu'une mauvaise passe. Vous devriez être la première à le savoir. C'est vous qui m'avez aidée à comprendre ce genre de choses.

Avec le rapport de Toni, l'espoir était devenu désespérance, et l'anxiété au sujet de Karim avait cédé la place à une véritable torture. A l'idée qu'il fût sur le point de disparaître de sa vie, et peut-être à jamais, Jenna chercha désespérément une ultime solution. Pourquoi ne pas revenir sur ses déclarations ? Nier être Amira Badir ? D'autres femmes avaient tenté d'usurper son identité, de se faire passer pour la princesse disparue au cours de ces années de silence. Si les Remalis pouvaient penser qu'elle avait elle aussi cherché à duper le monde, s'obstineraient-ils à lui enlever Karim ? Mais ne serait-ce pas plus simple de demander à Malik d'organiser l'enlèvement de Karim ? D'oublier qu'elle l'avait mis en garde contre un procédé de ce genre ?

Elle s'égarait, de toute évidence. Cependant, il était trop tard, trop tard pour tenter quoi que ce fût. Un soir, la petite télévision du quartier des femmes annonça aux actualités que Karim Rashad, le fils du prince assassiné et de la meurtrière présumée, avait rejoint la famille royale d'al-Remal dont il était l'un des membres.

Jenna avait perdu son fils. Les femmes qui l'entouraient devinèrent son désarroi, tentèrent, mais en vain, de la réconforter. La douleur était trop profonde.

Même la promesse de la liberté ne parvint pas à la distraire de sa peine.

— Je pense que nous aurons obtenu votre mise en liberté sous caution d'ici à lundi ou mardi, lui annonça Boyle d'un ton à la fois bourru et satisfait. Mme Edmondson a accepté de faire part au juge de son intention d'abandonner l'accusation d'homicide volontaire. Elle proposera une peine de prison réduite, une période de liberté surveillée et quelque chose comme deux cents heures de travail communautaire. Des consultations gratuites, par exemple. Mais cela à condition que vous plaidiez coupable. Je vous recommande de bien réfléchir, de prendre sérieusement son offre en considération. En même temps, je peux vous assurer que je ne vous considère pas comme une criminelle et que je ferais en sorte de le prouver si vous préfériez le procès. Mais n'oubliez pas que c'est toujours une épreuve pénible et un processus onéreux.

— Je plaide coupable, Sam. Je l'ai tué alors que j'aurais pu m'éviter ce geste.

— Réfléchissez encore pendant un jour ou deux.

— Non. Ma décision est prise. Vous pouvez la lui transmettre aujourd'hui.

Boyle fit un signe d'acquiescement et referma son attaché-case.

— Mardi, à cette même heure, vous serez libre.

Les jours suivants, le temps sembla se ralentir. Dans l'esprit de Jenna, le présent et le passé nouèrent une seule et unique trame. Tabriz, la fuite, la mort de Philippe, les années passées à se cacher, à mentir, à vivre la peur au ventre, tout cela n'avait eu qu'une justification : garder Karim et le protéger. Et, au bout du compte, c'était l'échec. Karim était retourné à leur point de départ, dans ce pays qu'elle avait fui pour lui en risquant sa vie.

Le samedi suivant, à l'heure des visites, une gardienne cria son nom. Elle s'apprêta à revoir Brad sans enthousiasme. Il allait lui parler fébrilement de sa libération, de leur départ pour une quelconque destination et elle n'avait vraiment pas le cœur à se réjouir.

Mais, dans le parloir, à la place de Brad, elle découvrit Laila.

— Bonjour, tante Jenna. Je suis désolée de n'être pas venue plus tôt.

— Tu n'as rien à te reprocher. Mais, Dieu, que je suis heureuse de te voir !

— J'ai pensé à ce que tu as fait pour ma mère et pour moi. Sans toi, je ne serais pas ici. Il fallait que je vienne. Oh, bien sûr, il n'y a aucune comparaison avec ce que tu fais !

— Tu as dû prendre sur toi pour venir, Laila, je le sais, et j'apprécie d'autant plus ta présence. Mais, attends, tu ne devrais pas être en France ?

— Je suis allée ailleurs, tante Jenna. Je suis allée voir Karim.

Un espoir fou s'empara de Jenna.

— Et alors ? Comment ça s'est passé ? Que t'a-t-il dit ?

— Tu n'entendras pas ce que tu aurais aimé entendre. Il est parti. Toi-même tu n'aurais pas pu le retenir. Tu le sais déjà

412

probablement. Mais tout n'est peut-être pas aussi négatif qu'on pourrait le croire.

Attendant la suite avec patience, Jenna se tut.

— C'est David qui m'a incitée à aller le voir. Je lui parlais tellement de toi et de Karim en regrettant ce qui se passait entre vous qu'un soir il m'a dit : « Écoute, personne ne peut comprendre mieux que toi les problèmes de ce garçon. Pourquoi ne l'appellerais-tu pas ? » Alors j'ai demandé le numéro à Jabr.

Laila regarda autour d'elle avec une curiosité manifeste comme si elle se demandait à quoi ressemblait l'univers dissimulé derrière la porte du parloir.

— Au début, reprit-elle, j'ai cru qu'il allait rester muet. Puis il a parlé mais n'a tenu que des propos pleins d'amertume et de colère. Je n'arrivais pas à communiquer avec lui. Si bien que le lendemain je suis partie pour Boston avec David. Karim faisait ses valises. Il venait d'obtenir son visa, et le consulat remali lui avait fait parvenir de l'argent et un billet d'avion. Mais j'ai réussi à lui parler. Et ça a duré des heures. (Elle haussa les épaules en un geste d'impuissance.) J'ai essayé de lui expliquer que j'avais appris à comprendre mon père. Que je n'avais plus rien à lui reprocher. Qu'il n'était en rien fautif et que c'était la même chose pour toi. Vous aviez tous deux fait ce que vous pensiez devoir faire. Karim n'a pas voulu l'admettre. Je crois qu'à sa place, à ce stade de vos rapports, j'aurais eu la même attitude. Mais j'ai au moins semé une petite graine. Je pense qu'il se souviendra de cette discussion. Ce sera pour lui un début de réflexion.

— Leila, quel que soit le résultat de cette démarche, je ne sais comment te remercier.

— Ne me remercie pas. Je n'ai pas accompli grand-chose, répondit Laila.

Elle posa sur Jenna un regard de tristesse profonde mais éphémère.

— Tu sais, dit-elle soudain égayée, je crois vraiment que tu le reverras. Il reviendra un jour. Pas parce qu'il haïra al-Remal comme je l'ai haï — bien que j'aie senti dans ce pays une sorte de force rayonnante et que j'aie perçu sa beauté malgré tout — mais parce qu'il n'est pas plus remali que je ne le suis. Il arrivera un moment où il aura le mal du pays. De son vrai pays. Alors, il commencera à te comprendre. J'en suis persuadée. Je le sais. Tu ne dois pas perdre espoir.

— Laila...

Jenna ne pouvait plus retenir ses larmes. Elle revoyait l'autre Laila, son amie d'enfance, dans sa cellule d'al-Masagin, le soir où elle avait mis au monde celle qui lui parlait aujourd'hui de Karim. La boucle était bouclée...

Laila sourit.

— Ne pleure pas, tante Jenna, sinon je devrai t'envoyer chez un psy. Écoute, j'ai finalement une bonne nouvelle à t'annoncer. J'ai fait promettre à Karim de rester en contact avec moi. Je lui téléphonerai, aussi souvent qu'il voudra bien me répondre. De cette façon, il ne disparaîtra pas totalement de notre vie.

Elle mit la main sur la vitre qui les séparait à défaut de pouvoir prendre sa tante dans ses bras. Jenna répondit à son geste et Laila ajouta :

— Il y aura une fin heureuse à toute cette histoire, tante Jenna. Mais, en attendant, il faut que je me sauve.

— Tu viens juste d'arriver !

— Quelqu'un d'autre est impatient de te voir. A bientôt, dans un endroit plus agréable.

S'empressant de sortir, elle s'arrêta néanmoins un instant pour sourire à Brad qui entrait à son tour dans le parloir.

Il s'assit et eut pour Jenna un long regard amoureux.

— Je viens de parler avec Boyle. C'est fait. Tu seras libre mardi. Plus que trois jours.

— Ouf ! Grâce à Dieu, ça, au moins, ça se termine !

— J'ai également parlé avec Laila. Une jeune femme remarquable, bien digne de sa famille. Tu sais, on va avoir tout le temps qu'on voudra pour voyager comme on se l'est promis. Mais je me suis dit que tu n'aurais peut-être pas envie d'entreprendre tout de suite les voyages dont je t'ai parlé. Que dirais-tu d'un long week-end à Marblehead ? Ce serait presque une façon de repartir de zéro. J'espère que cette fois-ci je ne commettrai pas d'erreur.

— Oui, répondit Jenna. Oui, je crois que c'est une bonne idée.

« Une excellente idée », se dit-elle.

TABLE

Prologue 15

Première partie

Amira Badir 31
Chagrin 39
Malik 46

Deuxième partie

L'enfance 63
Miss Vanderbeek 72
Amitié 77
Rêve noir 86
La fin de l'enfance 88

Troisième partie

Jihan 93
Les adieux 108
Seule 112

Quatrième partie

Ali 125
Lune de miel 143
Mariage 151
Maternité 160
Philippe 168
Un homme dans la nuit 174

Cinquième partie

La peur au ventre 195
La matawa 212
Des visiteurs matinaux 220
Le retour du fils prodigue 228
La fuite 238
Frère Peter 249
M. Cheverny 264
Ennemis 269
Une femme nouvelle 272

Sixième partie

Un vrai petit Américain 277
Geneviève 282
Carolyn 290
Incident à Toronto 293
Laila 296
Cameron 306
Moustafa 309
Ali 312
Karim 317
Travis 324
Dérobades 336
Brad 343
Mirages 358

Septième partie

La vérité 369
Le châtiment 386
Rédemption 397

Épilogue 405

ACHEVÉ D'IMPRIMER EN AOÛT 1997 SUR LES PRESSES DE
NUOVO ISTITUTO ITALIANO D'ARTI GRAFICHE - BERGAMO
POUR LE COMPTE DE FRANCE LOISIRS
123, BOULEVARD DE GRENELLE, PARIS.

*Cet ouvrage est imprimé
sur du papier sans bois et sans acide.*

Dépôt légal : Août 1997
N° d'éditeur : 29052

Imprimé en Italie